理论与批评

| 中国文学理论与批评丛书 |

学术顾问 钱中文 | 主编 吴子林

文学瞽论

吴子林 著

全国百佳图书出版单位
时代出版传媒股份有限公司
黄山书社

总 序

通读眼前的八部书稿，各种情绪：兴奋、激动、享受、叹息、伤感、寂寥……轮番袭来，纠结于心。这时，我想起了一部电影——

音乐家科伦布的爱妻亡故，他从此带着两个女儿隐居深林，整日独自研习古大提琴。在绵延无休的乐声中，他看见深爱的亡妻，此刻就坐在他对面聆听。之后，他们一起祷告，一起乘坐马车，一起并肩走过春色茂密的森林，一起来到河岸渡口，直到她独自坐上小船离去。怕她再次消失，他不忍停下手中的乐曲。为了让她一遍一遍重现，他用余生不断拉奏心爱的大提琴，记下心里的悲伤乐曲，想看看爱将延续到哪里。

这是一个清静的世界。老房子旧得幽静、坦然，乐声绵延无休、难以捉摸，家中的器皿也都散发出乐器的光泽。科伦布在森林里拉琴、作曲，他拒绝宫廷表演的邀请，拒绝各种矫饰，只为灵感而作曲，只是记下瞬间的颤抖，删除多余的抒情。他的演奏闻名遐迩，在传说中更是出神入化。

有一天，17 岁的红衣少年，一个鞋匠的儿子，敲响了音乐家的门。他立志成为伟大的音乐家，慕名前来学艺,几经周折,红衣少年成了科伦布的学生。后来,红衣少年背着老师受聘为皇家乐队的演奏家,而被逐出师门。再后来,红衣少年成了宫廷乐长,生活富足;音乐给他带来了华丽的马车、镶嵌珠宝的假发衣饰、显贵的地位与指挥权杖,但他不再有17岁时那湛蓝的眼神。他深感自己始终未得音乐的要领。他记得,年少的那个午后,在森林里听到的琴曲,那种庄重、静穆、悠远而哀伤的,才是真正的音乐。

老人弥留之际,宫廷乐长深夜赶赴森林小屋,去上最后一堂音乐课。当他一身显阔地走进那简朴肃穆的家中,发现自己不过是个臃肿的丑角。他问老人:“音乐是什么?为了供奉上帝?为了取悦国王?为了金钱?为了荣誉?是爱情的忧伤?或是自暴自弃的放纵?”

都不是。

他终于领悟,自己的疑问便是答案:“是不是给死者的礼物?是给那些不能说话的人低声的安慰,给那些消逝了的童年?是为了让鞋匠的锤声变得柔和?是为了那我们出生之前就已存在过的时间,在我们呼吸之前,或者看见光亮之前……”

——这是电影《尘世里的每一个清晨》所讲述的三百多年前的故事,它把我们带回到音乐的黄金时代,唤醒了许多温馨美好的记忆。

是的,倘若音乐有魂魄的话,那就是它的毫无用处,它的无用之用。音乐是爱,是恩慈,是虔诚,是内心孤独的吟唱,是出神的一瞬,是人类关于光明、自由和宁静的力量的梦想。

“一个民族的政治生活只是它存在的浅层部分；为了了解其内在的生命——其行动的源泉，我们必须通过他的文学、哲学，以及艺术这些反映该民族理念、情感和梦想的东西，来深入探索它的灵魂。”罗曼·罗兰写道，“音乐展示给我们的是在表面的死亡之下生命的延续，是在世界的废墟之中一种永恒精神的绽放。”①

文学艺术的研究与创作一样，都是一种生气灌注、深邃博大的“创世”，也就是发现、创造可能世界，帮助人们建立生命的、家族的、民族的“根”的意识，确立经验的、文化的统一感与连续性，在滋养自身的同时，影响人类的精神世界。

安贝托·艾柯在《诺伯托·博比奥：重新审视博学之士的命运》一文中强调，知识分子的责任不在“解决”危机，而在“制造”危机，即时刻营造出一种危机感，唤起人类的共同意识的危机感，并寻找、创造普遍的社会共识。

20 世纪 70 年代末 80 年代初，即进入“新时期”以来，整个国家处在一种社会转型之中。如何建立中国自己的崭新形态的文艺理论，成了文艺学界的重要课题。面对当代西方文化传入所引发的诸多挑战，以及当代文学创作所提出的诸多命题，经一大批文艺理论家、批评家的共同努力，中国当代的文艺理论终于实现了现代性的转型，即“从一家‘专政’式的独语，转变为‘百家争鸣’式的对话；从政治话语转变为学科的学术话语；从非常态的中心话语，转变为自主发展的常态话语”②。文艺学研究的视野得到前所未有的拓展，如文艺社会学、文艺心理学、文艺美学、文艺解释学、中西比较诗学、文艺生态学、文艺符号学、文艺人类学、文化诗学等领域，都有人在尝试，并获得了不少结实的成果。

---

① ［法］罗曼·罗兰著：《音乐散文集》，冷杉、代红译，中国文联出版社 1999 年版，第 1 页、第 7 页。

② 童庆炳撰：《新时期文学理论现代性转型概说》，《童庆炳文集》第 3 卷，北京师范大学出版社 2016 年版，第 468 页。

值得强调的是，其中的一些杰出的代表，如钱中文、童庆炳、孙绍振等文艺理论家，他们大多经历过各种政治运动，从没脱离当代中国的政治、文化现实。置身于风云际会的时代，他们怀抱笃定的理想主义的激情，广泛关注历史与现实的政治、经济、科技、文化各领域，对现有的种种结构模式始终保持质疑的态度，并通过精深的研究推翻僵化不合理的部分，表现出了对时代命脉的精确诊断和敏锐切入。由于洞察了语言符号背后的价值世界，他们成功揭示了其中丰沛而深厚的精神质地，呈现了关于生活世界的总体想象，开启了一个个一般人所未曾领悟的心灵世界。他们的学术成果是对社会文化问题的思考，是显示人文知识分子存在身份的根据，体现了对社会应履行的责任。

至于当下学界的中坚力量，如高建平、王岳川、李春青、陈晓明等一批学者，则是这些前贤的薪火相传者。与师长辈学者一样，对于他们而言，个人与历史、个人与国家互为镜像；他们有着丰富的内心生活及准则，善于提取、想象、弘扬历史与现实中稀薄而弥足珍贵的东西，并以其充沛的语言敞开、释放灵魂的悸动、精神的能量，以内在心灵的秩序对抗外部庸众的世界。

在我看来，文艺理论、美学的研究者以及批评家与作家、艺术家一样，都是这个世界的观察者、倾听者、质疑者和审判员，都是在为一个"缺席的民族"而写作，而不是做历史的书写者、抄写者和打字员。

名利诱惑与学术追求，对于所有问学者来说，是人生中不断出现的十字路口。文学艺术和生命宛若一条河流，收集了星光、烈日、蓝天、雾霾、彩虹和暴雨。面对欲望与生命力蠢动的世界，真正的学者以学术为宗教、为信仰为志业，他们洞察哪些是浮云，哪些是本质；他们所能看到的不只是现在，还有未来；他们播撒怀疑的种子，而不是收成已然明确的事实；他们不只是理念的唤醒者，同时还是社会革新进程的引导者；他们知道，生命只能燃烧，不可虚耗——因为他们手头所持有之物，不外乎时间、记忆和文学艺术所创造的美；而理论的勃勃生机，只能源于抵御纷扰人生的各种诱惑或压力，源于创造性的质疑、心无旁骛的虔诚劳作和漫长执着的自我探寻。只有在思考和写作中，每个人才能找到自己真正的皈依之所——这是上述优秀学者给我们的深刻启示。

由钱中文先生担任学术顾问，本人主编了“中国文学理论与批评丛书”。本着“学术乃天下公器”的宗旨，我们拟分期分批分人结集出版，以检阅当代中国学人的学术实绩。本丛书具有开放结构，第一辑推出的为我国当代著名的文艺理论家、美学家、批评家，其中既有年逾八旬的资深学者，也有中、青年学术新锐；每人一集，收录“有分量”的代表作，凸显“一家之言”的戛戛独造。

主编这套丛书的愿望有二：

其一，展现新时期以来中国文艺理论研究与批评所取得的实绩，凸显那些富于中国特色的、有个性、有识见、敢论断、敢担当的学术创见。如，钱中文的“新理性精神”文论，童庆炳的“文化诗学”，孙绍振的“文学文本解读学”，高建平、王岳川之于中西美学的剖析，李春青之于中国古典诗学的建构性清理，以及陈晓明、吴子林之于中国“文学问题”的探究等等。

有识之士指出，一个城市乃至一个国家的文化质量，跟它是否拥有富于价值的文学记忆或文化记忆，有着很大的关系。所谓文学记忆或文化记忆，就是有一个或一批伟大的作家、思想家，他或他们代表这个城市、国家，这个城市、国家也进入了这一个或一批伟大作家、思想家的创作生命。简言之，文学记忆或文化记忆直接关系到一个国家的文化形象的塑造，其义大焉。

毫无疑问，包括文艺理论、文学批评在内的学术本身，是中国当代文学记忆或文化记忆的重要组成部分。随着我国上升成为世界第二大经济体，中国正成为一个世界性的大国，系统地向世界展现中国的现代化成就、中国文化和价值观，塑形中国的“大国形象”，至关重要。为此，在推出本丛书的同时，我们还将努力组织专家将它们译成外文，使它们走出国门，走向世界，逐步实现中国文论走出去的宏愿，让西方人了解中国、认识中国——这是颇有文化远见的举措,在一切追求市场效应的今天显得尤为难能可贵。

其二,志在薪梓承传,泽被后学,希冀后来者能赓续前人纯正的学术品格,全副身心投入到文学这一健康的终生事业中去,以扭转目前文艺理论、美学研究以及文学批评的窘境或困境,切实推进现实社会的改善与进步,使人们重获生命的完满,走出一条焕发生命韵致与光泽的道路。

马克思有句格言:"最先朝气蓬勃地投入新生活的人,他们的命运是令人羡慕的。"[①]通读完八部书稿,只觉时光如电,一股氤氲之气回荡其间。偶尔抬眼远望,只见雾霾重重,晨昏不明,仿佛自己悬浮于另一个世界;一阵北风骤起,雾霾一点一点散去,古老的都城一点一点透明起来,一点一点安详、生动起来。

户外,市声隐隐沸动,如深山松涛;窗外,落叶敲打着落叶,雨点追逐着雨点;远方,迷迷蒙蒙,嚣嘈不舍昼夜——我听到了生活行进的坚实步履……

一切都只是开端。"中国文学理论与批评丛书"还将推出第二辑、第三辑……并将进一步扩大规模。我们真诚地希望读者诸君提出宝贵的批评建议。

是为序。

吴子林

2016 年 12 月 23 日

---

① [德]马克思撰:《致 R》(1843 年 5 月),见《马克思恩格斯全集》第 1 卷,第 408 页。

目　录

自 序

十余年前，授业恩师童庆炳先生对我说：“写好文章的关键在于是否有‘气’。”这让人想起曹丕所云：“文以气为主，气之清浊有体，不可力强而致……”在某种意义上，“气”之真义即“风格”；恩师所要强调的是：治学为文要有自己的“风格”。什么是风格呢？那就是治学者氤氲、散发出的生命气息，包括他的心灵的倾向；其中的核心是：以什么样的态度进入这个世界，以什么样的方法理解这个世界，以什么样的方式展开这个世界的理论建构，并践履于日常的“生活世界”。

我们知道，自然科学理解世界是主体对象化的理解，是“我与它”（I and it）的关系，所探求的是“客观性真理”，重在利用厚生；人文学科理解世界则是生命气息的互动感通，是“我与你”（I and you）的关系，所探寻的是“启示性真理”，重在树德立人。故人文学科的研究，一靠生活，二靠思想，三靠学问，其中关键在于是否“有我”，是否能站到精神领域的最前沿，回答时代的问题，兴味充沛地谈论“我”的学术发现。

根据我多年的观察，人文学科研究的专家、学者、教授大概可分三种：一是职业的，二是事业的，三是趣味的。

职业的研究一般有学院派的严格学术训练背景,专业基础扎实,外语熟练精通,对于各种西方现代新潮理论熟稔于心,运用自如;其研究多是"因题为文",即外来的写作任务,如课题的设置、刊物的策划、会议的研讨、市场的诱引等;其笔力多集中于某一点,"小题大做",发掘细密深刻,能显示论者才华,但终归屈己从人,疲于奔命,蝇营狗苟,很难显示论者的全部才华;且过于专一,不仅容易自我重复,也常使研究蜕变为一种劳作,批量制作,千文一面,弄潮相逐,敷衍塞责;其甚者,沽之以名,钓之以誉,谄媚跟风,油滑猥琐,沉迷于炮制虚假欺世的概念命题,制造华而不实的前沿热点,学术不过是夤缘求进、牟取实利的工具。由于"匠气"过重,研究则又容易形成"套路":首先"资料见底",即穷搜冥索,收集、整理、甄别、归纳所有材料;其次借助一定的理论把材料重新装置、分配、知识化;最后在材料和理论的配置中提出些观点和看法——其多为陋见、成见、曲见、佞见,思想贫乏,言不及物,气味枯索。职业型研究者甚众,如过江之鲫,比比皆是;其中固然有"我",只不过是"小我""私我";其中不乏"创新",但不利学术的大发展。

事业的研究是以治学为一生悬命的事业,是持之以恒、全身心投入的名山之业。作始也简,其毕也钜。研究者数十年如一日,筚路蓝缕,心无旁骛,惓惓切切,苦行深学,视学术为自己的生命;既高屋建瓴,质疑问难,又一砖一石，扎实筑基；对时代精神特具感知能力，鸿篇巨制，粲然可观，识见规模，远高流辈，而引领当代最先进的思想潮流。其佼佼者强强联手，在保留个人趣味和性灵的前提下，构建实力雄厚、结构合理的团队，秉持核心的学术理念，斟酌古今，打通中西，融会诸学，衷取群解，参差已见，万流归一，开基创业。其特出者孜孜于学科体系、话语体系、学术体系的学理性建构，大雅宏达，独创一格，施教启迪，指迷导悟，前贤后彦，学脉绵长，从中可真切感受到时代文化命脉之搏动，其事业之发达与否关乎一国文化之盛衰。这方面的研究者为数不多，寥寥千古。

趣味的研究则是自由的个体性工作，不从俗，不慕虚荣，为性简素，避喧兰若，踽踽独行，自苦自适，心定气闲，任天而动，触事兴感，见微知著，因文为题，纵谈古今，纡徐不迫，讲论自乐；有细密处，有奔放处，豁朗深邃，不拘一格，极具创造性和生命力。此类研究完全不从事功上着想，亦无体系性之考量，其价值与意义却甚为重大，因为这种自动的工作不忮不求，机心全息，力究本来，风神蕴藉，总是竭尽了心力，决不模糊敷衍；这是一种类似爱情的工作，知之深，爱之切，多按各自的趣味发而为文，触处生春，若俯若偃，俱从其情，天趣盎然，启人心扉。因为完全按照个人的喜好摸索而得，此类研究总是有一种体系之外的率性与轻盈、清淡与准确，而在萧散随意之中，蕴藏大量尖新的学术创见，读者唯有"以心会心"方有所得；这是世间锦心绣口的绝世妙文，只对与自己处于同一层次的读者拈花微笑。这让人想起林语堂先生所言"我们精神上的屋前空地"，可惜从之者少之又少，凤毛麟角。

在上述三种研究境界中，唯后两种研究有"我"，有"大我"，能将阅世、说理、论学三者合而为一，吐滓淋漓，卓然而为学术大家。

正如龚自珍《题王子梅盗诗图》一诗所云："从来才大人，面目不专一。"这些学术大家既有敏锐过人之思力，又有气劲神完之文笔；他们不仅是"学问家"，而且是"文章家"。他们的学术作品往往都是"美文"，不单能把理说得圆，还有一种"余情"贯穿其间，写得从容、澹定、丰饶，耐咀嚼,有余味,有气象。读他们的作品,心醉神迷,神情声音毕现,骨骼血肉顿生。

譬如,胡适、冯友兰关于中国古代哲学的研究,陶行知、林汉达的教育学研究,朱光潜、宗白华、李泽厚的美学研究,钱锺书、俞平伯的诗学研究,叶嘉莹、缪钺的词学研究,王元化、童庆炳的《文心雕龙》研究,顾颉刚、江绍原、钟敬文的民俗学研究,赵元任、周有光的语言文字学研究,顾准、孙冶方的经济学研究,吕澂的中印佛学源流研究,赵紫宸的基督教研究,费孝通的社会学与人类学研究……这些学术大家各自以完整的个人对应完整的文化,是所谓"专家之上的文人";他们学问淹博,著述宏富,都有学术思想体系的内在经纬,都有自身的结构支点,以及由此形成的思想格局,故能打通、激活各种学问乃至一切人类文化成果,并复现为一个有机整体,为完整的个人所用;他们寓思想于学术,并浸在自己的性情里,故笔下生气流贯弥漫,文体浑然圆融,趣味盎然醇厚;其眼光态度、学养逸兴、意趣情致,都别具一格,戛戛独造。

"职业""事业""趣味"三种境界表明,真正有价值的人文学科研究既是"无我"的,又是"有我"的;"无我"者无"私我","有我"者有"真我";这样,其创造力和生命力才能绵延不绝而有欣欣之势。

坦白地说,我个人的学术研究偏于"趣味型"。

法国思想家福柯曾关切过此类问题:我们自身是如何成为说话、劳动、生活的主体?在现代的社会条件下,作为主体的我们自身,又怎样同时地成为知识、权力和道德行为的对象和客体?我们自身是怎样成为法制、道德伦理以及各种社会文化规范的限制对象的?换言之,我们自身为什么如此偏执于主体性,却又不知不觉地成为被宰制和被约束的客体?我们自身究竟有没有可能不再成为主体性原则的奴隶?我们应该怎样走出主体性的牢笼,而使自己真正成为自身生命的自由的主人?

福柯所思考的,直接关系到我们自身的命运、现状与未来。福柯说,在当今西方社会,最大的政治问题就是"规范化",它给个体的生命造成了损害。赵汀阳在《论可能生活》中一针见血地指出:“事实上,规范从来只能掩盖生活问题、使生活问题显得含糊,却无法解决任何一个生活问题。”

问题明摆着,那么,我们怎么办呢?

我的处理方式是:自己救自己。当别人整天填表格、写报告时,当别人整天谋划国家重点课题、重大项目,弄点钱花花时,当别人挖空心思抢位置、占地盘时,当别人成天与人斗其乐无穷时,我静坐书斋,笑看风起云涌,潮起潮落,潜心读书,用心写作,明心见性——何不快哉?!

旅美作家木心说:“始终不肯背叛自己的人,即使吃了很多苦头,最终却可以笑着。”初读到这句话,感觉像是对我自己说的。

人生真是奇妙。年少轻狂时,总是向外观看,寻找、发现社会的种种弊病、缺陷、错误;待到知天命的时刻,便向内看了,反省自己,看清自己。说心里话,我一直感到很幸福,由于命运的眷顾让我选择了文学,文学也选择了我。对我而言,文学就是宗教,文学就是信仰,给我以心灵的纯静,生活的充实。

诗人侯马在《他手记》里写道:“命是什么?命首先是骨头,它在柔软的肌肤之下撑着躯体、意志、尊严、爱恨、情仇。”

这真是智者之语!

我们所处的时代讲究“计算”“操作”“规划”,与之相应,“妥协”成了我们日常的生活姿态。有时候,只有放弃才能剩下尊严;有时候,只有坚守才能维护尊严。

我喜欢读书,沉迷于理智与情感交融的心境。

我喜欢思考,执着于精神的探险而无中生有。

我喜欢写作,陶醉于内在性灵的充盈或发现。

日复一日,年复一年,自己不间断地读书、思考、写作,只是以文字追逐着时光;对我而言,理论研究不过是自发性的创造,尽我心尽我力尽我份而已。十余年来,我努力体会钱锺书所倡导的读书心法:“消纳”。“消纳”即消化吸收,其意有二:一是要像蜜蜂采花那样博取众长,保证营养均衡、心智健全;二是要善于消化,“物化为我”,沟通古今中外,化书本知识为性灵体悟。钱锺书说得好,读书“必深造熟思,化书卷见闻作吾性灵,与古今中外无町畦”。

为此,自己一方面带着生活积累和人生体验去读书,以书印证自己的人生;一方面则带着书本知识的积淀走进生活,化知识为人生的智慧。这样,书就成了我生命的一部分,生活就成了一本读之不尽的大书,读书、写作、生活相合相契。

收入本书的文字大都发乎本心,出于持久的个人兴趣——以经验沟通超验,以有限相遇无限,未来的无限可能便向现在一一开放;生活的快乐油然而生,谁还会在乎自己之所不能呢?

《论语·季氏》云:“言未及之而言,谓之躁;言及之而不言,谓之隐;未见颜色而言,谓之瞽。”清代学者冯桂芬有云:“瞽论如是,藉求是正。如有以发我蒙,固所愿闻耳。”(《复庄卫生书》)本书名曰“文学瞽论”,即此意也。

每个人都有自己的命,学术也有自己的命,何必强求呢?荷尔德林有诗云:

> 我们每个人走向和到达,
> 我们所能到达的地方。

是为序。

2018 年 6 月 28 日 北京“不厌居”

导 论

据说，某一年香港某理工大学校长在研究生面试时突发奇想，除了考察专业知识之外，请每个学生背诵一首古诗。按计划，这一年他要招收7个学生，结果每个考生一上来，张口就是“床前明月光”……

初闻此事，一者为之“感动”：一个理工科学校的校长总算还有一点文学细胞或文化底蕴；二者为之“感慨”：现代科学教育与人文教育的严重失衡，致使传统文化衰败如此。嘘唏之余，我觉得面试也太简单了，若让学生背诗之后再作番分析，这样，即便每人一张口就是“床前明月光”，或许也能分出个子丑寅卯什么的。可问题是：这些理工科出身的学生，除了谈些表层阅读感受之外，能以训练有素的科学精神解析这首烂熟于耳的《静夜思》吗？换句话说，文学作品能以科学的、客观的方式解读吗？

别以为我这是在“异想天开”，或是有意“刁难”学生。事实上，还真有人对这首诗作了一种科学的、客观的分析，从中归纳出了以下五组“二元对立”关系：

其一，“明月光”（实）/“地上霜”（虚）。第一句中心词是“明月光”，第二句中心词是“地上霜”，“疑是”

二字表示一种否定关系。这两句可以看成一个句子:“明月光”(主词)+“疑是”+“地上霜”(宾词),主词与宾词之间存在着一种隐喻关系。“明月光”与“地上霜”既有相似之处,也有不同之处,彼此构成了对等关系。相似:“明月光”皎洁、澄澈,与“地上霜”的洁白类似;“明月光”洒落床前的地上,与“地上霜”所处的地点相同。不同:“月光”为光波的运动,可见不可触,“霜”则是水汽遇冷凝成的冰;床前“月光”为实际存在,地上“霜”为诗人的错觉,并不存在。

其二,“明月”(实)/“故乡”(虚)。第三句、第四句是一组对偶句,“明月”与“故乡”亦构成对等关系。相似:“明月”挂在天上,可望而不可即;“故乡”远在天边,可思而不可见,更不可及。不同:“明月”为当时存在的实物,“故乡”只在诗人的记忆之中。

其三,“明月光”“地上霜”(近)/“明月”“故乡”(远)。第一、二句所写的“明月光”与“地上霜”离人近,似伸手可及;第三、四句的“明月”与“故乡”则离人很远,无法企及。

其四,“明月光”“地上霜”(无意)/“望明月”“思故乡”(有意)。“明月光”是诗人一觉醒来无意中发现的,“地上霜”也是诗人的错觉,都是下意识的活动所得;“举头望明月”是诗人有意识的自觉活动,“低头思故乡”更是有目的之自觉活动。

其五,“明月光”“明月”(有限)/“地上霜”“故乡”(无限)。第一、三句是实写,“明月光”与“明月”都是有限的;第二、四句是虚写,“地上霜”与“故乡”都是在诗人主观活动中出现的,是无限的。

上述五组“二元对立”关系可图示如下:

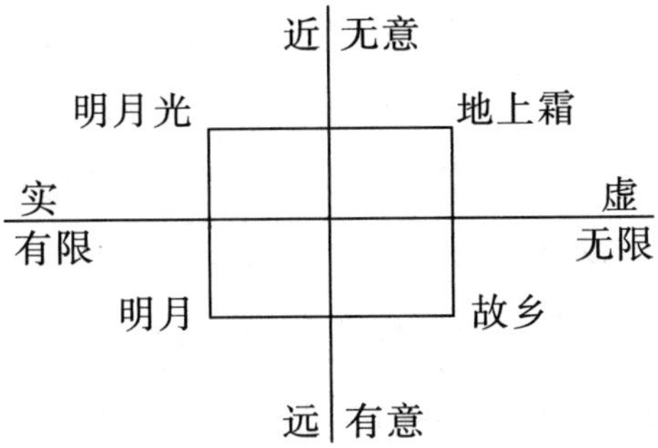

经以上分析,得出的结论是:《静夜思》一诗之美就在于它让人们在对立中寻求着统一,在瞬间中追求着永恒,在有限之中把握了无限。

显然,这种分析方法(1)是分析的,不是评价的;(2)不再描述诗歌的意境,或探究诗人的创作意图,而是致力于寻找组成诗的各元素之间的内在关系;(3)不再关心作品创作的时代或社会背景,不再考虑诗歌可能引发的读者感受,而是将二十个字看成一个整体,细致考察其中各种组合的可能性,力图抽取、分离出其中隐而不彰的“深层结构”。总之,它关注的是诗中有些什么,而不再留意诗中说了什么。这种分析方法便是人们常说的“结构主义”文学批评方法。在结构主义看来,世界是语言的编织物,它通过人的意识而作为一种心灵的表象存在,人的意识中包含着个人的和普遍的结构,整个世界只有经过结构的组织、编排,才能为人们所理解。为此,结构主义对文学进行毫不留情的非神秘化研究,认为文学作品也是一个建构,其种种机制也能像任何其他科学的研究对象一样被归类和分析;它关注文学作品的普遍性问题,力图证明科学地研究文学是可能的;它关注文学现象的不变的深层结构,力图对之加以科学的解释。因此,从中我们看到了一种具有科学冲动或近乎科学迷梦的理论倾向,文学研究成了一种静态的、模式化的技术性工作;这种X光透视一方面让人感觉新鲜,另一方面则让人感到极度的枯燥乏味。于是,问题又回到了原点:包括诗歌在内的文学真能以科学的、客观的方式把握吗?

在我看来,科学地对待文学批评或研究,把文学作品完全当作一个物体的存在予以分解、剖析,这种公式化、模式化的归纳,由于缺乏生命的润泽,缺乏文化意识与担当感,只能成就干枯的理性主义,沦落为一种机械、僵化的文本游戏,远离了文本的原生态世界。真正的文学批评,必须是对批评对象的描述和评价。俄国形式主义者什克洛夫斯基说得好:“诗是需要分析的,但要像诗人那样来分析,不要失去诗的气息。”①文学艺术是有生命的形式,它不是简单地模仿或展示某个现实世界,其所关注的是人的存在。作为词语的特定使用方式,文学用词语来创造或发现一个“新世界”,一个“元世界”,一个“超现实”,以替代、补充业已存在的世界。每一个独创的、伟大的文学作品都揭示了人类存在的新的深度,从中我们看到的是人之灵魂最深沉、最多样化的运动。维特根斯坦说:“我的语言界限意味着我的世界的界限。”②语言的真正意义就呈现于丰富多彩的“生活形式”之中,使用一种语言就是择取一种“生活形式”,寻找一个安宁的“家”。

文学艺术是生命、情感和意识的符号性表现,艺术形式——语言、结构等——传达出一种远远超出形式自身的意义,在我们的身上唤起、强化、保持着一种蓬勃的生命感,使人类的自我本质得以无限提升。苏珊·朗格说得好:“文学之所以成为标准的学术研究对象,原因正在于人们有时不把它当作艺术。”③文学研究在走向科学化、技术化的过程中,使人沦为科技与物欲的奴隶,遗忘了人的世界,丧失了人的生命主体性,这不能不归咎于现代教育。正如有识之士所言,现代教育培养了如此精致的“利己主义者”:高智商、世俗、老到、善于表演、懂得配合和利用体制……对此,池田大作有过非常尖锐的批评:功利主义的现代教育带来了两个弊端:一个是学问成了政治与经济的工具,失去了本身应有的主动性,因而

① [苏]维·什克洛夫斯基著:《散文理论》,刘宗次译,百花洲文艺出版社 1994 年版,第 91 页。

② [德]维特根斯坦著:《逻辑哲学论》,郭英译,商务印书馆 1985 年版,第 79 页。

③ [美]苏珊·朗格著:《情感与形式》,刘大基、傅志强译,中国社会科学出版社 1986 年版,第 237 页。

也失去了尊严性；另一个是认为唯有实利的知识和技术才有价值，所以做这种学问的人都成了知识和技术的奴隶，由此而产生的结果是人类尊严的丧失①。

人的生命需求是多层次的，就现实的人而言，每个人一方面要安顿形而下的物质生活世界，另一方面则要提升形而上的精神世界。形而下的物质层面的问题，可以通过科技手段得到解决；形而上的精神层面的问题，则只能付诸人文之教。然而，现代的知性教育忽视了人的生命的“整全性”，将人的丰富整全的生命简化为“知识人”“经济人”或“政治人”，人被异化成了工具。事实上，科学技术只能告诉我们是什么，不能解决应当怎样，即价值领域的问题。然而，就像弗洛姆在《占有还是生存》一书所指出的，现代社会成了一个完全以追求和占有利润为宗旨的社会，绝大多数人都把以占有为目的的生存当作一种自然的、唯一可能的生活方式，把幸福等同于占有的东西。

事实上，文学是能给我们提供某种意义或启示的，因为它不是展示这个世界，而是创造另一个世界。德国美学家伊瑟尔指出，真正的文学让我们走出藩篱，让我们“通过另一种自我的可能与自我对话”，使自由人性、人的可能性无限拓展；也就是说，文学是人类自由天性的一种实现方式，是人们实现精神自由的独特方式；文学的本质也就是一种可能性生活，是对可能生活的观念性实现、过程性的开启，它超越了世间悠悠万事的困扰，摆脱了束缚人类天性的种种机构的框架，“使人类成为自身”，使我们“过上另一种生活”②。艺术巨匠毕加索曾给某人画幅肖像，在摆了第一次姿势之后，某人即表示满意。但毕加索反反复复画了九十次，然后统统擦光。停了数月，他不用模特儿就画完了这幅肖像。当某人困惑地问画家这像不像自己时，毕加索平静地答道：“你有一天会像它的。”的确，作

① [日]池田大作、[英]汤因比著：《展望21世纪》，荀春生译，国际文化出版公司1985年版，第61页。

② [德]沃尔夫冈·伊瑟尔著：《虚构与想象——文学人类学疆界》，陈定家、汪正龙译，吉林人民出版社2003年版，第106页。

为人类自由天性的一种实现方式,文学艺术是对一种“可能生活”之观念性的实现与过程性开启。一个合格的公民对于现代社会来说足够了,对于个体而言则远远不够。文学不是狭隘的以美为对象的学问,而是一种处世态度,或一种信仰。这种信仰并非来自政体、党派和神灵,而是出于孤独个体的内心信念。因此,文学具有一种超越性,可以使人从政治话语、党派斗争和物质利益中获得解放。英国小说家毛姆曾经做过这样的自我分析:

> 对一件艺术杰作,人的反应究竟如何?比如,某人在卢浮宫里观看提香的《埋葬》,或者在听《歌唱大师》里的五重唱时,他的感觉如何?我知道我自已的感觉。那是一种激越之情,它使我产生一种智性的、但又充满感性的兴奋感,一种似乎觉得自已有了力量、似乎已从人生的种种羁绊解脱出来的幸福感;与此同时,我又从内心感受到一种富有人类同情心的温柔之情;我感到安定、宁静,甚至精神上的超脱。①

同样,文学不是某种道德观念的复制或灌输,而是启悟、激励个体趋善去恶、涵养情性、重塑自我的生命实践。

文学具有对读者生命之完善有所浸润的“成人”意义,它不是把人塑造成某种道德、政治或经济的工具,而是在人的感性、情感乃至生命力的充分发展上着力,“潜移默化”地使人的自身得到全面发展。然而,很多文学研究者似乎已然忘记了这点。由于人文精神、生命意识的失落,我们的文学研究往往或由事实归纳为“原理”,或由“原理”演绎出个别结论,没有对人生世相的直悟、涵泳,没有厘然当于人心的四射灵光。体验是生命存在的直接形式,这种剥茧抽丝、堆砖架屋的文学研究,遗忘、漠视了研

① [英]威廉·毛姆著:《毛姆读书随笔》,刘文荣译,生活·读书·新知三联书店1999年版,第64-65页。

究者本人生命体验的存在，不再呈现人的无穷生命潜力，不再是“一种呈现‘可能存在’或者‘可能发生’的纷繁复杂的多种事物的百花园”①；其冷漠、庄严和宏大的叙述，除了给阅读者带来了枯燥的折磨之外，在提升人的生命境界，成就一个健康完美的人格，开发出每一个体生命的全体大用等方面基本无所作为。

历史是人的生存活动的展开与生成，包括文学在内的人文学科，不是颁布最终的知识体系和普遍适用的信条，而是对人的生活世界的反思、批判，以及对一种新的生存方式和文化价值的重构、再塑。在某种意义上说，文学其实就是一个生活的问题。日常生活是与每一个人的生存息息相关的领域，它凭借各种给定的重复性思维与实践自在运行，传统、习惯、经验、常识在这里占据“统治”地位。在芸芸众生的生活里，一切都处于“手边”，这是一个可信、熟识和惯常行为的世界。日常生活实践着因果关系，所有因果关系也都在日常生活里得到检验，逃不过去。因此日常生活给文学作品的因果关系、逻辑关系提供了依据。沈从文先生评价好的作品，常常用极其简单的两个字：家常。是的，耐久的是家常的，耐看的也是家常的。我想，大概因为这些优秀的文学作品，一方面授受知识，另一方面则开启智慧，点化或润泽了生命，即：(1)让我们直面生命，解决生命的问题与困境；(2)回归生活实践，在日常生活的视野中体认生命本原；(3)关怀、呵护生命，以生命的提升与完善为目的。

那么，我们现在还有这样的文学吗？根据我的观察，我们的作家要么对自己的天赋过于自负，要么对自己的平庸过于满足。常人怎样享乐，作家就怎样享乐；常人怎样判断文学艺术，作家就怎样判断文学艺术；常人怎样从“大众”中抽身，作家就怎样抽身。他们“沉沦”于生活世界，感觉幅度不断窄化。有些作家的经验甚至开始寄生于报纸新闻，或是影碟动漫，炮制出了大同小异、数量惊人的“作品”。他们的作品即便是表现底

① [德]沃尔夫冈·伊瑟尔著：《虚构与想象——文学人类学疆界》，陈定家、汪正龙译，吉林人民出版社2003年版，第12页。

层社会人民的生活，由于缺少细腻、真切的工夫，作品也轻飘飘、滑溜溜的，一锥子扎不出血来①。日常生活既是一个人们满足于对象"如是性"的熟知世界，又是个体可控制其各个维度和潜在可能性的世界。因此，社会的进步应体现为人类精神、一般社会活动和日常生活三个层面的协调进展。对于过度沉溺日常生活或与之分离甚久的文学，我们怎么能指望它们"优秀"起来了呢？又怎么能指望这种文学重建精神家园，扬弃日常生活的自在性质，以推动日常生活世界的嬗变呢？难怪有人诘问："现在还有值得我们尊敬的作家吗？还有值得我们反复阅读的作品吗？"

"大学之道，在明明德"。学问首先应当"明明德"，确立人文的价值。只有"明明德"的学问，才是真正"生命的学问"。当代哲学家、新儒家巨匠牟宗三指出，中国文化之开端，哲学观念之呈现，着眼点在于生命。"中国文化一开始就重视生命。……都是为了调护润泽生命，为了使生命能往上翻而开出的。但我们的生命不只要往上翻，还有往外往下的牵连，这方面的牵连就有各种特殊的问题，如政治、社会、经济等，都需要特殊的学问，即专家的科技的学问。……这是不能互相取代的。一个是属于生命的学问，一个是属于知识的学问。"②"中国文化之智慧，惟在能自生命内部以翻出心性之理性，以安顿原始赤裸之生命，以润泽其才情气，并由之能进而'以理生气'也。"③以明清之际的哲学家、理学家李颙（1627—1705）为例。李颙回顾自己一生的学问实践，其核心不过是一个发见本性之光明。他说："学，所以明性而已，性明则见道，道见则心化，心化则物理俱融。跃鱼飞鸢，莫非天机；易简广大，本无欠缺；守约施博，无俟外索。若专靠闻见为活计，凭耳目作把柄，犹种树而弗培厥根，枝枝叶叶外头寻，惑也久矣。"④在李颙看来，学问的核心就是挺立一价值之源——性体，只

① 参阅韩少功撰：《文学：梦游与苏醒》，见林建法主编：《中国当代作家面面观——文学的自觉》上册，复旦大学出版社2009年版，第2—12页。

② 牟宗三著：《中西哲学之会通十四讲》，上海古籍出版社2007年版，第21页。

③ 牟宗三著：《生命的学问》，广西师范大学出版社2005年版，第29页。

④ 李颙著：《二曲集》卷45，陈俊民点校，中华书局1996年版，第562页。

有培植了这样的“根本”,人格的成长才成为可能,而后以生命之光照亮人生之途。李颙提出:“儒者之学,明体适用之学也。”“穷理致知,反之于内,则识心悟性,实修实证;达之于外,则开物成务,康济群生。夫是之谓‘明体适用’。”[①]也就是说,只有“体用兼该”,才能挺立一个丰富而完整的生命,这样的生命才是纵贯的、立体的。审视我们现在的学术界,能有多少这种“生命的学问”呢?现代学术研究多以知识为中心、以科学为宗旨,并无“明明德”之学问。金岳霖先生是诟病近代知识系统论的“理智”论者,他哀叹“苏格拉底式”的“元学”哲学家的不复存在。在元学哲学家那里,哲学绝不单纯是“一个提供人们理解的观念模式,它同时是哲学家内心中的一个信条体系”。而从柏拉图以降的近现代哲学家自身与他信奉的哲学之间分离的特点改变了哲学的价值,为此,金岳霖先生嘘嗟不已,认为这种改变“使世界失去了绚丽的色彩”[②]。

以文艺理论研究为例。20世纪曾被称为“批评的世纪”或“理论的世纪”,实际上,许多批评理论往往无视作品本身的存在,不仅从未真正推动批评实践的发展,而且导致了名副其实的批评活动销声匿迹。于是,所谓的艺术理论便不再与文学或艺术相关,理论界便成了理论家卖弄学问和掉书袋的竞技场。更可悲的是,那些习惯于闭门造车、凌空蹈虚的理论家还俨然以“天堂的把门人”自居,他们一面宣示不容置疑的“真理”,一面对所谓的“异端”大加讨伐;他们习惯于不着边际的宏观叙述和烦琐的科学分析,而不注重文本的细读,特别是对文学语言的品味,失去了起码的艺术感悟、敏感与直觉力;他们往往将中国的文学作品变成西方某个理论、概念正确性的一个实证,使文学研究成了自己得心应手地构筑模式、摆弄材料的智力游戏。可以毫不客气地说,不少学者研究了一辈子的文学或美学,皓首穷经,实际上他们根本就不懂得什么是文学,什么是真正的美!他们只能撰写“面目可憎”的论文,来回穿梭于一个又一个大同小

① 李颙著:《二曲集》卷14,陈俊民点校,中华书局1996年版,第120页。

② 参见金岳霖著:《金岳霖学术论文选》,中国社会科学出版社1990年版,第360—362页。

异的学术会议，贩卖或移植连自己都未曾真切体认的"理论"，蛊惑人心，招摇撞骗。之所以出现这种情形，一方面，这些学者与作家一样被学位、职位、职称、奖项、福利、文化宣传等"夹击"得面目全非，分别择取了"消费学术""商业学术""会展学术""官本学术"等颇为流行走俏的知识生产和再生产方式，为博士点、硕士点、一级学科、基地、中心、项目、评奖奔波而乐此不疲，放弃了对型构人之生命的社会秩序的正当性的追问。另一方面，这些学者又往往把"理论"当作关于世界的权威性、指导性、规范性、概括性的解释或理解，而所谓的科学性、实证性、抽象性使理论成了远离生活实践的空中楼阁，理论家从生活事件之中抽身出来，以无关痛痒的理论遮蔽了感性的生活世界。伽达默尔在追溯"理论"(theory)一词的原初意义时指出，理论的意义并不是为世界提供所谓实证的规范的科学基础，理论是我们切近事物并邀请其出场的一种实践方式。他说：

> "理论"一词的希腊文是 theoria，它表现出人的存在这种宇宙间脆弱的和从属的现象的明晰性：尽管在范围上微弱有限，他仍然能够纯理论地思考宇宙。但是根据希腊人的观点，构造理论恐怕是不可能的。那样说像是我们制造了理论。理论这个词的意思，并不像根据建立于自我意识之上的理论结构的那种优越地位所意指的，指与存在物的距离，那种距离使得存在事物可以以一种无偏见的方式被认知，由此使之处于一种无名的支配下。与理论特有的这种距离相反，理论的距离指的是切近性和亲缘性。Theoria 一词的原初意义是作为团体的一员参与那种崇高神明的祭祀庆祝活动。对这种神圣活动的观察，不只是不介入地确证某种中立的事务状态，或者观看某种壮丽的表演或节目；更确切地说，理论一词的最初意义是真正地参与一个事件，真正地出席现场。①

---

① ［德］伽达默尔著：《科学时代的理性》，薛华等译，国际文化出版社 1988 年版，第 15 页。

“理论”的原初本义是吁请存在出场，切身性地进入生活事件。因此，文学批评家胡河清（1960—1994）说：“文艺理论不管怎么说，无非也就是谈文艺而已。然而我认为最好的文艺，总是渗透着人生的感怀；如果谈文艺的理论文章一概都写得如同哲学家的著述，一点点汗臭或者酒香的味儿都嗅不出来，那也未必就算顶高明的理论境界。”①

对于作家、文学研究者而言，最为迫切的工作在于：回归身在其中现实地交往与生存、现实地创造价值和意义的生活世界，回归人之生存的批判和自我批判的文化精神，使创作与研究都建筑在历史与现实的实践之上而得以“生命化”；与此同时，融入传统的感悟思维，重视涵泳、体贴、体认、体证等，用自己的精神陶冶熔铸，深造熟思，“化书卷作吾性灵，与古今中外为无町畦”②，从而建构既内蕴了切身体验、流淌着民族文化血脉，又充分吸收域外文化之长，能适应文化交流、对话时代的中国文学价值体系——这是当下文学创作、研究重新获取生命力的重要保证。那么，怎样才能使得我们的文学创作与研究的“生命化”真正落到实处呢？在我看来，非常有必要重申2010年诺贝尔文学奖得主、秘鲁小说家略萨（1936— ）提出的“文学抱负”——这或许是当下文学创作与研究之去蔽或敞开的关键所在。

略萨指出，“文学抱负”是成为一个作家的起点，“文学抱负的基本属性是，有抱负的人如果实现自己的抱负，那么就是对这一抱负的最高奖励；这样的奖励要超过、远远地超过它作为创作成果所获得的一切名利”。他说：“作家能够获奖、得到公众认可、作品畅销、拥有极高知名度，都有着极其独特的走向，因为有时这些名和利会顽固地躲避那些最应该受之无愧的人，而偏偏纠缠和降临到受之有愧的人身上。这样一来，只要把名利看作对自己抱负的根本性鼓励，那就有可能看到梦想的破灭，因为他可能混淆了文学抱负和极少数作家所获得的华而不实的荣誉与利益。献身文

① 胡河清著：《灵地的缅想》，《钱锺书论》，学林出版社1994年版，第85页。

② 钱锺书著：《谈艺录》，中华书局1984年版，第1页。

学的抱负和求取名利是不相同的。”[①]因此，“文学抱负”是个神秘的题目，它被裹在不确定性和主观性之中；只要避免虚荣心，只要不带迷信和狂妄的神话色彩，我们便可以论及这个起因不详的因素。事实上，正是这种献身文学的抱负推动我们把自己毕生的精力投入其中，感到自己被一种力量所召唤，不由自主地去从事这种活动——比如写故事，比如探究美的难题，使出浑身解数，从内心深处感到写作是自己经历和可能经历的最美好事情，觉得实现了自我的价值，而丝毫不认为是在浪费生命。这就像傅聪说过的那样：上帝让我此生与音乐为伍，这已经足够。

略萨进一步指出，能想象出与生活不同的天地里的人物、情节、故事和世界，这种倾向可称之为文学抱负的起点；而它的起源又在于一种“反抗精神”，即基于对生活现实的质问、拒绝和批评，虚构出别样的生活和世界，以代替经过生活体验的具体和客观的世界；“这样的行动是幻想性质的，是通过主观、想象、非历史的方式进行的，可是最终会在现实世界，即有血有肉的人们的生活里，产生长期的精神效果”[②]。“文学抱负”存在的理由，文学存在的秘密理由，就在于这种关于现实生活的怀疑态度，它决定了文学能够给我们提供关于特定时代的唯一的证据。正是在这意义上，略萨谈论到了“虚构”的意义：“虚构是掩盖深刻真理的谎言；虚构是不曾有过的生活，是一个特定时代的人们渴望享有、但不曾享有，因此不得不编造的生活。虚构不是历史的画像，确切地说，是历史的反面，或者说历史的背面；虚构是实际上没有发生的事情，因此，这样的事情才必须由想象和话语来创造，以便安抚实际生活难以满足的雄心，以便填补人们发现自己周围并用幻想充斥其间的空白。”[③]因此，好的小说是在“谎言”中说真话：“一部成功的虚构小说代表着一个时代的主观精神；因此，小说

① ［秘］马里奥·巴尔加斯·略萨著：《给青年小说家的信》，赵德明译，上海译文出版社2004年版，第2—3页。

② ［秘］马里奥·巴尔加斯·略萨著：《给青年小说家的信》，赵德明译，上海译文出版社2004年版，第6页。

③ ［秘］马里奥·巴尔加斯·略萨著：《给青年小说家的信》，赵德明译，上海译文出版社2004年版，第7页。

尽管与历史相比是在撒谎，却传递给我们那易逝去、会消失的真情。”①借助于小说的力量，人们觉得现在的世界应该更好，这个世界应该改变，而不断予以修正、改善，变革现存的生活方式，加速旧世界的崩溃，创生出一个更完整的、更好的、更不同的现实社会。

反观我们的有些作家，他们是写作技术精湛的“匠人”，他们的语言色香欲滴，结构如网如织、精美庞杂，情感充沛丰富，人物血肉饱满，可供人研究说道者应有尽有，唯独没有“反抗精神”的存在，唯独缺乏罗曼·英伽登说的“形而上学质”，更别说什么“气韵生动”了。是的，我们的有些作家实在是太聪明了，聪明过头了反而表现为弱智。他们错就错在太会写作，沉湎于技术的狂欢，而舒展自如地制造“名声”，心安理得地吃“黄道”、吃“黑道”、吃“红道”、吃“白道”……我们的有些文学研究者又何尝不是这样呢？在高校体制的职称制度、课题制度、评奖制度的掩护下，文学蜕变成了体制化的知识，文学研究成了标准化、程序化的大生产，被研究的文学作品被称为“材料”，研究者按照一套操作程序运作出来的著述被称为“成果”，各级职称、各类奖项、各种头衔信手拈来，想有就有，轻车熟路，如鱼得水，好一派天景的风光！然而，文不欺人，文学研究者对于文学的态度，是可以从他们的文字中一一读出的。他们还将文学阅读当作一种美的发现与享受吗？在明透得道、显山露水的生产过程中，他们还能感受到激动或愉悦吗？他们还喜欢、热爱文学吗？还对文学真正怀有兴趣吗？总之，他们还有真正的“文学抱负”吗？

文学或审美是“务虚”即“无用之用”，它使我们的心灵面对一个陡然开阔的境界，在几千年浩瀚的文化时空中纵性穿行，深刻地体味人生；它在培育生命意识，涵养人的情性，使我们的人格构成趋向健全的同时，通过改善现代人的人性以推动社会结构的变革。文学的魅力就表现在那从幽微处发端的会心一笑之默契与超脱。柏格森说得好，无论艺术家如何

① [秘]马里奥·巴尔加斯·略萨著:《谎言中的真实——巴尔加斯·略萨谈创作》，赵德明译，云南人民出版社1997年版，第75页。

努力，在其实践终点上都会与一种“无”相遇；他提供给世界的虽然是一件可以“观”的作品，“但是，那个具体的结果中包含的、作为一个艺术作品全部内容的东西，却依然是不可预见的。而占据着时间的正是这种‘无’”①。然而，在那些以“批评理论”为谋生资本的“知道分子”那里，我们看到的是指点江山、君临天下的欲望，却看不到他们对文学艺术由衷的兴趣与喜爱。如果一个社会不再重视、热爱文学艺术，也就等于是致命地自绝于曾经创造并保持了人类文明精华的推动力。近年来，有些学者总喜欢用“危机”“挑战”一类的词语描述当代文学的状况，却少有人意识到，文学创作、研究的危机并非来自“全球化”或“电子媒介”的“挑战”，而是来自以文学为“职业”者内在的心灵，一言蔽之，即不再持有“文学抱负”，对文学已然失去了基本的信念。

更有意思的是，略萨还指出，如果把献身文学置于高于一切的坚定不移的行动之中，将文学爱好当作前途的决定，则有可能变成奴役，变成不折不扣的奴隶制。略萨将这一“文学抱负”形象地比作“绦虫”。19世纪，西方社会某些贵夫人因为害怕腰身变粗，为了恢复美女一样的身材而吞吃一条绦虫；绦虫一旦钻进她们身体的某个器官，便吸收人的所有营养，在人体内牢牢地建立了殖民地；从此，生活中的一切都不是为了自己，而是为了肠胃里的这个生物，自己不过是它的一个奴隶而已。在略萨看来，作家的地位与肠胃里有了绦虫以后的处境无异：

> 文学抱负不是消遣，不是体育，不是茶余饭后玩乐的高雅游戏。它是一种专心致志、具有排他性的献身，是一件压倒一切的大事，是一种自由选择的奴隶制——让它的牺牲者（心甘情愿的牺牲者）变成奴隶。……文学变成了一项长期的活动，成为某种占据了生存的东西。它除了超出用于写作的时间之外，还渗透到其他所有事情之中，因为文学抱负是以作家的生命为营养的，正如侵入人体的长长的

---

① ［法］昂利·柏格森著：《创造进化论》，肖聿译，华夏出版社2000年版，第293页。

绦虫一样。[1]

略萨借用美国小说家托马斯·沃尔夫的话说，“它蜷曲在那里，用我的大脑、精神和记忆做食粮。我知道，自己已经被心中的火焰抓住，已经被自己点燃的火吞食，已经被多年来耗费我生命的愤怒与无法满足的欲望铁爪撕得粉碎。一句话，我知道，脑海里或者心中或是记忆中，一个发光的细胞将永远闪耀，日日夜夜地闪耀，闪耀在我生命的每时每刻，无论是清醒还是在梦中……我知道即使死亡用它那无限的黑暗夺去了我的生命，我也不能摆脱这条蠕虫”[2]。如果我们对文学有着无限的热爱，那么，心之所系、气之所宗、命之所托、喜怒哀乐之所由，盖在于此。这样，我们便不难做到目光如炬，洞察实质，而从不故弄玄虚，人为地撒播雾霾；也不汲汲于名利，斤斤计较个人的得失宠辱——为了追索真理和理想，颠沛以之，造次以之，都毫不动摇，心甘情愿地承受一切苦难，至死不渝。略萨说得好，把自己的“文学抱负”表现为参加“远征”，怀着狂热的信念日日夜夜投身其中，在恒心加信心的基础上孕育自己的才能，这才是一个真正的作家、文学研究者所过的生活；“只有那种献身文学如同献身宗教一样的人，当他准备把时间、精力、勤奋全部投入文学抱负中去，那时他才有条件真正地成为作家，才有可能写出领悟文学为何物的作品”[3]。

确然，把文学创作与理论研究看作一种命运，看作一种填满自己生命并为之欣悦的生活方式，与文学这“绦虫”相伴直到生命终结，我们的文学创作与研究兴许能拥有一个令人欣慰的未来！

① ［秘］马里奥·巴尔加斯·略萨著：《给青年小说家的信》，赵德明译，上海译文出版社 2004 年版，第 11 页。

② ［秘］马里奥·巴尔加斯·略萨著：《给青年小说家的信》，赵德明译，上海译文出版社 2004 年版，第 12 页。

③ ［秘］马里奥·巴尔加斯·略萨著：《给青年小说家的信》，赵德明译，上海译文出版社 2004 年版，第 12 页。

第一章 文学与意识形态

自20世纪80年代以来,以钱中文、童庆炳、王元骧等人为代表的“中国审美学派”建构了一个以“审美意识形态”论为核心思想的马克思主义文艺理论新体系。作为文艺学的基本原理,“审美意识形态”论是“建立在马克思主义的基础上,又延伸了马克思、恩格斯的思想,具有完整的理论创造,成为中国现代学者提出的马克思主义的新的文学观念”①。中国大陆当代最重要的20余部“文学理论”教材都以“审美意识形态”论为核心概念来理解文学。时至今日,“中国审美学派”仍活跃在中国文艺理论界的前沿。围绕“审美意识形态”论的论争,除了某些人为的因素外,主要是在“意识形态”等概念的理解上含混不清。从理论上厘清这些概念,或许能深化我们对于“文学”与“意识形态”之间复杂关系的认识,准确地总结与评说“审美意识形态”论。

---

① 童庆炳撰:《新时期文学理论转型概说》,载《中外文化与文论》第13辑,四川大学出版社2006年版,第25页。

一、“中国审美学派”的缘起

一切思想，都是以问题为中心的。马克思和恩格斯曾经指出：“一切划时代的体系的真正的内容都是由于产生这些体系的那个时期的需要而形成起来的。”[①]学术研究不只是为着一种历史知识的兴趣，生活在当代中国的学者，应着眼于解决中国现实的理论难题，始终处于对人类、社会、文学与自我的不断发现与探索状态之中，将现实的关怀与超越的、形而上关怀有机地统一起来。换言之，学术研究必须立足中国本土的现实，而对问题的学术性解决，又必须是学理性的，有距离的，更带根本性的思考与研究；二者之间应保持一种必要的张力。任何一种学派或理论体系的兴起，都是有其特定的历史背景和思想根源的。“中国审美学派”的形成与其所处时代的问题阈紧密相关，它形成于对时代问题的回应与超越之中，这种回应与超越既是针对于时代的呼唤，也是针对于文艺理论的实际发展要求。

在谈到中国近现代文艺思想的发展时，李泽厚认为：“每个时代都有它自己中心的一环，都有这种为时代所规定的特色所在。……在近代中国，这一环就是关于社会政治问题的讨论……把注意和力量大都集中投

① 《马克思恩格斯全集》第3卷，人民出版社2002年版，第544页。

放在当前急迫的社会政治问题的研究和实践活动中"；"政治斗争始终是先进知识群兴奋的焦点"[①]。长期以来，由于受极左思想影响，加上对苏联文学理论的盲目崇拜，我国的文学理论存在着背离文学现象，无视文学规律的不良倾向。"文革"时期，在极端僵硬的政治和文化状况下，"文学从属于政治""文学是阶级斗争的武器""文学是无产阶级斗争的工具"等文学观念盛行一时。20 世纪 80 年代，在拨乱反正、思想解放的大背景下，清理旧的文学观念和文学研究方法，清除错误文艺观念的影响，客观地评价传统文学理论的得失，是进行文学理论创新的重要前提，它直接影响到当代文艺理论的建设。那么，如何实事求是地寻求对于文学的新理解呢？这是当时文艺理论学者要解决的重要问题。在对文艺本质的热烈讨论的过程中，学者们一步一步地解决着自己的问题：首先，文学是不是刻板地从属于政治？文学有没有自己的独立性？文学是不是要永远听从政治的指挥？再进一步，文学不是阶级斗争的工具、不再从属于政治之后，那文学究竟是什么呢？简言之，文艺理论的研究宗旨是要使文学回归自身，符合自身特征以及发展多样化的文学创作。于是，各种各样的理论应运而生。

文学的基本特征问题是文学理论中的一个根本问题，它直接影响着文学创作实践。长期以来，中国文论界一直坚持文学"形象特征"说，认为文学和科学的对象是同一的，不同在于，文学以形象来说话，科学则以逻辑来说话。出于对"文革"时期极度政治化的文学观念的反思，当时学界掀起了"形象思维"大讨论，其目的是要摆脱"文艺从属于政治"的命题的思想束缚。1981 年，童庆炳提出了文学"审美特征"论，指出"形象特征"说是文学创作之所以"公式化"的理论根源之一，它源于俄国 19 世纪文学批评家别林斯基，实际上是别林斯基的一个理论"失误"，而这一理论错误是受黑格尔"美是理念的感性显现"观念的影响所致；文学所反映

① 李泽厚著：《中国思想史论》（下卷），安徽文艺出版社 1999 年版，第 825 页。

的生活是整体的、美的、个性化的生活，这就是文学的内容的基本特征[①]。1983 年，在《文学与审美——关于文学本质问题的一点浅见》一文中，童庆炳指出，文学的本质问题的完整探讨应包括两个层次的问题：一，文学和其他意识形态的共同本质的研究；二，文学本身的特殊本质的研究。他认为，文学之为文学当有其独特的对象和内容，从内容到形式乃至其功能，都有着独特的品质和特征；他提出："文学作为一种意识形态包括了巨大的认识因素，但构成文学之所以为文学的充分而必要的条件，则不是认识而是审美……文学区别于非文学的关键，就是它的审美特质。"[②]童庆炳确认了文学的审美品质，把文学创作看作一种以审美活动为核心的精神活动后，还从社会现实、心理美学、社会学、文体学、语言学和文化学等视角，在与古今中西各种文学理论的对话和沟通中，进一步丰富和完善着自己以"审美特征"为中心的文学思想。童庆炳同时指出，文学不是"纯审美"的，作为一种广延性很强的事物，文学的版图十分辽阔，有着社会性、政治性、道德性、宗教性、民俗性等种种属性；为此，他提出了"文学五十元"的构想。不过，文学的多元性质还只是文学的一般属性，它们往往为多种事物所共有，还不足以将艺术与非艺术、文学与非文学区别开来；这些属性只有"溶解"于审美活动之中，才可能是诗意的。如果说文学是社会生活的反映，那么它就是一种"审美反映"。1984 年，童庆炳编写了《文学概论》（上、下册，红旗出版社），该书第一章"文学的本质与特征"便以"审美特征"论取代了"形象特征"说，第一次把"审美反映"作为文学的基本概念写进了教材。此后，童庆炳将"审美"的视角运用于文学真实性、文学典型、艺术欣赏、艺术结构等问题的研究中，大大深化了人们对于文学"审美特征"的认识。1988 年，童庆炳的《论文学的格式塔质和审美本质》一文从心理学的角度解释了"审美"，认为审美是人们的一种体验，

---

① 童庆炳撰:《关于文学特征问题的思考》，载《北京师范大学学报》1981 年第 6 期。

② 见赵勇编:《在历史与人文之间徘徊——童庆炳文学专题论集》，北京师范大学出版社 2007 年版，第 32 页。

是自由在瞬间的实现，是苦难人生的节日；它以心理感官的无障碍为其标志，以情感上的评价现实为其实质。一言蔽之，审美即情感的评价。童庆炳还运用“整体大于部分之和”的格式塔的、结构主义的系统论原理，从文学内部诸因素的整体联系中把握文学的本质，认为审美是文学的整体性结构关系生成的、一种形而上的新质；“它不属于具体的部分，却又统领各个部分，各个部分必须在它的制约下才显示出应有的意义”①。

1984 年，王元骧发表《艺术特性与艺术规律》一文，阐述了自己的看法，他认为，文学艺术是经过作家审美情感的评价和选择来反映生活的，“情感乃是艺术的生命，是艺术与非艺术之间最根本的分水岭，是艺术最根本的特性之所在”②；所谓艺术的审美特性，是“通过艺术家的审美感受和审美体验为中介来反映生活所赋予作品的一种属性”③。1988 年，在《艺术的认识性和审美性》一文中，王元骧指出，就对象而言，文学反映的对象并不是客体自身，而是“客体对人所可能具有的价值”；就方式而言，文学的反映是“情感反映”，“与感性对象自始至终保持直接的依赖关系，它不仅产生生动的感性直观，而且只有依赖感性对象才能维持下去”；就结果而言，与一般认识论所要解决的“是什么”不同，文学作为一种审美活动所要解决的是“应如何”的问题。一言以蔽之，文学不同于科学之处在于，文学是作家以审美情感为中介对社会人生的评价性反映④。这里，“应如何”是一个理想的尺度，体现了作家对人生的理想、愿望、企盼和梦想，使人瞥见了一个经验生活之上的世界，而引导人不断地走向自我超越。因此，艺术美自觉地体现着作家的审美情感和审美理想，使人们的生活有了方向和目标。王元骧在 1989 年出版的《文学原理》里提出，在文学艺术与社会生活之间存在着三个层面的中介：社会心理、艺术家审美心

① 见赵勇编：《在历史与人文之间徘徊——童庆炳文学专题论集》，北京师范大学出版社 2007 年版，第 34 页。

② 王元骧撰：《艺术特性与艺术规律》，载《社会科学战线》1984 年第 3 期。

③ 王元骧著：《审美反映与艺术创造》，杭州大学出版社 1998 年版，第 51 页。

④ 王元骧著：《文学原理》，浙江教育出版社 1989 年版，第 33 页；另见王元骧著：《文学原理》，广西师范大学出版社 2002 年版，第 16—23 页。

理、艺术语言与艺术形式。这些大大深化了人们对文学反映论的理解。

1986年,钱中文提出了以“中介”论为前提的“审美反映”论。在他看来,文学是审美主体的创造系统,文学创作不是一般反映论的运用,作为哲学原理的反映论进入文学创作,必须经过中介而形成审美反映;“文学的反映是一种特殊的反映,由于其自身的特殊性,较之反映论原理的内涵,丰富得不可比拟。反映论所说的反映,是一种曲折的二重的反映,是一种有关主体能动性原则的说明。审美反映则涉及具体的人的精神心理的各个方面,他的潜在的动力,潜伏意识的种种形态,能动的主体在这里复杂多样,而且充满种种创造活力,这是一个无所不在的精灵”。钱中文不但从根本上区别了一般的反映论与文学“审美反映”论,而且还从“心理层面”“感性认识层面”和“语言、符号、形式的体现”等层面说明了文学“审美反映”论的特征。他理性地审视了反映论,在肯定了流行的反映论前提的基础上,强调了心理现实和审美心理现实,将再现与表现统一起来,而提出了“审美反映论”,标举审美反映的丰富性,反驳了强加于反映论上的不实之词,又赋予其更新的含义①。

童庆炳与王元骧、钱中文等人提出的文学“审美反映”论,主要是针对“文学主体论”完全否定文艺反映论提出来的。它震撼了所沿袭的前苏联文学理论模式,是新时期伊始的一个重要的理论创获;它突破了文学观念僵硬的政治化和粗疏的哲学化,突破了“反映”论和工具论的单一视角,有力推动了当时整个文学观念的变革,其意义是极其深远的。文学“审美反映”论的提出,表明“中国审美学派”已具雏形。

事物的特征不同于事物的本质,但对事物本质的把握必须从其“特征”入手。文艺的本质问题从来是文艺学研究的核心问题,也是文艺学体系构架的首要问题。马克思在1859年的《〈政治经济学批判〉序言》中概括了历史唯物主义的基本原理,明确指出“意识形态的形式”(ideologischen

① 钱中文撰:《最具体的和最主观的是最丰富的——论审美反映的创造性本质》,载《文艺理论研究》1986年第4期。

formen)包括“法律的、政治的、宗教的、艺术的或哲学的”(den juristischen, politischen, religiösen, künstlerischen oder philosophischen)等各种不同的“形式”。其中,“法律的、政治的、宗教的、艺术的或哲学的”这几个词,在德文中都是复数,“意识形态的形式”中的“形式”在德文中也是复数——这意味着这里的“艺术的”是一种泛指,既指文学艺术的具象创造,也指文学艺术的观念理念。马克思把文艺列入意识形态,“这在人类思想史、文论史上是一个重大的历史性发现”①。不过,以往的教条主义者片面地把意识形态的史学观点作为马克思主义文学本质观的唯一观点,抛弃和压抑了美学观点,用意识形态观点遮蔽和掩盖了文学的审美本质;其极端表现在“文革”时期,文艺完全被等同于政治,文艺与文学理论走向了极端荒谬的境地。

马克思关于文艺是“意识形态的形式”之一的提法,暗含着它和其他形式的意识形态相区别的意思。由此,便与文艺的特殊性问题相衔接、相统一了。实际上,马克思和恩格斯在不同层次、不同方面已涉及文艺的审美特性或特殊本质。为此,钱中文等人集中研究了马克思《1844 年经济学—哲学手稿》中的美学思想,进一步理解了马克思关于“掌握世界的方式”、关于艺术的掌握世界的方式的论述,逐步认识到:马克思关于艺术本质的论述——艺术既是社会意识形态,又是审美活动——存在着两方面的理论资源,既有美学观点,又有史学观点,是美学观点和史学观点的结合与统一;从马克思主义哲学一般的意识形态理论过渡到对于文艺本质特征的研究,必须经过审美这个中介。1982 年,钱中文提出,“文艺是一种具有审美特征的意识形态”。在他看来,文学是通过对语言的审美结构的把握,通过创作主体的感受、体验而灌注了感情思想的鲜活的艺术形式来反映社会生活;我们“加强美学分析,并不是要否定与美学分析密切相关的历史、社会分析”②。1984 年,钱中文正式提出了文学“审美意识形

① 吴元迈撰:《再谈文艺和意识形态的关系》,见李志宏主编:《文艺意识形态学说论争集》,吉林大学出版社 2006 年版,第 1 页。

② 钱中文撰:《论人性共同形态描写及其评价问题》,载《文学评论》1982 年第 6 期。

态”论：“文学艺术固然是一种意识形态；但我以为是一种审美的意识形态；文学艺术不仅是认识，而且也表现人的情感和思想；审美的本性才是文学的根本特性，缺乏这种审美的本性，也就不足以言文学艺术。看来文学艺术是双重性的。”①显然，这是运用马克思主义的社会结构学说，即社会基础与上层建筑理论对于文学艺术观念问题的一次解决。1987 年，钱中文在系统分析认识论文学观、主体性文学观、象征论文学观、艺术生产论等文学观时，在指出它们各自优势及所面临困境的基础上，正式确认“文学是审美意识形态”，并展开了具体深入的论证：从哲学的观点看，文学确是一种意识形式，与哲学、伦理等具有意识形态的共同特性，但是文学之所以是文学，是因为文学是一种具体的意识形式，即审美意识形态：它将审美的方法和哲学的方法融合在一起；它以感情为中心，但又是感情与思想的结合；它是一种虚构，但又是特殊形态的真实性；它具有阶级性，但又是一种具有广泛社会性以及全人类性的审美意识形态。钱中文指出，从社会文化系统来观察文学，从审美的哲学的观点出发。把文艺视为一种审美文化，一种审美意识形态，把文学第一层次的本质特性界定为审美的意识形态性，是比较适宜的；“文学作为审美的意识形态，以情感为中心，但它是感情和思想认识的结合；它是一种自由想象的虚构，但又具有特殊形态的多样的真实性；它是有目的的，但又具有不以实利为目的的无目的性；它具有社会性，但又是一种具有广泛的全人类性的审美意识的形态。”②1988 年，钱中文在《论文学形式的发生》一文讨论了文学本质特性的多层次性，以及作为文学最根本特性的审美与意识形态性的不可分离性；他将“审美意识”而不是“意识形态”确立为文学审美意识形态的逻辑起点，从审美意识及其历史生成予以探讨，提出文学的发展是从“前文学”到文学，并从中导出了“审美意识形态”的文学观念。出版于 1989 年的《文学原理——发展论》讨论文学观念的第一编共四章，整合了这些想

---

① 钱中文撰：《文学艺术中的“意识形态本性论”》，《文学理论：走向交往与对话的时代》，北京大学出版社 1999 年版，第 87 页。

② 钱中文撰：《文学是审美意识形态》，《文艺研究》1987 年第 6 期。

法,其中用了两章的篇幅,专门阐释了“审美意识”的演变。钱中文提出审美与意识形态的融合,正在于使文学回归自身,回到文学自身的逻辑起点、它的与生俱来的复合性特性、它的历史生成形态——审美意识形态。审美意识形态不是单纯的审美,也不是单纯的意识形态,更不是“审美”与“意识形态”的“硬拼凑”,而是扎根于文学发展的事实,是从人类审美意识的演变过程中抽绎出来的,是审美意识的自然的历史生成。为此,在2004年第三版的《文学发展论》中,在谈到审美意识形态时,钱中文特意加了一条注释:“本书提出‘文学审美意识形态’,并不是像极端的庸俗机械论者批评那样,是审美加意识形态,而是把审美意识形态作为人的本质的确证,从审美意识的发生、形成开始的。正是具有审美意识的人,在自己的长期实践活动中,产生了不断积淀着生存意蕴的语言、文字结构,进而使审美意识相融合并发生演变,物化为审美意识形式,创造了‘有意味的形式’,最后发展为现代意义上的审美意识形态——文学。”①

在“审美特征”论的基础上,童庆炳同样把文学的基本界定从理论上扩展为“审美意识形态”论,并称之为“文艺学的第一原理”②。对文学“审美反映”论和“审美意识形态”论的基本内涵和特征,童庆炳作了精要的概括:其一,文学“审美反映”论和“审美意识形态”论的整一性。“审美反映”和“审美意识形态”是一个完整的概念,不是“审美”加“反映”,不是“审美”加“意识形态”,它们是一个具有单独的词的性质的复合词组,不是审美与反映、审美与意识形态的简单相加;它们本身是一个有机的理论形态,是一个整体的命题,不应把它切割为“审美”与“反映”、“审美”与“意识形态”两部分;“审美”不是纯粹的形式,而是有诗意内容的;“反映”“意识形态”也不是单纯的思想,它是具体的、有形式的。其二,文学“审美反映”论和“审美意识形态”论是一个复合结构:从性质上看,这两种理论是集团性与全人类共通性的统一;从功能上看,这两种理论既强调认识

① 钱中文著:《文学发展论》,高等教育出版社2004年版,第86页。

② 童庆炳撰:《审美意识形态论作为文艺学的第一原理》,载《学术研究》2000年第1期。

又强调情感，既强调无功利性又强调有功利性；从方式上看，这两种理论既肯定假定性又强调真实性。文学"审美反映"论和"审美意识形态"论表明，文学作为人类的一种审美活动，其中的审美与认识、审美与意识形态，作为复合结构达到了合而为一的境界，如同盐溶于水，体匿性存，无痕有味①。其中，"审美"沟通了文学中的各种构成因素，使艺术的各种功能发挥应有的作用。这里，与其说"审美"是文学的"中心"，还不如说是文学的"中介"。职是之故，文学"审美反映"论和"审美意识形态"论在文学自律与他律之间取得了某种平衡，在文学的内部与外部找到了一个结合点和平衡点，以包容文学的多样性、复杂性、辽阔性和微妙性；它们既超越政治工具论，又超越形式主义论，而在理论上有较大的合理性，对文艺现象有较普遍的可阐释性。中国学者在基于文学理论观念的批判性反思和现实文学问题的综合性考察基础上，在马克思主义文学理论与当代文化实践的对话之中，提出了"审美意识形态"论，而在文学理论研究的实践性和介入性的诗学政治学立场上取得了重大的突破。"审美意识形态"论是对马克思主义文艺理论的一种创造性阐释，是中国现代文论观念走向成熟的一个重要标志②。

1989年，王元骧在《文学原理》中提出："文学就其最根本的性质来说，它是社会意识形态，但是，又与哲学、社会科学等一般意识形态不同，它是通过作家的审美感受来反映社会生活的，是作家审美意识的物化形态，因而又有自己特殊的反映对象和反映方式。"③他把"审美意识形态"吸收进这部教材，完成了对文学本质的界定。而由童庆炳主编的《文学理论教程》自1992年初版起，一直将文学的审美意识形态性质作为文学的本质界定。童庆炳对于"文学"的定义充分考虑到了历史的维度，他开宗明义地提出将"人的活动"范畴引入文学理论，将文学放到一定的社会结

---

① 童庆炳撰：《新时期文学审美特征论及其意义》，载《文学评论》2006年第1期。

② 参阅朱立元著：《对反映论文艺观的历史回顾与反思》，《理解与对话》，华中师范大学出版社2000年版，第307—308页。

③ 王元骧著：《文学原理》，浙江教育出版社1989年版，第25页。

构中去考察，由此出发来探讨文学的本质特征问题。童庆炳分别从“文化”“审美”“惯例”三个角度界定“文学”及其性质，表现出比较开放的文学观念。他重点研究文学作为活动的特点、构成及其发生发展，文学活动作为话语系统的审美意识形态的性质和价值，社会主义时期文学活动出现的新的特征及其发展的方向和道路等。他在马克思主义审美活动理论的基点上，从马克思的“一页书”（见本章第三节详细的分析）找到了坚实的理论依据，将意识形态分析、中西审美主义、形式主义和话语理论统合起来，形成了富有活力的“一元多视角”的理论构架，最后把文学的本质界定为“显现在话语蕴藉中的审美意识形态”；这里的逻辑顺序是由事物的一般性质逐渐沉落到它的特殊性质：文学作为社会结构——文学作为一般意识形态——文学作为审美意识形态——文学作为话语含蕴中的审美意识形态。《文学理论教程》建构起了现代文艺学的新体系，前所未有地推进了对于文学性质与文学观念的多元理解，代表了新时期文艺学教材所达到的最新水平。

有学者指出，新时期以来，“文学是一种审美的意识形态”的观点，“一直是文学理论的一个核心共识亮点”，“一个不同于建国前期的新的学术体系已经具有雏型”①。文学“审美反映”论和“审美意识形态”论是马克思主义经典理论提炼的结果，它们“形成了一张遍布理论体系全副躯壳的神经网络”，贯穿了整个逻辑体系与理论视域②。随着《文学理论教程》的出版、再版、修订和大范围的使用，“审美意识形态”论已经成为中国当代文论的一种主流观念，这标志着“中国审美学派”正式确立。

---

① 张法撰：《文学理论与文化研究之争》，载《天津社会科学》2005 年第 3 期。

② 董学文、金永兵等著：《中国当代文学理论》（1978—2008），北京大学出版社 2008 年版，第 70 页。

二、“中国审美学派”的发展

20世纪90年代以后，我国继续坚持解放思想、改革开放，随着市场经济的确立，全球化思潮不断激荡，社会政治和文化都发生了激变；价值世界更多地关注平面的、感官的快适，造就了一些“不思不想”的现代人。他们一切以科学论证为尺度，一切以官能知觉为标准的价值取向，只认可感性的官能快适，不承认超越性的精神陶冶。于是，技术化、官能化的大众文化畅行无阻，文学艺术迅捷被纳入了市场化机制，原有文学艺术的价值与精神发生了裂变。在这种情形下，学界掀起了一场有关文学滑坡、重振“人文精神”的讨论，钱中文、童庆炳等人洞察了文学和文学理论发展中出现的症结，并积极探索着解决这些问题的方案。

钱中文针对当时文学创作中出现的热衷于表现物欲、性欲、金钱欲、隐私和精神空虚，有意迎合读者低级趣味的倾向，以及由此导致的追求粗俗、平庸和平面化的审美意识，试图寻找到一个立足点；他深刻地指出要调整思路，抛弃那种游戏生活、调侃和消解历史、拒绝深度和理性的写作态度，重新呼唤作家的使命感和主体精神，并倡导以“新理性”来参与人文精神的重建。“新理性精神”，即以现代性为指导，以新人文精神为内涵和核心，主张通过交往对话精神，协调人与社会、自然、科技、人与人的相互关系，确立一种新的思维方式、包容了感性的理性精神；它关注人的生存处境及其健全的、自由的全面发展，以克服不断出现的文化危机与人的异化。这是一种文化、文学艺术的价值观，一种以我为主导的、对人类一切有价值的东西予以兼容并包的、开放的实践理性。在世界文化现代性的背景下，钱中文立足于生成中的现代审美意识和走向自主的文学理论的现实，并从这种现实、文学观念与多元文化、对传统进行定位与选择、文学理论的人文精神等角度进行了梳理，全方位探讨了文学理论的现代性问题。他力倡的新思维“是一种排斥绝对对立，否定绝对斗争的非此即彼的思维，更应是一种走向宽容、对话、综合、创造，同时又包含了必要的非此即彼，具有价值判断的亦此亦彼的思维”①。由此出发，文学理论的现代性主要表现在文学理论自身的科学化，使文学理论走向自身，走向自律，获得自主性；表现在促进文学的人文精神化，使文学理论适度地走向文化理论批评，获得新的改造。新理性精神文论综合阐释了20世纪以来在哲学思潮、社会实践、唯科学主义、科技霸权、人文科学、文学艺术中反复出现、不断重复、具有导向性、互有联系的几种规律性现象，其核心是新人文精神，并以这种精神改造社会与人。钱中文主张在文艺创作中，要使“最基础的与更高形态的人文精神”有机结合起来，“相辅相成”，“以在一定程度上调整现实生活的失衡”；人文精神最基础的部分是“人之为人的羞耻感，同情与怜悯，血性与良知，诚实与公正”等，更高的形态则是信仰与理想，等等。为了对抗文艺的“精神堕落与平庸”，钱中文提出的新理性精神文学理论突破了传统中国文学理论的概论模式的构造，突破了传统的理论构架，回复到了文论的实践本性上去，回归到了文论的学科意义。徐岱在《从唯理性主义到新理性主义—走向后形而上学批评理论》一文中指出，钱中文的理论思考有三维突破：在理论形态上突破了“知识论”，理论品格上突破了“唯理论”，理论立场上突破了“一元论”——这三个突破事实上都能被概括在“新理性精神”这一范畴中②。

自提出“审美意识形态论”以来，童庆炳也一直关注着中国的社会现实，始终思考着当代文学艺术的精神价值取向问题，探索着人文主义的历史维度和历史主义的人文维度相互补充、结合的问题。在《人文主义的历史维度和历史主义的人文维度》一文中，童庆炳指出，人文主义呼唤重视

① 钱中文著：《文学理论现代性问题——生成中的现代审美意识与文学理论》，《走向交往对话的时代》，北京大学出版社1999年版，第330页。

② 见金元浦主编：《多元对话时代的中国文艺学建设——新理性精神与钱中文文艺理论研究》，军谊出版社2002年版，第35—61页。

人的价值与尊严，其基本旨意是“反恶”，其倡导者的失误是没有看到许多社会问题是在社会进步中出现的；历史主义的旨趣是反“极左”，拒斥精神至上主义，力主发展社会经济，其论者的失误在于没有认识到一个社会需要精神的治理和制约，以避免物质至上主义的畸形发展①。面对“历史理性”与“人文关怀”这两个极“错位”的事实，文学家在这种现实面前应采取什么样的思维路径、价值取向、判断角度呢？在他看来，政治家、社会学家更关心的是历史理性，是物质的、器物层面的东西，对待急剧的社会转型时，他们更注重的是转型的历史合理性，而把人文方面的问题纳入历史理性的范畴中去把握，甚至认为这些问题是现实改革、历史进步不可避免要付出的代价；文学家不是政治家，不是社会学家，他们“关心社会转型的文化道德合理性，以及它在个体的情感生活完美性，甚至人性深处那些看不见的微妙角落。……历史理性和人文关怀这两者都是文学家照射现实的思想‘光束’……文学家总是在人文关怀与历史理性中徘徊”，对现实采取不妥协的和批判的态度；如果遇到在两者之间非选择不可时，“真正的文学家宁愿‘牺牲’历史理性，而选择‘人文关怀’……这就是为什么古今中外伟大的作家都毫无例外具有悲天悯人的品格的原因”②。考察中外那些处于社会转型时期的伟大作家的创作，正是有了人文关怀与历史理性这双重“光束”，他们才能“对现实关系具有深刻理解”（马克思语），他们的作品也有着“了不起的革命辩证法”（恩格斯语）。以青年马克思对资本主义异化的批判作为理论上的支持，中国的学者令人信服地提出“历史理性、人文关怀和文体营造三者之间保持张力和平衡，应该是文学的精神价值的理想”；其中，“历史—人文”双重精神价值取向的本质是：“它既要历史的深度，肯定历史发展（包括科技进步）是不以人的意志为转移的，而且对人类的生存是有益的，物质的发展可以而且应该成为

① 参阅赵勇编：《在历史与人文之间徘徊——童庆炳文学专题论集》，北京师范大学出版社2007年版，第272—273页。

② 童庆炳、陶东风撰：《人文关怀与历史理性的缺失——“新现实主义小说”再评价》，见《童庆炳文学五说》，时代文艺出版社2001年版，第324—325页。

发扬人文精神的基础与依托；它同时又要人文深度，肯定人性、人情和人道以及人的感性、灵性、诗性对人的生存的极端重要性。不是在这‘两个深度’中进行非此即彼或非彼即此的选择。它假设‘历史’与‘人文’为对立的两极，并充分肯定这两极紧张关系对文学的诗意表达的重要性和精神价值追求的重要性。”[①]童庆炳的“历史—人文张力”说，成功地整合了原本互相对立、非此即彼的两种创作模式，在“对立统一”的相互抗争和彼此征服中达到了一个更高的质的规定，为作家创作提供了有力的理论指导。

新时期以来，经过无数学者的辛勤耕耘，中国的文学理论研究已然建立起了一个文学理念和学术传统，那就是对于文学审美特性的修复、开掘与呵护。在童庆炳看来，我们大可不必走西方那种以一种方法取代另一种方法的路子，因为文学理论的建设应该是累积性的。为此，他不满意“文化研究”的“反诗意”，不满意中国的“文化研究”一味照搬西方文化研究的问题，缺乏中国自身的问题意识，不满意当下的文学研究只把文学作品当作例证以说明某个社会学问题，而置文学作品本身的精粗优劣于不顾。于是，他提出了“文化诗学”的这一文学批评方法论，力图对于文学理论的“内部研究”和“外部研究”作出一种综合，实现超越。“文化诗学”的理论构想，是童庆炳对中国当代文学理论走向的清醒判断和理性选择。在童庆炳看来，审美是文学的家园，也是人类最后的家园。让“文化诗学”具有一种“审美性品格”，是一次合情合理的选择；守住这条底线，“既意味着对人类家园的守望，也意味着从事‘文化诗学’研究的学人能够不断地获得一种激情与冲动，在清醒冷峻中拥有一种诗意的目光。这样，在文学理论获得了自身的立足点之后，文学理论的研究主体也能够获得自身的立足点”[②]。童庆炳的“文化诗学”有别于游离于大众审美文化与社

① 童庆炳撰：《中国当代文学创作中的“历史—人文”双重价值取向》，见《童庆炳文学五说》，时代文艺出版社 2001 年版，第 360 页。

② 赵勇撰：《“文化诗学”的两个轮子——论童庆炳的“文化诗学”构想》，载《江西社会科学》2004 年第 6 期。

会政治话语之间的新历史主义文化诗学(cultural poetics of New Historicism),这种差异不仅来自语言的表述和研究的对象,而且来自审美的观念与理论的追求。童庆炳的"文化诗学"是深深植根于中国自身的社会现实问题与文化历史语境中,由中国学者自己创构的一种文学批评范式,有学者将它命名为"新审美主义的文化诗学"(cultural poetics of New Aestheticism)[①],可谓一语中的。童庆炳的"文化诗学"基本诉求之一,是对文学艺术的现实的反思,它关怀文学的现实的存在状况,紧紧扣住经济的市场化、产业化以及全球化折射在文学艺术中出现的问题,并加以深刻的揭示,"文化诗学"的现实性品格是它的生命力所在[②]。童庆炳的"文化诗学"研究借用"文化研究"的思路与方法,极大地拓宽了文学研究的视野。

作为一种文学理论的新形态,"新理性精神文论"与"文化诗学"都是文艺"审美意识形态"论的自然延伸与发展,它们必将推进我们时代的文学理论和批评,为文学的发展做出自己的贡献。

新世纪伊始,陆续有些学者开始质疑乃至否定"文学审美意识形态论"。在回应这一理论挑战的过程中,"中国审美学派"的文艺理论思想进一步深化。如,钱中文对文学"审美意识形态论"一直持不断反思的态度,与20世纪80年代一样,他将文学审美意识形态的逻辑起点归于"审美意识",而非"意识形态"。在此前提下,他进一步指出:审美意识与意识一样形成于人的长期劳动、生存实践活动中,它在长期发展中积淀了人的生存感受与感悟,先在口头语言的形式中获得表现,成为一种审美意识形式;其后融入了具有符号象征意义的文字,融入了具有独特的节奏、韵律的诗性语言的文字结构,使得审美意识获得了书写、物化的形式,特别在话语、文字多种结构的样式中,显示了与生俱来的诗意的审美与社会价值、意义、功能的复式构成的基本特性,和它们之间高度的张力与平衡,历史地生成而为现代意义上的审美意识形态。钱中文说:"审美与意识形态

---

① 参阅王柯平撰:《挪用与建构中的文化诗学》,见李春青编:《手握青苹果——童庆炳教授七十华诞学术纪念集》,广西师范大学出版社2005年版,第144页。

② 童庆炳撰:《植根于现实土壤的"文化诗学"》,载《文学评论》2001年第6期。

的融合，强调的正是文学本质复合特性的有机融合与统一，并在融合与统一的关系中使得各自的特性和功能有所改变，形成文学本质的新的系统质”；“综合审美意识形态的系统质，实际也就是我们在上面论及的以审美意识为逻辑起点、历史地生成的审美意识形态所显示的最基本的复合特性：即在文字多种结构的样式中，文学的诗意审美与社会意义、价值、功能两者的融合，与这两个方面保持高度的张力与平衡。文学蕴涵着人的生存意义的积淀，显示了对被意识到的历史深度、意义的探求，具有多种多样的不同维度的价值与功能”①。这一新的论说具有深厚的历史感，它表明“审美意识形态”实际上是一种人生实践而不啻是反映，美生成于人之本质力量丰富的“展开”过程，它所创生的是人的存在方式、存在形态与生存境界——这大大深化了“文学审美意识形态论”的理论内涵。

王元骧的文艺理论思想也是不断发展的。他从早期的倡导审美情感是文艺的基本特性，到后来重视审美反映的艺术形式的传达作用，再到将实践性作为一种艺术功能提高到艺术本质的高度，走向了实践论的思维视界。

以往人们一般将“实践”理解为物质生产，王元骧则认为，“实践”还应包括道德伦理活动、艺术和审美活动等在内的精神生产活动；“若要从哲学上、从最根本的意义上来立论，我认为它是指与认识相对的一种人的活动。如果说，认识是客体向主体的运动，是观念化的活动，那么，实践就是主体向客体的运动，是对象化的活动。……凡是确立目的，并通过意志努力，采取一定手段，使之在对象世界得以实现，从而达到主客体统一的活动，都应是实践所涵盖的领域”。因此，王元骧将“实践”定义为“通过改造客观对象来满足主观需要，在对象世界实现主观目的的一种对象化的活动”；“实践不但是一种物质的活动，一个生产与制作的问题，同时是一个人的生存活动，一个按照自己的人生理想和人生目标去生活的问

① 钱中文撰：《论文学审美意识形态的逻辑起点及其历史生成》，《文学评论》2008年第1期。

题”①。为此，要正确理解艺术的实践本性应该将它放在人生实践的坐标上，从实现人生价值的最高目标的意义方面来加以考察。艺术不仅限于对世界的反映，同时也包括对人生的评价和为行为立法；它不仅追求“是什么”，同时也追求“应如何”；不只是服务于人的认识，同时也影响和支配人的行动。王元骧在《再谈艺术的实践性问题》一文中指出：“在人的整个活动过程中，认识与实践毕竟是各自具有特定性质、目的和功能的相互独立的两个环节：前者属于客体向主体的运动，是观念化的活动；后者属于主体向客体的运动，是对象化的活动。这两者是以目的为中介而联结为一体的。”②艺术实践的终极目的是践履“文学是人学”的原则和归宿。“唯有在艺术中，人才作为一个生命整体而获得真实生动的表现，而且才有可能向我们显示出它为科学所不能取代的对于人的一种特殊而巨大的精神价值：由于有了艺术，人才有可能在即时的、当下的实是人生中摆脱出来而对应是人生有了自己的追求和梦想，人才开始有完整意义上人的生活。”③

王元骧深刻认识到，实践是一种确立目的通过意志在对象世界实现自己目的的过程，若将这运用到文学理论上，可以将创作理解为作家通过创造美来实现对读者的召唤、对社会的介入。所以，文学创作就不只是一种反映活动，而应同时还是一种创造活动，由此而产生文学理论意义上的实践价值。这一看法突破了过去将文学仅仅理解为是对社会意识形态被动的、静止的、孤立的反映的观点，是在认识功能和实践功能相统一的意义上来完整、具体、深入地阐明文学的意识形态性质。体现在艺术上的实践性应是“一种双重创造”，即它既创造了作品，又通过对人的改造实现了改造世界的目的。在这里，艺术的实践性是与人生实践是紧密相连的，从实践的角度来理解艺术，艺术的价值就在于通过强化人的自我意识，帮

① 王元骧撰：《艺术实践本性论纲》，载《社会科学战线》1998 年第 3 期。

② 王元骧著：《文学理论与当今时代》，浙江大学出版社 2002 年版，第 202—203 页。

③ 王元骧撰：《论艺术研究的实践论视界》，载《江苏社会科学》2003 年第 5 期。

助人确立普遍而自由的行为原则;艺术的实践本性也就在于按照这种原则来改造人的意志,为人生实践确立高尚的目的和理想,最终体现"'人是目的'这一目标"①。

王元骧说得好:"马克思主义把文艺的性质界定为一种社会意识形态,一种社会上层建筑,它的伟大贡献就在于要求我们把文艺放到整个社会结构以及人类解放的历史过程中去进行考察,以能否推动和促进人的自由解放和人类社会的全面进步为评判标准,从而赋予马克思主义文艺学以其他任何文艺学所不可具有的高远视界和恢弘目光。"②我们之所以探讨文学艺术的意识形态性,目的就是为了维护我国文学艺术的社会主义的性质和方向。王元骧对"审美意识形态论"有一个总的评说:"我们在特殊性的层面上以'审美的'来规定文学艺术的'意识形态'特性,也就是批判地吸取了康德的审美目的论,亦即以人为目的的思想,把美以及美的文学艺术从根本意义上看作是通过陶冶人的情操,开拓人的胸襟,提升人的境界,来达到人们培育社会主义的人生观、价值观、道德观和审美观这一根本目的的有效的途径,从而使我们的读者在接受这些观念时不仅不受理性的强制,可以直接凭直观的感觉和心灵的感动而获得,而且由此所树立的这种社会理想和人生理想,比之于任何理性说服都更能深入人心,更能转化为自己行为的内在动机和精神动力,更有助于内化为自己的思想人格。"③

显然,王元骧一直力图建构以"目的"为中介,"认识—实践"双向互动的文艺活动本质观,这是对以往审美反映论的批判性的超越,也是对当前各种文艺本质观的超越;其最富有理论创见之处在于:"将人学价值论引入实践论,并以人学价值论来连接认识论(反映论)和实践论,从而把文学活动看作是以目的(价值)为中介所构成的认识与实践的双向逆反的流程,力图将知识论(认识论)和人生论(人学价值论)在实践论的基

① 参阅王元骧著:《文学理论与当今时代》,浙江大学出版社2002年版,第410—429页。
② 王元骧撰:《论马克思主义文艺学在当代的发展和意义》,载《东方丛刊》2007年第4期。
③ 王元骧撰:《我对"审美意识形态论"的理解》,载《文艺研究》2006年第8期。

础上和框架中整合成为一个有机的宏观系统。”[1]值得一提的是，文艺学不能等同于社会学，它不可能直接解决社会问题，只能解决文艺自身的问题。“审美超越论”主要是就文艺对人生存的意义而言的，那种认为“审美超越论”是“不切实际的空想”，“纯粹是一种主观幻想”的说法，显然是把艺术问题误解为一个解决社会问题的方案。

马克思说过：“理论的对立本身的解决，只有通过实践的方式，只有借助于人的实践力量，才是可能的。”[2]马克思还指出：“思想根本不能实现什么东西，为了实现思想，就要有使用实践力量的人。”[3]英国当代著名社会学家、传媒研究专家约翰·汤普森敏锐地发现：“意识形态解释所固有的批判潜力可以部分地视为对自我塑造与自我理解过程的一种贡献。我们提出一种意识形态解释，就是提出一种可以不同于组成社会领域的人们的日常理解的解释。意识形态解释可以使人以一种新的眼光不同地看待象征形式，从而使人不同地看待自己。它可以使他们重新解释一个象征形式，联系它产生与接收的条件，联系它的结构特征与组织；它可以使他们质疑或修正他们对一个象征形式的先前的理解，从而改变对他们自己和他人的理解视野。”[4]

我们认为，作为一种“意识形态解释”，“审美意识形态”所发挥的正是这样的实践功能。钱中文、童庆炳、王元骧等人从马克思主义的社会结构理论出发，在总结了中国现代文学理论发展正反两方面经验之后，根据文学艺术的实际，提出了“审美意识形态论”，其哲学基础是辩证唯物主义认识论和历史唯物主义的统一，而实践范畴则是它的重要基石之一。文艺的意识形态论和审美论之所以是互相联系的、统一的，其重要的理论根据之一就在于二者都基于社会实践这一范畴之上。“中国审美学派”

---

① 赖大仁撰：《关于文艺本质特性问题的思考——读王元骧先生几篇近作有感》，载《社会科学战线》2000年第3期。

② ［德］马克思著：《1844年经济学哲学手稿》，人民出版社1985年版，第83页。

③ 《马克思恩格斯全集》第2卷，人民出版社1957年版，第152页。

④ ［英］约翰·汤普森著：《意识形态与现代文化》，高铦等译，译林出版社2005年版，第27页。

是面向现代社会实践需求的产物,作为其核心思想的“审美意识形态论”在多元阐释中不断地走向了深化与完善。某些学者将“审美意识形态”论的形成仅仅看成一个“历史事件”,当作“过渡时期”的文学理论看待,否认其长期的、普遍的意义——这是不符合理论实际的片面的、短视的论断。“中国审美学派”对于文学艺术的理解和诠释,绝不只是基于概念的分析或逻辑的推演,而是充满了研究者个体生命的投入和存在的感悟,而开启的一个完满的人文世界;他们强调审美生存是人的一种最高的超越活动,认为审美活动能使人所特有的情、智、意志及想象力,浑然一体交融运作,使作为“生命的唯一主人”的“我们自身”真正具有无比崇高的尊严。在指导当今文学创作和批评实践,提升国人的人格修养与道德境界,有效地参与着中国现代文化的建设等方面,“中国审美学派”及其理论仍将有着重要的意义。

三、意识形态:一个概念的历史

美国著名的马克思主义学者弗·杰姆逊教授将马克思《政治经济学批判·序言》中的下段文字称为体现了马克思主义理论体系的“一页书”:

> 人们在自己生活的社会生产中发生一定的、必然的、不以他们的意志为转移的关系,即同他们的物质生产力的一定发展阶段相适应的生产关系。这些生产关系的总和构成社会的经济结构,即有法律的和政治的上层建筑竖立其上并有一定的社会意识形态与之相适应的现实基础。物质生活的生产方式制约着整个社会生活、政治生活和精神生活的过程。不是人们的意识决定人们的存在,相反,是人们

的社会存在决定人们的意识。社会的物质生产力发展到一定阶段，便同他们一直在其中活动的现存生产关系或财产关系(这只是生产关系的法律用语)发生矛盾。于是这些关系便由生产力的发展形式变成生产力的桎梏。那时社会革命的时代就到来了。随着经济基础的变更，全部庞大的上层建筑也或慢或快地发生变革。在考察这些变革时，必须时刻把下面两者区别开来：一种是生产的经济条件方面所发生的物质的、可以用自然科学的精确性指明的变革，一种是人们借以意识到这个冲突并力求把它克服的那些法律的、政治的、宗教的、艺术的或哲学的，简言之，意识形态的形式。[①]

杰姆逊指出，马克思这一对于社会发展的唯物史观的经典表述，重点解释了社会存在与诸种社会意识形态之间的关系，动态地提出了经济基础变更与上层建筑和与之相应的诸种意识形态变革的理论，也即整个社会结构的历史的、发展的、变革的原理。在他看来，这一段文字是马克思理论中关于生产方式的最传统的论述，它把每一生产方式作为一个包含不同层次的共时系统来考察，所有马克思主义理论体系都体现在这里[②]。

一般认为，马克思在这“一页书”里通过提出生产力和生产关系、经济基础和上层建筑这两组历史唯物主义的重要范畴，简明地勾勒了人类社会的基本结构：第一层次是生产力，第二层次是经济基础(即广义的生产关系)，第三层次是上层建筑(包括法律的政治的上层建筑和观念的上层建筑)。据此，马克思主义的研究者大都认为，马克思在这里第一次科学地确定了文学艺术作为社会的要素在社会结构中的位置，即将包括文学在内的艺术理解为一种“意识形态”。然而，大概由于马克思在这“一页书”中所说的“一定的社会意识形式”和“意识形态的形式”都属于“观念的上层建筑”，人们从存在与意识的关系出发研究文学，便产生了文学

---

① 《马克思恩格斯选集》第2卷，人民出版社1995年版，第82—83页。

② 参阅[美]杰姆逊著：《后现代主义与文化理论》，唐小兵译，北京大学出版社1997年版，第14页。

艺术是一种“意识形态”抑或“意识形式”的问题。这一问题虽然尚未进入文学本质特征的讨论,但是极为重要,从中引发了“审美意识形态”与“审美意识形式”之论争。我们究竟怎样来定位文学艺术才更符合马克思的原意呢?问题的关键当然在于“意识形态”“意识形式”“意识形态的形式”这些重要概念的辨析与区分。

我们知道,“意识形态”的德文是“Ideologie”,我国学者于“五四”之后将它引入并翻译。李大钊译为“观念的形态”,瞿秋白译为“社会思想”,成仿吾音译为“意德沃罗基”,郭沫若译为“意识形态”后便一直沿用至今。1986年,毛星撰写了《意识形态》一文,对此提出了异议。他根据民主德国1954年出版的《外来语字典》和1973年出版的六卷本《现代德语字典》,将“Ideologie”理解为一定的思想、观点、概念的体系,认为其中既无“意识”的含义,更无“形态”的影子;倒是马克思“一页书”中的“Bewußtseinsformen”译为“意识形态”却很妥帖,它指的是整个政治、宗教、艺术等等,而“Ideologie”指的是政治、宗教、艺术等的思想理论;“Ideologie”是非物质的,而“Bewußtseinsformen”具有物质的性质。在毛星看来,在马克思历史唯物主义理论中,“Bewußtseinsformen”比“Ideologie”更为重要,“把‘意识形态’这个译名从一向误为的Ideologie改为Bewußtseinsformen,不是个别词句问题,而是一个重大原则问题”[①]。显而易见,毛星只是基于现代汉语的阅读理解习惯,将“意识形式”(Bewußtseinsformen)与“意识形态”(Ideologie)分别误读为“意识”的物质的与精神的不同存在方式,因此,其一己之见在当时便没能得到人们的认可。

根据海德格尔从语源学上的考察,“形式”的拉丁文(Forma)意指具有一种包围作用的边界,通过这种方式,某个原本无形的存在者得以通过拥有某种“形态”(Gestalt),而被“带入和置入它所是的东西之中”;通过这种方式,存在者得以“走出来”并“敞开自身”,进入“纯粹的闪现”中。

① 毛星撰:《意识形态》,载《文学评论》1986年第5期。

在这里,作为"让我们所照面的事物显现出来的东西"的形式的一个重要功能,也就在于将一种由它所决定的东西,"带入一种与存在者的关联的直接性之中"[①]。显然,"形式"与"形态"是两个不能等同起来的概念。马克思在"一页书"中分别运用了 Bewußtseinsformen("社会意识形式")与 Ideologischenformen("意识形态的形式")两个词,便表明二者的意义是存在着差别的。钱中文剖析了"社会意识形式"与"意识形态的形式"两个概念,指出这两个概念有着共同之处,但又是各有侧重的。二者的共同之处,在于说明它们都是发生、建立在经济基础之上的现象,本质上是同一的;在这个意义上,诸种"意识形态的形式",就是诸种"社会意识的形式"。不过,二者又是各有侧重的:诸种"社会意识"形式主要相对于社会存在而言,现实生活中出现的种种具有社会属性但未曾获得系统表述、组织起来的意识现象都是,包括自然科学理论在内,它们的涵盖面比之意识形态,远为宽广得多;而诸种"意识形态的形式"则是经过人们自觉或不自觉的表述,以各种不同形式反映了一定社会集团、阶级的系统思想、观念以及它们之间的斗争,具有比较明确的思想指向与社会功能,汇同相应的上层建筑与产生它们的经济基础,组成了一个整体的社会发展的结构[②]。显然,"社会意识形式"与"意识形态的形式"之间,存在着叠合之处,它们之所以具有含混性和歧义性,原因正在于此。马克思著作的中译本是非常准确的,根本不存在任何翻译上的问题。

从语言翻译的视角看,在马克思"一页书"里,稍具德语知识的人都知道,其中"法律的、政治的、宗教的、艺术的或哲学的"(den juristischen, politischen, religiösen, künstlerischen oder philosophischen),与紧接着的"简言之,意识形态的形式"(kurz, ideologischen Formen)是"同位语"的关系;换言之,法律、政治、宗教、艺术或哲学等即马克思所言的"意识形态"。其中,"法律的、政治的、宗教的、艺术的或哲学的"这几个词,在德

① [德]海德格尔著:《尼采》,孙周兴译,商务印书馆2003年版,第130页。
② 钱中文撰:《对文学不是意识形态的"考论"的考论》,载《文艺研究》2007年第2期。

文中都是复数,后面的"意识形态的形式"中的"形式"在德文中也是复数——这意味着这里的"艺术的"是一种泛指,既指文学艺术的具象创造,也指文学艺术的观念理念。如果说文学与艺术是相通的话,那么,文学在马克思的理解中,无疑是属于意识形态范畴的,或者说,就是意识形态的一个种类。值得强调的是,在这里马克思也是描述性地运用了"意识形态"这个词,第一次把包括文学在内的艺术当作"意识形态"的一种。董学文等人将 Bewußtseinsformen ("社会意识形式")理解为 Ideologie ("意识形态")的论说,"忽略了外语的构词法所表现的特点,以致促成了他理论上的极端偏执。在这段德语原文与英译、俄译中,无论'社会意识形式'中'形式',还是'意识形态的形式'中的'形式',都是多数(复数),指出这点十分必要。由于中文'形式'一词本身无法表示复数,所以要用定语界定。在现在的译文中,前一个'形式'之前的定语被译成'一定的'。'一定的'既可理解为单数,也可理解为复数,从上下文来看,这里'一定的'自然表示多数。在我看来,这里的'一定的'也可译成'诸种',这样不致引起歧义。不过重要的是对后面一个'形式'的理解,即对'那些……意识形态的形式'中的'形式'的理解。在中译文中,这里的'形式'一词被'那些'这一指示代语所界定,'形式'的多数(复数)被相当准确地表达了出来。当然,这里的'那些'也可以译作'诸种''诸如'等。'那些……意识形态的形式',这里显然说明意识形态有多种形式的,这多种形式就是法律、政治、宗教、艺术、哲学等,这应该是明白不过的事。意识形态当然不就是法学、政治学、艺术学,但是它们都是意识形态的各种形式,并不是什么'意识形态的形式'的衍生物"①。董学文等人说"马克思本人从来就没有直接或间接地说过文学是某种'意识形态'",这既不符合马克思的原意,也违背了理论的逻辑。

2005 年,董学文等人相继撰文提出,用"意识形态的形式"来翻译"Ideologischen Formen"极不恰当,其中的"形态"与"形式"有重复之嫌,

① 钱中文撰:《对文学不是意识形态的"考论"的考论》,载《文艺研究》2007 年第 2 期。

准确的译法应为“社会意识形式”;并由此认定文学本质上应该是一种“社会意识形式”,而不是“意识形态”。他们同毛星一样把“意识形态”理解为“一个时代的思想家们通过对特定社会关系的反映而建立起由法律思想、政治思想、道德观念、艺术观念、哲学思维等组成的综合思想体系”;“这里的‘意识形态’概念无疑不是法律、政治、艺术、哲学等诸种思想系统的叠加,不是说意识形态本身又分成多少种类”;而文学绝非单纯的观念,更非纯粹的理论体系,自然不能把文学当作意识形态看待。因此,董学文提议把“意识形态”概念改译成“社会意识形式”概念,而把文学定位为“审美意识形式”①。不难看出,这不过是毛星《意识形态》一文 21 世纪的“现代版”,实在没有多少新意可言。

董学文等人把“意识形态”理解为“综合思想体系”,其理论误区就在于对意识形态作了片面性和不确切性的理解,这种片面性和不确切性表现在:“一是纯科学的倾向,亦即只是从知识论、认识论的观点,从社会意识与社会存在之间的反映被反映关系的角度,来说明意识形态的性质,对于意识形态的价值属性和价值内涵没有予以足够的重视和阐明”;“二是纯理论的倾向,侧重强调意识形态是自觉反映一定社会存在的思想(理论)体现,而无视它与社会心理、个人心理和日常意识之间的内在联系,没有认识到意识形态作为一种自觉的思想观念,不但是从对社会心理加工、提升而来,如同普列汉诺夫所说的是以社会心理为‘共同根源’的。同时还表现为只有经由社会心理,意识形态才能反作用于社会存在。这样,就把意识形态混同于意识形态理论和意识形态科学,视意识形态为远离生活、高高在上,只是少数意识形态专家在研究的纯思辨的、理论形态的东西。意识形态总是以现实的人为物质载体的,它要在现实中发挥作用,首先必须融入生活、融入社会心理、融入人的精神世界、融入人们的人格无意识之中,唯其这样,它才有可能转化为一种实践的精神动力,它的性质

---

① 董学文撰:《文学本质界说考论——以“审美”与“意识形态”关系为中心》,载《北京大学学报》2005 年第 5 期;董学文、马建辉撰:《文学“审美意识形态”论献疑》,载《文艺理论与批评》2006 年第 1 期。

才能得到充分显示”。因此,作为“社会意识”的一种特殊的表现形式,“意识形态不同于一般的社会意识,它作为反映处在一定社会关系中的人们的思想要求、利益、愿望的那一部分思想观念,是作为一定社会、一定阶级和社会集团的信念体系和行为规范而存在的,它的作用就是为了凝聚人的思想,把人的行为引导到同一的方向、共同参与到变革社会的实践中去。这是一个社会得以维持和发展的必不可少的精神力量,要是一个社会的社会成员对社会的共同信仰体系和行为规范失去了认同感和依存感,那么这个社会对社会成员也就必然失去了吸引力,它的凝聚力也就趋向瓦解。这才是意识形态的根本属性,表明它不仅有认识的属性,同时还有价值的属性,不仅有理论的功能,同时还有实践的功能”①。

要准确把握“意识形态”这个概念,我们不能仅仅孤立地、静止地看马克思本人是怎么说的,还必须结合它的发展来看。事实上,“意识形态”并没有一个凝固的定义,只有一个交织着争论、冲突与悖论的历史;作为一个哲学概念,“意识形态”的发展大致经历了三个阶段②:

第一,作为肯定性概念的意识形态。

“意识形态”这个术语是法兰西研究院院士、哲学家特拉西在《意识形态的要素》(1801—1815)中提出的,意指描述观念的科学——使人们认识到自己的偏见和成见的学科。在法文里,“意识形态”是“观念学”的意思,它的主要任务是研究认识的起源、界限和认识的可靠性的程度。在特拉西之前,培根的《新工具》(1620)提出了著名的“四假相说”——“种族假相”“洞穴假相”“市场假相”和“剧场假相”——这是意识形态概念诞生的第一个先兆。他说:“那些占据着人的心灵并已根深蒂固的种种假相和错误概念,不仅使真理难以进入人心,而且即使进入了,只要我们事

① 王元骧撰:《关于文艺意识形态性的思考》,载《求是》2005年第15期。

② 以下参阅俞吾金著:《意识形态论》,上海人民出版社2009年版;[美]大卫·麦克里兰著:《意识形态》,孔兆政等译,吉林人民出版社2005年版。

先不防止它们,仍有可能在科学复兴的时候来扰乱我们。”①为了真正地清除或避免假相,研究者必须诉诸真正的经验的归纳。在培根之后,洛克指出,只有使知识完全依据于经验,谨慎、准确地使用文字,严格地做出判断,人们的观念才可能真正成为科学的知识。孔狄亚克从感觉主义的立场出发,驳斥了笛卡尔、斯宾诺莎、莱布尼茨等人的哲学思想,指出他们的神学观点与错误的观念理论之间的内在联系,“证明法国人完全有权把这种形而上学当作幻想和神学偏见的不成功的结果而予以抛弃”②。爱尔维修的《论精神》(1748)则把肉体的感受性和记忆看作全部观念的来源,他强调精神就是各种感觉或观念之间的关系,精神活动方式是判断,而判断总是在感觉和记忆的基础上作出的,其正确与否以感觉的正确与否为依据。霍尔巴哈在《自然体系》(1770)中宣称:“在活着的人里面,我们看见的第一个能力——其他一切能力都是从它产生出来的——就是感觉。”③

特拉西所延续的是洛克、孔狄亚克等人已进行的工作,受到感觉主义立场的深刻影响,他用“知觉”“回忆”“判断”和“意愿”四个范畴来表示人的精神活动,指出人的思想活动不过是感觉的创造和神经系统的活动。在他看来,宗教意识和来自其他权威的知识之所以是谬误的、应当被拒绝的,是因为这些观念不能还原为直接的感觉,而“意识形态的唯一的任务正是这种包罗万象的还原”④。这里,“意识形态”是一个肯定性的概念,是“观念的科学”的代名词;特拉西赋予它肯定性的含义,是为了把它与经院哲学、神学和宗教的种种谬误见解对立起来。他试图通过“从思想回溯到感觉”的方法,致力于从观念到感觉的还原工作,即在感觉的基础上,重新阐发出政治、伦理、法律、经济、教育等各门科学的基本观念。不过,

① [德]K·兰克编:《意识形态》,法兰克福1984年德文版,第50页,转引自俞吾金:《意识形态论》,上海人民出版社2009年版,第20页。

② 《马克思恩格斯全集》第2卷,人民出版社1957年版,第165页。

③ [德]霍尔巴哈著:《自然体系》下卷,管士滨译,商务印书馆1977年版,第268—269页。

④ [英]汉斯·巴尔特著:《真理与意识形态》,斯图加特1961年德文版,第16页,转引自俞吾金:《意识形态论》,上海人民出版社2009年版,第29页。

彻底的、简单化的感觉主义是不可能在任何一门社会科学的研究中得出正确结论的。后来，拿破仑从维护帝制出发，指责意识形态家们是错误地认识社会和政治现实的空想家，也是秩序、宗教和国家的破坏者，并对他们采取了镇压的态度。

黑格尔没有使用过“意识形态”的德语词，但在《哲学史讲演录》的近代部分，他两次使用了它的法语词 Idéologie。在《精神现象学》(1807)中，黑格尔还使用了一个重要的德语词 die Gestalten des Bewubtseins 或 die Gestaltung des Bewubtseins，一般译为“意识诸形态”，意指广义的意识，即一切精神现象。黑格尔说：“精神的有关它自己本身的话语的内容是一切概念和一切实在的颠倒，是对它自己和对别人的普遍欺骗；因此，说出这种欺骗的恬不知耻乃是最大的真理。”①黑格尔对与社会历史发展相对应的各种意识形式做出了卓越的阐述，尤其是对异化了的现实世界的说明和对教化的虚假性的揭露，为“意识形态”概念涵义的根本转折奠定了基础。

第二，作为否定性概念的意识形态。

“Ideologie”这个德语词最早出现在《德意志意识形态》(1845—1846)一书。马克思指出，“意识形态”总是以某种方式折射出人们实际生活中的某个方面，是人们的生活过程的反射和回声。当精神劳动与物质劳动之间的分工在统治阶级内部出现时，“一部分人是作为该阶级的思想家而出现的(他们是这一阶级的积极的、有概括能力的思想家，他们把编造这一阶级关于自身的幻想当作谋生的主要源泉)”②。就其本质和倾向而言，意识形态总是体现为统治阶级的思想，总是自觉地或不自觉地掩蔽人们的现实生活和交往关系的真相：“每一个企图代替旧统治阶级的新阶级，就是为了达到自己的目的而不得不把自己的利益说成是社会全体成员的共同利益，抽象地讲，就是赋予自己的思想以普遍性的形式，把它们

① ［德］黑格尔著：《黑格尔全集》第3卷，法兰克福1986年版，第387页，转引自俞吾金：《意识形态论》，上海人民出版社2009年版，第37页。

② 《马克思恩格斯全集》第3卷，人民出版社1957年版，第53页。

描绘成唯一合理的、有普遍意义的思想”①。在《路易·波拿巴的雾月十八日》(1851—1852)中,马克思明确指出:“在不同的所有制形式上,在社会生存的条件上,耸立着由各种不同情感、幻想、思想方式和人生观构成的整个上层建筑。整个阶级在它的物质条件和相对应的社会关系的基础上创造和构成这一切。”②在这里,意识形态的内容被具体化为“情感、幻想、思想方式和人生观”;“通过传统和教育承受了这些情感和观点的个人,会以为这些情感和观点就是他的行为的真实动机和出发点”③。在《剩余价值学说史》(1861—1863)中,马克思称统治阶级中编造意识形态幻象的一部分人为“意识形态阶层”,他说:“物质生产中的对立使一个由意识形态阶层构成的上层建筑成为必要;他们的作用不管是好是坏,因为必要,所以都是好的。”④在《哥达纲领批判》(1875)中,马克思将共产主义社会划分为初级阶段和高级阶段,指出在初级阶段里各种意识形态仍然存在于人们的精神生活中,“它不是在它自身基础上已经发展了的,恰好相反,是刚刚从资本主义社会中产生出来的,因此它在各个方面,在经济、道德和精神方面都还带着它脱胎出来的那个旧社会的痕迹”⑤。马克思强调,合理形态上的辩证法是穿破意识形态的基本方法,即在对现存事物的肯定的理解中同时包含着否定的理解,从不断运动的、暂时性的角度去理解每一种既成的形式。

晚年的恩格斯也指出,意识形态本质上是“虚假意识”,其产生过程自觉不自觉地掩蔽自己与经济事实联系的过程。他在 1893 年 7 月 14 日致梅林的信里谈到了意识形态的“伪意识”和“无意识”性质:“意识形态是由所谓的思想家有意识地、但是以虚假的意识完成的过程。推动他的真正动力始终是他所不知道的,否则这就不是意识形态的过程了。”⑥在

① 《马克思恩格斯全集》第 3 卷,人民出版社 1957 年版,第 154 页。
② 《马克思恩格斯全集》第 1 卷,人民出版社 1957 年版,第 629 页。
③ 《马克思恩格斯全集》第 1 卷,人民出版社 1957 年版,第 629 页。
④ [德] 马克思:《剩余价值学说史》第 1 卷,郭大力译,人民出版社 1975 年版,第 309 页。
⑤ 《马克思恩格斯全集》第 3 卷,人民出版社 1957 年版,第 10 页。
⑥ 《马克思恩格斯选集》第 4 卷,人民出版社 1957 年版,第 501 页。

《路德维希·费尔巴哈和德国古典哲学的终结》(1886)中,恩格斯深入分析了政治、法律、哲学和宗教这些主要的意识形式作为“虚假的观念”的产生过程,指出:“头脑中发生这一思想过程的人们的物质生活条件,归根结底决定着这一思想过程的进行,这一事实,对这些人来说必然是没有意识到的,否则全部意识形态就完结了。”①

总体而言,在马克思、恩格斯那里,“意识形态是人们在特定的时间和地点发生的具体的社会关系的产物;它是体验那些社会关系并使之合法化和永久化的方式”②;“意识形态不是一套教义,而是指人们在阶级社会中完成自己的角色的方式,即把他们束缚在他们的社会职能上并因此阻碍他们真正地理解整个社会的那些价值、观念和形象”③。可见,在知识的建构方法上,意识形态根本就是反科学或伪科学的。

第三,作为描述性概念的意识形态。

随着马克思主义在世界范围的传播,其“意识形态”的内涵发生了一定的变化;其中,列宁的意识形态学说是马克思的意识形态学说在20世纪复兴的重要标志。列宁根据自己所处时代的实践需要和理论需要,对意识形态的含义作了新的说明,不再一般地谈论意识形态的“虚假性”。在他看来,资产阶级有自己的意识形态,无产阶级也有自己的意识形态,即社会主义意识形态和共产主义的意识形态;它既具有鲜明的阶级性,体现了无产阶级的根本利益,又具有严格的科学性,正确阐述了社会发展规律,揭示了资本主义社会的运动规律,是适应社会历史发展潮流的科学的意识形态。在《唯物主义和经验批判主义》(1908)中,列宁提出了“科学的意识形态”的新概念,指出作为无产阶级求解放的学说,马克思主义是“科学的意识形态”,它科学地阐明了社会发展的规律,体现了科学性与阶级性、相对真理与绝对真理的统一。列宁还强调了哲学上的党派斗争,重申无产阶级和资产阶级意识形态之间的对立乃是当代思想界和理论界

---

① 《马克思恩格斯选集》第4卷,人民出版社1995年版,第250页。
② [英]伊格尔顿著:《马克思主义与文学批评》,文宝译,人民文学出版社1986年版,第9页。
③ [英]伊格尔顿著:《马克思主义与文学批评》,文宝译,人民文学出版社1986年版,第20页。

不可回避的事实。在《青年团的任务》(1920)一文中,列宁提出了建设共产主义道德的伟大任务,指出共产主义者有自己的道德观念,“我们的道德是服从于无产阶级阶级斗争的利益的”[①]。在《论无产阶级的文化》(1920)一文里,列宁则批判了“无产阶级文化派”的虚无主义观点,指出:“马克思主义这一革命无产阶级的意识形态赢得了世界历史性的意义,是因为它并没有抛弃资产阶级时代最宝贵的成就,相反地却吸收和改造了两千多年来人类思想和文化发展中一切有价值的东西。”[②]在《论战斗唯物主义的意义》(1922)一文中,列宁主张坚持哲学的党性原则,努力发扬战斗的唯物主义的精神,是与资产阶级和其他剥削阶级的意识形态划清界限,又继承人类历史上一切优秀的文化遗产的基本前提。

正如J·拉雷所言:“对于列宁来说,意识形态成了关系到不同阶级的利益的政治意识,他特别把探讨的重点放在资产阶级的意识形态和社会主义意识形态的对立上。因此,在列宁那里,意识形态涵义的变化过程达到了顶点。意识形态不再是取消冲突的必然的扭曲,而是成了一个涉及到阶级(包括无产阶级)的政治意识的中性的概念。”[③]

列宁把意识形态理解为一个描述性的概念,深刻影响了一批西方马克思主义者。卢卡奇没有给“意识形态”下过定义,不过,他跟列宁一样把它理解为一个描述性的概念,即一定的经济关系在人们观念中的反映。贯穿其《历史与阶级意识》的主导思想是:无产阶级必须重视意识形态问题,努力形成自觉的阶级意识,才能在革命斗争中获得真正的胜利。他说:“一个阶级越是能心安理得地相信积极的使命,越是能百折不挠地、本能地根据自己的利益驾驭一切现象,它的战斗力也就越大,这一点是必须肯定的,而且也并没有过高估计这些意识形态因素的实际作用。”[④]卢卡

---

① 《列宁选集》第4卷,人民出版社1995年版,第352页。

② 《列宁选集》第4卷,人民出版社1995年版,第362页。

③ [德]T·鲍托姆著:《马克思思想词典》,1983年英文版,第222页,转引自俞吾金:《意识形态论》,上海人民出版社2009年版,第203—204页。

④ [匈]卢卡奇著:《历史与阶级意识》,杜章智译,商务印书馆1992年版,第124页。

奇认为,“无产阶级意识形态”的理论表现是历史唯物主义,“什么是历史唯物主义呢?无疑,它是按照其真正的本质理解过去事件的一种科学方法”①。“历史唯物主义是无产阶级在其受压迫的时代里最强大的武器之一,现在,无产阶级正在准备重建社会并在其中重建文化,它把历史唯物主义运用于这个时代是自然的。”②葛兰西则赋予了“意识形态”概念新的涵义,他不同意把“意识形态”仅仅看作一堆错误的观念,而是把它当作社会构成的一个必不可少的方面。他将“意识形态”定义为:“一种在艺术、法律、经济行为和所有个体的及集体的生活中含蓄地显露出来的世界观。”③葛兰西也把意识形态理解成了一个描述性的概念,根本不存在真实或虚假的问题。到了阿尔都塞那里,“意识形态”成了人与世界之间想象性的关系,是一种隐蔽地对人进行控制的思想构架,它建构了我们对现实的认识。他说:“意识形态是一个诸种观念和表象的系统,它支配着一个人或一个社会群体的精神”;“意识形态是个体与其真实的生存状态想象性关系的再现”④。在伊格尔顿看来,“意识形态是一个话语问题,一个处于历史情境中的主体间的实践交往问题,而不只是一个语言问题(我们所叙说的命题问题)。意识形态也不只是一个偏向性的、偏见性的和党派性的话语问题,尽管没什么人类话语不是这样”⑤。显然,“在以后对意识形态问题的新的探讨中,列宁的意识形态概念起了决定性的作用,并成了最有影响的学说”⑥;将“意识形态”当作一个中性化的描述性概念,是目前学界较为通行的理解。

---

① [匈]卢卡奇著:《历史与阶级意识》,杜章智译,商务印书馆 1992 年版,第 306 页。

② [匈]卢卡奇著:《历史与阶级意识》,杜章智译,商务印书馆 1992 年版,第 356 页。

③ [意]葛兰西著:《狱中札记选》,伦敦 1971 年英文版,第 328 页,转引自俞吾金:《意识形态论》,上海人民出版社 2009 年版,第 237 页。

④ Louis Althusser, *Ideology and Ideological State Apparatuses*, in Slavoj Zizek, ed., Mapping Ideology, London: Verso, 1994.p.120.

⑤ Terry Eagleton "Ideology", in Stephen Regan, ed., *The Eagleton Reader*, Cambridge: Blackwell, 1998, p.237.

⑥ [德]T · 鲍托姆著:《马克思思想词典》,1983 年英文版,第 222 页,转引自俞吾金:《意识形态论》,上海人民出版社 2009 年版,第 213 页。

质疑“审美意识形态论”者根本无视“意识形态”的这一发展历程，认为“时下，我国理论界对意识形态概念的理解是离开了其中国传统的，也离开了其阶级实践的品质，西方化（主要是‘西马’化）、学院化、纯粹知识论倾向明显，意识形态似乎成了一个主观上中性或中立的概念，这也就从根本上消解了中国传统中意识形态之为意识形态的改造现实的积极意义”。那么，何谓“中国传统”呢？“从我国现代文论的传统来看，意识形态概念的意义都是和现实、阶级实践联系在一起的，带有鲜明的阶级性、积极地反映现实、积极地参与阶级实践是其主要特征。”[①]简言之，“意识形态”的意义就在于改造现实的阶级实践。看来，尽管我国社会主义建设已进入了社会主义市场经济的发展历程，可是，“阶级斗争”的思维方式仍然存在！另一位质疑“审美意识形态论”者同样认为，“将意识形态概念中性化，其影响是十分严重的。它不仅掩盖了意识形态的真实内涵，使人们对之缺少了必要的警惕，一些资产阶级理论家还将这些早已扭曲了的意识形态的‘罪名’强加到马克思主义头上，认为马克思主义不是科学，而是意识形态，提出要区分马克思主义理论中‘科学成分’和‘意识形态成分’”[②]。这位论者力主“回到马克思”，即把意识形态当作一种虚假的思想体系，并对它采取批判的理论立场。

综上所述，“意识形态”概念是一个不断发展的概念，即便是马克思本人也并不在一种完全一致的意义上使用“意识形态”概念，而是赋予其多重的含义。马克思在《德意志意识形态》中的早期意识形态理论在“意识形态的两种大相径庭的意义之间存在着张力。一方面，意识形态有目的，有功能，也有实践的政治力量；另一方面，意识形态似乎仅仅是一堆幻象、一堆观念，它们已经与现实没有联系”[③]。在后期著作《资本论》里，马克思又倾向于把意识形态看作实际真实的一部分，“意识形态错觉不仅是

① 马建辉撰：《理解文学意识形态论的两个视角》，载《文艺理论与批评》2006年第3期。

② 马弛撰：《论文学的本质与审美意识形态》，载《学术月刊》2006年第7期。

③ ［英］伊格尔顿：《历史中的哲学、政治与爱欲》，马海良编译，中国社会科学出版社1999年版，第85页。

扭曲了的思想观念或‘虚假意识’的产物，而且也可以说是资本主义社会本身固有的东西”①。在晚年的人类学笔记中，马克思又指出，人类自从进入文明社会即阶级社会以后，“精神生产”的发展是以意识形态的演变和发展为表现形态的。为了更清楚地说明这一问题，马克思在“意识形态”生产和“自由的精神生产”之间作出了理论上的区分：前者是统治阶级的意识形态生产，即“意识形态阶层”的精神生产活动；后者为“一定社会形态下的自由精神生产”，即“一切非统治阶级的、独立的自由精神生产活动”②。尽管非“意识形态阶层”的精神生产活动可以在理论上被设定为“自由的精神生产”，但在实践中总是要受到自己所处的社会状况（物质生产状况、阶级状况以及先前的思想文化遗产状况等）的影响，有时甚至还直接地为意识形态提供合理性根据。因此，在现实实践中，意识形态和一般知识形态是融合一体的，所有的精神生产都必须在一定的意识形态情境中进行。这便是意识形态理论的“悖论”之处。如果我们不了解这一“悖论”，就无法把握马克思意识形态理论的实践性本质。有论者指出：“意识形态悖论的存在，使得我们得出这样的结论：进入文明社会（或阶级社会）以后，人类的精神生产或一般社会意识形式，就以意识形态活动的面貌出现，也即意识形态开始承担着人类文化发展重要场所或载体的角色。”③英国学者柏拉威尔指出，马克思的意识形态理论中就隐含了文学。他说：“有人说，马克思这样区分阶级的意识形态和自由的精神生产，似乎是再一次表示，即使受到一种意气不合的社会秩序的限制，艺术可能仍是一个比较自由的领域。这种论点是站得住脚的，即使我们必须承认，对这一段话的理解是有分歧的。马克思本人没有看到它的付印，而他的手迹又是这样模糊，后来的编辑者读做‘自由的精神生产’的一句话也可以读做‘精细的精神生产’。但是，不论读做什么，原来在《政

① ［英］伊格尔顿著：《历史中的哲学、政治与爱欲》，马海良译，中国社会科学出版社1999年版，第91页。

② 《马克思恩格斯全集》第47卷，人民出版社1993年版，第533页。

③ 张秀琴著：《马克思意识形态理论的当代阐释》，中国社会科学出版社2005年版，第69页。

治经济学批判》的‘序言’中隐含地把文学与意识形态等同起来，而现在却把‘统治阶级的意识形态组成部分’同不管是‘自由的’还是‘精细的’方式作出区分，这是一个可喜的纠正。”①柏拉威尔称马克思作了“可喜的纠正”，纠正了什么呢？钱中文指出，就是马克思在《政治经济学批判导言》的“序言”里隐含地讲了文学是意识形态，这只是揭示了其作为观念形态的共性，但文学还自有其独特性，即它还是一种精细的或是自由的精神生产。无论如何，马克思的唯物史观科学规定了文艺在宏观社会结构中的位置，并把文学艺术理解、界定为一种社会意识形态。“马克思主义把文艺的性质界定为一种社会意识形态，一种社会上层建筑，它的伟大贡献就在于要求我们把文艺放到整个社会结构以及人类解放的历史过程中去进行考察，以能否推动和促进人的自由解放和人类社会的全面进步为评判标准，从而赋予马克思主义文艺学以其他任何文艺学所不可具有的高远视界和恢弘目光。”②

四、“审美意识形态论”与“元政治”

质疑“审美意识形态论”者还有一种观点，认为“审美意识形态论”是“以对文学的认识论解释和意识形态解释进行补充和修正的名义进行的”，其实际效果有二：其一，“审美”的合法化、膨胀化；其二，“意识形态”概念的空置和淡化。持这种观点的学者认为，“审美意识形态”是“一个隐蔽的策略性范畴”，其中可能隐藏着“虚化马克思主义、背离马克思主义的思想倾向”；将“审美意识形态论”作为“文艺学的第一原理”，导致了

① ［英］柏拉威尔著：《马克思和世界文学》，梅绍武等译，生活·读书·新知三联书店 1980 年版，第 423—424 页。

② 王元骧撰：《论马克思主义文艺学在当代的发展和意义》，载《东方丛刊》2007 年第 4 期。

新的理论“迷思”[①]。撇开论者乏味的“深文周纳”式的政治思维惯性不论,其中核心的一个问题是:“审美意识形态论”果真膨胀了“审美”,而“架空”了“意识形态”了吗?在我看来,问题的实质在于如何处理文学的审美性与政治性之间的关系——这是一个历久弥新的问题。

童庆炳指出,在马克思主义经典作家那里,“意识形态”是对各种社会意识形态的抽象,并不存在一种称为“意识形态”的实体;意识形态只存在于它的具体的形态中,如上面所说的哲学意识形态、政治意识形态、法意识形态、道德意识形态、审美意识形态等这些具体的形态之中。这些不同的意识形态自身形成一个独特的思想系统,它的整体性也就充分显现出来;它们的地位是平等的,并无“高低贵贱”之分,也不存在着谁为谁服务的问题:审美意识形态在政治意识形态的关系,就并不总是顺从的关系,相反审美意识形态对政治意识形态的“规劝”“监督”“训斥”等,也是十分正常和合理的[②]。这就从理论上有力阻拒了长期以来文学与文学理论的泛政治化倾向。但能否由此得出“审美意识形态论”是“纯审美主义”或“审美中心主义”呢?如,质疑“审美意识形态”论者认为,“审美意识形态的提出不仅将意识形态中性化,而且将文学研究与历史关系相割裂,强调的是文学研究的‘审美’趣味。……这与马克思主义的历史观是大相径庭的”[③]。事实果真如此吗?

在探索文学本质问题时,童庆炳指出,构成文学本质的元素是多元的,“其中必有一种更根本的、更具决定性的”。马克思在《〈政治经济学〉导言》中指出,人类“掌握世界”的“方式”可分为“艺术的、宗教的、实践—精神”的论点。文学、音乐、绘画、雕塑、舞蹈等艺术,都属于“艺术的”“方式”——人类切入世界、掌握世界的一种方式;它与“宗教的、实践—精神”的方式一样,具有根本的意义。所以把文学与其他艺术联系起来考

① 马建辉撰:《理解文学意识形态论的两个视角》,载《文艺理论与批评》2006年第3期。
② 童庆炳撰:《审美意识形态论的再认识》,载《文艺研究》2000年第2期。
③ 马弛撰:《论文学的本质与审美意识形态》,载《学术月刊》2006年第7期。

察,认为文学与其他艺术都是审美意识形态,也就具有更根本的意义。正是基于此,童庆炳才提出了“审美意识形态论是文艺学的第一原理”的著名论断。因此,在阐释审美意识形态的过程中,他在侧重强调文学的独立性即审美性和文学的认识价值显现的特殊性的同时,从多个角度强调“审美意识形态”的整一性:从性质上看,既有集团倾向性又有人类共通性;从功能上看,既是认识又是情感;从目的功能上看,既无功利性又有功利性;从方式上看,是假定性但又是真实性①。总之,“审美意识形态,是意识形态的多样种类之一”;就审美意识形态而论,“无功利是直接的,功利性是间接的”;“文学直接的是形象的,但在深层又具有某种理性”;“在文学中,审美情感是直接的,理智认识是间接的”②。显而易见,“审美意识形态论”一方面把文学看成是美的价值系统,另一方面则力图在“审美”与“意识形态”之间保持一种“张力”关系,并没有剔除文学的“社会政治性”。

我认为,童庆炳提出的“历史—人文”张力说有助于我们深入理解“审美意识形态”论。自提出“审美意识形态”论以来,童庆炳一直关切着中国的社会现实,始终思考着当代文学艺术的精神价值取向问题,而探索着人文主义的历史维度和历史主义的人文维度相互补充、结合的问题。

在童庆炳看来,人文主义呼唤重视人的价值与尊严,其基本旨意是“反恶”,其倡导者的失误是没有看到许多社会问题是在社会进步中出现的;历史主义的旨趣是反“极左”,拒斥精神至上主义,力主发展社会经济,其论者的失误在于没有认识到一个社会需要精神的治理和制约,以避免物质至上主义的畸形发展③。童庆炳思考的问题是:我们所面对的是“历史理性”与“人文关怀”这两极“错位”的事实,那么,文学家在这种现实面前应采取什么样的思维路径、价值取向、判断角度呢? 童庆炳认为,

---

① 童庆炳撰:《审美意识形态论的再认识》,载《文艺研究》2000 年第 2 期。

② 童庆炳主编:《文学理论教程》,高等教育出版社 2004 年版,第 58 页、第 63—67 页。

③ 童庆炳撰:《人文主义的历史维度和历史主义的人文维度》,见《童庆炳文学五说》,时代文艺出版社 2001 年版,第 320—321 页。

政治家、社会学家更关心的是历史理性，是物质的、器物层面的东西，对待急剧的社会转型时，他们更注重的是转型的历史合理性，而把人文方面的问题纳入到历史理性的范畴中去把握，甚至认为这些问题是现实改革、历史进步不可避免要付出的代价；文学家不是政治家，不是社会学家，他们“关心社会转型的文化道德合理性，以及它在个体的情感生活完美性，甚至人性深处那些看不见的微妙角落。……历史理性和人文关怀这两者都是文学家照射现实的思想‘光束’……文学家总是在人文关怀与历史理性中徘徊”，对现实采取不妥协的和批判的态度；如果遇到在两者之间非选择不可时，“真正的文学家宁愿‘牺牲’历史理性，而选择‘人文关怀’……这就是为什么古今中外伟大的作家都毫无例外具有悲天悯人的品格的原因”[①]。考察中外那些处于社会转型时期伟大作家的创作，正是有了人文关怀与历史理性这两重“光束”，他们才能“对现实关系具有深刻理解”（马克思语），他们的作品也有着“了不起的革命辩证法”（恩格斯语）。童庆炳据此剖析了风行一时的“新现实主义小说”，针砭其人文关怀与历史理性的双重缺失。他总结归纳了新时期以来反映改革现实小说的三种艺术范式及其精神价值取向，入情入理地解读了前苏联作家拉斯普金的小说《告别马焦拉》和《活着，可要记住》，并以青年马克思对资本主义异化的批判作为理论上的支持，令人信服地提出“历史理性、人文关怀和文体营造三者之间保持张力和平衡，应该是文学的精神价值的理想”；其中，“历史—人文”双重精神价值取向的本质是：“它既要历史的深度，肯定历史发展（包括科技进步）是不以人的意志为转移的，而且对人类的生存是有益的，物质的发展可以而且应该成为发扬人文精神的基础与依托；它同时又要人文深度，肯定人性、人情和人道以及人的感性、灵性、诗性对人的生存的极端重要性。不是在这‘两个深度’中进行非此即彼或非彼即此的选择。它假设‘历史’与‘人文’为对立的两极，并充分肯

---

① 童庆炳、陶东风撰：《人文关怀与历史理性的缺失——“新现实主义小说”再评价》，见《童庆炳文学五说》，时代文艺出版社 2001 年版，第 322—339 页。

定这两极紧张关系对文学的诗意表达的重要性和精神价值追求的重要性”[①]。

钱中文也是“审美意识形态论”的提出者,近几年来,他从大视野的历史唯物主义出发倡导“新理性精神”,以审视人的生存意义。面对人的生存挫折、物对人的挤压、科技进步造成的人文精神下滑的现状,他主张用人文精神来召唤对民族、个人的生存意义与价值的追求与确认。他提出,“新理性精神”作为一种对于文化、文学艺术内在的精神信念,是对旧理性的扬弃;为了避免旧理性的覆辙,非理性主义、反理性主义的各种思潮的极端化与虚无主义,新理性精神需要在对它们进行现代文化批判的基础上,汲取它们的合理因素,从几个方面,确立自身的理论关系:这就是“现代性”、“新人文精神”、“交往对话精神”、感性与文化问题[②]。“新理性精神”的核心内容是:“主张以新的人文精神来对抗人的精神堕落与平庸”,“当今的文学艺术要高扬人文精神。要使人所以成为人的羞耻感,同情心与怜悯,血性与良知,诚实与公正,不仅成为伦理学关注的课题,同时也应成为文学艺术严重关注的方面。以审美的方式关心人的生存状态、人的发展,使人成为人,拯救人的灵魂,这也许是那些有着宽阔胸怀的作家艺术家忧虑的焦点与立足点”[③]。不难看出,“新理性精神”与“历史—人文”张力说在精神上是相通的,而它们都是“审美意识形态论”的有机组成部分。

可见,童庆炳等人提出的“审美意识形态论”,根本就没有割裂人的精神活动与历史的关系,相反,它真正体现了艺术实践的政治内涵。

什么是政治?亚里士多德认为,政治是一种以正义理念为原则、以建立良好的社会秩序为目标的,关于城邦的管理行为。他说:“城邦以正义

① 童庆炳撰:《中国当代文学创作中的“历史—人文”双重价值取向》,见《童庆炳文学五说》,时代文艺出版社2001年版,第360页。
② 钱中文撰:《文学艺术价值、精神的重建:新理性精神》,载《文学评论》1995年第5期。
③ 钱中文撰:《文学理论:走向交往对话的时代》,北京大学出版社1999年版,第349页。

为原则,由正义衍生的礼法恰好是树立社会秩序的基础。"①根据英国学者安德鲁·甘布尔的看法,"政治"是一个相当模糊的概念,拥有一些不同的方面。其中,最重要的有三部分:作为政府权力的政治、作为身份认同的政治和作为社会秩序的政治。可见,政治体现于作为社会人的实际组织形式,如何将个体的人组织成一个和谐有效的社会整体,是一切政治活动的出发点。徐岱指出,作为一种文化现象的政治活动,体现为侧重于伦理原则的"元政治"和侧重于实际利益的"权力政治"两个层面:前者属于体现人们内心愿望的全民政治,注重的是社会"如何组织"的问题;后者属于表现为各种运作机构的党派政治,关心的是国家"谁来统治"的问题。前者作为伦理政治主要考虑政治的正义性,而后者作为一种当下政治的核心是形形色色的权力关系,其中最根本的无疑是依托于暴力对国家机器的掌控,它是二元对立的,紧连着人的权力欲和支配欲。伊格尔顿、詹姆逊等人的"政治批评",不仅将"元政治"层面的"伦理政治",同权力斗争、身份认同与社会秩序建构等党派政治形态混为一谈,而且完全无视生活世界的丰富性,否认在公共领域之外还存在私人生活的空间,以人的历史维度取消了人的自然存在②。

在阿诺德·豪塞尔看来,"真正的艺术必定会卷入生命和人类存在的意义之类的问题的探讨,这些艺术使我们面对着'改变我们的生活方式'的要求"③。汉斯·昆也说:"在一个受无意义威胁的时代,艺术有助于使'意义'问题出场,有助于激发对'意义'问题的追问,有助于面对'意义'问题。"④马尔库塞则指出:"艺术代表着所有革命的终极目标:个体的自

① [古希腊]亚里士多德著:《政治学》,吴寿彭译,商务印书馆1965年版,第9页。
② 参阅徐岱撰:《为所有人的艺术——论艺术实践的政治之维》,载《西南民族大学学报》(人文社科版)2007年第1期。
③ [美]阿诺德·豪塞尔著:《艺术史的哲学》,陈超南、刘天华译,中国社会科学出版社1992年版,第273页。
④ [德]汉斯·昆等著:《神学与当代文艺思潮》,徐菲、刁承俊译,上海三联书店1995年版,第39页。

由和幸福”[①];“艺术与革命的联接点,存在于审美之维上,存在于艺术本身中”;在具体艺术实践中,“政治维度总是附属于另一个审美的维度,这个维度反过来又具有政治价值。”[②]因此,真正体现艺术实践政治内涵的是“元政治”,哈维尔精辟地称之为“反政治的政治”。他指出,在“元政治”的语境里,“政治作为对人类同胞真正富有人性的关怀”,是以“人道主义”为基础的对“至善”原则的捍卫,强调的是超越身份、种族、性别的普遍利益。这种“元政治”也是康德的“人是历史的最终目的而并非工具”意义上的人文理念的落实,它着眼于普遍人性的共同追求。这里,“政治不再是权力的伎俩和操纵,不再是高于人们的控制或互相利用的艺术,而是一个人寻找和获得有意义的生活的道路”[③]。艺术实践的政治性是哈维尔所说的,“从被权术家嘲笑的对象——人类良心——中创造一种真正的政治力量”;它要求艺术家承担起一项使命,即“抵制匿名的、非个人化的、非人性的权力,它以种种意识形态的、制度的、党政机关的、官僚主义的、伪饰的语言及政治口号的方式出现”[④]。简言之,艺术的政治之维就是从代表道义原则的“元政治”角度出发,对现实中的党派政治实践的一种伦理评估。在这个意义上,我认为,“审美意识形态论”的核心,就是在“元政治”的层面强调通过审美与伦理的统一来拥有一种张力;突出的不是文学直接的社会政治意义,而是以文学的生命意义为中介的政治之维,而体现出一种永恒的诗性意义。

“历史—人文”张力说与“新理性精神”都表明,“审美意识形态论”所凸显的是一个以艺术的生命意义为中介的社会政治之维,而绝非简单的对“政治工具”论的“冲击”;它的提出,不是所谓的“权宜之计”或“一个隐蔽的策略性范畴”,也不是“审美”加“意识形态”的简单拼凑,更不是

---

① [美]马尔库塞著:《审美之维》,李小兵译,生活·读书·新知三联书店1989年版,第255页。

② [美]马尔库塞著:《审美之维》,李小兵译,生活·读书·新知三联书店1989年版,第186—187页。

③ [捷]哈维尔著:《哈维尔文集》,崔卫平译,香港明河社2004年版,第135—136页。

④ [捷]哈维尔著:《哈维尔文集》,崔卫平译,香港明河社2004年版,第135—138页。

“割裂了人的精神活动与历史的关系”的所谓“纯审美主义”。这些无端的指责不过是一种“逻辑株连”,并没有真正了解“审美意识形态论”的真谛,所谓的理论“迷思”之说更是不着边际的无稽之谈。实际上,“审美意识形态论”对文艺的本质作了比较系统深入的探究,较好地解决了文艺与意识形态之间的关系,有助于我们正确认识形式与内容、情感与理智、表现与再现、人性与阶级性等矛盾关系。当然,“审美意识形态”论并不是业已尽善尽美,在意识形态性与审美性的融合等问题上,尚有待人们进一步深入探究[①]。在这一问题上,我以为巴赫金的相关论述可能会给我们一定的启发。

五、“审美”与“意识形态”的融合

巴赫金认为,作为一门意识形态科学,文艺学研究的对象是文学作品的艺术结构,是这一结构里面的各种正在形成的意识形态因素的有机结合及其艺术功能。为了说明自己的意识形态基本立场,巴赫金对文学意识形态学说的三种立场观点进行了批评。

其一,“把文学仅仅局限于这样的反映,也就是贬低文学,认为它只起其他意识形态的简单的附庸和传播者的作用,几乎完全忽视了文学作品的有自身意义的效用及它们的意识形态独立性和独特性。”[②]也就是说,把文学艺术作品中的意识形态内容等同于政治、伦理、宗教和哲学的内容,消除了它的存在和表现的特殊性。在巴赫金看来,这个立场忽略了文学艺术的意识形态的“独立性和特殊性”,是对文学艺术的贬低。

其二,“把对意识形态视野的反映看作是对现实存在本身和生活本身

① 参见黄擎撰:《文艺意识形态本性论研究的现状与问题》,载《浙江大学学报》2005年第2期。

② [苏]巴赫金著:《文艺学中的形式主义方法》,见钱中文主编:《巴赫金全集》第2卷,李辉凡等译,河北教育出版社2009年版,第126页。

的直接反映。没有考虑到，内容所反映的也只是本身作为对现实存在的折射反映的意识形态视野。揭示艺术家所描写的世界，还不意味着深入到真正的生活现实中。"[①]巴赫金认为，把文学作品里的意识形态内容等同于对生活现实本身的意识形态反映，认为作品里的意识形态就是生活中的意识形态，这是一种机械的反映论，它完全取消了艺术结构的基本功能。事实上，在文学作品里的意识形态内容是作为一个艺术结构因素被有机地融合在作品里的，其中包含着作家的"意识形态折射"这个中介环节，即作品里的意识形态内容是加工过的。

其三，"把艺术家反映在内容中的意识形态因素教条化并使之最后定型，使生动的、正在形成的问题变成现成的原理、论断和决定——哲学的、伦理的、政治的、宗教的。没有理解和考虑一个极其重要的因素：文学在其内容的基础上只反映正在形成的意识形态，只反映意识形态视野形成的过程。"[②]这个立场强调的文学意识形态存在状态，是"现成的原理、论断和决定"，是"教条化"和最后定型的。巴赫金认为，文学作品里的意识形态是正在形成的、活生生的，绝不是僵化的教条和缺乏生命力的东西："对于现成的确定了的原理，艺术家是无事可做的：这些东西不可避免地成为作品中的异物、平庸乏味的东西和偏向。这些东西应当在科学、道德的体系中，在政党的纲领中占有自己正常的地位。在艺术作品中，这种现成的、教条式的原理在最好的情况下也只能占有一些次要的富有教训意义的格言地位；它们永远也不能构成内容的核心本身。"[③]

巴赫金把相对于经济基础和上层建筑的思想、学说和观念形态，以及对它们的创作、研究和形成的体系等，统称意识形态现象，它包括哲学、宗教、伦理学、政治学说和文学，等等。研究这些现象的方法论，巴赫金称之

---

① [苏]巴赫金著：《文艺学中的形式主义方法》，见钱中文主编：《巴赫金全集》第2卷，李辉凡等译，河北教育出版社2009年版，第126页。

② [苏]巴赫金著：《文艺学中的形式主义方法》，见钱中文主编：《巴赫金全集》第2卷，李辉凡等译，河北教育出版社2009年版，第126-127页。

③ [苏]巴赫金著：《文艺学中的形式主义方法》，见钱中文主编：《巴赫金全集》第2卷，李辉凡等译，河北教育出版社2009年版，第127页。

为意识形态科学,如文艺学、文学史研究、哲学史、政治学、宗教学,等等。而这些思想、学说和观念形态的创造,即理性或感性范畴的创造,包括文学作品、艺术作品、哲学著作、政治著作、宗教教义等,都属于意识形态创作,它们都是创作者对现实生活内容进行“折射”的过程,即作家艺术家对来自生活现实的材料作个性化处理的过程。相对于文学艺术结构而言,巴赫金把作为艺术作品结构因素的意识形态内容称为意识形态因素。他认为,在作家创作过程中,必然把现实生活中的内容做艺术的处理,这个处理过程,实际上就是一个意识形态“折射”的过程;作家本人的意识形态立场变成了一个视野,成为处理生活材料(包括生活和思想)的模式。即任何现实生活中的材料,必然经历作家意识形态视野的处理,才能成为艺术结构的内容,相应地,任何艺术作品中的因素(诸如情节、主题、技巧、形式、题材和言语方式等)都包含着意识形态视野。巴赫金认为,任何意识形态种类都具有自己把握现实的独特结构,通过这个结构,这个意识形态种类区别于其他种类。艺术作品的独特性是由于它的独立的结构决定的。

巴赫金的“意识形态科学”包含两部分内容:一是文学在意识形态环境里的地位;二是意识形态因素在文学中存在的方式。前者处理的是文学与其他意识形态种类的关系问题,后者处理的是文学的意识形态性问题。

对于文学在意识形态环境里的地位,巴赫金是这样阐释的:

> 文学是作为一个独立的部分进入周围的意识形态现实的,它以有一定组织的文学作品的形式,带着一种特别的、唯有它才具有的结构,在现实中占据着特殊的地位。这种结构,像所有的意识形态结构一样,折射着正在形成的社会经济生活,而且是按自己的方式加以折射的。但同时,文学在自己的“内容”中也反映和折射着其他意识形态领域(伦理、认识、多种政治学说、宗教等等)的反映和折射,也就

是说，文学在自己的“内容”中反映着它自己也是其中一部分的整个意识形态的视野。①

因此，“文学通常并不是从认识系统和时代精神的系统中，不是从固定的意识形态系统中获得文学的这些伦理的、认识的和别的内容的（只有古典主义在某种程度上才是这样做的），而是直接地从认识时代精神及其他意识形态的活生生的形成过程本身取得它们的。正因为这样，文学才经常地预见到哲学的和伦理学的意识形态要素，虽然采取的是一种不发达的、未经论证的、直观的形式。文学善于深入到形成和构成它们的社会实验室本身中去。艺术家对正在产生和形成的意识形态问题有敏锐的听觉。”②

关于意识形态在文学中存在的方式问题，巴赫金认为，在艺术作品里一切构成因素都具有意识形态性质：“生活，作为一定行为、事件或感受的总和，只有通过意识形态环境的棱镜的折射，只有赋予了它具体的意识形态内容，才能成为情节、本事、主题、母题。还没有经过意识形态折射的所谓原生现实，是不可能进到文学的内容中去的。”“任何情节本身都是在意识形态上经过折射的生活的一种公式。这种公式是由意识形态的冲突，经过意识形态折射了的物质力量确定的。”“已成了文学描写的客体的世界的意识形态折射性，以及认识上的、伦理的、政治的、宗教的折射性，乃是情节进入文学作品结构、进入作品内容的必需的和必定的先决条件。”“不仅情节，而且抒情母题，这种或那种问题以及一般有意义的内容因素都听命于这一基本规律：在这一规律中艺术地形成经过意识形态折射的现实。”③也就是说，文学作品中的意识形态内容是以情节、本事、主

① [苏]巴赫金著：《文艺学中的形式主义方法》，见钱中文主编：《巴赫金全集》第 2 卷，李辉凡等译，河北教育出版社 2009 年版，第 123—124 页。

② [苏]巴赫金著：《文艺学中的形式主义方法》，见钱中文主编：《巴赫金全集》第 2 卷，李辉凡等译，河北教育出版社 2009 年版，第 124 页。

③ [苏]巴赫金著：《文艺学中的形式主义方法》，见钱中文主编：《巴赫金全集》第 2 卷，李辉凡等译，河北教育出版社 2009 年版，第 125 页。

题、母题,以及题材、体裁、形式、技巧、言语方式等各种结构性因素存在和表现出来的,它们无不渗透着沉甸甸的意识形态内容。

总之,“文学在自己的内容里反映着意识形态视野,亦即异己的非艺术的(伦理的、认识的等)意识形态构成物。不过,文学本身在反映这些异己的符号的同时,也创造着新的形式、新的意识形态交流符号。这些符号,即文学作品逐渐成为人们周围的社会现实的实际的一部分”①。

有人这样概括巴赫金意识形态思想的基本价值:

> 巴赫金的意识形态科学一个反复出现的问题是:不同的信仰体系如何能彼此对话,或者,这些体系在现时及历史的社会结构内,是如何区分为价值的和话语的各种等级的。换句话说,他总是设法联结不同的人、本文、意识形态和语言,而不是在彼此之间做出截然不同的区分。②

也就是说,巴赫金的意识形态科学强调的是话语的“建构功能”,认为不同信仰体系的人在进行交往的过程中,他们在建构着交往的联结,形成一个达成共识的整体。

对于艺术交往来说,巴赫金阐述的文学意识形态理论的建构指向艺术结构:“一切意识形态的东西都有意义:它代表、表现、替代着在它之外存在着的某个东西,也就是说,它是一个符号。哪里没有符号,哪里就没有意识形态”③;“而符号的存在不是别的,就是这一交际的物质化。所有意识形态符号都是如此。然而,这一符号的特性和交际的这种全方位的制约性,任何领域都不能像语言那样,表现得那么清楚和充分。话语是一

① [苏]巴赫金著:《文艺学中的形式主义方法》,见钱中文主编:《巴赫金全集》第2卷,李辉凡等译,河北教育出版社2009年版,第125—126页。

② [美]凯特琳娜·克拉克、迈克尔·霍奎斯特著:《米哈伊尔·巴赫金》,语冰译,中国人民大学出版社1992年版,第240页。

③ [苏]巴赫金著:《马克思主义与语言指向》,见钱中文主编:《巴赫金全集》第2卷,李辉凡等译,河北教育出版社2009年版,第341页。

种独特的意识形态的现象。……话语——是最纯粹和最巧妙的社会交际媒介”①。简言之，文学符号的存在就是交往的物质化。巴赫金进一步指出，文学作品与其他意识形态种类符号—话语体系的差异或者特殊性，在于社会意识形态交往建构了它的“艺术结构”。那么，什么是“艺术结构”呢？

托多洛夫说，按照巴赫金的观点，“美学研究真正的核心问题不应该是材料，而应该是建筑术，是构造，是作为材料、形式和内容相互结合并相互制约的意义上的作品结构。”②表面上看，这与形式主义非常相似。一般认为，俄国形式主义文论是对浪漫主义文论“推崇作品的内在性”的发展，巴赫金的“艺术结构”不是一个固定的存在，而是一个建构的过程。在这个意义上，作品永远是开放的文化交流的结构。因此，巴赫金在批评了形式主义之后，并没有定义出具体的文学特性，“他只是拒绝寻找文学的特性。这并非因为这种使命在他眼里毫无意义，而是因为寻找文学的特性只有结合特定的历史（文学的或批评的）才有意义”；在巴赫金看来，“与其说作品是‘建造’，是‘建筑学’，不如说作品具有不同一性，是各种声音，是过去和将来话语的相互影响和渗透，是十字路口和交叉点”③。换言之，艺术话语是言语实践，其本质是对话；艺术话语中进行的对话不能够封闭在自己的时代，它既是面向过去，又是面向未来的，因此，它永远是未完成体的。

托多洛夫把巴赫金这种“艺术结构”特征用一个词表达——“超文本性”，认为它“属于文化史的范畴”④。“米·巴赫金不厌其烦地重复着一

① [苏]巴赫金著：《马克思主义与语言指向》，见钱中文主编：《巴赫金全集》第2卷，李辉凡等译，河北教育出版社2009年版，第347页。

② [法]托多洛夫著：《批评的批评》，王东亮、王晨阳译，生活·读书·新知三联书店1998年版，第76页。

③ [法]托多洛夫著：《批评的批评》，王东亮、王晨阳译，生活·读书·新知三联书店1998年版，第93页。

④ [法]托多洛夫著：《批评的批评》，王东亮、王晨阳译，生活·读书·新知三联书店1998年版，第93页。

种思想,即任何'文本只是在与其他文本(语境)的相互关联中才有生命','只有在诸文本间的这一接触点上,才能迸发出火花,它会烛照过去和未来,使该文本进入对话之中"[①]。这样,作为意识形态生成基础的"艺术结构",不再是一个固定的、不变的存在,而是一个开放的、永远未完成的过程;其中,有各种正在形成的意识形态因素。这意味着对于文学艺术意识形态内容的阐释,不可能是固定不变的,试图以一种意识形态来决定一部文学作品的意义,是不现实的,也是不合理的。巴赫金这种意识形态科学的立场,使文艺学研究的视野在两个方面得到了扩展:一是研究对象上,文艺学研究的对象不再是孤立存在的文学作品,而是文学作品的艺术结构,是开放的处于诸文本之间的对话关系;二是在研究的思维上,则建立起了开放的和对话的思维,即在文学文本的意义阐释过程中呼唤意识形态环境里其它文化种类的参与,而打破了文本界限,跨越文本走向了文化诗学研究。

童庆炳自20世纪90年代以来力倡"文化诗学"研究,在我看来,这是"审美意识形态"论的自然延伸。在各种形式的"文化诗学"研究中,巴赫金关于陀思妥耶夫斯基、拉伯雷小说的诗学研究是童庆炳所心仪的文化诗学的范型,而"新历史主义"和"文化研究"则是其借鉴的重要理论资源。童庆炳指出:"'新历史主义'的文化诗学是对'历史主义'和'形式主义'批评的双重扬弃,强调对文学本文实施政治、经济、社会的综合研究。它意在打破传统的'历史—文学'二元对立,将文学看作历史的一个组成部分,一种在历史语境中塑造人性最精妙部分的文化力量和符号系统,而历史与文学共同构成一个'作用力场',使那些伸展的自由个性和升华的人格精神在被压制的历史现象中发出新时代的声音。'文化诗学'的基本特征,即'跨学科研究'性质、'文化的政治学'属性和'历史意识形态性'。'文化诗学'事实上是延伸发展了一种'历史诗学'的概念,表明文学批评中的历史意识和批评方法重新受到重视"文化诗学是吸收了'文

① [俄]孔金、孔金娜著:《巴赫金传》,张杰、万海松译,东方出版中心2000年版,第15页。

化研究'特性的具有当代性的文学理论,其旨趣是:文化诗学是对于文学艺术的现实的反思。……文化诗学追求文学艺术的意义和价值。……文化诗学追求在方法论上的革新和开放。它不囿于文学的自律,而从语言、神话、宗教、艺术、科学、历史、政治、伦理、哲学等跨学科的文化大视野来考察一切古今中外的文学、艺术问题”。“文化诗学”的研究则是为了回归到对人的关注,即进行社会参与和表达一种现实关怀:“1992 年以后,中国经济步入快速增长的时期,市场经济也空前发展,人民的生活水平也有很大提高。但是社会的负面现象也进一步发展。环境污染前所未有,权钱交易盛行,腐败现象触目可见。一些深层的社会问题显露出来,如东西部经济的差异问题,贫富悬殊拉大问题,国有企业的改造问题,下岗工人的安置问题,农民对市场经济的不适应问题,贪污受贿日益严重问题,大众文化中的低级趣味问题……”;“文化诗学是对于文学艺术的现实的反思。它紧紧地扣住了中国文化市场化、产业化、全球化折射在文学艺术中出现的问题,并加以深刻揭示。立足于文学艺术的现实,又超越现实、反思现实。”①这再次表明,那种认为“审美意识形态”论割裂文学与历史的关系,空置和淡化“意识形态”,是“审美中心主义”的论断,实在是相当浅薄的认识。“审美意识形态”论是当代文学理论坚实的基点,这是毋庸置疑的。

① 童庆炳撰:《植根于现实土壤的文化诗学》,载《文学评论》2001 年第 6 期。

第二章　文学与政治

作为一种审美意识形态，文学并没有割裂人的精神活动与历史的关系；文学是在“元政治”的层面强调通过审美与伦理的统一来拥有一种张力，其所突出的不是文学直接的社会政治意义，而是以文学的生命意义为中介的政治之维。那么，文学是怎样对待现实中的党派政治实践的呢？作家应怎样讲述“中国故事”？如何正视、处理挥之不去的“奥威尔问题”？

一、“重回叙拉古?”

莫言荣获2012年度诺贝尔文学奖后，美国《华盛顿时报》称之为“首个拿到诺贝尔奖的非中国政府批评人士”，其中濡染着极其浓厚的意识形态兴味。国内也有不少批评的声音，或指责其与体制的亲近，或紧盯其道德“瑕疵”不放，或怀疑获奖背后有不可告人的政治交易……从中，我们不难瞥见国内外媒体所预设的公开难题：文学与政治的关系。

莫言的批评者，一方面将政治的核心问题简单归结为个人的道德层面的问题，强求以道德的正义和勇气行事，仍未脱道德中心主义的窠臼；另一方面则“投射”了过多的政治心理期待值，以为莫言获奖后直接面对世界媒体，必然面对关于中国的整体性问题，无可回避——诺贝尔文学奖似乎成了检验中国政治环境的工具。

“基于诺贝尔奖的基本宗旨，文学奖从一开始就超越了单一的文学性。它是折射文学趣味、政治道义、历史真相和文化梦想的多面晶体。它要求受奖作品能深刻地表达普世价值的信念。”文化批评家朱大可在接受凤凰网专访时说，作为“职业作家”的莫言与作为“诺贝尔伦理背负者”的莫言之间存在着角色错位：“莫言一旦接受诺奖，就注定要担当起整个国族的全部现实苦难。这是一种‘无奈的’历史宿命……。拒绝这种道义担当，就是拒绝来自民间社会的期待，也就必然会成为被诘难的对象。莫言不是头戴荆冠的耶稣，他只是一个渴望成功的职业作家而已。这种‘诺贝尔圣徒’和‘乡愿作家’之间的角色错位，成为引发‘莫言争端’的全部根源。”

人们对于莫言的诸多诘难，让我想起了一句话：“君从叙拉古来？”或“重回叙拉古？”我们知道，“君从叙拉古来？”影射的是柏拉图三赴西西里的叙拉古城邦，规劝其僭主戴奥尼素父子用哲学和正义治国，结果铩羽而归的典故。其梗概是这样的：

叙拉古是古希腊时期地中海上的一个岛国。伯罗奔尼撒战争结束后，雅典和斯巴达两败俱伤。叙拉古人战胜雅典以后，逐渐取得了西西里和南意大利的领导权，成了整个希腊世界最强大的城邦，成了政治家的用武之地。公元前405年，戴奥尼素(Dionysius)推翻了当地的民主政体，重建僭主制。公元前388年，柏拉图受戴奥尼素之邀，来到这个当年曾让雅典输掉战争也输掉民主尊严的地方。他的想法是："如果想要实现我在法律和政治方面的理想，现在确实是一个很好的试验机会。如果我能成功说服一个人，就能保证获得完全成功。"殊不知，叙拉古的人们醉生梦死，"幸福被看作一天吃两顿饭，晚上从不一个人睡觉"。在无可救药的暴君面前，口无遮拦的哲学家不识机趣，大肆谈论僭主政体的弊端，谴责宫廷的腐败，结果触犯了王者威权，被送上一条斯巴达的船，驱逐出境……

戴奥尼素去世后，其长子继位，史称小戴奥尼素。其姻兄、叙拉古的首席大臣迪恩(Dion)倾慕柏拉图的思想，他告诉柏拉图：小戴奥尼素乐于接受哲学，也迫切需要指导，而此类的教育非柏拉图莫属。柏拉图相信迪恩接受自己关于法律的信条，"坚信在最好的法律的指引下，叙拉古人能够自由地生活"。如果自己不把握住这一神赐的机缘，并竭力让一位当世的君主致力于正义，这有辱知识分子的使命，必将背负懦弱和不忠于哲学的指责。于是，公元前368年，柏拉图扬帆开始了第二次叙拉古之行。柏拉图原本想对小戴奥尼素实行"哲学家—政治家"的教育，将他培养成改革政治的英明君主，但年轻的僭主只是想通过柏拉图来提高自己的威望，并没有成为他的亲密朋友或门徒。柏拉图的努力失败了，他和迪恩被卷入了篡权谣言和宫廷斗争，遭受了种种磨难。迪恩被流放异地，柏拉图被软禁了一段时间后再次被驱逐出境。

不过，期待奇迹的柏拉图并没有放弃。六、七年后，当迪恩再次向他发出邀请时，柏拉图第三次前往叙拉古。柏拉图和迪恩都希望，作为一个知识分子，小戴奥尼素能够转向哲学并看清自己的不义行为。结果他们到达之后，看到的是一位更加倨傲不逊的家伙，这位僭主已经以哲学家自居：当柏拉图不在的时候，居然模仿着撰写了“关于自然的第一和最高原则的著作”，企图通过这些写作来获得荣誉和权力或自我陶醉。小戴奥尼素根本听不进柏拉图的那一套了，他声称自己拥有高尚的知识，但却背信弃义，无耻地对待迪恩和柏拉图。迪恩的财产被没收，柏拉图据说最后被卖为奴隶，在一个肮脏的港口，被人以区区几个金币将他赎身。三年后，迪恩率领雇佣兵解放城邦，驱逐了小戴奥尼素。又一个三年之后，迪恩被出卖并被杀害。小戴奥尼素重新夺回宝座，后来被叙拉古的母邦——科林斯的军队废黜，回到科林斯，在残喘余生中，主持一所学校，教授他的“哲学”……

柏拉图的“叙拉古”之行，是历史上知识分子遭遇政治迷局中最具启示性的一幕。“叙拉古”，是自以为能引导政治的知识分子们永远的诱惑和痛楚。两千多年过去了，“叙拉古”从未离开过这个世界，柏拉图并不缺乏“志同道合”者，更不乏中国的同道人。

由上述关于莫言的各种言论，自然可联想到近年来文学的“再政治化”：一批声称掌握了真理的知识分子，在“叙拉古”的诱惑之下，纷纷主动参与、介入公共政治生活，以为通过发动群众或影响当权者，可以影响乃至主宰现实政治，实现自己的“伟大蓝图”。为此，他们疾声呼吁“重建文学的政治维度”，大力推进、重建文学的“政治批评”，建构“文学政治学”……

看来，“政治与学术的职业伦理的问题”，仍是现代知识分子有待解决的两难命题。

古希腊民众曾笑话那些专研学识的人们：“当他能够认识到天上的事物时，就再也看不见他脚面前的东西了。”古希腊“喜剧之父”阿里斯多托芬就以苏格拉底为主人公，写了一幕喜剧《云》。在这部喜剧里，苏格拉底被人民视为只会用屁股思考天相，只会教儿子打老子的“歪曲逻辑”的疯人；他在公众的政治生活中惹出了不少麻烦，破坏了城邦的“正义”秩序。剧终，苏格拉底的“哲学思想所”灰飞烟灭，启蒙智术师因“渎神”和

“败坏青年”两项罪名而招致灭顶之灾。该剧上演时,苏格拉底亲自前往观看,在精彩处也和所有的民众一起大声叫好。他似乎什么都懂了,又似乎什么都不明白。

一般说来,并非所有人都有能力过“沉思生活”,而知识分子对此往往过高估计。对知识分子而言,说服大众接受自己的思想实在过于麻烦,最佳的捷径莫过于假借“小戴奥尼素”之手。于是,不少人便深入“虎穴”,以“帝师”自诩,试图“驯化”君主,其实是在“与虎谋皮”。无论他们原先的“蓝图”是什么,都在“俯首帖耳”中走向了一个个“古拉格群岛”!即便智慧如柏拉图者,当他从理论的“云端”下降到人类生活的“洞穴”,面对形形色色、繁复杂乱的政治时,其“哲人王”的理论想象,只不过是“洞穴”之外的“浮光”而已!其实,古希腊的伟大诗人荷马早就以诗歌警示后人:离太阳越近就会被溶化蜡翅,坠入那无尽的深渊……

不信?请读读美国学者马克·里拉的《当知识分子遇到政治》一书吧。该著作以海德格尔、施米特、本雅明、科耶夫、福柯和德里达的生平行藏为个案,深入探讨了20世纪以来欧洲的“叙拉古现象”。海德格尔、施米特、本雅明、科耶夫、福柯、德里达……这些以不同凡响的智慧被确立为思想界坐标的知识分子,无论是生活在民主社会还是法西斯社会,无论是否受到极权的压迫,他们都为自己所处时代的意识形态和动荡所惑,没能够控制住自己的哲学激情,背叛了自由和独立研究的理念,被推入了自己几乎毫无理解力的政治领域,不惜用专业知识支持、维护极权原则或暴政统治,踏上了“叙拉古”的路途……

1964年,在接受德国一个电视节目的访谈时,阿伦特断然拒绝了“哲学家”的称谓,她说:“我的专业领域,如果必须得澄清的话,是政治理论。我不认为自己是哲学家,也不相信哲学圈子已接受我。”马克·里拉对此的评论是,阿伦特那时已经明了,哲学与政治领域存在着不可避免的紧张,而希望“用不曾被哲学蒙蔽的眼睛”去审视政治。阿伦特也解释说,知识分子一般难以清晰地思考政治,这很大程度上是因为他们在万物中都看到了理念的作用,难免“陷入自己的理念”;而政治思考需要自己的话语,遵循自己的原则或运行机制,为防止“以对真理的激情抓住了假相”,一切伟大的哲学家都必须培育和保护他们的思想不受世俗的干扰,但也必须让他们远离世俗的政治事务,这种事务是其他人(公民、政治家、行动者)的事①。葛兰西的观点或许是正确的,我们所有的人都是知识分子,但并非所有的人在社会中都具有知识分子的作用。在已然逝去的历史中,知识分子的政治行动成效几乎等于零,历史的教训看来是鼓励他们投身于“沉思”和“纯粹的理论”。20 世纪法国最具影响力的政治哲学家和政治家科耶夫说:“至于哲人,他避免将他的理论下降到直接反映现实政治事务提出的问题的层次也是对的,因为,如果他如此下降了,他就没有时间留给哲学了,他就不再是一个哲人,因而就没有资格给予僭主以政治—哲学的建议。”②

回到莫言的话题。2012 年 10 月 23 日,莫言在法兰克福书展演讲中说:“我认为优秀的文学作品是应该超越党派、超越阶级、超越政治、超越国界的。作家是有国籍的,这毫无疑问,但优秀的文学是没有国界的。优秀的文学作品是属于人的文学,是描写人的感情,描写人的命运的。它应该站在全人类的立场上,应该具有普世的价值。”12 月 6 日,莫言出席诺贝尔奖新闻发布会,他谈到自己获奖的意义:“我的获奖是文学的胜利,而不是政治的胜利,获奖是我个人的事情,诺贝尔文学奖从来就是颁给一个作家的,不是颁给一个国家的。”12 月 9 日,莫言在斯德哥尔摩大学举行的演讲中表示:“政治是需要政治家研究,我没有深刻的研究,所以我的回答很可能不正确,我不正确的话就误导了读者,所以我还是不太愿意回答。但是我的小说里有政治,你们可以在我的小说里发现非常丰富的政治。但是如果你是一个高明的读者就会发现,文学远远比政治要美好。政治是教人打架,钩心斗角,这是政治要达到的目的。文学是教人恋爱,

① [美]马克·里拉著:《当知识分子遇到政治》,邓晓菁、王笑红译,新星出版社 2005 年版,第 37—39 页。

② [美]列特·施特劳斯等著:《论僭政》,何地译,华夏出版社 2006 年版,第 191 页。

很多不恋爱的人看了小说之后会恋爱，所以我建议大家都关心一点教人恋爱的文学，少关心一点让人打架的政治。”12 月 10 日，在斯德哥尔摩诺贝尔颁奖典礼之后的晚宴上，莫言说：“文学和科学相比较，的确没有什么用处。但，文学的最大用处也许就是它没有用处。”在我看来，作为置身于体制内的主流作家，在文学与政治、个人与国家之间，莫言非常睿智地保持一种理性的平衡，给出了一个合乎真理性的回答。

众所周知，“政治化”地理解文学，是 20 世纪中国文学一个深厚、久远的“传统”。新时期以来，中国文学从模式化、公式化、图解化的创作套路中解脱出来，建构了相对自主的文学场域。人们已然认识到，文学的生命在于质疑和探险。作家既要提升对于社会现象的思考质量，又要坚守自己的内心感受。面对不断运动变化的世界，具有使命感的作家必须正视那些令人不愉快的事实，更要思索历史和未来：我们能走多远？哪些价值的支撑点能确保生存的自由与尊严？如何创造出一个“美丽新世界”，使地球上的生活更有意义？……

晚清以降，政治斗争始终是中国先进知识群兴奋的焦点所在。“举国聪明才智之士，悉辐辏于政治”，直接参与政治活动，著书立说都以政治理想为旨归。这种以“政治”为归趋的“学术”，没有摆脱“政治意识”的范畴，自然难以获得独立性和超越性。王国维在《论近年之学术界》指出，彼时知识分子对西方各种学说的“附和”，“非出于知识，而出于情意”，只能“聊借其枝叶之语，以图遂其政治上之目的耳。由学术之方面观之，谓之无价值可也”①。梁启超自己就坦承：

> 吾二十年来之生涯，皆政治生涯也。吾自距今一年前，虽未尝一日立乎人之本朝，然与国中政治关系，殆未尝一日断。吾喜摇笔弄舌，有所论议，国人不知其不肖，往往有乐倾听之者。吾问学既谫薄，不能发为有统系的理想，为国民学术辟一蹊径；吾更事又浅，且去国

① 王国维著：《论近年之学术界》，《静庵文集》第 79 页，辽宁教育出版社 1997 年版。

久，而与实际之社会阂隔，更不能参稽引申，以供凡百社会事业之资料。惟好攘臂扼腕以谭政治，政治谭以外，虽非无言论，然匣剑帷灯。意固有所属，凡归于政治而已。（《吾今后所以报国者》）

在《〈大中华〉发刊辞》中，梁启超说：“在今日欲作政谭，无论若何忠实稳健，而终不免略带一种刺激煽动之性质，吾则以为在今日而为政治上之刺激煽动，则国家所受者实利少而害多。”因痛感“现实政治”秩序与自身的扞格，梁启超决定：“自今以往，除学问上或与二三朋辈结合讨论外，一切政治团体之关系，皆当中止。乃至生平最敬仰之师长，最亲习之友生，亦惟以道义相切磋，学艺相商榷。至其政治上之言论行动，吾决不愿有所与闻，更不能负丝毫之连带责任。”（《吾今后所以报国者》）对于知识分子而言，梁启超的转向是极富启示性的。梁启超对于现实政治的厌弃，更不意味着对自身“政治理想”的抛弃。在他看来，“政治之基础在于社会”，“试思吾侪十年以来，苟非专以政治热鼓动国人，而导之使专从社会上谋立基础，则中国现象，其或有以异于今日亦未可知”；“惟当乘今日政象小康之际，合全国聪智勇毅之士，共戮力于社会事业，或遂能树若干之基础。”（《政治之基础与言论家之指针》）因此，梁启超力图从现实政治之外推动社会变革、重获自身影响力。

晚年梁启超的转向给我们重要启示：文学的归于文学，思想的归于思想，历史的归于历史；捍卫公共领域“积极生活”的尊严，反对自以为是的“沉思生活”；坚守知识生产的自治领域，理性批评社会制度、固有权威，以转移时代的学术或社会的风气——这不失为知识分子建构“超越政治”的空间，走出“叙拉古”的途径之一。

在我看来，正是基于走出“叙拉古”的思虑，莫言的文学选择不是“规避政治”，而是“超越政治”——这或许能引导我们走出“要么沉默绝望，要么激进好斗”（沃格林语）的迷途。

二、文学与政治之间的张力

作为审美意识形态,文学创造说到底是“务虚”即“无用之用”,是对人类心灵的调剂、滋润或充盈,它让那些被“权力政治”湮没了的心理机能——勇气、荣誉、希望、自尊、同情、怜悯与牺牲精神——得以补偿性复苏、舒卷和挥洒,使每一个体的人格构成趋向健全。为此,有良知的作家一方面必然会拷问政治世界与道德世界的不平等和反人性问题,揭示极权主义之下人道主义缺失的真相;另一方面则要竭力避免卷入“权力政治”之中,遵从自己作为一个个体对人生和社会的内心感悟、理解,敢于挑战所处时代的教条和正统,再现那些日常被遗忘或被掩盖的人和问题。

莫言认为,每一个作家都必然地生活在一定的社会政治环境中,要想写出完全与政治无关的作品是不可能的。不过,他指出:“有人认为,作家要‘铁肩担道义,妙手著文章’。作家要有一种担当,要有一种社会责任感,应该对社会负责,对人民负责。这些说法我觉得都没有错,但是作家到底要负责到什么程度?我认为,应该有各种各样的作家。有一种金刚怒目式的,他面对社会上的丑恶现象拔笔而起。也有一种作家斗争性稍微弱一点,休闲性稍微强一点,他写一些休闲性的散文,或者他可以用一种比较婉约的方式对社会上的一些丑恶现象作批评。……对作家应该宽容一点,不要指望每一个作家都像代言人、斗士一样。我没有这种勇气,也没有这种经历。”①小说家不是社会学家,不是历史学家,不是经济学家,也不是预言家,更不是政治家或政客,而是米兰·昆德拉说的存在的“勘探者”;小说不是社会问题、经济问题、哲学和理论思潮的衍生物,它不研究“现实”,而是研究“存在”;“发现只有小说才能发现的,这是小说

---

① 莫言撰:《作家的魅力在于张扬小说的艺术性》,载《探索与争鸣》2006年第8期。

的存在的唯一理由”;“小说的存在理由是把‘生活的世界’置于一个永久的光芒下,并保护我们以对抗‘存在的被遗忘’”;“如果小说真的要消失,那不是它已用尽自己的力量,而是因为它处在一个不再是它自己的世界中”①。职是之故,凡是优秀的作家,总是避免使作品成为自己思想立场或道德信念的一个“阑尾”,而是具有更加广泛和普遍的意义,能被更多的人所理解和接受。

以《天堂蒜薹之歌》为例。2005 年,莫言在重新出版《天堂蒜薹之歌》单行本的“自序”里说:“进入 20 世纪 80 年代以来,文学终于渐渐地摆脱了沉重的政治枷锁的束缚,赢得了自己的相对独立的地位。但也许是基于对沉重的历史的恐惧和反感,当时的年轻作家,大都不屑于近距离地反映现实生活,而是把笔触伸向遥远的过去,尽量地淡化作品的时代背景。大家基本上都感到纤细的脖颈难以承受人类灵魂工程师的桂冠,瘦弱的肩膀难以担当人民群众代言人的重担。创作是个性化的劳动,是作家内心痛苦的宣泄,这样的认识,一时几乎成为大家的共识。如果谁还妄图用作家的身份干预政治、幻想着用文学作品疗治社会弊病,大概会成为被嘲笑的对象。但就在这样的情况下,我还是写了这部为农民鸣不平的急就章。”值得注意的是,莫言反复申明:“这是一部小说”,“小说中的事件,只不过是悬挂小说人物的钉子”②。2012 年 12 月 8 日,莫言在瑞典学院发表题为《讲故事的人》的演讲如是说:“我在写作《天堂蒜薹之歌》这类逼近社会现实的小说时,面对的最大问题,其实不是我敢不敢对社会上的黑暗现象进行批评,而是这燃烧的激情和愤怒会让政治压倒文学,使这部小说变成一个社会事件的纪实报告。小说家是社会中人,他自然有自己的立场和观点,但小说家在写作时,必须站在人的立场上,把所有的人都当做人来写。只有这样,文学才能发端事件但超越事件,关心政治但大于

① [捷]米兰·昆德拉著:《小说的艺术》,孟湄译,生活·读书·新知三联书店 1992 年版,第 4 页、第 16 页。

② 莫言著:《天堂蒜薹之歌》“自序”,南海出版社 2005 年版,第 1 页。

政治。”①

显然，莫言对于自己的现实处境有着充分的认识，对于政治也有相当的了解；他非常清醒：知识分子终究是知识分子，他们不可能精通政治事务。莫言是一个正确对待政治要求的小说家，他洞悉这一要求的限度所在，而在政治的文学和超越政治的文学之间作出了审慎的区分；他努力维护文学的自主性，同时又不至于妄图根据文学或审美的逻辑来塑造政治。在莫言看来，超越政治的文学比政治的文学具有更高的尊严，这种超越政治的东西存在于人与人之间彼此相通、本质与共的“人性”之中。因此，他认为，写什么，怎样写，甚至都可以忘记，只要记住“人”就行了。

2011 年 12 月 7 日，在解放军艺术学院的演讲中，莫言指出：“面对当今这样一种纷繁复杂的社会，而能够保持清醒的头脑，就要时时刻刻地把写人当作自己最主要的任务，要盯着人写，贴着人写。当年沈从文先生教育他的学生汪曾祺，小说要贴着人写。后来我觉得这个‘贴着人写’还不够狠，应该要盯着人写。只有盯着人写，我们才能够发现人的本质，只有盯着人写，我们才能够在自己的作品里面，揭示出最丰富的、最多变的、最难揣测的人性的奥秘。”回顾自己的创作历程，莫言总结道：“世界文学的高度，就是人的高度。……在当今的时代，我觉得我们的作家确实更应该站得高，更应该看得远，更能够从各种各样的形形色色的人当中发现一种新人，具有新思想的人，代表了未来的人，有价值的个性”；“我想在我们这个丰富的、波澜壮阔的时代里面，人性得到了最集中、最强烈的表现，为文学艺术的创作者们，提供了一个最丰富的资源。深入到生活当中去，我们就会发现到很多过去碍于目光狭窄没发现的东西，我们就会从好多矛盾对立的现象的当中，发现这个社会的本质”；“我觉得我们小说家，应该站在一个有历史眼光的立场上，站在一个认真地思考中国近代发展史的立场上，来为我们社会下一个结论。然后，站在这样的立场上来研究人，研究各个层次的人。了解我们社会的主流，了解我们社会的支流，了解我

① 莫言著：《讲故事的人》，载《当代作家评论》2013 年第 1 期。

们的成绩，了解我们的弊病，然后从中发现新的思想，提炼新的主题，塑造新的人物，探索新的形式。然后写出无愧于我们时代的作品，奉献给我们这片辽阔的大地”①。

2012年12月10日，瑞典文学院诺奖委员会主席瓦斯特伯格在颁奖致辞中称赞莫言是一个“诗人”，说他“以嘲讽的手法攻击历史及其谎言、被它剥夺的和政治的虚伪假象”，“以戏谑和毫无掩饰的快乐手法揭露着人类生存现状中最黑暗丑陋的部分，并且几乎是在无意中找到了最沉重而强有力的象征性的画面”；“他给我们展示了一个没有真相，没有常识，甚至没有同情的世界，一个人们粗鲁、无助而又荒谬的世界。……他是继拉伯雷和斯威夫特之后——在我们的时代，是继加西亚·马尔克斯之后更加戏谑和震撼人心的作家。……在莫言的作品里，世界文学所发出的声音淹没了其他大多数同时代人的声音。”②这是非常中肯的评论。

长期以来，文学与政治的关系一直引人关注，却往往处于一种云遮雾罩之中。当下文艺学界重启文学与政治问题的研究，这一方面固然是“赓续”了中国“文以载道”的诗教传统，另一方面则是受了西方马克思主义文论“政治批评”的“蛊惑”。

伊格尔顿、詹姆逊等西方左翼思想家，相当偏执地视艺术文本为政治话语的形象言说。如，詹姆逊提出：“审美行为就是意识形态本身，美学生产或叙事的形式，就其虚构的意象性或形式地‘解决’不可转移之社会矛盾作用，本身就被当作一种自洽的意识形态行为。”③他以“一切事物说到底都是政治的”④为由，强调“政治视角”是“一切阅读和诠释的绝对视域(absolute horizon)”，主张冲出“语言的牢笼”，将文学/文本置入特定的社

① 莫言撰：《文学与时代》，载《解放军艺术学院学报》2012年第2期。

② 诺贝尔文学奖2012年颁奖典礼授奖词(全文无删节版)，钟宜霖译，见 http://blog.sina.com.cn/s/blog_497097720102e626.html

③ [美]弗雷德里克·詹姆逊著：《快感：文化与政治》，王逢振译，中国社会科学出版社1998年版，第71页。

④ [美]弗雷德里克·詹姆逊著：《政治无意识》，王逢振、陈永国译，中国社会科学出版社1999年版，第11页。

会历史语境中加以剖析,挖掘出隐藏其中被压制的"政治无意识"。这种以泛政治论为前提的政治批评,将艺术文本视为一种社会符号,将创作者的政治背景等同于作品的内容,对文本的分析过于集中在种族、阶级、性别、帝国主义或殖民主义等非美学因素,完全无视作为中介的"艺术形式"的本体意义,文学研究被降低为政治学和社会科学的一个分支。在理论上,这种将一切都融入政治视野之中的立场,是以偏概全的荒谬之见;它误导了我们对文本的真正阅读和诠释,其实了无新意。一百多年前,俄国思想家普列汉诺夫就早已提出:"批评家的第一任务,是将所与的艺术作品的思想,从艺术的言语,译成社会的言语,以发见可以称为所与的文学现象的社会学底等价的东西。"①当然,问题并不在于观点的陈旧,而在于早已被文学实践所唾弃。这种以泛政治论为前提的"政治批评",正是里尔克当年曾批评过的那种"虚假的、以艺术为号召的职业,它们炫耀一种近似的艺术,实际上却否定了、损伤了艺术的存在"②。的确,"对现代人而言,非政治的存在领域已经成了一种乌托邦"③。西班牙画家塔比亚斯断言:"伟大的艺术家没有一个是不坚持原则、不参与政治、不保持自身尊严的。"④问题是如何做到既参与政治,又维护文学尊严。

作为一种审美意识形态,文学具有自己的聚焦和重点,法国作家加缪曾说过,无论作家自觉与否,事实上"小说世界只是按照人的深刻的愿望对现实世界进行的修改";"真正的小说创作利用现实,并且仅仅利用现实,利用现实的热、血、激情或呼声"⑤。文学艺术实践不能不同既有的社会体制相遇,无法不对那种漠视人性、践踏人权的专制政治持否定的态度,它处在政治的"彼岸",是"超越政治"的。"真正的艺术必定会卷入生

① [俄]普列汉诺夫著:《论文集〈二十年间〉第三版序》,见《鲁迅译文集》第6卷,人民文学出版社1958年版,第592页。
② [德]里尔克著:《给一个青年诗人的十封信》,冯至译,生活·读书·新知三联书店1994年版,第65页。
③ [日]加藤节著:《政治与人》,唐士其译,北京大学出版社2003年版,第5页。
④ [西]安东尼奥·塔比亚斯著:《艺术实践》,河清译,浙江摄影出版社1989年版,第36页。
⑤ [法]阿尔伯特·加缪著:《置身于苦难与阳光之间》,杜小真、顾嘉琛译,上海三联书店1989年版,第163页、第173页。

命和人类存在的意义之类的问题的探讨，这些艺术使我们面对着‘改变我们的生活方式’的要求。”[①]“诗人是侦探，但绝非政治性的。他是人性的侦探，并向人人报告他侦察的结果。”[②]对于文学艺术实践而言，重要的并不是政治立场选择，而是对“正义”的维护，一种“诗性正义”的审美实践。

莫言说得好：“对一个作家来说，最好的说话方式是写作。我该说的话都写进了我的作品里。用嘴说出的话随风而散，用笔写出的话永不磨灭。”[③]文学是莫言的第一生命乃至绝对生命，他所实践的是迥异于宏大叙事、侧重于伦理原则的“元政治”。在“元政治”语境里，“政治作为对人类同胞真正富有人性的关怀”，是以“人权”为基础的对“至善”原则的捍卫，强调的是超越身份、种族、性别的普遍利益。这种“元政治”也是康德的“人是历史的最终目的而并非工具”意义上的人文理念的落实，着眼于普遍人性的共同追求。文学艺术的政治之维也就是从代表道义原则的“元政治”角度出发，对现实社会生活的一种伦理评估。显然，文学艺术所指向的，是一个公共的领域；在这里，文学、舆论、政见和民声融合在一起，是整个人类的“大政治”。文学的真正态度不是问题的决断，而是发现问题；不是斥责和批判，而是理解和宽恕。正是在这意义上，我们可以说，莫言是一位“政治正确”的作家。

文学的审美形式，一方面将外露的思想锋芒转化为内敛的精神力量，另一方面则为“元政治”的立场提供审美屏障，使之超越了实际的党派政治视野，提升为具有相对普遍性与永恒性的审美存在。这就是马尔库塞所说的“审美形式所造就的奇迹”。因此，“艺术的政治潜能在于艺术本身，即在审美形式本身。”在具体艺术实践中，艺术与政治则往往呈现为这样一种关系：“政治维度总是附属于另一个审美的维度，这个维度反过来

---

① [美]阿诺德·豪塞尔著：《艺术史的哲学》，陈超南、刘天华译，中国社会科学出版社 1992 年版，第 273 页。

② [美]霍华德·奈莫洛夫著：《诗人谈诗》，陈祖文译，生活·读书·新知三联书店 1989 年版，第 266 页。

③ 莫言撰：《讲故事的人》，载《当代作家评论》2013 年第 1 期。

又具有政治价值。”[①]莫言在题为《讲故事的人》的演讲中说:“可能是因为我经历过长期的艰难生活,使我对人性有较为深刻的了解。我知道真正的勇敢是什么,也明白真正的悲悯是什么。我知道,每个人心中都有一片难用是非善恶准确定性的朦胧地带,而这片地带,正是文学家施展才华的广阔天地。只要是准确地、生动地描写了这个充满矛盾的朦胧地带的作品,也就必然地超越了政治并具备了优秀文学的品质。”[②]

所谓“朦胧地带”,指的就是生活的模糊区域及其无限可能性,指的就是那种过去无法解决、今天无法解决、未来也未必能够解决的悖论性生存困境。因此,在美与丑、善与恶之间,并没有截然的鸿沟或界限。对作家而言,该写什么不该写什么,根本就不是什么问题,没有必要人为地设置创作禁区。莫言指出,即便是丑陋下流的东西,也蕴含着一种巨大的魅力,有着众多的含义,像卑贱和高贵的混合,死亡与诞生的混合就体现了一种生命力,一种母性的力量;关键是怎样把它写得好,怎样把它写得符合文学的审美的要求[③]。为了使自己的作品不至成为时代的肤浅歌者,莫言依据人类学的博大与原始精神,运用文艺理论家童庆炳先生所倡导的“历史—人文”双重价值取向的创作范式,表现“历史”的维度与“人文”的维度的悖立,较好地解决了文学与政治的分途。他“以历史理性和人文精神的双重光束烛照现实,批判现实,使现实在这双重光束中还原为本真的状态”[④],将人与社会还原为真正活的“生命体”,鲜活地呈现了为政治学、伦理学所遮蔽的生存之诗,在审美升华中呼唤朴素生命的自在状态。可见,“超越政治”的实质是在“避开政治的限度上过问政治”(契诃夫语),我们不能由此责难作家丧失了批判立场,更不能名之曰“犬儒主义”或“乡愿”。

---

① [美]赫伯特·马尔库塞著:《审美之维》,李小兵译,广西师范大学出版社2001年版,第189页,第173页。

② 莫言撰:《讲故事的人》,载《当代作家评论》2013年第1期。

③ 莫言撰:《作家的魅力在于张扬小说的艺术性》,载《探索与争鸣》2006年第8期。

④ 参阅赵勇编:《在历史与人文之间徘徊——童庆炳文学专题论集》,北京师范大学出版社2007年版,第297页。

莫言洞察人性的复杂性，他借助丰沛的想象力，以悲悯情怀描绘不幸的生活，锐利地审视人类的极端阴暗面，抵达了精神世界的隐秘腹地。如，《酒国》是一部象征化的小说，它冷峻地批判“现代化”刺激下的远远超出延续人类需求的畸形、病态的种种欲望；《生死疲劳》借助佛教“六道轮回”的观念，以“重复”的叙述方式，描写了当代中国人的生活及其残酷的转变，生动表现了“人的命运与人的情感，人的局限与人的宽容，以及人为追求幸福、坚持自己的信念所做出的努力与牺牲”①；《檀香刑》以表面冷酷的语调不动声色地细致描绘了亘古未见的酷刑——“檀香刑”，揭示出人类心中潜藏的施虐、受虐、病态和阴暗，直指灵魂的深处；《蛙》涉及的则是“计划生育”题材，它着力刻画了乡村妇产科医生、计划生育干部姑姑亦神亦魔的合体人格。作品一方面展示民族“现代化”历史进程的合理性，另一方面又挖掘其中个人的贪欲与罪恶，表现了忏悔和救赎的主题。用莫言自己的话说，这是一部自我批判的作品，是“把自己当罪人写”的文学理念的实践，体现了一种深刻反省的艺术精神。

可以说，莫言是忠于自己的文学信念和价值信念的，他是文学海洋里的“鲸鱼”，总是“和平安详”、坚定地按照自己的方向缓慢前进，不停地靠近自己的目标。莫言一贯主张小说应该离政治远些，但他坦承小说有时“自己逼近了政治”；不过，“写这样的小说的最终目的还是希望小说中描述的现象在现实生活中再也找不到样板”②。莫言的小说，是刻骨铭心的“悲悯之书”：“在精神的多种因子的碰撞中，伟岸的力量和不屈的生命激情依在，在翻滚摇曳的咏叹里，人间的爱意汩汩地流动着”③；那些没在苦难中打过滚的人，那些“完美无缺”的人，那些不敢正视人性之恶的人，是无法理解和接受它们的。阅读莫言的小说，我们仿佛在寻找一个与我们的来源有关的故事，让我们知道自己如何出生，又为何活着，而找到了赋予自己存在的意义的普遍公式。这就是莫言小说的魔力或魅力所在。对

① 莫言撰：《讲故事的人》，载《当代作家评论》2013 年第 1 期。

② 莫言著：《愤怒的蒜薹》“自序”，北京师范大学出版社 1993 年版，第 1 页。

③ 孙郁撰：《莫言：中国隐秘文化的书写者》，载《人民日报》2012 年 10 月 16 日。

于这位“政治正确”的作家,我们有足够的信心:他的“宝刀”将永远“新发于硎”。这正如莫言从瑞典回国时所言:“诺贝尔文学奖的死亡之吻的确存在,不过我会竭力去做好自己的本分。我还有很多的故事要讲。”

当然,本文对于文学与政治关系的探讨,可以套用施特劳斯的话来结束:“文学应当对政治做什么的问题,依然保留为是一个开放的问题,是一个不会完结的讨论主题。”

三、讲述“中国故事”

驻足脚下这块土地,我们仿佛置身于一个魔幻般世界:善心遭遇恶报,恶意收获善良;金钱、权势、欲望成为多数人生活的目的,善良、勇气、尊严转瞬迷失于现实的海洋;无计其数的生命,只是少数富人的踏板石;危险的激情,冷酷的杀戮,幻灭的希望,恐惧的深渊,戏剧性的危机,时刻就在我们所浸泡的社会现实之中。

很多时候,我们还没有开始思考,生活就已谋杀了思想。“生活的复杂、残酷、肮脏与美好,都要比我们看到、想到的复杂得多,肮脏得多,残酷得多,也美好得多。就算你是最具天才想象的作家,事实上,你也想象不到生活到底有多复杂、多肮脏、多残酷、多美好。”①

有一位思想家说,诗歌永远是一个人的内心世界和这个现实世界的抗衡。波德莱尔宣称:“可怜的苏格拉底只有禁止的精灵,而我呢,则有一个肯定的精灵,它是一个行动的精灵,战斗的精灵。”②就文学而言,“行动”便是对匮乏、残破现实的象征性修复和疗救。本雅明说:“如果风格具有在语言思维的深度和广度中自由运动而不落入俗套的力量,那就得

① 阎连科著:《阎连科文论》,云南人民出版社 2013 年版,第 99 页。

② [法]波德莱尔著:《恶之花》,郭宏安译,中国戏剧出版社 2005 年版,第 226 页。

主要靠伟大思想的心脏的力量来获得这种风格，心脏的力量把语言的血液通过句法的毛细血管输送到最遥远的四肢。”①

然而，现实的“传奇化”已经让我们作家无法抵达这个现实本身了，我们所经历的现实生活本身存在太多的假象，充满了太多谎言，我们每天都在谎言中生活。为了抵达存在的真实，我们首先必须用语言击碎这些假象，戳穿各种谎言。

在希腊语中，“同情”一词并没有高高在上的内涵。亚里士多德认为，同情心需要一种感同身受的感情，认为别人所遭受的苦难也很可能发生在自己身上。努斯鲍姆同样认为，“同情心，是属于悲剧的一种感情，需要你能够感受到某人某物对你生命的极端重要性，而你的这种感情正备受煎熬。悲剧情感需要你从内心真切地感受到痛苦的剧烈，不仅是那个水深火热之中的人正忍受痛苦煎熬，还有那个产生了同情心的人也感同身受。”②对一些人的不离不弃，是我们之所以存在的根基。然而，这种情感似乎属于“过去那个时代”。用《一九八四》里主人公温斯顿的话说，“不再会有这样的悲剧和哀伤了。……今天将不会再上演这种剧目。因为现在只剩下恐惧、厌恶和痛苦，不再有什么感情或者深刻而又复杂的悲伤了”。余华的近作《第七天》，让我们瞥见了这一时代的飘忽身影。

根据法国当代哲学家德勒兹的观点，作家对现实的再现有两种方式：一是原封不动地拷贝现实，将现实视为“圣像”；一是将世界视为海市蜃楼，将其作幻影般的呈现。余华非常娴熟地穿梭于二者之间。早在十二年前，夏中义就系统剖析了余华小说由呼喊“苦难中的温情”，到皈依“温情地受难”的母题演化过程③。现在看来，这一灵魂肖像的勾勒仍是相当精准的，它破译了余华创作的整个心灵密码。

---

① ［德］本雅明著：《本雅明文选》，陈永国、马海良编译，中国社会科学出版社 1999 年版，第 212 页。

② ［美］阿博特·格里森等编：《〈一九八四〉与我们的未来》，董晓洁、侯玮萍译，法律出版社 2013 年版，第 305 页。

③ 夏中义撰：《苦难中的温情与温情地受难——论余华小说的母题演化》，载《南方文坛》2001 年第 4 期。

余华有一套比较完整的写作理论。他认为,生与死是伟大文学作品乐此不疲的主题,也是文学的想象力自由驰骋之处;在生与死之间,存在一条秘密通道——灵魂;一个人及其灵魂的关系,有时就是生与死的关系;只有当想象力和洞察力完美结合时,文学中的想象才真正出现;“一个伟大的作者应该怀着空白之心去写作,一个伟大的读者应该怀着空白之心去阅读。只有怀着一颗空白之心,才可能获得想象的灵魂。”①可以说,《第七天》正是这些“理论”的实践。小说通过对“灵魂”的想象,以“死”写“生”,以荒诞写荒诞,为我们展现了截然两个相反的世界:一个是危机四伏、宿命暴虐、荒诞绝望的现实世界;一个是欢乐温情、死而永生、死而平等的幽灵世界。

那么,支撑余华“荒诞叙事”的“空白之心”究竟所指何物?余华反复表示,自己“为内心写作”,“我的作品都是源出于和现实的那一层紧张关系”②;为了“抓住最重要的事物,也就是人的内心与意识”,自己“不再忠实所描绘事物的形态”,而是使用一种“虚伪的形式”以接近真实。余华感同身受地表示:“作者有时会无所事事。因为他从一开始就发现虚构的人物同样有自己的声音,他认为应该尊重这些声音,让它们自己去风中寻找答案。于是,作者不再是一位叙述上的侵略者,而是一位聆听者,一位耐心、仔细、善解人意和感同身受的聆听者。他努力这样去做,在叙述的时候,他试图取消自己作者的身份,他觉得自己应该是一位读者。”“我认为我的责任,我的使命就是让人们通过我的书听到某些我们共同的声音。我像一个兴高采烈的孩子一样,不断地伸手指着某物让人们去看见,事实上我所指出的事物都是他们早就看到了的,我只是让他们再看一眼。我能做的就是如此。”③

可见,余华的“空白之心”,就是指将自己定位为一个“叙述”或“想

① 见张清华编:《中国当代作家海外演讲》,北京大学出版社 2012 年版,第 108 页。

② 余华著:《余华作品集》,中国社会科学出版社 1995 年版,第 290 页。

③ 余华著:《我能否相信自己》,人民日报出版社 1998 年版,第 176 页、第 160 页、第 135 页、第 232 页。

象”的服从者，而“时常忘记自己正在进行中的使命，因为我的使命仅仅是为了指出他们叙述里的某一方面，而他们给予我的远比我想要得到的多。他们就像于连·索黑尔有力的手，而我的写作则是德·瑞那夫人被控制的手，只能‘听天由命’。这就是叙述的力量，无论是表达一个感受，还是说出一个思考，写作都是在被选择，而不是选择。”①这样，在小说的叙述过程中，余华便无所顾忌地放弃了掌握人物命运的权力和责任。他可能没有想到，这实质上是在文学中放弃了一种理性的深入思考。

余华非常清楚：“与现实签订什么样的合约，决定了一部作品完成以后是什么样的品格。”他自述道：“我在一段时间里是一个愤怒和冷漠的作家”，然而，“随着时间的推移，我内心的愤怒渐渐平息，我开始意识到一个真正的作家所寻找的是真理，是一种排斥判断的真理。作家的使命不是发泄，不是控诉或者揭露，他应该向人们展示高尚。这里所说的高尚不是那种单纯的美好，而是对一切事物理解之后的超然。对善和恶一视同仁，用同情的眼光看待世界。”“写作过程让我明白，人是为活着本身而活着，而不是为活着之外的任何事物所活着。”“人的理想、抱负，或者金钱、地位等和生命本身是没有关系的，它仅仅只是人的欲望或者理智扩张时的要求而已。人的生命本身是不会有这样的要求的，人的生命惟一的要求就是‘活着’。”②

问题在于：将对人的终极关怀简化为“活着”，仅仅为“活着”而“活着”，至于为何活？如何活？活在何等境界？……所有这些问题都暂付阙如。因此，夏中义一针见血地指出，当余华把“叙述”等同于尚未被诉诸文本的“想象”，实际上丧失了对想象本身的甄别，而无法正视文学创作中出现的价值偏移。余华已然忘记，不为正义之情所激发的艺术是琐屑的。在他的小说里，一个本该大写的“人”，已然萎缩成生物学水平的苟延残喘；其人物往往是“扁平”的“剪影”，或是单一欲念的象征体，或是某

---

① 余华著：《我能否相信自己》，人民日报出版社 1998 年版，第 40 页。

② 余华著：《我能否相信自己》，人民日报出版社 1998 年版，第 185 页、第 144 页、第 145—146 页、第 216 页。

种道具,顶多是残酷现实的见证者,荒谬秩序的受难者而已[①]。

实际上,谁也无法承受备受凌辱与漠视的“操蛋”人生。面对如梦泡影一般的现实,坚守生存的底线,以及对于艺术的虔诚初衷,用自己的喉咙发出了雄浑、低沉的声响——这是一种担当,也是一种境界。已逝的诗人昌耀说过自己写东西不是单纯为了去当一个诗人,而是要写出对世界的许多问题的个人见解、我的社会理想,写出自己对美的感受;“作为一个诗人,我觉得对社会应该有自己的声音,对于美、对于善,应该作出自己的评价,包括自己的美学追求”[②]。

历经锥心碎骨的苦难,文学本应熔铸独立不羁的骨架,坚定地与光怪陆离的现实世界相抗衡,揭露所鞭挞的国家机构的真实情况,提出变革社会结构的建议,倡导一种从容、优雅、有尊严的生活。可是,文学的价值正被世俗社会观念所吞噬,没有什么比身边真实的事件更能吸引人们短暂的情趣。文学就是新闻,文学就是市场,文学就是娱乐。作家的文学逻辑和人性逻辑,不再能完整地表现这纷扰不堪的世界。“我们只能在更小的尺度和方向上,去描述这种人类的正面力量,和这些正面情感有细小的相遇。我们无法庄严,无法宏阔,无法秩序井然。”[③]由于精神根系、土壤和水源的枯萎,我们赖以栖息的精神枝条一片萧然,隐身于暮色霭气之中……

作为一个时代文学高度的标志,长篇小说应最大限度地容纳作家对历史与现实的解释,容纳文学对人性的细致体察。可是,除了熟稔地将每个段落、每个细节、每个词汇“装配”得利利索索之外,除了不无煽情成分的温情,《第七天》没有对这一时代生活作出裁决,没有探入存在的深渊,将人生和人性表现到极致。在这一“失败之书”里,我们看不到令人战栗

---

① 夏中义撰:《苦难中的温情与温情地受难——论余华小说的母题演化》,载《南方文坛》2001年第4期。

② 昌耀著:《昌辉诗文总集》,作家出版社2010年版,第709页。

③ 艾伟撰:《中国当下的精神疑难》,见张清华编:《中国当代作家海外演讲》,北京大学出版社2012年版,第185页。

的生活体验,看不到灵魂挣扎的痕迹,看不到源于生命深处的呼喊;小说没能揭示生活细密的肌理,或是展示纷杂万象中某种普遍的社会公式,或是提供一把解除我们现实心灵困境的钥匙。在恢复我们对于这个世界的信心上,《第七天》无所作为。

2013 年 7 月 3 日,在北京师范大学的"余华长篇小说《第七天》研讨会"上,余华说:"与现实的荒诞相比,小说的荒诞真是小巫见大巫";"这个小说我写了好多年……我总是落在现实后面,这几年现实变化太快,生活在如今的中国,要做到文学高于现实是不太可能的"。既然现实生活比文学还要荒诞得多,还要"精彩"得多,那么,为什么还要创作小说呢?难道只是为了"让他们再看一眼"早已熟悉的生活吗?余华可能忘了当年卡夫卡对波拉克的建议:"应该去读那些咬人和刺人的书。如果我们所读的书不能一拳打在我们脑门上使我们惊醒,那我们为什么要读它呢?""一本书,必须是一把能劈开我们心中冰封的大海的斧子。"

对中国当代作家而言,故事比比皆是;创作的核心是,这些原材料必须在作家的心里"燃烧",通过"能量转化"生成别异之物,其中有着方法、主义的渗透和参与。

美国当代重要的思想家阿兰·布鲁姆(Allan Bloom)指出:"诗人是自然的模仿者,再现所见所闻。然而,使他成为诗人的却是他对世界的沉思。……优劣诗人的区别在于他们是否以事物的本来面目进行观察、是否懂得甄别肤浅与深刻。……一个人之所以被理解,不仅是通过他的存在,还通过他行为的性质——慷慨或贪婪、英勇或怯懦、公正或狡诈、节制或放纵。正是从这些品质中产生出快乐与痛苦,所以它们是人类生生世世关心的主题,也是诗歌特定的对象。"①因此,作家必须把握真正永恒的人类问题,所谈论的事物与人们关注的话题有所呼应。

莫言也认识到了这点。他认为作家当然可以也必须在自己的创作中

① [美]阿兰·布鲁姆、哈瑞·雅法著:《莎士比亚的政治》,潘望译,江苏人民出版社 2012 年版,第 6 页、第 7 页。

大胆地创新，大胆地运用种种艺术手段来处理生活，大胆地与巴尔扎克、托尔斯泰相抗衡，但以巴尔扎克、托尔斯泰为代表的批判现实主义作家对现实生活所持的批判和怀疑精神，他们作品中贯注着的对人的命运的关怀和对现实的永不妥协的态度，则永远是我们必须遵循的法则。莫言说："我们必须具备这样的对人的命运的关怀，必须在作品中倾注我们的真实情感，不是为了取悦某个阶层，不是用虚情假意来刺激读者的泪腺，而是要触及人的灵魂，触及时代的病灶。而要触及到人的灵魂，触及到时代的病灶，首先要触及到自己的灵魂，触及到自己的病灶。"①不知以"空白之心"写作的余华以为然否？

人类总是不满意自己的命运，几乎所有的人都希望过着一种与现状不同的生活。略萨指出，为了安抚这种欲望，让人们拥有他们不甘心过不上的生活，虚构的小说诞生了；小说以"撒谎"的方式，通过思考可能的道路使我们更加理解自己，其中翻腾着、跳跃着一种不肯妥协的东西，道出了某种令人深思的"真情"。

在略萨看来，本质上决定一部小说真实与否的，不是那些轶事，因为"小说是靠写出来的，不是靠生活生出来的；小说是用语言造出来的，不是用具体的经验制成的"；当要描写的变成了已经描写了的，"现实性"的"事件"变成了"非现实性"或"幻想性"的"情节"，流动、痉挛、混乱的生活熔化为有组织、有因果、有条理的故事，实事与话语之间便有了一道深渊相隔。

小说深深扎根于人们的经验之中，从中汲取营养，又滋养着人们的经验。"写小说不是为了讲述生活，而是为了改造生活，给生活补充一些东西。"②小说呈现了一个真实生活——我们沉浸其中的——总是拒绝给予的前景，这种小说家虚拟的秩序，是一个"模拟装置"，它实际上是在修正

① 莫言撰：《土行孙和安泰给我的启示》，见张清华编：《中国当代作家海外演讲》，北京大学出版社 2012 年版，第 6 页。

② ［秘］略萨著：《谎言中的真实——巴尔加斯·略萨谈创作》，赵德明译，云南人民出版社 1997 年版，第 72 页。

生活。略萨说:“在所有小说的心脏里都燃烧着抗议的火苗。虚构小说的人之所以这样做,是因为他过不上小说里的那种生活;阅读小说的人(他相信书中那种生活),通过书中的幽灵找到了为改善自己生活所需要的面孔和历险的事情。这就是小说的谎言所表达的真情:谎言是我们自己,谎言给我们安慰,谎言为我们的乡愁和失意做出补偿。”“一切好小说都说真话;一切坏小说都说假话。因为‘说真话’对于小说就意味着让读者享受一种梦想;‘说假话’就意味着没有能力弄虚作假。因此,小说是一种超道德的东西,或更确切地说,是一种独特的道德。”①

因此,小说不是构造精细的“复印机”,作家是历史的审查员,而不是历史的书写员、抄写员或打字员。所谓现实生活,不过是小说的原材料而已。把生活写成生活,只是齐整的码放,终究是一堆“柴草”而已。为了唤醒、融化这块土地上被人们遗忘的生命,在满目疮痍中坚信人性之良善的作家,通过“再造”历史与现实“还原”了人类的生活、意识与情感,揭示并照亮了历史与现实的暗角或死角,一如卡夫卡以其心灵温暖了一只甲壳虫寒冷的身躯。

居于现实生活和文学之间的,是具有无限延伸之穿透力的想象力。在略萨看来,想象力是一种魔鬼般的才能,“它不断地在我们是什么和我们想成为什么之间、在我们有什么和我们希望有什么之间开出一条深渊”;“想象力为在我们有限制的现实和无节制的欲望之间不可避免的离异产生出一种灵敏的缓冲剂,即:虚构。由于有了虚构,我们才更是人,才是别的什么,而又没失去自我。我们熔化在虚构里,使自己增殖,享受着比我们眼下更多的生活,享受着我们本来可以过上的更多的生活,假如我们不幽禁在可能真有其事之中,离开历史的牢笼”②。这样,文学想象与虚构就成了我们理解社会的重要方式,作家借此考察在各种政治操控、暴

① [秘]略萨著:《谎言中的真实——巴尔加斯·略萨谈创作》,赵德明译,云南人民出版社 1997 年版,第 76 页。

② [秘]略萨著:《谎言中的真实——巴尔加斯·略萨谈创作》,赵德明译,云南人民出版社 1997 年版,第 82 页。

力威胁、生存压力下,芸芸众生如何应对各种戏剧性的危机,进而思索那些无法直接感知的事物,治疗疲惫的身心,改变生命的方向,体现了“人”的荣光与尊严。

文学虚构丰富了历史的存在,使文学拓展了人类的生活,给人们提供了一个滋养我们隐秘生活的天地。在这一天地里,我们才真正是自己命运的主宰者。作为具体的个人,我们现在是怎样的人,我们曾经希望是怎样的人,我们可能成为怎样的人……这是我们的隐秘的生命史,只有文学才能讲述明白。略萨甚至提出:“小说是社会发生某种信仰危机时的艺术……当宗教文化发生危机时,生活似乎要脱离束缚它的条条框框和观念并且变得混乱起来,这就为小说提供了大好时机。……小说的人工秩序提供了避风港和安全感,实际生活煽动起来而又得不到满足或消除的欲望和担心,可以在其中自由驰骋了。”因此,“一部成功的虚构小说代表着一个时代的主观精神。”①

显然,任何文学作品都由可见的素材和隐藏的素材组成,为我们的体验补充了某种实际生活所匮乏的,只能在想象、虚构的生活中找到的东西。文学想象和现实生活并不是靠削弱对方而存在,而是相互增强的。同样,其中一个的虚弱定会引发另一个的虚弱,其中一个被摧毁必会导致另一个被摧毁。作家只有仰仗人的精神、灵魂以及事物的内在因果,仰仗在现实基础之上的想象力,才能抹去泾渭分明的诸多边界,抵达人、社会和世界最内部的黑暗幽深,从而书写出“生活中被掩盖的精神”。作家及其作品都“生活在别处”(兰波语),文学之于生活的超越性就在这里。

如,《铁皮鼓》“从几乎总是在动的普通人群的视角,让我们感觉到生命尽管是处于恐惧和异化之中也还是值得活下去的”②。《都柏林》赋予平庸的生活以艺术的尊严,即对一个已有的现实既不报告情况,也不发表

① [秘]略萨著:《谎言中的真实——巴尔加斯·略萨谈创作》,赵德明译,云南人民出版社1997年版,第83页、第76—77页。

② [秘]略萨著:《谎言中的真实——巴尔加斯·略萨谈创作》,赵德明译,云南人民出版社1997年版,第320页。

意见，而是对这一现实进行再创造，呈现出一种美的尊严。作为一部政治寓言小说，《一九八四》的全部故事是“极权主义”对于个体的极端控制。这是奥威尔社会主义信念的必然结果，因为“他相信，只有击败极权主义，社会主义才有可能胜利”[1]。“多一个人看奥威尔，就多了一份自由的保障”，有评论家如是说。《日瓦戈医生》则让我们顿悟：“真正人性的东西不在那些精采的英雄事迹中，不在于向自身的地位挑战，而是从道德上使得人类自然属性中的弱点和缺点具有尊严。”[2]

在这些经典作品里，文学的虚构世界强化着普通事物的存在，强化着平庸的存在，强化着不可触犯之物的存在。文学怎么会等于甚至小于现实生活呢？或许莫言的观察是准确的。他指出，随着作品数量的日渐增加和名声的逐步累积，有的作家不仅在物质生活上和广大民众拉开了距离，更是使他与人民大众的感情拉开了距离；其目光已被荣耀的头衔、昂贵的名牌、过多的财富、舒适的生活所吸引，而在精神上不知不觉中变得平庸懒惰；这些成了所谓“中产阶级”的作家，已经感受不到锐利的痛楚和强烈的爱憎，已经丧失了爱与恨的能力；他们不放过一切机会炫耀自己的成功和财富，把财富等同于伟大，把小聪明等同于大智慧；他们追求所谓的高雅趣味，在奢侈虚荣的消费过程中沾沾自喜。他们热衷于搜集、传播花边新闻和奇闻逸事，沉溺在垃圾信息里津津乐道、沾沾自喜。这种精神状态下的写作，尽管可能保持着吓人的高调，依然可以赢得喝彩，但实际上已经是没有真情介入的文学游戏[3]。

于是，我们的作家在把握前所未有的荒诞现实时，要么依附现实，要么面对现实绕道而行；即便是插上了想象的翅膀，他们飞翔的方向也总是从现实飞向想象，而没有或者很少从想象飞向现实，在天马行空的臆想中

① [澳]西蒙·黎斯著：《奥威尔：政治的恐怖》，转引自董乐山撰：《奥威尔和他的〈一九八四〉》，见《一九八四　动物庄园》，董乐山译，上海译文出版社 2003 年版，第 2 页。

② [秘]略萨著《谎言中的真实——巴尔加斯·略萨谈创作》，赵德明译，云南人民出版社 1997 年版，第 360 页。

③ 莫言撰：《土行孙和安泰给我的启示》，见张清华编：《中国当代作家海外演讲》，北京大学出版社 2012 年版，第 4—5 页。

寻求真实。阎连科曾非常形象地说，我们总是把小说的头颅强按到生活的泥水之中，然后提起小说的头发，说你看你看，这就是真实，还带着生活新鲜的水滴呢！其实，没有了理想之光的照耀，即便是带了点“社会现实”的小说，不过是一堆烂泥而已。事实也是如此，这些作家从不去想象他人所经受的苦难，看到自己和他人身上存在的错综复杂的情感；他们也不去批判和反思邪恶力量可能或已经带来的伤害，对于饥饿、贫穷、教育的匮乏、贫富悬殊视若无睹；他们更不去探究一个国家所处历史时期的复杂性，甚至不想去弄明白为什么会产生这些问题。于是，“我们和世界的关系总是以一种自恋的方式被描绘出来，即我们掌控一切、我们至高无上——我们没有什么责任，更不会感到愧疚”①。

卡夫卡说得对极了：“所有人类的错误无非是急躁，过早地打断有规则的秩序和用似是而非的栅栏把似是而非的东西圈起来。”②坚实的文学想象使作品拥有了黄金般的文字质地，它使怀疑者怀疑，使相信者相信；它拆散那些似是而非的“栅栏”，力图恢复或重建有规则的“秩序”。如果没有对某种不可摧毁之物的持久信仰，人就无法有尊严地存活下去。所信即所是。阎连科说：“我总是希望用文学的理想之光来支撑自己内心的疲惫、不安和虚空，希望文学的光芒可如水中的粗石细沙之光一样，照亮总是出现在我眼前漂浮不散的一团团的黑暗……”③

星云大师有言：“云水，不是景色，而是襟怀。”文学作品最重要的不是表面上写了什么，而是一种精神的呈现，一种内心的释放。文学创作是作家的灵魂寻找形式的活动，作家是人类自由本性的捍卫者，他们一方面要有真实、丰富、深刻的灵魂生活，另一方面则必须为这灵魂生活寻找恰当的表现形式；前者的高度决定了作品的精神价值，后者的高度决定了作品的艺术价值。“每部作品都是一次旅行，一个行程，但它唯有借助内心

① ［美］阿博特·格里森等编：《〈一九八四〉与我们的未来》，董晓洁、侯玮萍译，法律出版社2013年版，第320页。

② 《卡夫卡文集》（修订版）第4卷，祝彦、张荣昌等译，作家出版社2011年版，第283页。

③ 阎连科著：《阎连科文论》，云南人民出版社2013年版，第2页。

的道路或路线，才能穿越外部的这条或那条道路。这些内心的道路、路线组成了作品，构成了它的风景，或它的交响乐。”①

作家的精神自我往往是逆水行舟，“孤岛”式地抵御外在权力中心和利益中心的诱惑，在生活和艺术中捕捉着自己的临界点。“知识分子必须在和社会对立中思考，而作家必须在和社会生活的情感对立中写作。一切伟大的，有长远价值的作品，无不是在和社会的情感对立中写作完成的。”②优秀的作家总是以切心的疼痛和热血灌注自由和想象的翅膀，以人性的造型和理性的高度，叙写温润、富有生机的生活场景，以心换心，以灵魂面对灵魂，化解现实生活中凝结一般的冷峻，向着自由的港湾迎风激浪。在对生活的演绎中，作家有隐忍，有释放，有流转，有疏离，一切都强化、内化为一种生命的视野，化小爱为大爱！

美国著名学者伊莱恩·斯卡丽（Elaine Scarry）提出一个问题：“如果我们在文学作品中进行的思维活动与我们在每日清醒时进行的思维活动如此相似，为什么我们要想进行思考的盛宴时，还急迫地需要文学作品呢？把对现实和臆想的感知适用于现实的世界中，与适用在‘不断放线’的臆想世界中相比，有什么不同吗？”③

在斯卡丽看来，文学作品有五点裨益：第一，我们进入文学作品的世界的目的，是为了关注它，思索它。日常生活中，我们可能去关注发生在我们周围的事实，也可能不去关注；我们可能思索目之所及，也可能不去思索。我们很少静坐下来，让事实在一段不被打扰的时间内呈现给我们审视；第二，在文学作品内部，我们可以没有风险，不受惩罚地自由思考，这鼓励人们去进行思考的实践；第三，文学作品描述不凡的事件，或是被掩盖的平凡事件，这引发了我们思考那些现实生活中也许不被明确鼓励

① ［法］吉尔·德勒兹著：《批评与临床》，刘云虹、曹丹红译，南京大学出版社 2012 年版，第 3 页。

② 阎连科：《阎连科文论》，云南人民出版社 2013 年版，第 259 页。

③ ［美］阿博特·格里森等编：《〈一九八四〉与我们的未来》，董晓洁、侯玮萍译，法律出版社 2013 年版，第 28—29 页。

讨论的话题——在这些话题面前，社会通常鼓励我们移开目光；第四，文学作品中“被当作事实的细节”，通常比历史或现实中的事实更加密集，它其实是“被假装成事实的细节”或“近似事实”，为我们大脑的思考提供了重要的材料，至于其本身的质量或特征则可不予考虑；第五，我们可以随意发挥文艺作品特许给我们的臆想，在广阔的文学空间里，思想可以在从未发生过的事件中尽情游弋①。

简言之，文学是我们摆脱无所不在的所有束缚的语言，它强力拓展一个时代的语言空间，帮助我们更深刻地看穿这个世界，引导我们去思考最深奥难懂的东西。当然，恰如阎连科所言，“文学不会像权力一样可以在一瞬间摧毁一切，改变一切，但真正的文学，却可以在权力、专制和幽暗中发出久远的光芒，一点一滴地剥离、驱散我们头脑和天空中的尘灰与雾霭，让我们看到光明，存有希望和理想——这就是文学的力量、美和伟大之所在”②。文学作品能让人浏览其他方式的人生，并提请人们思考：拿什么来拯救我们自己，或者说，我们如何又经由什么来看待这个世界。在这个意义上说，文学是一种在我们生物学意义上的“硬件”基础上运行的“软件”或“程序”。

因此，在民族“共同文化”与“共同心理”的形成和发展过程中，许多作家起了重要作用。希腊的荷马、意大利的但丁、法国的莫里哀和拉辛、英国的莎士比亚、德国的歌德、俄国的普希金和托尔斯泰都曾担此重任。苏格拉底曾说荷马是希腊人的导师。荷马使他的人民拥有与众不同的独特性，创造出他们被世人铭记的灵魂，他是希腊人真正的缔造者。这也正是伟大诗人的雄心与抱负。对此，歌德是这样理解的：“一个伟大的戏剧诗人如果同时既是多产的，又能在他的全部作品里表现出强烈而高贵的思想情感，就可以使他剧本中的灵魂变成人民的灵魂。我相信这是值得

① ［美］阿博特·格里森等编：《〈一九八四〉与我们的未来》，董晓洁、侯玮萍译，法律出版社2013年版，第29—32页。

② 阎连科撰：《让灵魂的光芒穿越布满雾霭的头脑与天空》，见张清华编：《中国当代作家海外演讲》，北京大学出版社2012年版，第89页。

辛苦经营的事业。高乃依就产生了这种能够造就英雄的影响,这对于需要一个英雄民族的拿破仑是有意义的,所以他提到高乃依时说,如果高乃依还在世,他就要封他为诸侯。所以,一个戏剧诗人如果认识到自己的使命,就应该孜孜不倦地工作,精益求精,这样他对民族的影响就会是高尚的、有益的。”①

同样,莎士比亚的戏剧全面审视了人类存在的各种状况,对许多非比寻常的人物作了强有力的性格刻画,不仅显示出自身的宽厚怜悯,而且让人体会到了难以磨灭的震撼。我们看到了生命中每一个可能选择的结果,体悟着不同生活方式所带来的苦乐悲辛。“他(莎士比亚)扮演着《圣经》曾经扮演的角色,人们通过他的眼睛观看到更加丰富多彩的世界,这恰恰是我们已然失落的视角。只有教导人们莎士比亚真正说过什么,莎士比亚才能重新影响亟需他影响的这一代人——在最重要的问题上为我们提供深谋远虑的意见。”②

如今,文学之于民族的型塑作用正迅速衰亡,年轻一代不再拥有理解世界和自我的基础,也没有一种共同的教育能够形成他们与同伴交流的核心。从前一位马尔堡人会说,他仅仅通过莎士比亚就建立起对英国历史的认识。这种对某个诗人的凭依在今天几乎不可想象。阿兰·布鲁姆不无伤感地说:“持续地阅读并倚赖一本伟大的著作或一位伟大的作家,这种现象消失了。其结果不仅是生活风气的庸俗化,还有整体社会的分裂化,因为对文明人而言,正是对美德与罪恶、高贵与卑贱的理解将他们团结在一起。”“如果静心聆听莎士比亚,我们也许能够重获生命的完满,也许能够重新发现通往失落的和谐的道路。”③

2011 年,略萨在诺贝尔文学奖致辞里说:文学培养了我们的良知,唤

---

① [德]爱克曼辑录:《歌德谈话录》(全译本),吴象婴等译,上海社会科学出版社 2001 年版,第 262 页。

② [美]阿兰·布鲁姆、哈瑞·雅法著:《莎士比亚的政治》,潘望译,江苏人民出版社 2012 年版,第 2—3 页。

③ [美]阿兰·布鲁姆、哈瑞·雅法著:《莎士比亚的政治》,潘望译,江苏人民出版社 2012 年版,第 2 页、第 10 页。

醒了我们的渴望;“如果没有小说,我们将不会意识到自由对生活的重要性,也不会意识到某个暴君、某种思想体系或某个宗教正在践踏自由,企图将我们生活环境化为地狱的事实。文学不仅令人对美与幸福产生向往和期待,同时也警示我们应与一切压迫的暴行进行斗争。”优秀的文学作品在人与人之间建立起了沟通的桥梁,令我们突破了将我们隔绝开来的种种语言、信仰、习惯、风俗和偏见。“文学代表着一种虚构的生活,但是文学却能帮助我们更好地理解生活,在我们从生到死的人生迷宫中指引着我们。”文学给我们以慰藉,解开人类常常会思考的存在的大部分谜题,或是使其中部分问题得到了解答;文学教导我们去理解存在的意义,个体和集体的命运、灵魂,以及历史的意义与虚妄,等等——这就是文学的力量、美和伟大之所在。为了守护我们人性中最好的一面,文学的存在必不可少。文学能够防止我们退化回缺乏交流的原始时代中去,防止我们满足于简单的实用主义,保护我们不受我们自己所发明的机器的奴役。“我们需要文学,因为一个没有文学的世界也就没有了梦想、没有了希望、没有了勇气,在这样的世界中人人只顾自己,而不能真正成为人。真正的人应当有能力走出自己的小世界,与外界、与他人交流,并塑造一个共同的梦想。”①

“唯一有价值的就是拥有活力的灵魂。”(爱默生语)在某种意义上,我们所面对的从来就是同一条河流,人类的历史就像一张不断刮干净重写的羊皮纸,上面写满了一系列恒久的难题。譬如,为了爱,可以背弃父母兄弟吗?为了权力或金钱,可以不择手段吗?做统治者好,还是做一个诗人?……这些疑问展现了丰富的可能性,并最终归诸人性和人心,关乎每一个体的生命和灵魂。文学艺术是一种表现的力量,语言符号里潜藏着灵可通慧、秀可洗心的意蕴或心象。最终目的是结合肉体与精神、尘世与神圣。心之所欲,即是方向。心若安处,便是故乡。使写作者成为优秀

① [秘]略萨撰:《赞颂阅读与虚构——马里奥·巴尔加斯·略萨诺贝尔文学奖致辞》,姚云青译,《书城》2011年第1期。

作家的是他对世界的沉思,是他对人类永恒问题的把握,是对人为了成为人,并且仅仅成为人而付出的所有努力的持续关注。否则,作品必然渺小而易朽,就像一截潮湿的木桩,只是吱吱冒烟,无法熊熊燃烧。

文学家是解剖社会的医生,德勒兹说,他是医生,他自己的医生,世界的医生;"世界是所有症状的总和,而疾病与人混同起来。于是,文学似乎是一项健康事业";"像文学与写作一样,健康在于创造一个缺席的民族,这属于虚构功能";"文学的最终目标,就是在谵妄中引出对健康的创建或对民族的创造,也就是说,一种生命的可能性。为这个缺席的民族而写作……"①职是之故,文学是一个生命得以自由舒卷与绵延的健康事业,是值得我们支付终生的寄托。人生的快乐,就是创造和责任。赞美既短暂又永恒的事物,赞美既渺小又伟大的世界,是每个作家"理所当然"的使命。

诚如王国维所言,一个伟大的哲人不应靠国家来支撑,但国家若有风度,却应以自己的圣哲为骄傲。提高美之地位的民族,就是提高人类灵魂与生命质量的民族。任何一个现代国家都应有足够的雅量,以平稳的秩序接纳各种貌似"无政府主义"的文学,鼓励每个作家自由地创造属于他们自己的语言,写出可以强健本民族文化的传世之作,从作家的立场上为解决严峻的现实问题,付出自己应有的努力!

哈维尔认为,故事像生活一样丰富,它们都是多元化的,充满了可能性和不可预测性。在这个意义上,"神秘是每一个故事的尺度"。米兰·昆德拉在《雅克和他的主人》中写到:当雅克和主人不知走向何方时,雅克说朝前走。主人说朝前走是往何处走?雅克说前面就是任何地方!面对波澜壮阔的时代,讲述"中国故事"的作家只能迎上前去,往前走,往前走!荷尔德林有诗云:

---

① [法]吉尔·德勒兹著:《批评与临床》,刘云虹、曹丹红译,南京大学出版社2012年版,第7—8页、第10页。

我们每个人走向和到达，
我们所能到达的地方。

四、“奥威尔问题”

在《语言知识》一书序言的开篇，美国语言学家乔姆斯基(1928—)曾经提出两个非常有趣的问题：(1)“为什么我们获得的材料如此之少，而产生的知识却如此之多?”(How we can know so much given that We have such limited evidence)他称之为“柏拉图问题”；(2)“为什么可资利用的材料如此之多，而我们的知识却如此之少?”(It is the question how do We know so little given that We have so much evidence)他称之为“奥威尔问题”。

“奥威尔问题”，以英国左翼作家、新闻记者和社会评论家乔治·奥威尔(1903—1950)的名字命名；乔姆斯基被称为“美国最大的异议人士”，他所有政治评论的核心问题便是“奥威尔问题”，它比“柏拉图问题”重要得多。

乔姆斯基的弟子、哈佛大学语言学教授黄正德将“奥威尔问题”理解为：“罪行证据比比皆是，我们为什么仍视而不见?”

罗素将“柏拉图问题”转述为：“尽管人类在其短暂的一生中与世界的接触是如此之少，而他们的知识为什么如此丰富呢?”换言之，为什么可以说人人都是天才？与之相应，“奥威尔问题”即：作为天才的人，为什么那么容易被人愚弄?

乔姆斯基曾向来访的中国学者举例说明什么是“奥威尔问题”：“比如说，以某国的政府政治宣传为例，人们都相信它，即使拥有足够的证据证明其不真实性，人们仍然会相信它。所以，问题是：为什么人们所拥有的有效证据如此之多，但他们对于自己所生活的社会却知道得如此之少？答案往往可以从灌输和宣传的形式那里找到。”乔姆斯基还指出了“奥威尔问题”背后的根源：“权力结构所到之处，都会有这种现象。任何时候，只要有等级结构、权力结构，你就会找到它。那正是为什么人们即便是在没有必要的时候也会一直保持压抑状态的原因所在。”①

显而易见，“奥威尔问题”是对西方强权政治和“人造”文化的批判，是对政治、文化压迫人性的控告。按照奥威尔的原意，以及乔姆斯基的说法，任何国家都存在“奥威尔问题”。

在西方极权社会里，当权者为保有自己的地位，总是实施有组织的撒谎和欺骗，系统、无情地践踏真理，篡改历史，由此达到控制思想的目的。奥威尔说：“它虽然控制思想，它并不固定思想。它确立不容置疑的教条，但是又逐日修改。它需要教条，因为它需要它的臣民的绝对服从，但它不能避免变化，因为这是权力政治的需要。它宣扬自己是绝对正确的，同时它又攻击客观真理这一概念。”②极权主义还有意扭曲人际关系，完全否定个人的意志，规定你应该怎么思想，为你创造一种意识形态，甚至还想管制你的感情生活。

极权主义是现代专制主义，与之相关的是“语言的堕落”：语言成了掩盖真实的幕布、粉饰现实的工具和蛊惑人心的艺术。作为一个颇有远见卓识的政治预言家，为了更好地开展反极权主义的斗争，奥威尔主张，“把政治性写作变成一种艺术”：“你越是清醒地认识到自己的政治立场，你就越能够一方面积极地参加政治斗争，一方面保持自己审美和思想方面的独立性不受损害。”他明确反对作家简单依附于政党政治，强调作家的自主定位、自我选择和自由，以及诚实的写作。这样，才能在诗学的向度质疑、瓦解这个世界得以运转的整个逻辑体系，揭开不堪的“存在之真”，即性命相见，言其所是，光华自在，让世界的“荒谬”自行暴露，使我

① 司富珍著：《语言论题》，中国社会科学出版社 2008 年版，第 186 页。

② ［英］乔治·奥威尔著：《奥威尔文集》，董乐山译，中央编译出版社 2010 年版，第 295—296 页。

们恍然明白改善的方向，寻找到自己生命与生活的意义。

奥威尔的《动物农场》《一九八四》，堪称世界文坛最著名的政治讽喻小说，是反极权主义的预言。

在《动物农场》里，乌托邦从建立到衰坏，迅速地从起点回到了起点，进入了一个幽暗的、可怕的怪圈；小说中文译者傅惟慈指出，小说“讲的正是一个革命异化的历程，叫人民提高警惕，防止在革命的名义下出现的极权主义”①。

在《一九八四》里，凭借语言的力量，“党”、语言、权力三位一体，构筑了最为完善、坚固的权力“牢笼”；小说对极权世界反乌托邦式的描绘，揭开了极权主义的统治秘密，可谓是极权主义治理机器的“操作手册”或“技术大全”。

奥威尔书写着政治的文学，表达着文学的政治，体现了对人类社会政治走向的担忧和警示。透过文字的栅栏，我们屏息静气，感到无以抑制的恐慌或欣喜，因为他所说的乃是事实——曾经发生过的、人们习焉不察的事实。

奥威尔的独特价值，表现在他对绝对真理的执著追求上，表现在他对绝对的恶的揭露上。萨特在他那纲领性的著作《什么是文学?》中提出：“写作即是揭露，揭露即是改变。”“多一个人看奥威尔，就多了一份自由的保障”，有评论家如是说。

奥威尔的担忧和警示是有益无害的，其意义是永恒的。美国著名作家埃德蒙·威尔逊称之为社会批评方面“当代唯一一个大师”，一本奥威尔传记的副题就叫“一代人的冬季良心”(wintry conscience of a generation)。我们缺少奥威尔式的“冬季良心”，甚至可能根本就没有过。

我们这些所谓“写东西的人”是藐小的，可怜的，甚至是可鄙的。受制于蜗居其中的境遇，我们不能在适当的时机表达自己的观点，也不敢对

① [英]乔治·奥威尔著：《动物农场》“译者序”，傅惟慈译，北京十月文艺出版社2010年版，第4页。

权力的滥用说不。我们压根儿不配称“作家”，叫“码字的”可能会合适些。

当然，我们的良心偶尔也会自我发现，并产生瞬间的一丝温暖，可转眼间就被欧元、英镑、美钞和人民币的温暖所替代，而与世界握手言和了；我们是“腰部以下的叛徒”，就像柏拉图笔下的御车者，骑着一匹顽劣的马！

大化流行，阴阳衍变。

狄更斯《双城记》的开篇：“这是好得不能再好的时代，这是坏得不能再坏的时代；这是闪耀着智慧的岁月，这是充满着愚蠢的岁月……这是充满希望的春天，这是令人绝望的冬日。”用这段话描述我们这个天然练达、不见赧颜羞色、令人眩晕的时代，实在是再恰当不过了。

当奥威尔所描绘的政治环境基本消失，我们进入新媒介社会时，生活的监视和控制技术，从另一角度重新诠释甚至加剧了“奥威尔问题”。乔姆斯基的研究表明，现代媒介催生的“制造共识”（manufacture of consent）和“操控共识”（engineering of consent），创造了比现实更为“真实”的“超现实”；即便是美国这样一个号称最民主、自由和多元的社会，普通百姓也成了无知或头脑简单的傻瓜。

托克威尔这样审视美国民主政治下的“舆论的暴政”：“在美国，多数在思想的周围筑起一圈高墙，在这圈高墙内，作家可以自由写作，而如果他敢于越过这个雷池，他就要倒霉了。这不是说他有被宗教裁判所烧死的危险，而是说他要成为众人讨厌和天天受辱的对象。……他在发表自己的观点之前，本以为会有人支持，而在发觉无人支持后，已把自己全部暴露于众人的面前。于是，责骂他的人喊声震天，而与他想法相同的人，则失去勇气，不敢作声，躲避起来。他只好表示让步，最后完全屈服，保持沉默，好像不该说真话而后悔了。”①

作为社会的主体，我们隐蔽在表层下，在表象下，在面具下，但我们不

① ［法］托克威尔著：《论美国的民主》上卷，董果良译，商务印书馆1988年版，第293页。

仅是向别人隐藏,我们还向自己隐藏……我们无法面对真实,写作无法面对真实,批评也无法面对真实。因为我们有障碍,这障碍并不仅存于主观意识本身;即便作家想面对真实,批评家也想面对真实,但现实条件设置了诸多障碍,谁也不能直接穿透这堵无形的"迷墙"。

一个基本事实:中国当代文学从一个"大合唱"到"独唱",再渐渐到现在的"默唱",几乎不发出声音了。在此过程中,文学与时代之间渐行渐远,不复存全历史的面貌;不过,倒是越来越还原到文学自身了……

艺术的政治潜能在于艺术本身,即审美形式本身;在艺术自律的王国里,艺术既抗拒着这些现存的社会关系,同时又超越它们;只有在文学关心它自身的问题,只有把它的内容转化为形式时,文学的革命性才是富有意义的;艺术作品只有作为自律的作品,才能同政治发生关系,艺术的政治潜能仅仅存在于它自身的审美之维。这就是马尔库塞所谓"审美形式造就的奇迹"。

文学本身就包含权力和政治的维度,权力和政治都内化在审美形式之中。否则,大可不必在文学的架构中谈论政治问题。重复阿尔都塞的这段话是有必要的:"每一件艺术作品,都是由一种既是审美的又是意识形态的意图产生出来的。当它作为一件艺术作品存在时,它作为一件艺术作品……产生出一种意识形态结果。……因此,艺术作品与意识形态保持的关系比任何其他物体都远为密切,不考虑到它和意识形态之间的特殊关系,即它的直接的和不可避免的意识形态效果,就不可能按它的特殊审美存在来思考艺术作品。"①

每个人都有丰富的内心生活,有太多复杂、细腻的思想、意象、感觉;它们如梦如幻,转瞬即逝,不可名状,我们几乎不可能了解别人或被别人了解。为此,文学只能用"迂回"的方式摆脱这种精神孤立的无望窘境。奥威尔说,写作的艺术事实上大部分是词语的善意的"歪曲",他择取的

① [德]阿尔都塞著:《抽象画家克勒莫尼尼》,见陆梅林选编:《西方马克思主义美学文选》,漓江出版社1988年版,第537页。

语言策略是“隐喻”。

“隐喻”源于希腊语“metaphora”，字源“meta”的意思是“超越”或“在……之后”，“pherein”的意思是“传送”或“转换”，合而观之，即“将意义由某事物转移至另一事物”。隐喻具有一种具象化、符号化的性质，是人类“语言无所不在的原理”（A · 理查兹语），它触及了人类心灵的最深处。

隐喻思维，就是通过相对具体、结构相对清晰的某一种事物去感受、思考和理解相对抽象、缺乏内部结构的另一事物；就作家而言，即以一个形象来象征一种意图，一种观念，一种内在的含义，甚至一种对世界对人物的情感态度。

安德烈 · 莫洛亚在《追忆似水年华》的序中写道：“隐喻在这部作品里占据的地位相当于宗教仪式里的圣器。普鲁斯特眷恋的现实都是精神性的，但是因为人既是灵魂，又是肉体，他需要物质性的象征帮助他在自身和不能表达的东西之间建立联系。普鲁斯特最先懂得，任何有用的思想的根子都在日常生活里，而隐喻的作用在于强迫精神与它的大地母亲重新接触，从而把属于精神的力量归还给它。”这段评论同样适用于奥威尔的作品。

罗森斯托克 · 胡絮有言：“言是人之母……语言本身就是母亲般的，是时间的子宫，人在其中被创造，并始终不断地得到再创造……一切真正的言说则使倾听者和言说者都得到了重新塑造……它使我们的心灵自身成为一个造物……一切有意义事件之发生均出自言……只有在一种结合了普遍有效性和此时此地之情境的具体性的对灵魂的言说，灵魂才会苏醒。”①

然而，我们的语言正不可避免地衰败下去。因为我们的思想愚不可及，所以语言也变得越来越丑陋和不准确；语言的败坏，使我们产生了愚蠢的思想——这个过程是可逆的。

① ［美］罗森斯托克-胡絮著：《越界的现代精神》，徐卫翔译，华东师范大学出版社 2008 年版，第 185—186 页。

奥威尔确切地说:“目前的政治混乱,跟语言的退化是有关联的;而通过在字词方面的努力,我们能对此状况做一些改进。”语言具有建构生活事实的力量,是人类关于世界和走向世界的特有门户。跟语言作斗争,不是可有可无的小事。为此,他提出,文学语言应遵循以下几条原则:

1.别用书刊中频繁使用的那些明喻、暗喻或其他修辞手法;

2.凡是可以用短句的地方绝不用长句;

3.凡是可能删去一字,就坚决删去;

4.能用主动语态就绝不用被动语态;

5.如果能想出对等的日常英语词汇就绝不用外来词、科学术语或行话里的词;

6.与其违反这些规则的任何一条,不如干脆胡说八道①。

哲学的乡愁是神学,文学的乡愁是人学。1980年诺贝尔文学奖获得者切斯拉夫·米沃什一语道破:“流放是对内心自由的考验,而这种自由是令人惊叹的。我们做每件事情都要依靠自己的力量,而我们大多未认识到这种力量的大小……”②

乔伊斯认定“流亡就是我的美学”,旅美作家木心(1927—2011)觉得“美学就是我的流亡”。降生在一个折磨人的时代,当心灵通向生活的道路全然封闭时,将自我流放于美的世界,做一个隐喻意义上的流亡者,一个博大传统文化的流亡者,一个文学艺术共和国的自由公民,对于有着云水襟怀的“赤子”而言,这是最为可靠的人生抉择。

诗人、批评家徐江指出,一个全无信仰支撑的汉语世界,比起其他语言世界,提前面临了对于无“信”时代来临后的挑战;文学必然成为一种宗教和信仰,世已无道,诗必要有所为;构建一种面向此在,更为人间,也

---

① [英]乔治·奥威尔著:《政治与文学》,李存捧译,译林出版社2011年版,第362页。

② [美]米沃什撰:《关于流放》,孙京涛编译,见 http://suxin.taoshumi.com/paper/culture/002/4393.html。

更为豁达、广阔的对生命意义的尊重与坚信，由诗来完成；在无信众的时刻，像神一样葆有雷霆与仁爱[①]。

正是这样，当年莫扎特正是凭了坚定的信仰。像殉道的使徒一般唱着温馨甘美的乐句安慰自己，也安慰别人——那些受苦、奋斗、而必战必胜的自由灵魂！

在《追忆似水年华》中，语言的创造不是为了别的，它就是语言自身。普鲁斯特为语言中的上帝所引领，于是，我们在静默中倾听到了大地召唤回归的天籁之声：

> 我轻轻推开窗户，坐到床前，几乎一动不动，生怕楼下的人听到我的动静。窗外万籁也仿佛凝固在静寂的期待中，惟恐扰乱明净的月色；月亮把自己反射的光辉，延伸到面前的万物之上，勾画出它们的轮廓，又使它们显得格外悠远；风景像一幅一直卷着的画轴被徐徐展开，既细致入微，又恢弘壮观。需要颤动的东西，如栗树枝头的叶片，在轻轻颤动。但它颤动得小心翼翼、不折不扣，动作那样细密而有致，却并不涉及其它部分，同其它部分判然有别；它独行其是。

普鲁斯特的语言魅心魅意，如漫天彩霞美妙绝伦、无边无际；它悬挂在我们心灵的上空，仿佛从属于一个不可窥视的力量。其实，语言的上帝并不遥远，他无处不在，那么慷慨，又那么质朴无华，对于我们的呼唤也从不感到厌倦。“我只觉得人生一世，荣辱得失都清淡如水，背时遭劫亦无甚大碍，所谓人生短促，不过是一时幻觉；也许，这感觉并非来自外界，它本来就是我自己。我不再感到平庸、猥琐、凡俗。”（《在斯万家那边》）这里，普鲁斯特的存在，也就是语言的存在，他在自己的世界遨游，抵达了一种虚静澄明的境界。

苏格拉底初次遇见童年的色诺芬时，用手杖拦住了他，问他哪里有卖

---

① 徐江撰：《在雾霾的年代写作——现代诗与神性》，《葵诗歌作品集》(2013)总第11辑。

各种生活用品的店铺。这个孩子知道得清清楚楚，十分有礼貌地回答了他。末了，苏格拉底骤然问道："哪儿可以买到'高尚'和'善良'？"……孩子茫然不知所对，这位哲学家对色诺芬说："那么跟我来吧！"

色诺芬跟苏格拉底学习，是要找到生命的指引，知道自己"应该如何生活"。按色诺芬的回忆，苏格拉底只是同他一起探讨了人生变得美好的可能性，而不是简单传授"如何生活"的知识。对苏格拉底来说，"如何生活"与"公义"相关。古往今来，哲人们始终没有就此达成过一致意见，他们总是相互否定、辩驳，争吵不休。

"道德哲学家是不会提出具体答案的"，伯林说："指导人们如何生活，既不是小说家的责任，更不是道德哲学家的责任。道德哲学家的任务，仅在于帮助人们面对问题，面对可供选择的行动范围，向他们解释有哪些选择以及做出某种选择的原因。"①

木心被誉为"中文写作标高"，可能是我们时代"唯一一位完整衔接古典汉语传统与五四传统"（陈丹青语）的写作者；他那些通透、温厚、泼辣的汉语文学文本，渗透中国风骨、气韵，且与生活融会无间，令人倾心不已。

我欣赏木心的态度："一字一字地救出自己。"作家的责任主要是把作品写好，之外，还有什么责任可尽，而且确凿是尽了的，以及正在尽和将要尽的总共有多少？他说，如果"其他的责任"尽得真不错，尽得好透了，而"作品"写得太那个，或者写得近乎糟糕——怎么办呢？

古巴著名小说家卡彭铁尔，被誉为当代拉丁美洲小说的"亚当"，他认为："通常，不介入意味着某种介入，它比基于现实的认知和信仰的坚定不移的介入更严重。"②木心的观点可与之相映成趣："在文学上，越短的刀子越刺得深。但文学不是武器"；因为"文学家要'过去'要'现在'要'未来'。尤其看重'未来'。政治家只要'现在'，无视'过去'。对待'未

① 参阅［英］伯林著：《哲学引论》，见 Bryan Mage 编：《思想家：当代哲学的创造者们》，周穗明、翁寒松译，生活·读书·新知三联书店 1987 年版，第 32—36 页。

② ［古巴］卡彭铁尔著：《小说是一种需要》，陈众议译，云南人民出版社 1995 年版，第 73 页。

来'像对待'过去'一样,是不在话下的事。所以政治家为所欲为地摆布文学家,文学家翻'过去'、展'未来'给政治家看;不看,即使看了也等于不看……"①

我认同木心的选择:"我选择艺术作为终身大事,是因为这世界很不公平,白痴可以是亿万富翁,疯子可以是一国君主。艺术则什么人做出什么艺术品来,这个一致性我认为是'公平'。文学因为是字组成,掺不得半点假。要掺尽管掺,反正不是文学了。最好是'得道',其次是'闻道',没奈何才是'殉道'、古人是朝闻道,夕死可矣,今我是朝闻道,焉甘夕死——以'死'殉道易,以'不死'殉道难。我择难。"②

木心所"殉"之"道",指向文学、艺术的美学判断与美学智慧,正是文学艺术的宗教和信仰帮助他渡过了几番劫难。

真正的作家仿佛都是些现代的初民,从高处下、从深处出、从远处归,以精练过人的思维和感觉创造伟大的作品,宿构着浅浅深深、踪迹依稀的精神世界;从中分不清何为表象,何为观念;分不清何为时代的劫难,何为个人的伤痕,其广度密度深度不可方物,只是让人目眩神驰,觉得盎然嫣然婉然翩然陶然裕然卓然萧然,神韵流荡,真元袭人;其中家国、时代、文化、个人一律统摄于"对人的诗意存在的乡愁",充满了人道的善意,仁慈的激情,一如魅人心魄的"柯勒律治之花",混茫无际。

托心于文学、艺术,以"殉道者"的态度写作,这俨然是以文学为宗教,以文学为信仰,以文学为希望了。如果我们不满怀希望,那么满怀什么呢?有了这种能在火焰中证明的信仰,那么,在现实世界中丧失了的,将在文学的世界一一复活、重生,此即"以文字打败时间"。这是文学英雄的事业。

"太阳出来了,可太阳不是我们的。我们要睡了。"这是曹禺话剧《日出》中陈白露的一句台词,它让我念及自己与文学批评家胡河清(1960—

① 木心著:《即兴判断》,广西师范大学出版社2009年版,第38页。
② 木心著:《鱼丽之宴》,广西师范大学出版社2009年版,第26页。

1994)当年相似之极的心境:

> 自从选择了文学作为职业,我就开始预感到,我的一生恐怕是同文学难以分手了。当中国人文文化传统越来越悲壮地衰落,我在大江南北的许多朋友也相继离开了文学。但我却愿意像我的一位老同学说的,做一个中国文学的寂寞的守灵人。天似穹庐,笼盖四野,等到那血色黄昏的时刻,兴许连我也不得不离开这一片寂寞的方寸灵地。如果真有这一日,我的心情该会多么惆怅呀。①

毋庸讳言,我们的大部分作品都悄无声息,坠落在了文学的历史之外,更谈不上参与这个历史;还有一部分作品则只是"行过",而无所谓"完成"。木心目光如炬:畅销书是行过,经典著作是完成;赛珍珠、辛克莱是行过,福克纳、麦尔维尔是完成;捷尔仁斯基的铜像是行过,普希金的铜像是完成;希特勒《我的奋斗》是行过,恺撒《高卢战记》是完成;流行歌曲是行过,《未完成交响乐》是完成;马戏团小丑是行过,卓别林是完成……

五、汉语文学的语言问题

大雅久不作,华夏文脉殆尽,怎能不为之怅惘?诗人王家新尖锐地指出,当代作家的写作与生活呈现出一种截然分离的状态:"终于能按照自己的内心写作了/却不能按一个人的内心生活"(《帕斯捷尔纳克》)。比写作与生活相分离更严重的,是汉语文学传统的断裂。

有人将我们的文化概括为五种传统:一是先秦至清代的"古典传

① 胡河清著:《灵地的缅想》"自序",学林出版社1994年版,第14页。

统”，二是“五·四传统”，三是“延安传统”，四是“文化大革命”传统，五是近30余年来的现代、后现代传统。

诚如陈丹青所言，“五四”以后，我们总是以一项传统颠覆、吞噬前一项传统，逆向的回溯极其罕见；第一、二项传统，在我们的知识状况与阅读习惯中，已然失传，难以奏效；第三项，尤其是第四、五项传统，则全方位构成了我们的话语、书写、阅读、思维与批评的习惯；当代作家的语言与“古典传统”“五四传统”基本断绝了关系，绝大部分作家一开口，一下笔，全然是1949年以后的白话文，1979年以后的文艺腔。

难道不是这样吗？信手翻开一部当代作品，那词藻，那语气，那眼光，少有清清爽爽、精纯透明的；至于发挥文字的功力，探讨生命或世界里一些不解的现象，透示一种“形而上学质”，能把你整个抓进去的，更是凤毛麟角。

文涛裂岸，断层是很难弥补的。能跳出笼罩数代人的文学魔咒，迥然绝尘、拒斥流俗者，寥寥无几。植根于文化沃壤之上的“元气”弥散之后，所有的挣扎几濒于徒劳。

现如今，多数人陷在目空一切的理性迷狂之中，竭力鼓吹文学的“娱乐性”，把传统的“人文”推向绝处死地，不遗余力；少数有识之士倡导“新理性精神”，力图挽留住传统的“人文”，然而力不从心：大家几乎已然到了绝处死地。

“生命好在无意义，才容得下各自赋予意义。假如生命是有意义的，这个意义却不合我的志趣，那才尴尬狼狈。”这是木心的自嘲，也是自勉！“绝处逢生”是侥幸的，得看机遇。一个意大利作家写过，贵族到没落的时候愈发显得贵。行进在人迹罕至的小径，我们这些把生命祭给了文学的精神贵族，是否有足够的耐心，顽强，不屈不挠，和生命一样执著？

木心年轻时常去听音乐会，在《战后嘉年华》一文记述道：“每次音乐会终场出来，夜深街静，满身的音符纷纷散入黑暗的凉风中，肉体在发育时期感到肌腱微微胀痛。智力在充实催酵，也有微微的胀痛，别人从音乐中得到什么我不知道,我得到的是道德勇气,贝多芬曾经用文字直白说出来的。”又说:“当时只知‘艺术’使人柔情如水,后来浩劫临头,才知‘艺术’也使人有金刚不坏之心。”①

我常想:在当代文学中,有多少才情烂漫,本原深厚,识趣高远,既能使人得到“道德勇气”,又能使人有“金刚不坏之心”的作品呢?更多的是矫情、催情、滥情,或低俗、媚俗、伧俗之作,难道不是这样吗?

很多作家根底远逊于前辈作家,著作却在快速“等身”中;他们以生命力代才华,过于活络,过于亢奋,过于油滑;其功急,其利近,知识贫乏,品性更贫乏。木心说,有受宠若惊者,有受惊若宠者,就是没有宠辱不惊者。

“置之死地而后生”,是强梁自为,是兵法家的极限决策。打个比方:如果麦子不死,何来金色的麦田?问题是:有伟大的兵法家来驱使众生至死地去,并重获“再生”吗?20世纪以降,中国文学进进退退、反反复复,社会环境、个人遭遇分外坎坷,劳之,饿之,非常符合“天降大任”的模式,“置之死地而后生”也是可能的,可就匮乏这等颠扑不破的大器。文学的“麦子”死了,金色的“麦田”并未出现。

昆德拉提醒道:“慢的乐趣怎么失传了呢?”(《慢》)我是相信时间的,大家不妨比比耐心。在回答美国加州大学童明教授的提问时,木心说:“我以前总认为自己坐的是夜行车,驶过风景极美的地带,窗外大片黑暗,玻璃映见的是自己的脸……而今渐渐看到一层薄明投上车窗来。……艾略特所见的是沉寂的‘荒原’,我们面临的是喧嚣愤怒的‘绝处’‘死地’,但仍能听到阵阵钟声,闻者知是报丧,不知是新的福音,我们还参加过敲钟人的生日派对哩。”②

以色列哲学家马丁·布伯尔曾把人与世界的关系概括为两种:“我—它”关系和“我—你”关系。英国历史学家阿伦·布洛克借此指出,现代

---

① 木心著:《鱼丽之宴》,广西师范大学出版社2009年版,第126—127页。

② 木心著:《鱼丽之宴》,广西师范大学出版社2009年版,第75页。

人的疾病即在于把人与人、人与上帝之间个人的、主体间的“我—你”关系，降格为一种非个人的主体与客体的“我—它”经验，而导致了“人”的孤独与荒芜。

木心痛心疾首：“前人的文化与生命同在，与生命相渗透的文化已随生命而消失，我们仅是得到了它们的倒影，如果我转过身来，分开两腿，然后弯腰低头眺望河水，水中的映象便俨然是正相了……”①

畴昔文明和自我经验不再被复活为一个血肉之躯的“你”，“我—你”之间精神还乡式的灵魂晤谈一次次被取消，“我”未能因“你”而更丰赡，“你”未因“我”的存在而“复活”。非个人的、客体化的“我—它”视点，使认知、体验文化传统——作为个体灵魂的化身——的能力基本丧失，结果造成当代作家文化血脉的彻底断裂，一种富有人类感情与文化表情的汉语文字几乎不复存在。

文学的成熟离不开心智的成熟，更离不开语言的成熟。最优秀的作家应该是文体家，如鲁迅、沈从文、汪曾祺等，他们有着比较强烈的文体自觉和语言洁癖，总是对汉字保持足够的敬念，并经由自己的劳作增添了人们对汉字的敬意。

一个百试不爽的经验：遇到一部或一篇作品，从随便翻到的一页读起，就能让你接着往下读的，肯定是一件“好活儿”。李陀打比方说，这有点像致力收藏瓷器的人，一件东西过手，首先入眼的，是它的胎骨、造型、烧制火候，以及釉彩、纹样、开片这些工艺因素，从这些地方一样一样细“读”进去，以断定其真、赝、优、劣，以决定是留是舍。

今天不少炙手可热的作家很快就会被人遗弃，原因很简单：他们没能驯服汉语，更没能建构一种成熟、华美、丰赡的现代汉语。汪曾祺的观点振聋发聩：一个作家能不能算是一个作家，能不能在文学世界立足，首先决定于他有没有自己的语言，能不能找到一种只属于他自己，和别人迥然不同的语言。

---

① 木心著：《哥伦比亚的倒影》，广西师范大学出版社2009年版，第101—102页。

试比较描写服饰的两段文字：

> Neil 看着面前穿着 Dior 窄身西装的蓝诀，和他脖子隐隐透出的紫色 Hermes 真丝男式领巾，闻着他身上散发出来的 Dolce&Gabbana 味道的香水（这和 Neil 用的香水是一样的），饶有兴趣地上下打量起面前这个清秀的男生来。（郭敬明：《小时代》）
>
> 她穿着的一件曳地的长袍，是最鲜辣的潮湿的绿色，沾着什么就染绿了。她略略移动了一步，仿佛她刚才所占有的空气上便留着个绿迹子。衣服似乎做得太小了，两边迸开一寸半的裂缝，用绿缎带十字交叉一路络了起来，露出里面深粉红的衬裙。（张爱玲：《红玫瑰与白玫瑰》）

第一段文字描写的是小男生蓝诀的衣服、围巾和香水，作者只会卖弄、罗列 Dior、Hermes 和 Dolce&Gabbana 若干品牌的西文，按盛行的语法写作，其语言毫无“兴味”，实在干瘪乏味，这是典型的文字“惯性写作”。在这种语言的“盛宴”中，“阿多尼斯的园子”处处绽放，好一派“欣欣向荣”的光景！

第二段文字活色生香，描写的是红玫瑰王娇蕊。红玫瑰后来成了王太太，已是别人的妻子，却仍与旧情人保持着不同寻常的关系，还不断地诱惑、挑逗佟振保。旗袍的式样、颜色、花纹、装饰，无不彰显着王娇蕊谙于男女周旋的性格特征，过分刺眼的绿红色调与这朵艳丽的交际花正相匹配。张爱玲是一个优雅的汉语写作者，她将视觉、味觉、触觉糅合在一起，“言有尽而意无穷”。

在文字邋遢的时代，汪曾祺的意见是中肯的：“语言本身是一个文化现象，任何语言的后面都有深浅不同的文化的积淀。你看一篇小说，要测定一个作家文化素养的高低，首先是要看他的语言怎么样，他在语言上是不是让人感觉到有比较丰富的文化积淀。有些作家不大愿意读中国的古典作品，我说句不大恭敬的话，他的作品为什么语言不好，就是他作品后面文化积淀太少，几乎都是普通的大白话。作家不读书是不行的。”①

老子说：“反者道之动。”曾几何时，人们认为文言文是死的，而白话文是活的；当古汉语凝固时，白话文反动而出。同样，当现代汉语僵结，无法承载精微深远的思想、情感之际，古文也应反其常态而出，悄然回归，在遣词造句上绕避口语，重拾古汉语的珠玑，于“杂语沟通”中创造性地使用汉语。

郭绍虞提出，“中国文辞重在音句而不重在义句”；朱光潜宣称，“声音节奏”是汉语文学的“第一要素”；林语堂注意到，汉语的“单音节性”形成了汉语文学独特的美；汪曾祺更是确切地指出，中国人与其说是用汉语思维，不如说是用汉字思维；写诗写散文写小说都要注意“语调”问题，所谓“文气”就是“内在的节奏”，要“流转有韵”，行云流水一般。

钱锺书的《谈艺录》《宋诗选注》《管锥编》都是用文言写成，既便是反对古文最坚决的斗士鲁迅，其《中国小说史略》、《汉文学史纲要》也都是用文言写就。这些经典著作都是古典神韵的现代遗响。什么时候该反、以什么方式反、又该维护这个反常到何时——优秀的文学家总能敏感而准确的把握这个节点，恰如其分地使用语言，型塑出今中涵古的汉语形象世界。

木心这样抒写年老之意：“髭须之美妙在于想留则留，不想留则随手除去，除去之后又有懊意，过几天，鬑鬑颇有……”其中，“鬑鬑颇有”的“鬑”字，音“年”，在古汉语里有三层意思：须发稀疏、草木稀疏、须发长貌。汉字的块垒里，折射的是中国传统的世界。未能切实体认中国文化传统，自然传递不出汉语的底蕴。除了说“（胡须）又会长出来了”，哪来的“鬑鬑颇有”？没有那反复品咂的兴味，又何来似烟似雾的美感？

真正的文学永远是语言内部而不是其外部运动的产物，语言对作家意味着一项事业：揭开语言表层的“覆盖物”，发现语言被遮蔽被埋没的

① 汪曾祺著：《汪曾祺全集》第5卷，北京师范大学出版社1998年版，第314页。

本真意义。凡能承载国学底蕴的汉语文学,文字亮丽鲜明、音响浏亮,语法曲折有力,丰而不余一言,约而不余一词;其行文走笔完全靠文化气脉的推动,笔墨酣畅,熠熠生辉,神完气足。既人情练达,又赤子情怀,无"质薄""气邪"之弊,有"天真""诚恳"之意。无论析史刺时,还是剖物衡人,皆指涉广袤而不堕琐小,诚如尼采所言,让躯体都变成了舞蹈,让灵魂悉化为飞鸟……

文学英雄的事业,其实不过是语言"游戏":这丝毫没有贬低文学的意思。席勒指出:"人同美只应是游戏,人只应同美游戏。只有人在完全的意味上算得是人的时候,才有游戏;只有在游戏的时候,才算得是人。"①只有拥有完整人性的人,自由的人,才能胜任"游戏"的主体。作家对语言节奏的安排,对句子的精心锻铸,对意义的有意隐藏——这些都是"游戏"精神的表达。

"游戏"遵循一种没有逻辑的逻辑,没有那么多确定性的前因后果,呈现了更原生化的生存图景。在游戏性的文字下面,蛰伏的是作家炽热的情感,这种情感能使读者被一种神秘的、美丽的、秘密的气氛所包围,脱离于外部世界的空间之中。这种区别于日常生活,不以为真又被深刻吸引的审美活动,正是游戏的性质:封闭性、限定性。

语言"游戏"拒斥所有现存的秩序,逾越真实与幻想的界限,跨越某些不可触及的疆域,或是在边际飞翔徘徊;其内在反思、直透人心的力量,始终维护着人的本质与尊严,实际参与了"可能性生活"的生成。

公元前399年,苏格拉底法庭受审,审判官说,只要他发个誓,同意今后停止教学,停止讨论,就可免除死刑。苏格拉底拒绝了,说自己绝不会停止教学讨论,自己很乐意奔赴死地——他愿意死上十多回——如果死亡意味着可以跟那些先于自己捐躯的人们终日交谈。在这些先驱者中,苏格拉底特别提到了四个人:俄耳甫斯、缪萨尤斯、赫西奥德和荷马——

① [德]弗里德里希·席勒著:《审美教育书简》,冯至、范成大译,北京大学出版社1985年版,第80页。

全是清一色的诗人。哲人说:“同他们交谈,向他们请教,其乐无穷!”他由此获得了一种自然、庄严、豁达、平和的人生态度,而对“死亡”涌现出真切的欢悦情愫。雅典的民主法庭因错判哲人蒙受了几千年的诅咒,苏格拉底在赴死的那一刻成了西方的绝唱,给整个西方留下了充满勃勃生机的法律文化,此后我们很难看到类似冤案在西方重演。这是颇值玩味的历史景观。

在诗的世界里,语词抛弃了全部的实在性和实效性,“物外传心,空中造色”,或“如一片云,因日成彩”①,或如“一片神光,更无形迹”②;“作品的深邃源于对人性卑劣的揭示,而揭示的深刻源于他反求诸躬的真诚。”③文学经典之作总是表现出惊人的精神深度和力量:启发人的理解,满足人的想象,触动人的情感,影响人的意愿。

海德格尔说:“唯语言才使人能够成为那样一个作为人而存在的生命体。”④诗人在体验着自由的时候,一方面受到了语言的约束,另一方面,又不断冲破了语言的界限,使自己成为语言的主人。当代作家韩少功说,语言本身就是一种意识形态,在语言的深处,有某些特定社会群体的价值观念系统在暗中驱动和引导。在构建一种“修辞的政治学”的过程中,时代与个人的现实之痛,终会转化为语言之痛。

语言是小说的“本体”还是“工具”,这是现代小说与传统小说的分界线。当人们习惯于把语言视同写作的“工具”时,汪曾祺却将它置于超乎一切的高度:“语言不只是一种形式,一种手段,应该提到内容的高度来认识。……语言是小说的本体……写小说就是写语言。……小说的语言是浸透了内容的,浸透了作者的思想的。……语言的粗糙就是内容的粗糙。”⑤

① 王夫之著:《古诗评选》,河北大学出版社 2008 年版,第 180 页、第 134 页。
② 王夫之著:《唐诗评选》,河北大学出版社 2008 年版,第 23 页。
③ 侯马著:《他手记》,江苏文艺出版社 2013 年版,第 65 页。
④ [德]海德格尔著:《在通向语言的途中》,孙周兴译,商务印书馆 1997 年版,第 1 页。
⑤ 汪曾祺著:《汪曾祺文集·文论卷》,江苏文艺出版社 1993 年版,第 1—2 页。

如何展现瞬息万变、扑朔迷离、亦真亦幻的中国现代性历史与现实？诗人欧阳江河提出“异质混成”，即将价值向度上不同性质甚至悖反对立的经验内容——如，市场的与政治的、自由的与暴力的、现实的和反现实的、人文的和非人文的、悲剧的和喜剧的——混合杂糅。其美学景观：狂野、离奇的“事件修辞”取代“洁净叙事”，一路滑向了令人惊悚的峰巅或噩梦般的渊薮；形象暧昧性与生活全息性，使文本多义、交叉、悖反和互证。“异质混成”增强了叙述的丰富和有效性，最大限度地影射或隐喻世界的内部构造①。

莫言的《酒国》《丰乳肥臀》《檀香刑》《生死疲劳》，余华的《兄弟》，李洱的《花腔》，阎连科的《受活》，欧阳江河的《咖啡馆》《时装街》《傍晚穿过广场》，安琪的长诗《轮回碑》等，借助“混乱美学”（余华语）的力量，立体地揭示历史的歧路丛生与无穷奥秘，凸显了“时间的壮观流动”（萨特语），以及当代中国人特有的经验特征。

不过，一个民族文化最基本的是语言，汉语在当代文学中有迥异于西方的重要意义。汪曾祺的经验是：“小说家在下一个字的时候，总得有许多‘言外之意’。……姜白石说：‘人所常言，我寡言之；人所难言，我易言之，自不俗。’说得不错。一个小说作家在写每一句话时，都要像第一次学会说这句话。中国的画家说‘画到生时是熟时’，作画须由生入熟，再由熟入生。语言写到‘生’时，才会有味。语言要流畅，但不能‘熟’。”②

木心自述：“越是辛苦不倦找唯一的词，就越熟练。左顾右盼——来了，甚至这个词会自动跳出来，争先恐后，跳满一桌子，一个比一个准确，一个比一个美妙。”③要找到这“唯一的词”，那灵魂必须被“惊醒”过，即通过美的刺激和精神世界的独立伸展得以一次次苏醒。否则，那里头没有湿润的性灵，都是灵魂的干叶——在一片粗粝荒芜当中，怎么能激发人

---

① 参阅张清华撰：《当代文学如何处理当代经验》，载《文艺争鸣》2011年第1期。

② 汪曾祺撰：《汪曾祺文集·文论卷》，江苏文艺出版社1993年版，第26页。

③ 木心讲述、陈丹青笔录：《文学回忆录1989—1994》，广西师范大学出版社2013年版，第583页。

产生奔向绿洲的冲动呢?

汪曾祺形象地把自己的写作比作“揉面”,即细揉每一个语词、语句,使小说的语调、文气细腻、柔和、有弹性,像“汁液流转”的“树”或是“流动的水”。汪曾祺善于运用长短句间奏、文言句式和辞格句式等,在语言的内在节奏中,写景、写人、叙事,或明快,或轻盈,或悠扬;他的那些珠玑之作,“其色泽犹如旧贵族府邸屋顶上落日的余晖,凄婉流美,令人心醉”(胡河清语)。不妨看看《受戒》的最后一段文字:

> 芦花才吐新穗。紫灰色的芦穗,发着银光,软软的,滑溜溜的,像一串丝线。有的地方结了蒲棒,通红的,像一枝一枝小蜡烛。青浮萍,紫浮萍。长脚蚊子,水蜘蛛。野菱角开着四瓣的小白花。惊起一只青桩(一种水鸟),擦着芦穗,扑鲁鲁鲁飞远了……

这是一幅清新隽永、物我合一的水墨画卷:芦花、芦穗、蒲棒、浮萍、野菱角花,五颜六色,吐芳斗艳,映衬出恋人收获爱情后生命的欢欣。这是一段疏朗清淡、回环宛转的天籁之音:清澈如山间一泓清泉,透明如荷风露珠,漫散一股水的气息,梦一般的心境,平实中自有法度。参差、错落、洗练的语句,素朴、清悠、明丽的江南水乡,健康、美丽、诗意的人性,以“诗化美好人间”的灵魂,奏响了一曲永恒的生命之歌。

汪曾祺的小说与其说是“写”出来的,不如说是“弹奏”出来的,其小说魅人之处,与其说是“故事”,不如说是现代汉语的“节奏”。汪曾祺是在小说中“弹奏”汉语的人,因此,王一川非常精当地称之为“小说作曲家”。

克里希纳穆提的洞见:“否定一切不是的,其余的就是了。”

曾几何时,人们都希望有一个不同的世界、更好的世界,一个走向公平正义、充满生机的世界,而把革命看作实现梦寐以求的理想的途径。事实上,革命改变了世界,也未改变世界,历史仿佛陷入了一个恶性循环的怪圈。这在奥威尔小说里有令人战栗的剖示。

简·奥斯汀《傲慢与偏见》里,伊丽莎白·班奈特小姐说:“我真正喜欢的人没有几个,我心目中的好人就更少了。”这实际上说出了我们大家的心里话。

假如人们无法在现实政治的维度颠覆既存秩序,还可以通过戳穿、颠覆那些陈词滥调,摆脱那些封闭死寂的观念,返身盘查自己生命的墙角,发掘自己最深刻的行为动机,认识自己存在的真相,做到表里一致,不再漂浮不定。这就是汉娜·阿伦特说的,一个人若能持续地与自身对话,这便使得他不至于裂解成碎片,而免于一场外部大崩溃中的自身崩溃,即克服了人类的“自身同一性的危机”。

1983 年 1 月 22 日,哈维尔在“狱中书简”写道:“真正的坚定不移表现在某人能够依靠他自身而不是他人,他有力量保持清醒严肃的精神,保持他自己的理性,健康的自制和对于世界独特的而不是调停的立场。”“当然反过来也一样:只有能够保持这样一种持久的总体看法的人才能真正地信仰——这种信仰是作为一种灵魂的状态,作为一种‘面对存在’而不是对来自外部某种东西盲目认同。”①

西方极权社会总是侵犯、强占人们的日常生活,即通过日常生活的体制化和公共化使人“变形”。日常生活本是最富有人性的,当人性在这领域高度萎缩、大幅度撤退时,便意味着社会萎靡颓废到了极限。哈维尔倡导,“从日常生活谈起”,“生活在真实中”,“做自己心里愿意做的事”,“从每一件小事做起”,其目标就是还原人的日常生活、回归人性自我。

伴随社会道德的沦落,残暴、自私、形而下的追求,像可怕的病毒四处弥漫,浸染着每一个生命有机体。在人们几近绝望之际,哈维尔从日常生活的领域撬开了一道缝隙,指示了对抗极权、救赎自我的可能性。当一个民族的整体都回到了人性的空间,专制失去了任何支撑力,极权主义将彻

① [捷克]哈维尔著:《哈维尔文集》,崔卫平译,香港明河社 2004 年版,第 118 页,第 883—884 页。

底崩塌。这就是“无政治的政治”的最终结果。

德国哲学家约瑟夫·皮柏的睿见值得珍视：“在我们的灵魂静静开放的此时此刻，就在这短暂的片刻之中，我们掌握到了理解‘整个世界及其最深邃之本质’的契机。”[①]中国社会正向世人展示着全新的内容、全新的现实——矛盾、问题、价值观念等，正期待小说家、诗人的到来。套用卡彭铁尔的话说，在中国，文学是一种需要：展现一个世界。

我笃信荣格的锐见：“人类存在的唯一目的，就是要在纯粹自在的黑暗中，点起一盏灯。”这盏灯就是“诗性”之灯，它敞亮了人类原本意义晦暗的存在。作为解剖社会的医生，挖掘灵魂的探险家，悲天悯人的宗教家，作家只有感受、捕捉到日常生活中最为纤弱、细微的呼吸，才能点亮这盏显现无限仁慈、友爱的“诗性”之灯，温暖、慰藉那些在冬夜孑孑独行的旅人。

荷尔德林在《远景》中写道：“当居住的生活走向遥远，在那遥远的地方，葡萄藤的季节闪耀光辉，这也是夏季空旷的田野……然后，天空光芒的极顶，如同花朵装扮了树木，使人类获得了光明。”

我们不要轻视灵魂的安谧，当世上的人、事、物，被解除了日常理性的笨拙枷锁，被置于作家“赤子之心”的观照之下，便经由语言的中介，并连同其语言本身，散发出了寂静晶莹豁然的光辉。

譬如，陶渊明的“微雨从东来，好风与之俱”（《读山海经》），李白的“明月出天山，苍茫云海间”（《关山月》），木心说，这种文字好像有点意思，想想又没意思，再想想，还是有点什么意思：那种进进退退，有意无意，最是艺术家的气度，涵养，性情，是文学的非常逸乐的过程[②]；其文笔，其格调，如风轻拂而过，不着痕迹，却在我们心底泛起了涟漪……

日常生活既是人们满足于对象“如是性”的熟知世界，又是个体可控制其各个维度和潜在可能性的世界。回归置身其中现实地生存、交往、创

---

① ［德］约瑟夫·皮柏著：《闲暇文化的基础》，刘森尧译，新星出版社2005年版，第1页。

② 木心讲述、陈丹青笔录：《文学回忆录1989—1994》，广西师范大学出版社2013年版，第883—884页。

造的“生活世界”,回归批判和自我批判的文化精神,使创作建筑于历史与现实的实践之上,营构出既内蕴着个人切身体验,流淌着民族文化血脉,又充分汲取域外文化之长,能适应文化交流、对话的汉语文学价值体系——这是当代作家最为迫切的工作。

现代社会正发生历史性巨变,正如南帆先生所指出的,日常生活是历史的底部,它表面上看似乎是一个黏稠、杂乱、凡俗、琐碎、喧闹的世界,但其中潜伏着某些被遮蔽的、被压抑的、被忽视的、被歪曲的东西,其间充满各种斗争和角逐,各种繁复的细节随时可能汇聚成某种巨大的能量,猝不及防地撞击、改变着社会发展的方向。

“智者,乃是对一切都发生惊异的人。”(纪德语)这才有了米沃什的经典诗句:“当月亮升起,穿花衣的姑娘漫步时/我被她们的眼睛,睫毛,和世界的整个安排打动了。/依我看来,从这样一种强烈的相互吸引里/终归会流出最后的真理。”(《当月亮》)

倘若当代作家能执着于两种远景——历史远景与理想远景——当能面临“失控”的年代而有所抗衡,有所肯定,有所葆储,有所荣耀;做到犹如古希腊人“不丢盾牌”,兀自调理一群岌岌可危的方块字,发挥宏丽琼渺斑驳的想象,从日常生活内部种种无形的潮汐中洞悉各种意味深长的动向,或是觉察历史演进的拐点,呈现出汉语言文学所能表达的“中国经验”之图景。否则,文学的“美丽新世界”只能是海市蜃楼而已。

第三章　文学与信仰

何谓信仰？信仰与文学创作有怎样的关系？作为一种“不可言说的言说”，中国当代文学的“信仰叙事”或“神性写作”有哪些尝试？其内在难度及解决之道何在？本章拟研究这些问题，作一些理论与实践方面的探索。

一、“你们信仰上帝吗?”

1960 年，德国基尔世界经济学院院长、经济学家 F·巴德（F·Baade）完成了一本书，书名为《奔向 2000 年》，书中虚构了这样一个故事：

地球收到一个宇宙发射台的电讯。这是一个“行星议会”、一个有生命的星球联邦的电讯。行星议会向地球发出了最后通牒：由于持续的战争、原子弹和氢弹试验、肆无忌惮的开发自然，地球已成为宇宙空间的“小顽童”。外星人正在考虑无痛苦地“根除”人类，但还想给它一次最后的机会。因此请地球居民向行星议会提三个问题，外星人想从中看出人类持何种态度，是否还可救药。

于是，联合国召集了一个特别会议，约请由天文学家、物理学家、社会学家和神学家组成的一个专家小组草拟三个问题。最后，大家讨论并一致通过了下述问题："你们信仰上帝吗？""你们怎样看待我们？""你们对我们有何建议？"

这些问题被宇宙议会接受了，人类的期限被延至2000年，以便整顿它的事务和遵守行星议会的忠告（结束一切核试验，消除核战争威胁，裁军及用裁军省下的经费援助地球上的饥荒者等）。巴德最后写道："上述'虚构的故事'中提出的行星议会的忠告其实正是每一个正在思索的人不得不给予今天的世界居民的忠告。人类灭绝的危险不是一个会从外部施加于我们的危险；无需来自外部的力量，我们的技术'进步'已经足以毁灭人类"。

F·巴德借助这个虚构故事"怎样拯救地球"描述了世界的未来景况：核威胁、人口膨胀、环境污染、原料枯竭共同构成了人类所陷入的全球危机综合症。瑞士新教神学家海因利希·奥特（Heinrich Ott，1929—）指出，值得注意的是上述虚构故事中对于上帝的询问。神学专家向联合国解释，"地球居民不被隶属于行星议会的天体灭绝的希望大概微乎其微，倘若被传上宇宙'法庭'的世界居民是这类生命体，他们虽然拥有几乎难以想象的技术力量，但是只禀有理智，不信上帝，既无罪过经验也无救赎经验和恩宠经验”。毋庸置疑,这个问题可以从虚构的境况移入走向未来的人类的真实境况之中。

历史学家汤因比说过,我们时代留给后人记忆中的东西,大概不会是核能的发现,或是计算机的发明,或是转基因技术,或是东西方的冲突,而是历史的两大精神力量——基督教与佛教的交遇;通过彼此对话,人们重新表述自己的信仰,虔敬地沉浸于信仰之中,更深刻地理解了宗教的境界。无论人们怎么看待,事实终归是:因时代的局势,上帝问题被置入焦点——神学的时代将再度开启。F·巴德赞同这种观点,他的一本著作(主题为正在来临的“基督教的伟大时代”)的想法与之相符。“如今,似乎有许多人已经意识到上帝问题(以耶稣基督的传言为背景的上帝问题)的全球性的社会意义。人类要战胜今天所面临的危机,其希望及其政治的或社会政治事务的方针,必须以人性为主导。信不信上帝的真实性对于这种人性观念至关重要。”奥特说:“我们大概正处于这个过程的开端,前程不可限量。”①

置身一个“沉疴遍地”(托尼·朱特语)的世纪,“我们对伟大的敬重,一个时代接一个时代地连续在减弱”②;人类的心灵维系在某些非精神性的物质事务上,对美与善却无动于衷;男女之间的爱情也不再被神圣之光所朗照,开始沦落到性的泥淖之中;能让人为之生死眷恋的东西几乎不复存在,一切都成了一种策略或是跳板,只有达到了预定目标,跳板便被撤离……人们太忙碌于现实利益或琐屑兴趣,已然忘记了胡塞尔的忠告:“我们切勿为了时代而放弃永恒!”正是由于人类一度远离了神性中心,世界便如叶芝《基督重临》诗中所述:“一切都散了,再也保不住中心,/世界上到处弥漫着一片混乱,/血色迷糊的潮流奔腾汹涌,/到处把纯真的礼仪淹没其中,/优秀的人们信心尽失,/坏蛋们则充满炽烈的狂热。”

---

① 以上参阅[瑞士]H·奥特著:《不可言说的言说》,林克、赵勇译,生活·读书·新知三联书店1994年版,第2—3页。

② [英]托马斯·卡莱尔著:《英雄和英雄崇拜》,张峰等译,第134页,上海三联书店1988年版。

人或许是宇宙中唯一意识到生命问题,关切“生命如何可能”这一本体论问题的生命存在,而总是表现出超越的意向和姿态。对于来到世上的每个人而言,“生活本身是微不足道的,只有幻想促使我们去斗争、去希望、生活”;“人只有在他还没有做到的地方才能幻想,为了幻想才值得活着和死去,才能找到自我”①。作为神性氤氲的生命形态,人之所以设定上帝的存在,是为人自身自由的充分实现提供一个前提、规定、目的、方式等各方面的根据和保障。对人类而言,上帝代表着一种价值体系,代表着“摩西十诫”以及各种道德律令,可谓人类“行为美学”的通俗化版本。为此,蒂里希把宗教定义为人的“终极关切”,这是人的生存的深层,是人生价值的最终基础,是赋予文化以意义的本体,是对于生命“超升到神性本身的生成之中”(舍勒语)的关切。可以说,神性是一种境界,一种禅悟;它涉及美、信仰和上帝,是人类对有限生命的深切诘问,是超验形态的绝对真实。

信仰是人类试图超越现实有限性,获得某种具有永恒意义的一种终远目标设定,以及追求这种目标的心理趋向,它一般可分为三个等级:(1)基础信仰,即工具信仰,指货币、器物、生殖器、性及其代码;(2)中间信仰,包括母亲、家国、祖先、民族、政党、权力和世俗道德原则及其代码;(3)终极信仰,指形而上地存在着的绝对真理及其代码,如道、上帝等。显然,作为“终极关切”,即一种具有普遍性意义的价值形态,宗教是一种高层次的终极信仰,其所指向是灵魂、超越、彼岸、永恒、绝对;它发展了人的精神世界,使之趋向伟大崇高的目标和深厚完美的生命境界;它使人们正当地享有世界,而完全不同于那种只关注现世价值,向众生提供低劣精神代用品的“迷信”。无论上帝“在高处”,抑或“在深处”,信仰都是“根植于我们人类生存的结构之中的东西”(麦奎利语),即奥特所言与我们密切相关、却又不是“发生的事情”的真实。

---

① [美]奥尼尔著:《论悲剧》,见《美国作家论文学》,刘宝端等译,生活·读书·新知三联书店1984年版,第243、第249页。

利奥塔说得好："无法显示的东西是唯一值得一生为之奋斗的。"据说，当格劳肯（Glaucon）听到苏格拉底描述理想的生存形式后，反诘说："苏格拉底，我不信在地球上的什么地方有这样一座上帝之城（City of God）。"苏格拉底平静地回答："无论天堂中有没有这样一座城市，或者地球上有没有这样一座城市，有智慧的人都将循着这城市的方式而生活，并以此装点自己的家。"

从根源上说，美也是存在的潜在，文学艺术与宗教或神学有一种亲缘关系。文学家、艺术家是一群用生命追逐梦想的人，他们以直觉、象征等独特方式表达人类最难以言传的情感和内心体验；他们不仅言说"已发生的事"，更是言说着"可能发生的事，即按照可然律或必然律可能发生的事"（亚里士多德语）；他们以"彼岸理想"的价值观照"此岸现实"的存在，显现了另一种生存维度和价值体系的存在。审美与神学一样，对"生命如何可能"的根本问题也作了回应，使生命成为可能，使有限走向无限，是生命的自我敞开、自我赎罪和自我拯救。刘小枫说："叙事改变了人的生存时间和空间的感觉。当人们感觉自己的生命若有若无时，当一个人觉得自己的生活变得破碎不堪时，当我们的生活想象遭到挫伤时，叙事让人重新找回自己的生命感觉，重返自己的生活想象的空间，甚至重新拾回被生活中的无常抹去的自我。"①叙事"制造"现实，"制造"生命，亦可称之为一种"创世"。文学的宗教信仰叙事尤为明显。人由此知道了自己的真正所在、能够所在和必须所在，而努力去创造那比生活世界更为广阔的"可能世界"。在生存论的意义上，"诗性"可谓"神性"在人言中的莅临，是人类集体的世袭财富。文学艺术始终屹立在未来的地平线上，瞭望和关注人类的精神生活，守护人生"不可见"的永恒价值，引导着人性不断走向成熟、圆满。里尔克有诗云："啊，诗人，你说，你做什么？——我赞美。/但是那死亡和奇诡/你怎样担当，怎样承受？——我赞美。/但是那无名的、失名的事物，/诗人，你到底怎样呼唤？——我赞美。/你何处得

① 刘小枫著：《沉重的肉身》（第六版）之"引子：叙事与伦理"，华夏出版社 2012 年版，第 3 页。

的权力,在每样衣冠内,/在每个面具下都是真实?——我赞美。/怎么狂暴和寂静都象风雷/与星光似地认识你?——因为我赞美。”

我常想:在F·巴德那个“怎样拯救地球”的虚构故事里,联合国所召集的专家小组中,倘若以文学艺术家取代了神学家,那么,它所草拟的三个问题中当有:“你们拥有文学艺术吗?”,而不是“你们信仰上帝吗?”难道不是这样吗?文学艺术难道不能跟神学一样有所作为吗?金代诗人元好问有云:“诗为禅家添花锦,禅是诗家切玉刀。”审美并非型塑出别尔嘉耶夫所批评的那种缺乏公共意识、冷漠旁观的“审美主义者”,也不是借“审美体验”的路径引人踏入神学的门槛;文学艺术与神学的相互联手,或能“究尽诸法实相”,“拯救人们脱离错误和迷惘”。

海德格尔一再强调说:思是一条路。思立足于各个实事,在未知之间中,回应着时代问题。“思”永远在途中,虽达不到终点,却一直走向深处。神学也在途中,不可能止步于一个封闭的体系,或固定的教义。盘桓于上帝问题之路,人们不断地领受着宗教信仰的深度。

2010年5月17日和18日,斯洛文尼亚哲学家斯拉沃热·齐泽(Slavoj Zizek)分别在中国人民大学和清华大学作了演讲,其中涉及一个常常被归之于陀思妥耶夫斯基的著名命题:“如果没有上帝,一切都是可能的。”根据齐泽克的考证,陀氏从来没有这样的完整表述。不过,拉康倒有一个著名的“批判性反转”(critical inversion):“如果没有上帝,一切都是不可能的。”

齐泽克想说的是:如果没有一个外在的“权威”来保证人类世俗追求的道德空间,那么,人对快乐的追求就只能自我约束,否则会伤害自己或者侵犯他人,其中“超我”的约束甚至会大过传统道德。因此,“作一个简单的享乐主义者,反而会更受压抑和限制”。

齐泽克还指出,一旦人们将自己视为“上帝意志的工具”时,无论做什么似乎都具有合法性。其中,有最为常见的两种托辞:一是“人性的弱点”,这使一切不检点都成为可以理解的;二是“替天行道”,这使巨大的罪恶有了神圣的理由，如当今的恐怖主义。“如果上帝存在，只要声称是直接代表上帝行事，似乎连炸飞无数无辜的平民也是被允许的。”由此，齐泽克断言：“人们常说宗教可以使坏人做好事，当今的经验则告诉我们：……如果没有宗教，好人可能做好事，坏人可能做坏事，而只有宗教才能使好人做坏事。”

齐泽克由此提到了前波黑族领导人卡拉季奇的种族清洗，并引用了他的诗句：“我的信仰是没有任何禁忌/求爱情、饮美酒/对着太阳想看多久就看多久/这个神对你无所禁忌/民众啊，听从我的呼求。”齐泽克说：“柏拉图的声誉受损，是因为他要将诗人驱逐出城邦……而上述种族清洗确实肇始于一个诗人的危险的梦。”在齐泽克看来，这不过是用所谓的“历史进程”取代了“上帝意志”的说辞，其共同的逻辑是将自己视为“实现更高理想的工具”。在人类历史上，这类悲剧不是在反复地上演吗？

怎样才能终止悲剧的发生呢？齐泽克引述了巴丢的论述：“关于上帝和宗教的最简单定义在于一种观念，即：真理与意义是合一的，而且是等同的。上帝之死终结了这一观念。”而“历史的进程”同样指向了历史的趋向和历史所应具有的某种意义，因此人类往往确信自己“有可能作出正确的抉择”，确信自己为所谓“历史的意义”所驱动。齐泽克的结论是：只有抛弃历史的进步是“站在我们一边”之类“自义”的偏见，才有可能避免此类的悲剧①。

齐泽克讲述了一个笑话：一个人相信自己变成了一粒谷子，被送进了精神病院。经过医生悉心的治疗，他明白自己不是谷子而是人，终于可以出院了。他走出医院的大门，看见了一只小鸡，立刻被吓坏了。医生说：“亲爱的朋友，难道你不知道自己是人而不是谷子吗？”那人说：“我当然知道。但是那只鸡知道吗？”

齐泽克扩展了拉康的笑话：设想一个资产阶级去听关于商品拜物教的马克思主义理论课，下课后他找老师抱怨说：他仍然是商品拜物教的受

① 参阅杨慧林著：《意义——当代神学的公共性问题》，北京大学出版社2013年版，第34页。

害者。老师说:“但是现在你已经知道商品只是社会关系的反映,没有什么神秘的。”他说:“我当然知道了,但是我用的商品好像不知道。”

齐泽克引申了另一个经典的笑话:“在革命恐怖的启蒙主义时代,有个人因为信仰上帝而被送进监狱。经过启蒙主义的开导,他明白了上帝是不存在的。但是刚刚被释放,他又跑了回来,说他害怕受到上帝的惩罚。当然,他已经知道上帝并不存在,但是上帝也知道吗?”

齐泽克之所以讲这些有损“高雅趣味”的笑话,他大概是想强调:“信什么”,完全可能与“是什么”无关;要颠覆一个人所惧怕的小鸡、所崇拜的商品,仅仅告诉他小鸡不需要害怕、商品不值得崇拜是无效的,因为这并不能颠覆信仰的惯性。“Truth is truth”(“真理就是忠实于真理”),这里,所谓“truth”,即“忠实于一个不确定的事件”。人类历史上的各种秩序、权威、真理系统、意义结构,实际上都是借此得以成全。至少对于在启蒙时代被关进监狱的那个人,“上帝”同样是如此①。

显而易见,齐泽克这位“无神论、唯物主义和马克思主义”的理论家所感兴趣的,是源自经验的叙事如何反过来为经验赋予了结构、秩序和稳定的意义。这位“彻底的唯物主义者”认为,基督教便是这样一套最具有“原型”意味的叙事,它代表着某种意义生成方式,所谓“历史的进程”、“市场规律”等世俗说辞其实都来源于这一原型;我们剖析了信仰的神话,也就等于揭示了信仰的结构,也就等于揭示了所有“真理述说”的结构。

有学者指出,齐泽克的论说始终隐含着一种根本性的提示:基督教的遗产绝不仅仅是信仰的经验,文学的“幻想”也无所谓“虚构”,因为其中已然规定了以往思维范式之何以然——这一言说保持了一种拉康底色:象征秩序就是被象征符号所描述、规范和抽象化的世界,它不可能与世界真正重合,但是离开象征秩序,我们也就无从认识这个世界。齐泽克直言:“无论在理论的还是政治的意义上,宗教遗产都并非某种救世的‘他

---

① 参阅杨慧林著:《意义——当代神学的公共性问题》,北京大学出版社2013年版,第35页。

者'所给出的弥赛亚式的抽象许诺，而是宗教自身的教义和结构。"①这里，所谓的"教义和结构"，就是某种文化秩序和价值系统的原型。也许正是在这意义上，齐泽克在中国人民大学演讲时说："就此而言，基督教其实是无神论的宗教。"这一惊人之语可能有些道理，但确实耸人听闻。难怪约翰·密尔班克(John Milbank)批评说："齐泽克不仅支持了一种'非神话化'的、'祛魅'的基督教，更要命的是他还提供了一种异端的基督教信仰。"②

齐泽克所理解与"祛魅"的上帝，是"外在的"、隐匿的、确保世界意义的超越性上帝，是拉动木偶牵线的那个无所不知、无所不能、无所不在的上帝。他似乎不知道，上帝并非一个存在物，因为上帝之存在，就是存在本身，它"超乎于本质的存在与实存的存在之对照"(蒂利希语)。而且，在齐泽克"以'非神学'方式表达的神学"，即"反向的神学"里，我们瞥见了精神分析与马克思主义"联姻"的魅影。齐泽克就自述其学术工作的关键，是"力图以拉康作为特别的知识工具，重构……理性主义"，"回复马克思主义政治经济之批判的核心地位"。

受过洗礼的马克思是费尔巴哈的最重要"门生"。费尔巴哈通过宗教批判所预见的未来是：非信仰取代信仰，理性取代《圣经》，政治取代宗教和教会，地取代天，劳动取代祈祷，物质窘困取代地狱，人取代基督徒。马克思进一步提出："宗教里的苦难既是现实的苦难的表现，又是对这种现实的苦难的抗议。宗教是被压迫生灵的叹息，是无情世界的感情，正像它是没有精神的制度的精神一样。宗教是人民的鸦片。""废除作为人民幻想的幸福的宗教，也就是要求实现人民的现实的幸福。要求抛开关于自己处境的幻想，也就是要求抛开那需要幻想的处境。因此对宗教的批判就是对苦难世界——宗教是它们的灵光圈——的批判的胚胎。"马克思

① 参阅杨慧林著：《意义——当代神学的公共性问题》，北京大学出版社 2013 年版，第 36 页、第 48 页。

② http://mitpress.mit.edu/catalog/item/defauit.asp? ttype=2&tid=11672

宣称,费尔巴哈所进行的宗教批判必将导致对社会矛盾的批判,而最终将发生实际的革命:“对天国的批判就变成对尘世的批判,对宗教的批判就变成对法的批判,对神学的批判就变成对政治的批判。”①在马克思看来,应从深层响起嘹亮的革命号角以取代“天上的和撒那”:宗教批判将以建立下述学说告终:人对于人是最高的存在,这是推翻一切使人遭践踏、受奴役、被冷落、可任意贬抑的关系的绝对律令。

在某种意义上,齐泽克这位“学术摇滚明星”和“理论野人”对基督教的“非神话化”“祛魅”,几乎就是马克思“人民的鸦片”之命题的后现代翻版。

二、信仰与写作的质地

现代天主教神学思想家汉斯·昆指出,那种将一切价值重估的做法并没有保护人免除非人性和野蛮,“基督教灭亡”的预言并没有成为真正的现实。他坦承:教会曾一度是非社会的、腐败和衰亡的“旧政权”的支柱;宗教在过去的确往往是人民的鸦片,即便音乐——不仅进行曲,还有教堂音乐——也可能起昏迷、麻醉、蛊惑的作用,使人停留于未成年和不自由的状态;许多基督徒耽于音乐的庄严气氛而使自身与“外面的”世界隔离开来,他们沉迷于音乐所产生的宗教感情世界,以致不再关注时代所提出的实际问题——宗教与音乐都在起人民鸦片的作用。不过,汉斯·昆同时鞭辟入里地指出:

> 我们也有相反的体验:不仅宗教,而且革命也可能成为人民的鸦

① [德]马克思著:《〈黑格尔法哲学批判〉导言》,《马克思恩格斯选集》第1卷,人民出版社1972年版,第2页。

> 片，后者也往往从音乐得到支持。马克思的反宗教的社会主义社会也并没有给我们地球上的任何一个民族带来人间天国。所以，今天不论在东方，还是在西方，越来越多的人感到疑惑：一旦天空阴暗下来，地面上的人果真会生活得更好吗？现代伟大的意识形态，不论是追求社会革命进步的，还是追求进化—技术进步的，作为准宗教都每况愈下。一些人终于开始理解，“伟大的上帝，我们赞美你”这首歌与其唱给永恒、全能、全知的进步上帝，不如献给那真正的上帝，那全权全能的主：他，那三呼、万呼之为圣者！①

在纷扰不堪的现存世界，克尔凯郭尔同样推崇基督信仰：“看啊，世界吵吵嚷嚷，只是为了引起微小的变化；它为了无谓之事而震天动地，——这相当于一座大山孕育了一只老鼠。但基督教在宁静中带来了无限的变化，仿佛它是虚无。它是如此之宁静，仿佛不存在世俗的东西，——如此之宁静，仿佛只有一位死去的人和内在性！基督教除了是内在性，还是什么呢?!”②

有学者指出，齐泽克的上述笑话其实可以还诸其身：关于基督教作为意义结构之基本原型的分析，我当然知道齐泽克是对的，可是基督教知道吗？更根本的问题还在于：基督教知道以后，又当如何？其实，在“我们不能”的否定前提下得到肯定的价值关系，才是神学逻辑之所长；而且，“齐泽克所看到的‘基督教遗产’也许还只是意义生成和建构的过程”③。

信仰总是在理性触礁的地方开始。安瑟尔谟说：“我决不是理解了才能信仰，而是信仰了才能理解。”④与其说齐泽克是在讨论信仰本身，不如说他是“借助基督教的经验”来揭橥意义的普遍结构。他以理性的方式

① ［德］卡尔·巴特、汉斯·昆著：《莫扎特：音乐的神性与超验的踪迹》，朱雁冰、李承言译，上海三联书店 1996 年版，第 87—88 页。
② ［丹］克尔凯郭尔著：《基督徒的激情》，鲁路译，中央编译出版社 2001 年版，第 154 页。
③ 参阅杨慧林著：《意义——当代神学的公共性问题》，北京大学出版社 2013 年版，第 37 页。
④ 《西方哲学原著选读》上卷，商务印书馆 1981 年版，第 240 页。

言说基督信仰，只能导致“道可道，非常道”之背离原初的后果。

反观齐泽克“反向的神学”，在我看来，它实际陷入了海德格尔在《存在与时间》中所说的“闲言”的处境：

> 闲言的无根基状态并不妨碍它进入公众意见，反倒为它大开方便之门。闲言就是无须先把事情据为己有就懂得了一切的可能性。……谁都可以振振闲言。它不仅使人免于真实领会的任务，而且还培养了一种漠无差别的领会力，对这种领会力来说，再没有任何东西是深深锁闭的。……闲言原原本本就是一种封闭。人们在闲言之际自以为达到了对谈及的东西的领会，这就加深了封闭。由于这种自以为是，一切新的诘问和一切分析工作都被束之高阁，并以某种特殊的方式压制延宕下来。[①]

在齐泽克的“反向的神学”里，有海德格尔所否弃的“悬空漂浮的体系”“偶然的拾物”和“貌似获得证实的概念”，唯独没有“实事本身”，未能立足于“现象的土地”去思。这种“闲言”根深蒂固，话语之所云本身越传越广，并承担起权威性。事情是这样，因为有人说是这样。[②]

在现代神学里，由耶稣所启示的活的上帝，迥然有别于齐泽克一类哲学家纯粹概念上的上帝。对我们时代的神学而言，上帝不再是一个对象，而是作为“位格”的存在；被称为上帝的在者，“必须在人的身上，在人的日常生活的维度中来加以揭示”[③]；上帝不可见、不可计称、不可操控，对上帝问题的思考，不是学问而是询问，它“既不遵循自然科学的科学概念，也不遵循历史学或社会科学的科学概念”；对所有人而言，上帝“既是最

① [德]海德格尔著：《存在与时间》，陈嘉应、王庆节合译，熊伟校，生活·读书·新知三联书店2012年版，第196—197页。

② [德]海德格尔著：《存在与时间》，陈嘉庆、王庆节合译，熊伟校，生活·读书·新知三联书店2012年版，第196页。

③ [瑞士]H·奥特著：《不可言说的言说》，林克、赵勇译，生活·读书·新知三联书店1994年版，第6页。

亲近者（亲近得让他们视而不见），又是最沉重者；既是人们本来总愿意并必须言说者，又是人们还根本无法言说者”；如何言说上帝的问题，实则是人如何在自己的在中与上帝之在相遇的问题①。

奥特指出，对上帝之真实的思考，极有可能接近日常的真实，以及日常的真实经验，上帝的奥秘显现于寻常事物；上帝是通过他借耶稣基督说出的话与我们相遇的；历史的苦痛乃是时代的标志，它促使我们倾听并译解上帝之所言；在对上帝的理解中，必须区别位格主义与神人同形同性论。避免神人同形同性论，坚持位格主义，这是理解上帝之根本。上帝的奥秘不是我们的精神对象，它环绕甚至内在地限定着我们的精神，对我们理解人以及人的生命实践产生影响；谁真正相信上帝的真实性存在，谁就深信他自己的人性的存在，以及所有人的人性的存在，在内在深处为上帝所决定。如果我们把人理解为在上帝身边的存在，并且始终向上帝敞开，他的人的尊严及其真正的人的需求便迥然不同②。

奥特还指出，神学的事务和讨论，必须运用现象学的方法，以生存现象、以人所经历的东西、以人的经验为依据，趋近现象去思；凭借启示，凭借上帝的自我言说，凭借上帝在基督身上成人，凭借上帝在人们中间的寓居，才可以真正地言说上帝③。奥特说：“在这里，神学家脚下方才有现象的土地！他在此可以显示现象、‘生存的证明’：宽恕、自由、信仰、希望和爱是在的，而这一切（被尊为现象——没有教条的强制）指向其特殊的相关者、其活生生的可能之根据、其‘正在写收件人地址的收件人’。”④

从存在的渊薮来理解人的存在，人将变成什么，他如何进入基本事实之光的显现中？换言之，如何面对上帝而存在？对人而言，在个体的生命

① ［瑞士］H·奥特著：《不可言说的言说》林克、赵勇译，生活·读书·新知三联书店1994年版，第7-8页。

② ［瑞士］H·奥特著：《不可言说的言说》，林克、赵勇译，生活·读书·新知三联书店1994年版，第3页。

③ ［瑞士］H·奥特著：《不可言说的言说》，林克、赵勇译，生活·读书·新知三联书店1994年版，第10页。

④ ［瑞士］H·奥特著：《不可言说的言说》，林克、赵勇译，生活·读书·新知三联书店1994年版，第11页。

历程与生命感中,那种意味着被上帝不断触动和陪伴的东西,能够以某种方式显示出来吗?上帝就在人的近旁,上帝之国的来临为期不远,那么能否得出解答命运攸关的社会政治和世界—社会的问题的提示?——这些问题一再被不同时代的人所思及。与此同时,上帝之在的问题不是被取消了,而是上帝的神秘性被加强了。

“佛性”问题是佛教的中心问题。“佛性”即众生觉悟之因,它类似于英国宗教哲学家约翰·希克提出的“第五维度”——人性中的“神性”,即“灵性”。佛教认为,“一切众生悉有佛性”,最高的“佛性”并非绝对的虚无,而是通过对于充满妄念无明、生命骚动的存在本体的深刻体认得以实现。菩萨“不舍有漏世间,不舍生死苦海”,为度济有情,常常“代一切众生受诸苦恼”,以其大悲精神应化世间。以南禅临济法派第四十四代传人本焕长老的“座右铭”言之,即“但愿众生得离苦,不为自己求安乐”。

“神性”在基督教里指上帝所具有的神圣特性,上帝一身结合了人性与神性两种特性,为了挽救人类于罪恶的腐蚀,上帝派了耶稣来到人间,充当人与上帝之间的“中间人”,以帮助人理解、体悟超自然的、无限的存在。施勒格尔在《断想集》第 44 条写道:“我们看不见神,然而,我们处处都看见神一样的东西。而且最首要、最重要的,就是在一个明智的人的心中、在一个活生生的人为作品的深处见出它。人们可以直接感觉到自然和宇宙,并对它们进行思考,对神性却办不到。……没有任何人可以靠他自己成为他的精神的直接的中间人。”所谓“中间人”,就是在自己内心中窥视到神性的人,他充当人性与神性之间的调解人,“为了在道德和行动、言语和作品中向一切人宣布、传达并描绘神性,中间人毁灭性地牺牲自己”。值得注意的是,按照施勒格尔的观点,“居间调解或被调解,是人的全部更高的生活,并且每一个艺术家对于所有其他人,都是中间人”。《断想集》第 45 条补充道:“艺术家就是自己的中心在自己心中的人。谁若心中没有自己的中心,就必须在自己身外选择一个既定的领路人和中间人。……因为没有一个活的中心,人就不能存在,人的中心若不在自己心中,则只能在另一个人的心中寻觅它,只有另一个人及其中心能刺激并唤醒他的中心。”①

如此看来,“诗性智慧”言说了那“不可言说的神圣”,伟大的艺术家在完成自己作品的那一刹那,已然变成了造物主的代言人,或者说,充当了一个“通灵人”的角色。他们在岑然中独立工作,“怀着一种崇敬和激赏的心情”(爱因斯坦语),面对着永恒的东西,那崇高、庄严、不可思议宇宙秩序;他们俯仰于日月山川,求索于江河湖泊,是沸扬世界洞烛幽微的灵视者;他们不仅挖掘了内在的人性,而且通过艺术与神沟通,其思想在大地、天空中神秘游荡。“当一个人与神同在的时候,他的声音就像潺潺的溪水和沙沙的稻田一样甜美。”(爱默生语)被誉为“当代的帕斯卡尔”的薇依断言:“所有第一流的艺术作品都得到上帝的启迪,即使所有这些作品的主题是世俗的。”“凡是在我们身上唤起纯净真实的美的感情的东西中,必有上帝的在场。在尘世中有一种类似上帝肉身化的东西,而美则是其标志。……第一流的艺术在本质上是宗教的。”②

海德格尔说,凡是没有担当起在世界的黑夜中对终极价值的追问的诗人,都不配称得上是这个贫困时代的诗人;“哪里有贫乏,哪里就有诗性”。现代新儒家代表人物之一徐复观说:“我之所以拿起笔来写文章,只因身经巨变,不仅亲眼看到许多自以为是尊荣、伟大、骄傲、光辉的东西,一转眼间便都跌得云散烟消,有同鼠肝虫臂。并且还亲眼看到无数的纯朴无知的乡农妇妪,无数的天真无邪的少女青年,有的根本不知今是何世,有的还未向这世界睁开眼睛,也都在一夜之间变成待罪的羔羊,被交付末日的审判。在这审判中,作为人类最低本能的哭泣、呼号,作为人类最大尊严的良心、理性,都成为罪恶与羞辱,不值分文。而我的亲友、家

① [德]施勒格尔著:《断想》,见[法]菲利普·拉库—拉巴尔特、让—吕克·南希编:《文学的绝对:德国浪漫派文学理论》,张小鲁等译,译林出版社2012年版,第168页。

② [法]薇依著:《重负与神恩》,顾嘉琛、杜小真译,中国人民大学出版社2005年版,第105、第155页。

园、山河、大地,也都在一夜之间永成隔世。"[1]文学艺术的创造更应如此。真正的文学家、艺术家决不摒弃众生的心行、悲苦和生死;他们的天职就是在神性离去之时,在所有厄运、偏激、不完满、灾难性的迷误之中,去追寻渐行渐远的神灵隐去的路径,去追寻人所失去的灵性,以填充世界的意义。

可以说,伟大的作品与其说展示了"有",不如说敞亮了"在"。在中国传统文化构成中,信仰的力量是相对薄弱的。美籍华裔学者夏志清指出,自古以来,儒家的知识分子都是理性主义者,不过,他们都与一种敬天的原始宗教,或是与释道二门有一定的互补关系,而并非完全依赖理性;然而,"现代中国人已摒弃了传统的宗教信仰,成了西方实证主义的信徒,因此心灵渐趋理性化、粗俗化了"[2]。缺少了信仰力量的强劲参与,中国文学的精神品质和审美质素显得异常贫乏。"中国小说家由于迷恋事实,因而就很少觉得有职责把一段重要情节尽情发挥,直到其所有的潜在意义都戏剧化为止。"[3]受古典小说"故事堆积性的传统"之牵累,"中国说书人和小说家不分青红皂白地醉心于生活,可视为一种对于'整体真实'的一种不自觉的关注。至少没有一部中国小说有意地要首尾一致地是悲剧的或是戏剧的;甚至以诗意的敏感著称的《红楼梦》也不逃避生活的生理方面,并且极自然地从低级喜剧突转入摧肝折胆的悲怆。但是这部小说毕竟还是一部伟大的悲剧;正因为它看到的人生,将一切卑劣和崇高、兽性与神圣的东西往往包含在里面"[4]。中国现代作家则"太迷信于理想,太关心于人类福利","往往把理想误作圣灵来侍奉","道德感迟钝,缺乏风格与抱负,对问题的看法和见解人云亦云"[5]。对于中国现代小说在心理方面描写的贫乏,夏志清从现代作家厚佛、薄道、轻耶的宗教背景作了

---

① 徐复观著:《学术与政治之间》"自序",华东师范大学出版社 2009 年版,第 8 页。
② 夏志清著:《中国现代小说史》,友谊出版社有限公司 1979 年版,第 432 页。
③ 夏志清著:《中国古典小说导论》,安徽文艺出版社 1988 年版,第 16 页。
④ 夏志清著:《中国古典小说导论》,安徽文艺出版社 1988 年版,第 21 页。
⑤ 夏志清著:《中国现代小说史》,友谊出版社有限公司 1979 年版,第 427 页。

剖析:“现代中国文学之肤浅,归根究底说来,实由于对原罪之说或者阐释罪恶的其他宗教论说,不感兴趣,无意认识。当罪恶被视为可完全依赖人类的努力与决心来克服的时候,我们就无法体验到悲剧的境界了。”①这些逆耳真言,值得习惯于“荷马方式”(侧重摹仿客观现实)而漠视“圣经方式”创作的当代作家警醒,并对意识形态信仰叙事与世俗信仰叙事予以反思。

苦难的世界向我们的感受力、观察力和表现力提出了严峻的挑战,直面这种必然性的大限,我们唯有以心灵的成就顶住挑战,这是当今艺术的最大满足和严肃的幸福,无论其因此而抽搐而惊厥而平和而沉着。其中关键在于:“你们信仰上帝吗?”

在《说文解字》里,“信”为“诚也。从人,从言”;而“言”则解为“心之声也”。“仰”为“举也。从人从卬”。信仰,是自由心灵发出的真实声音,是一种需要仰视的精神力量。在《破恶声论》一文中,鲁迅深入地阐述了信仰对于人类所具有的普遍意义,指出只要生而为人,“倘其不安物质之生活,则自必有形上之需求”;他视信仰为人的立身之基,“此乃向上之民,欲离是有限相对之现世,以趣无限绝对之至上者也。人心必有所冯依,非信无以立,宗教之作,不可已矣”②。“自由人以茅屋为居室,奴隶才在大理石和黄金下栖身。”(塞涅卡语)斯宾诺莎当年为了保持思想的自由,宁可靠磨镜片的微薄收入维持最简单的生活,谢绝了海德堡大学以不触犯宗教为前提要他去做教授的聘请。

T·S·艾略特曾经说过,审美的感受力必须融入精神的洞察力,精神的洞察力也必须融入审美的感受力和审美趣味之中,这精神的洞察力则来自“真正的宗教”。是的,如果我们没有大智慧、大勇气,如果我们无法获得地气、天启和神示,那就让我们沉默吧——绝不要应和“时代精神”,加入现实的“合唱”,哪怕在沉默中孤绝或死去!

---

① 夏志清著:《中国现代小说史》,友谊出版社有限公司1979年版,第432页。

② 鲁迅著:《鲁迅全集》第8卷,人民文学出版社2005年版,第29页。

三、“不可言说的言说”

维特根斯坦在《逻辑哲学论》的结尾写道：“对于不可说的必须沉默。”瑞士神学家 H·奥特认为，此处的“说”指能够清晰明白地言说“特定事件”的事实。因为，维特根斯坦在《逻辑哲学论》的开头还有句名言：“世界是一切发生的事情。”奥特说：

> 然而，还存在不是“发生的事情”的真实。就是说，它们在其真实特性上没有恰当地被“这一和那一事情”这一陈述切中。如果说言说意味着说出特定的事情，并且如果人们必须对无法言说的保持沉默，那么，人们显然必须对这些真实沉默。但是这个解答或许不能令人满意。因为无法排除下述可能：恰好这些真实与我们如此密切相关，如此直接地在我们之间和我们身上，以至我们实在不能对它们沉默。它们突入我们人与人之间的理解。如果人之间的理解还具有某种意义，如果还值得作出理解的努力，那么，上述可能之所以成立，正因为那些真实与我们存在之整体相关。[①]

信仰，就是那种“与我们如此密切相关，如此直接地在我们之间和我们身上”，却又“不是‘发生的事情’的真实”，即不能保持沉默的“不可说”之物。

人类认识上有一个重大误区：在过度揄扬科学和理性力量的同时，忽略了另一种思维原则——信仰和启示。科学和理性、信仰与启示，属于两

---

① [瑞士] H·奥特：《不可言说的言说》，林克、赵勇译，生活·读书·新知三联书店 1994 年版，第 31 页。

个不同的思维领域:来自理性的真理靠科学和知识获取,属自明真理;来自信仰的真理则要通过启示获得,是启示真理。宗教哲学家舍斯托夫将理性和信仰的差异追溯为雅典和耶路撒冷的对立,在他看来,这是两种不同的生活和思维原则:希腊哲学的原则是对人的自然智慧的爱,对普遍必然性的追求,对理性的服从;犹太教—基督教的原则是超自然的启示和信仰①。

基于信仰是一种复杂的、难以言传的精神体验这样的“事实”,信仰不能在经验世界里被证明,但对于信仰的体验却又可能成为不可言说的感受,在人和人之间得到交流和理解。因此,文学叙事在言说“信仰”时,可以抛开理性言说“A 就是 A”式的自明,采用“A 是 B”的替代性表达,即将一种不可言说的个体精神体验转化为已成历史的公共经验,而使“不可言说”者得以言说,变得可以理解②。言说“不可言说”之物的有效的表达方式,在语言学家和文体学家那里,或称之为“隐喻”,或命名为“象征”。恩斯特·卡西尔在《语言与神话》中便宣称:“语言和神话的理智连结点是隐喻。”

奥特称隐喻式言说为“现象学”方法,因为它如海德格尔在《存在与时间》中所言,“‘走向实事本身!’——离弃一切悬空飘浮体系、偶然的拾物,放弃貌似获得证实的概念,抛开那些常常作为‘疑难’伴随数代人的假问题”。当然,奥特论述的重点是神学的方法。他说:“正因为上帝自身——这位不可见的、从未作为现象随其他事物‘给予过的’‘呈现过的’上帝——是神学的基本题旨,神学就需要以生存的现象、以人所经历的东西、以人的经验为依据,神学的事务和讨论必须毫不松懈地关注这种依据,趋近现象去思。”“凭借启示,凭借上帝的自我言说,凭借上帝在基督身上成人,凭借上帝在人中间的寓居,存在现象即是上帝惠施与人的东西。只有在此基础上才可以言说上帝。在这里,神学家脚下方才有现象

① 参阅[俄]舍斯托夫著:《雅典和耶路撒冷》“中译本前言”,徐凤林译,浙江人民出版社 2000 年版,第 1 页。

② 荆亚平著:《当代中国小说的信仰叙事》,学林出版社 2009 年版,第 3—7 页。

的土地！他在此可以显示现象、‘生存的证明’：宽恕、自由、信仰、希望和爱是在的，而这一切（被尊为现象——没有教条的强制）指向其特殊的相关者、其活生生的可能之根据、其‘正在写收件人地址的收件人’。”①

基督教神学言说的“现象学”方法，与佛教“现量”说有异曲同工之妙。“量”，是印度因明学的术语，指意识的形成过程和意识本身；“现量”之“现”，有“现在”“现成”和“显现真实”三义。王夫之说：“现在，不缘过去作影。现成，一触即觉，不假思量计较。显现真实，乃彼之体性本自如此，显现无疑，不参虚妄。”②作为一种意识活动的原理，“现量”说旨在执其自相而不作分别推求之念，不离直觉真实去穷究主客彼我之其他意义；“不缘过去作影”“不假思量计较”“不参虚妄”，正是这种超理性意识活动的具体内容。

王夫之援引“现量”以说诗：“无论诗歌与长行文字，俱以意为主”；这里，“意”，即“关心”处、“会心”处。王夫之提出：“若即景会心，则或推或敲，必居其一，因景因情，自然灵妙何劳拟议哉？‘长河落日圆’，初无定景；‘隔水问樵夫’，初非想得：则禅家所谓现量也。”③“即景”，指直观景物，观照事物之外在形态；“会心”，即心领神会，领悟事物的内在意蕴。“即景会心”；便是“在直观景物的瞬间，外在的景与内在的情实现形与神、形态与意味、感理与理性的完整统一”④。这是一种“充满敏感的观照”（黑格尔），它“悬置”了理性自我的“妄想揣摩”或“拟议”，在一刹那的直接体察中，就把握对象的内在的“意蕴”，达到了“自然灵妙”的境界。这种艺术直觉的心理过程，钟嵘《诗品》谓之“直寻”：“至乎吟咏情性，亦何贵于用事？‘思君如流水’，既是即目；‘高台多悲风’，亦惟所见；‘清晨登陇首’，羌无故实；‘明月照积雪’，讵出经史。观古今胜语，多非补假，

---

① ［瑞士］H·奥特著：《不可言说的言说》，林克、赵勇译，生活·读书·新知三联书店1994年版，第10页。

② 王夫之著：《相宗络索》，《船山全书》第13册，岳麓书社2011年版，第536页。

③ 王夫之著：《夕堂永日绪论内编》第5则，《船山全书》第15册，岳麓书社2011年版，第820—821页。

④ 童庆炳著：《童庆炳文集》第8册，北京师范大学出版社2016年版，第263页。

皆由直寻。”①

胡应麟云：“禅家戒事理二障，余戏谓宋人诗，病政坐此。苏、黄好用事，而为事使，事障也；程、邵好谈理，而为理缚，理障也。”②诗人只有拥有“生活的富裕”（黑格尔），跨越“身之所历，目之所见”的“铁门限”，获得脱俗的“心”“眼”“耳”，才能去“事障”“理障”之弊，达到“即景会心”“体物而得神”“寓目吟成”之境。

美学家朱光潜指出，思想和语言是同时进展，平行一致的；思想愈发达，语言也愈丰富；它们不是先后、内外的关系，也不是实质与形式的关系：“思想语言是一贯的活动，其中有一方面是实质，这实质并非离开语言的思想而是它们共有的意义，也有一方面是形式，这形式也并非离开思想的语言而是逻辑与文法。”③基督教神学的现象学方法、文学艺术的直觉创造活动，都力证了此说的科学性。

早在20世纪初，赵紫宸就认识到了艺术建设对于建立本色化的基督教有着重要的意义：“宗教是生命，弥漫融洽的生命，绝非言词所能尽述，亦绝非任何方式可以尽达。……宗教不是一种方式所能表显，所以必有事乎象征。有事乎象征，故必借重美术。凡有宗教，必有仪式，必有建筑、音乐、绘画、文章，以传递其生活的丰富。……先有宗教经验，然后有宗教美术，有宗教美术，然后能起人们的宗教生命。……假使基督教要在中国人心血里流通，她必要在美艺上有所贡献。”④因此，但凡有深远幽邈的宗教经验汹涌回荡于胸中者，必创造他们的艺术以彰显其宗教经验。

艺术向人生存的本真境况敞开，开启了精神的未然之境。在古希腊神话里，如果艺术家能将技艺发挥到最精微，所营造的艺术气氛就能感动神，奥菲斯的故事是典型的例子。在中国神话里，高超的艺术能涤除道心、人心、万物之心的隔阂，让人窥见无上大道，提升人的内心境界。中世

① 曹旭著：《诗品集注》，上海古籍出版社1994年版，第174页。
② 胡应麟著：《诗薮》卷二，上海古籍出版社1979年版，第39页。
③ 参阅朱光潜著：《诗论》，生活·读书·新知三联书店1998年版，第96—101页。
④ 赵紫宸著：《基督教与中国文化》，《赵紫宸文集》第3卷，商务印书馆2007年版，第272页。

纪哥特式教堂建筑，以其陡直的上升造型，象征着低处的肉身与“至高荣耀”的身位关系——提携、慰藉、超升、蒙恩、获救、喜乐，蕴含了从低处到高处，从肉身到精神，从人性到神性的所有潜在意义。古罗斯教堂顶上的圆球结顶，犹如一个火舌，颇像上方有个十字架的巨大蜡烛在俄罗斯上空熊熊燃烧，似乎沟通了人间和天堂，表现了俄罗斯人对天堂的虔诚与激情……这些圣洁信仰的艺术，映亮了生存的无穷黑暗，消弭了死亡深渊的恐惧。

人生最难得者莫过于“安魂”。与这迷人的终极情致相比，那些凭生命的强力所攫取的一切，如权位、财富、名誉、头衔，都相形见绌。许多艺术大师“晚期风格”的转变给人不少启示。在米开朗琪罗“最后的审判”“圣母抱基督遗体悲恸像”中，巨人变成了信仰的皈依者；在莫扎特“安魂弥撒曲”中，俗世的宫廷乐师变成了哀歌天使；在贝多芬“欢乐颂”“D大调庄严弥撒”中，英雄变成了赞美吟咏者；在卢奥“圣书风暴”“受难”的组画中，愤世嫉俗者变成了泣泪悲悯者；在T·S·艾略特“大教堂里的谋杀案”“四个四重奏”中，现世批判者变成了关怀祈祷者；在C·奥罗斯哥《瓜达拉哈拉救济院小礼拜堂全景壁画》中，荒野呼告者变成了末世预言者……在生存的临界点上，上帝降临了，生命的意义敞开了，向着永恒神圣超升。循着生命的阶梯，这些伟大的灵魂瞻瞩到了生命与神圣相遇的动人奇迹，表述出了历史时刻的真理①。

何谓信仰叙事或神性写作？

首先，作为文学叙事言说的对象，信仰成了文学作品的具体精神质素，提升了文学的审美品格，建构了文学中的崇高、英雄主义、浪漫主义的美学意义；其次，作为“根植于我们人类生存的结构本身之中的东西”（麦奎利），信仰与“中国问题”对接，回到人的真实存在之中，提示、呼唤人类回归曾有的终极信赖，建立人的尊严与荣耀：这既是对自身生命力量展现的认可，也是对生命责任的承担。这两个维度的统一便是信仰叙事或神

① 丁方著：《现时代艺术的境况与希望》，《丁方文集》，北京燕山出版社1998年版，第176—177页。

性写作的真义所在。可以说,信仰叙事或神性写作即信仰本身的"肉身化",是天、地、人、神上下互流的直观形态与启示形式;作为精神的肉身化的代言者,艺术形式本身即艺术追寻者的尺度,诚如巴尔塔萨所言,这"完全是一种美的、荣耀着的感性精神"。这是与人的生命同构的艺术,它持存了人的生命感性并直抵神性。

信仰叙事或神性写作的肉身性,有别于一般意义的、与人本然欲望相关的眼、耳、手所直接给出的可视性、可听性和可感性。对于神圣感性的直觉观照与承纳,需要内在的灵魂之眼和灵魂之耳。"对于伟大的艺术家来说,只有洞开了精神的内在之眼方能瞻瞩到这个唯有真正的艺术家与感领者方能驻足的王国。他们看见的是别人看不见的光色,听到的是旁人听不到的乐音,感触到的是别人无法感受到的肉身形象。"①唯有通过灵魂之"眼"和灵魂之"耳",信仰叙事或神性写作才能开启新的视域,倾听和凝视那来自另一个生命源头的声响和光亮。正是有了在人的心灵根底树立精神王座的精神的支撑,才有了富于意义与价值的生命世界。

21 世纪以降,人类仍受困于"存在的忘却"(海德格尔)"上帝的暗淡"(布伯)"冬天的宗教"(拉纳)和"没有超越的超越"(布洛赫)的"小时代"。我们以人心筹算自己的道路,"拥有财富却两手空空,背负地狱却在天堂行走"(欧阳江河语),进入到了俄国诗人丘特切夫所担忧的"沉默无言的渴望时刻"。

现代人太忙了,主要精力和时间都用于圈钱、数钱和花钱,用于平衡各种社会关系,用于追逐各种权位和虚名。现代人深陷一片动物凶猛出没的"丛林",根本无暇关注"天空深处的那一点灵魂",或漫漫星空流动的先知的信息,更无暇"在自己擦亮的天空下",采撷心灵的颤音和彻悟的花纹,或是从沉思与冥想中,领受荷尔德林返乡的足音。当代艺术质疑真理,蔑视权威,恣意妄为,奢靡肤浅;它们迸发出一种逼人的"艳俗"光芒,表现出对建立在中产阶级梦想和价值之上的物质生活的迷恋。"艺术

① 高全喜著:《转身的忧叹——神学与艺术文集》,北京燕山出版社 1995 年版,第 190 页。

是人们日常生活中的安乐椅或按摩榻”（亨利·马蒂斯语），自然不再重申爱默生说的“道德感”——对某些神圣法则的尊敬和从中感到的快乐。瓦雷里的描述相当精准：“我们倒退着走进未来。”

“所有人类的错误无非是急躁、过早地打断有规则的秩序和用似是而非的栅栏把似是而非的东西圈起来。”（卡夫卡语）结果，比“虱子”还多的现代人，或像格列柯画的拉长的人，或像博什、老勃鲁盖尔、戈雅画的怪物，或像恩索尔的面具、骷髅和幽灵，或像蒙克、柯柯希加、培根画的在痛苦中无限扭曲的人，或像贾亚科蒂雕塑的虚空的人，或像雷东笔下旷野般有着一双深远、恐怖的眼睛的人……人啊，真的需要一个“身体力行”的天国（埃莱娜·西苏）——它不许诺，只是引领、献身工作；正视人的未完成状态，感领神的光辉，生命由此获得恒久的意义。

四、信仰叙事的内在难度

面对世人的烦苦情难，儒家主张“下学”以明通人事，“上达”以契证天道、天德，“与天相知”，“天人合德”，但又不语“怪力乱神”，仍深挚顾念人事，立足处世之道，关注现世价值，顺境兼济天下，逆境独善其身，以退隐为平静之方，无为而无不为，人人皆可成尧舜；基督教立足于生命的意义，在此岸抵达彼岸之境，人人都可获救。前者奉天为德的化身，企望圣人降世，圣主龙廷掌印，衷心认可世俗生活，而不能向高远处有所企求；后者领悟与土地依存的体验，时时不忘倾听超越之神的呼唤，注重精神的高贵。老庄哲学有光风霁月、胸襟洒落之致，虽较儒家玄邃，比较西方哲学家，“仍是偏重人事”，“很少离开人事而穷究思想的本质和宇宙的来源”；老庄哲学全凭主观妙悟，承其教者多安于浅；老庄哲学又尚虚无而轻视努力，受其影响，诗或哲学都不能鞭辟入里。至于佛教，则“只扩大了中国诗的情趣的根底，并没有扩大它的哲理的根底”；受佛学影响的中国诗大半只有“禅趣”而无“佛理”，只是在佛理中求消遣，并没有信奉佛教求彻底了悟，彻底解脱。由于中国哲学思想的“平易”和宗教情操的“淡薄”，“中国诗达到幽美的境界而没有达到伟大的境界”①。

我们的文脉传统陶醉于淡泊宁静、潇洒出尘的风姿，陶醉于“一道残阳铺水中，半江瑟瑟半江红”的山水意境，陶醉于汉赋、唐诗、宋词、元曲的形式整饬，陶醉于书法、绘画、京戏的韵味；于是，《渔舟唱晚》《汉宫秋》《苏三起解》《打渔杀家》成为美的典范，“外师造化，中得心源”则成美之创造的路径，在所谓妙趣、自适与逍遥之中，呈现出一种理性的乐观主义，生存主体极少深入到苦难、罪孽、不幸等实质境况之底渊的颤栗灵魂，悲剧的形式被放过了。由于超验维度的付之阙如，圣灵的转身忧叹、永恒的神性光辉都没有抵达我们的国度。

西方则承认世俗之国与上帝之国的差距，以神的语言作为价值判断标准，反映出了一个终极关怀的超越的主体性。他们赞叹米开朗琪罗的雕像、凡·高的向日葵、卢奥的宗教画，赞叹莫扎特的安魂曲、巴赫的教堂音乐、马勒的大地之歌、帕莱斯特里那的圣咏、亨德尔的哈利路亚大合唱，赞叹但丁的《神曲》、里尔克的《杜伊诺哀歌》、艾略特的《荒原》、荷尔德林的《还乡》、帕斯的《太阳石》……这些伟大作品以其精金碎玉的音质合成通天的灵音，回荡着引导高贵心灵走过迷失的号角，启示人们相信荣耀人生是美，精神复活是美，行基督之道是美，呼唤人们放下世上的一切，品尝放下之后的喜悦。

对于群体性精神无数次逃亡、蜕变的当代中国作家而言，借径于普遍精神之维的宗教，填补前所未有的“意义真空”，不失为一种出路。品达说：人的族类是一回事，神的族类是一回事；不过，我们在同一个胸膛里呼吸。一位淳朴石匠看了17世纪斯特罗加诺夫圣像画派的一幅圣像说：“那翅膀张开着雪一般的洁白；在湛蓝的天空，那一根根、一簇簇羽毛清晰

---

① 朱光潜著：《诗论》，生活·读书·新知三联书店1998年版，第84—92页。

可见。看着这翅膀,你心中的恐惧顿时全消。你祈祷赐我光明吧,突然间,万籁俱寂,灵魂便得到安宁。”耶稣有言:“我来到世间就是为了把火抛撒在大地上,但我多么希望世间已经被人点火燃烧起来了。”(《路加福音》)

每个人的内心都有灵性的光,那火焰或许能够拯救彼此的世界。我们在此岸是人,在彼岸还是人;即便经过末日审判进了天国,仍然还是人;从此岸到彼岸,我们操劳一生,谦卑一生,横竖为人,“将人的定义走完”(欧阳江河)。此岸不在,彼岸不存。基督性不赞同避世,既不放纵现世,也不期待来世与上帝齐肩并立,而是强调参与、领悟上帝之国的含义。伟大的艺术拒绝集体交出耳朵、头脑、良心和泪水,它以圣爱之心搀扶人类,它效法基督道成肉身亲临于世,或肉身还原为道永驻现实;它以完美的形式和充满智慧的结构,记录现实生活体验和感受的场景,以其尖锐的现实感、对现实、实存的直感与批判,冷静地镌刻精神十字架,时刻为每一个体的肉身寻找意义。

“上帝围浸着我们的灵魂”(H·奥特),是在人所在的世界中显现为某种具体的存在,是一种能为我们感知并以所感知的方式具体化了的存在。这种显现上帝存在的具体形态,人名之为“位格”。圣父、圣子、圣灵都是人对上帝以“位格”的观念的命名。上帝的人格化是基督教神学的始基,对于基督教神学的建设有着绝对意义。上帝的道成肉身并肉身成道、基督对人无限的爱、基督的救赎意义、三位一体、十字架的荣耀、末日审判,等等,由于上帝的人格化而得以保证。此外,现代认识论、人论的终极的根基,也在于对人格化上帝的信仰,而由此推出现代诸种核心的价值观念。所以,别尔嘉耶夫说:“人要在上帝身上诞生,上帝也要在人身上诞生”;“在上帝里存在着永恒的人性,存在着永恒的人”;“真正的人性是类上帝的,是人身上的神性”;人与神的互寓、互需、互生,“这是人生最大的秘密"[①]。

然而,中国人的自然信仰传统是非人格化的,中国文化中的"自然"或"道"虽有些类似于"神",却基本是非人格化、空无性的,只可意会不可言传。赵紫宸批评了这种道体学说:"中国思想家除了墨子以外,明以人格加在自然的实性上的就几乎没有人了。……中国思想家一方面觉得天地中包藏道德的本原,一方面又觉天地并不表显人格。不但是天地的理是理不是人格,并且久而久之,古时活活泼泼的道,变了宋儒不偏不倚静止寂息的理,又并且要人无我,放弃了自己的人格,方始可以真的合德于天地。"[②]赵紫宸认为,中国如要追赶西方文明,就必须在科学认识论、近代人文观念方面大加补益,即补上一个上帝信仰。

言者谆谆,听者藐藐。对于多数现代中国人来说,基督教价值不足为信,但儒家、道家、佛家等文化精神又如何呢? 哪一个十足自信,足以成为人们安身立命的根据呢? 我们必须完成的工作是:认清基督教自我本身及其本真,把握其独立及独特之处,体认其带来的新意和启示,在此基础上进行不同文化的反思、对照、交流、互补或会通[③]。

从王国维到刘小枫,现代汉语思想史经历了从以审美代宗教,再到以宗教(最后以基督教)颠覆审美主义的过程。如何以"同情的理解"而不是"护教解经"的研究立场,在审美与宗教之间保持必要的张力,准确评估基督教(还有佛教、伊斯兰教等)思想之于中国文学的意义,是一项重要的任务。作为迥异于传统文化的强势文化,基督教文化为我们提供了哪些异质性的精神资源,从哪些层面丰富了中国文学创作的审美内涵,产生了哪些具有原创性的思想洞见,这些洞见又有了哪些有力的回应……每一个问题都相当的尖锐,又都无法回避。

---

① [俄]别尔嘉耶夫著:《神与人生存的辩证法》,张百春译,上海人民出版社 2007 年版,第 377—378 页。

② 赵紫宸著:《基督教与中国文化》,《赵紫宸文集》第 3 卷,商务印书馆 2007 年版,第 275—276 页。

③ 卓新平著:《当代知识分子对基督教的理解》,见《基督宗教论》,社会科学文献出版社 2000 年版,第 363 页。

中国现代作家往往出于题材或修辞的需要，引入了基督教文化的有关内容。有的是“俗世的批判”，即对基督教各种扞格于中国现实生活的现象，对基督徒日常生活中表里不一的现象等，予以揭露性描写及意识形态性的批判。有的是对基督教文化资源“修辞策略的借用”——如，借境（如曹禺《雷雨》的“序幕”、“尾声”）、借情（如徐讦的《精神病患者的悲歌》《风萧萧》）、借事（如茅盾的《耶稣之死》、徐志摩的《人种由来》）、借典（如李金发的《屈原》、沈从文的《篁君日记》）等。至于基督教独特的价值立场、思想情感，则基本未能进入现代作家的视界。这是较为普遍的神坛外部的写作。

从内在精神层面化用基督教文化，则大致可分两种类型：一是从人文价值立场审视基督精神的价值，将其转化为艺术创造的有机组成部分（如穆旦、冯至等人的诗歌创作）；二是在精神探索中，从基督信仰出发，建构具有基督精神灵韵的作品（如赵紫宸的《耶稣传》、冰心的《十字架的园里》、石评梅的《罪恶之迹》《末次的泣祷》《流浪的歌者》等，还有林语堂、老舍等基督徒作家的创作），他们技巧圆熟，不落皮相，既传达出内在宗教生命的体验意识，又有较高的文学价值。不足在于：现代作家对基督教文化保持恒久关注的不多；基督教美学的一些独特命题，如上帝、道成肉身、十字架、复活、救恩、罪、三位一体、末日审判等，没能得到有力的表现①。

中国当代作家对基督教文化的接受与转化模式，或以意识形态为中心（如《暴风骤雨》《青春万岁》《晚霞消失的时候》《绿化树》等），或以文化价值为中心（如《耶稣·孔子·披头士列侬》《心灵实录》《丰乳肥臀》，以及杨炼、海子、骆一禾、西川、戈麦、于坚等人的诗歌创作），或以信仰为中心（如刘小枫、北村、史铁生、张志扬等人的创作）。存在的问题：在汲取基督教文化资源时，某种程度上疏离了基督教精神，对于基督教文化的阐释多流于浅表，不过是文化象征符号的粗略运用；基督教精神尚未构成

① 参阅陈奇佳、宋晖著：《被围观的十字架——基督教文化与中国当代大众文学》，中国社会科学出版社2010年版，第19—38页。

生存体验的紧张感，反思、怀疑、批判精神仍然逊色；能有意识地从基督教艺术中汲取艺术形式创造灵感的不多，基督教文化对当代文学尚未产生本质性影响[①]。

以“基督徒作家”北村为例。1992年“受洗”之后，北村以基督教信仰为指导，先后创作了《施洗的河》《老木的琴》《国民凯恩》《长征》《周渔的火车》《强暴》《望着你》《玻璃》《公路上的灵魂》《愤怒》《我和上帝有个约》等作品。在这些中、长篇小说里，北村用一个基督徒的目光打量这个堕落的世界，表现了历史演绎而成的绝望与焦灼，以及人在罪恶和苦难中的生存困境，进而探讨爱情、信仰等人生出路的可行性，提出基督救赎之路。他所设置的故事情节，总是最终将人物逼上绝路，迫使他们回答：为什么活着。用北村自己的话说，这是一种面对祭坛的“心灵写作”，它成了一种“心证”，为的是“向信仰交代”，这是以小说创作作为对神的侍奉，就像《圣经》对基督徒提出的要求：“无论作什么，都要从心里作，像是给主作的，不是给人作的，因你们知道从主那里必得着基业为赏赐。”

2006年，在基督教汤清文艺奖获奖感言中，北村有一段表白：“在当今中国，有着千千万万需要安慰的心灵，由于信仰的缺失，经济的强劲发展并没有改善人的心灵，反而令它成为孤岛。几十年后中国将成为最富有的国家，但这列火车不是仅有动力就够了，要有铁轨，有刹车，有目标，有方向，有道德，要有人在驾驶。所以，人心的纯正和美好，才是我们的未来，否则使我们尴尬的一定不是因为贫穷，而是心灵破碎，它一定比山河破碎更让我们肝肠寸断。”由信仰而来的宣教使命，以及中国文学未竟的启蒙使命，成了北村信仰叙事或神性写作的强大内驱力。

在一个乌托邦业已死亡的时代，北村“劈面与这个时代最为重要的问题相遇”（南帆），他所瞻瞩到的是在中国未曾有过的精神殿堂，其小说创作是对在东方大地尚未出现的信仰之魂的构建，也是对现代灵魂无根状

① 参阅陈奇佳、宋晖著：《被围观的十字架——基督教文化与中国当代大众文学》，第39—72页。

况作出的有力反应。北村小说艺术的意义就在这里,其内在的难度也在这里。它的困难有多大,它的意义也就有多大。反之亦然。

北村信仰叙事的困境,也是中国当代文学信仰叙事的集体困境。中国社会与基督教文化尤其基督教价值之间,存在一道透明而坚硬的文化差异之墙,阻碍了我们对终极价值的分辨,阻碍了我们领受神的美。诗人T·S·艾略特说:"如果亚洲明天改信基督教,它也并不会因此而成为欧洲的一部分。……一个欧洲人可以不相信基督教信念的真实性,然而他的言谈举止却都逃不出基督教文化的传统,并且必须依赖于那种文化才有其意义。"①信仰叙事或神性写作所具有的内在难度,所面临的挑战,是中西文化交接形成的重负,也是由古典时代转变到现代、后现代时代所形成的重负。这一精神性的努力,注定了是一条异常狭窄、艰难的道路。北村创作的"理障"之弊,只是其中的"症候"而已。

诚如有评论家所言,信仰与俗世生活对立主题的揭示与探讨,是北村小说创作的基本美学内涵,也是他对当代文坛最主要的一个贡献。但是,也正是这一过于"鲜明"的主题,使他的不少作品明显缺乏统一性或整体感,在揭示人巨大的生存困境时,其叙述过程往往出现一种"断裂",这种断裂总是发生在主人公思想"突转"或"突变",也就是悔改信教的时刻。恶棍成了善人,或由非信徒成了信徒,这种戏剧化的经历实在过于突兀,甚至不可思议。对于这类富于戏剧性的"蒙恩见证",有人以"神迹"解之,不过是小说家价值预设之"编造"的托辞。"被逼信仰"的大面积泛滥,具有圣徒情结的主人公基本沿着"沉沦—救赎—新生"的生命脉络行进,人物生命的来源、去向都在神性之光的引领下得到神圣的安排,这些都极大削弱了北村刻意表达的基督信仰之必然性与感人性,他可能忘了"艺术家是呈现者"(尼采)。面对作品,人们希望看到的是作家如何创造一条通向伟大精神的独特道路,而不是以理念化的方式进行教义传布。

① [英]T·S·艾略特著:《基督教与文化》,杨明生、陈常锦译,四川人民出版社1989年版,第205页。

可将北村与陀思妥耶夫斯基略作比较。陀氏小说在艺术上也有诸多不足,并总是超越艺术的界限。譬如,小说的人物、故事情节不真实,所有角色在同一个地方和同一个时间里发生冲突,所有主人公都说同一种语言,他们都是陀氏自己精神的不同侧面,并非源于生活、有血有肉的真实的人,小说里没有任何叙事,没有对日常生活方式的刻画,没有对人和自然界生活的客观描绘,一些片断类似于质量不高的刑事犯罪小说……别尔嘉耶夫指出:"作为艺术家,他逊色于托尔斯泰,在严格的意义上,他不能被称为艺术家。陀思妥耶夫斯基所写的东西既不是长篇小说,也不是悲剧,不属于任何形式的艺术创作。当然,这是一种伟大的艺术,它能彻底地征服人,把人吸引到自己独特的世界里,对人有着魔法般的作用。但是,不能用一般的标准和要求来对待这种艺术。"在别尔嘉耶夫看来,"陀思妥耶夫斯基首先是个伟大的人学家,是人的本质研究者,他研究人的本质的深度及其秘密,其全部作品都是人学的体验和试验。……他的全部艺术只是人学探索和发现的方法。"①

陀思妥耶夫斯基是个伟大的思想家,他使怀疑者怀疑,使相信者相信。对陀氏而言,神的问题与人的问题相关,他不但能够看见神,而且还看见人。而且,陀氏只在"人学"研究中揭示神,其小说是"人学"问题的艺术试验。北村比陀氏更像一个神学家,其小说创作不过是"神学"问题的一种见证,即反映他的信仰,他对神的追求以及神对他的引领。北村仿佛把自己当作祭物,献在圣坛之上,奉献给上帝。他以神为中心,用神的眼光看这个世界,在宗教立场上,对时代的本质性问题作了回应,表现了信仰的内涵及属灵的生命,以自己的心思意念与小说创作博取神的喜悦,最终获得神的奖赏与祝福。

---

① [俄]别尔嘉耶夫著:《陀思妥耶夫斯基作品中关于人的启示》,张百春译,载刘光耀、杨慧林主编:《神学美学》第3辑,上海三联书店2009年版,第41页。

五、信仰叙事的形式问题

蒂利希对于如何言说“不可言说”之物，即艺术怎样表现“绝对现实”的问题，发表了不少真知灼见①，可能有助于我们消弭信仰叙事的形式问题。

“绝对现实”是所有现实事物的基础，它将整个现实都标志为相对的、暂时的、易逝的和有限的；只有当上帝是绝对现实时，宗教才能谈论“神的神性”。蒂利希认为，人通过三条途径来认识和表达绝对现实：在现实之中（哲学）、通过现实（艺术）和超越现实（宗教）。换言之，绝对现实可通过哲学概念、艺术画面和宗教经验得到表达。蒂利希指出，宗教经验的表达有五种风格因素——圣体型、神秘型、先知—批判型、理想主义型和表现主义型——它们直接表达了人与绝对之物的基本关系，贯穿于所有的艺术形态之中，并以无数的组合形式表现在东西方艺术的伟大历史风格中。

蒂利希发现：就宗教内涵和艺术形式之间的关系而言，在艺术作品本身中或在这个作品的影响中，或是宗教内涵，或是艺术形式，总有一方可能占据主导位置。有时，艺术形式吞噬了宗教内容——在艺术作品本身中或在艺术作品的个人接触中吞噬。许多宗教团体之所以反对宗教艺术，尤其是与礼拜有关的问题上反对宗教艺术，原因之一就在于上述危险的存在。有时，宗教实体激发起一种艺术，这种艺术几乎已经不能被称之为艺术，却有重大的宗教影响。这种可能性就是艺术在教会中轻度蜕化的原因之一。“对于宗教艺术的创作者来说，既要避免前一种危险，又要

① ［美］保罗·蒂利希著：《艺术与绝对现实》，倪良康译，见刘小枫等著：《流亡与栖居》，北京燕山出版社 1995 年版，第 286—299 页。以下同引此文处不再一一注出。

避免后一种危险,这是一项困难的任务。”为此,蒂利希细致剖析上述五种风格因素,提出了解决这一“困难”的灼见。

圣体型是最普遍、最基本的宗教经验类型。在这种类型中,绝对现实之物显现在通常称为神秘现实主义的东西中,或者说显现为一种在各种对象、个人和过程中都是当下的圣物。蒂利希用“圣事现实主义”命名之。原始艺术,从塞尚到勃拉克的立体派的形而上学风格中,还有夏加尔的超现实主义中,都有“圣事现实主义”的性质。圣体宗教的危险在于,它容易堕落为偶像崇拜;在艺术上,对象仅仅被当作象征来使用,对象本身的威力丧失殆尽。对于隶属于先知类型的宗教的极为人格化的传说和神话而言,“圣事现实主义”几乎是不可取的。

在神秘型宗教中,宗教经验不依赖特殊对象的中介直达绝对现实。这种风格因素体现在中国的山水画之中,“气”与“水”象征着宇宙的统一,单个的岩石、树枝几乎没有从它们个体的生存中显露出来。绝对当下通过线条、立体、平面、色彩等结构因素象征性地表达出来,我们今天称之为“非对象艺术”。神秘主义—泛神论因素在其中占据统治地位的那些风格无法被用来表现具体的宗教象征,在“非对象艺术”中,所能表达的仅仅是对这种超出具体象征世界之上的超越的象征。

在先知—批判型中,绝对现实不是表露在自然中,而是表露在历史中;它表露为一种个人意愿,它提出要求,进行抗争,给予惩罚,发出诅咒。批判现实主义是典型的代表,它首先探讨人、社会和历史,能在具体性中表现所有具体的宗教事物,但只能在与其他因素的结合中,将具体的宗教事物表现为宗教性的;艺术因素一旦丧失,绝对现实便不复存在,取而代之的是歪曲的现实,宗教事物便面临世俗化、庸俗化的危险:耶稣可能变成一个乡村教师,可能变成一个宗教狂热分子,可能变成一个政治殉道者……如《十日谈》《巨人传》等,可谓此类“俗世批判”的标志性作品。

理想主义宗教观可称为“宗教人道主义”,它将上帝视为此时此地的人,期待在历史中实现这种统一。蒂利希认为,理想主义是对人类最高可能性的预见，它意味着对已丧失的天堂的追忆和对重新获得的天堂的预见。理想主义的风格因素预言最终的实现状态，它通过宗教传说和神话得到最好的表达。蒂利希说："真正的理想主义在一个本质深度中或在一个过程的深度中展示其潜能，并且在艺术中赋予这些本质和过程以造型。"但其中缺少了一个关键因素：人与神的本质统一中人的生存的异化。带有理想主义烙印的作品往往缺乏这一因素，因此，这种风格也有可能导致庸俗。

张承志的《心灵史》可谓理想主义风格的典型代表。盘桓于中国大西北的山川风物，在无数次灵魂的行走之后，张承志最终皈依了哲合忍耶。一旦确立自己生命的终极方向，他便放弃了言说信仰的隐喻方式，直接为回民的哲合忍耶信仰作史，试图以信仰本身的震撼力影响世人。《心灵史》叙写了哲合忍耶七代宗师的事迹，以及二百年间哲合忍耶教众暴力抗争清朝的血腥镇压，护卫心中精神理想的悲壮历史，极力凸显哲合忍耶教众虔诚至极的宗教精神。这部生命之书洞察了哲合忍耶教众心灵的壮美与坚忍，表现了一种彼岸性的理想主义价值诉求："背靠着'哲合忍耶'——我开始急速地自尊。这是我要求中国接受的一个外来语借词，尽管它诞生于中国母体之中。……我输入的是一种烈性的血，是一种义，是一种信，是一种叛逆和坚守的素质。同时，它也就是最本质的'友'。"①

《心灵史》充满了殉教者般的道德激情，它使人们坚信：信仰让人获得依靠与安宁，是从精神上抗衡苦难的有力支撑。不过，囿于理想主义的宗教观，小说在引领人们进入神性世界、感受神性之美的过程中，对于"提着血衣进天堂"的渲染，不无以神性遮蔽人性，由神化走向幻化的缺憾。在《心灵史》里，史料纪实、求索考证、抒情与辩论混合杂糅在一起，这种叛逆传统叙事的"事障"，极大地抑制了作品的文学性，使一般读者无法进入其所描绘的世界。面对俗世人们的静默或批评，张承志宣称可以为信仰而放弃读者，直言这"神示的诗篇"与文学界无关。他以"上坟者"的

① 张承志撰：《撕名片的方法》，载《十月》1993年第5期。

决然心态告别“跳舞”人群，这无疑是以个人的偏执回应或抵制社会的偏执。张承志大概忘了：建构一部长篇小说，就是建构生活的某种统一性，提供一个完整的世界，使生活变得可叙述、可理解。

表现主义属于心醉神迷型，精神灵感型，这类宗教类型在《旧约》中已被预言，它就是《新约》的宗教和后期教会史上许多运动的宗教。蒂利希说：“它既是现实主义的，同时又是神秘主义的，它既是批判性的，同时又是幻想性的。它不停地运动，却又指向永恒的静止。”蒂利希说，绝对现实在这种因素中显现为一种“穿透我们造型之牢笼”的东西，它粉碎了我们本已生存的表层和我们的世界的表层。这就是表现主义的“精神”特征。表现主义因素与宗教艺术具有最内在的联系，它不运用传统的宗教象征，绝对现实也在这类艺术中以一种极有力的方式启示着自身。表现主义不仅突破了现实主义接受现存事物的做法，而且也突破了理想主义采取实现状态的做法，并且达到了绝对现实的深层。表现主义是一种心醉神迷的因素，它捕捉住与世界相遇刹那的纯净心动，以及历史/现实无限交织的华美，表达出与绝对现实相接触的心醉神迷性质。在所有伟大的宗教艺术中，都可以看到这个因素。史铁生的神性写作恰切体现了蒂利希所称道的“表现主义”风格。

20 世纪以来，神学话语由“上帝是否存在”的本体论问题，转向于“能否认识上帝”的认识论问题以及“上帝所指为何”的神学语言逻辑性质与真伪验证的问题，并由此产生传统目的论神学转向过程论神学。在过程论神学里，上帝“自身的生活就是一种历险”，“过程化了的上帝”是“神圣性与世俗性有机统一的上帝”[①]；它启示存在的终极问题，却不给出终极的解答。

史铁生不是先验地领有超验的神圣之根，而是从属己的独特生命境遇出发，在遭遇诸多存在困境与悖论之后，以其“坚忍不拔的努力，坦率真

① 张志刚著：《猫头鹰与上帝的对话》，东方出版社 1996 年版，第 142 页、第 150—151 页。

诚的内省”的过程本身证明神性①。他说:“神的存在不是由终极答案或终极结果来证明的,而是由终极发问和终极关怀来证明的,而对不尽苦难的不尽发问,便是神的显现……”②在一次与记者的谈话里,他坦承自己相信上帝,因为那是指向一条永恒的道路。

史铁生所追求的是“宗教精神”“神的显现”与“神性昭然”。他说:“宗教精神是清醒时依然保存的坚定信念,是人类知其不可为而决不放弃的理想,它根源于对人的本原的向往,对生命价值的深刻感悟。”③在《病隙碎笔》里,史铁生将宗教精神信奉为黑暗中行走的人类的光明出路:“什么是神? 其实,就是人自己的精神”;“只要神性昭然,神形不必求其统一”;“在神的字典里,行与路共用一种解释”;“惟对神性的追问与寻觅,是实际可行的信仰之路”;“因信称义,而不是因为结果,而信恰在永远的过程中”。这一“过程宗教”以人本位代替神本位,祈灵精神、崇拜过程,重信仰之行不重信仰之果,强调的不是“救世”而是“救心”,即让绝境边缘的“心魂”得以复活,这迥异于北村悲悯情怀与神秘体验的应然选择,也迥异于张承志种族文化血脉的必然遗传。

史铁生认为“好的宗教必进入艺术境界,好的艺术必源于宗教精神”④。其小说《务虚笔记》《关于詹牧师的报告文学》,散文《合欢树》《我和地坛》《想念地坛》《好运设计》《病隙碎笔》《消逝的钟声》等,以基督精神为观照世界事物的原点,描绘人类历史性存在的各种问题,衡量人们的各种价值追求,追寻至深的存在关切。“他仿佛在黑暗的深渊中,用脚步打造攀升的大楼,以语言为仰望,行走在与上帝相遇的路上。”⑤

以《务虚笔记》为例。作为史铁生的“心魂自传”,《务虚笔记》可谓其精神的文字般若。这部小说彻底颠覆了传统小说的叙事成规,里面的人

① 赵毅衡撰:《神性的证明:面对史铁生》,载《花城》2001 年第 1 期。
② 史铁生撰:《对话练习》,时代文艺出版社 2000 年版,第 217 页。
③ 史铁生撰:《宿命与反抗》,载《作品与研究》1997 年第 2 期。
④ 史铁生撰:《白天信基督,夜晚信佛法》,载《收获》2002 年第 2 期。
⑤ 唐小林著:《看不见的签名》,中国社会科学出版社、华龄出版社 2004 年版,第 299 页。

物都由字母代替,所发生事件彼此重叠,每个人都是另一个人飘忽不定的幻影,就连叙述者也是一个悖论的存在。在这部小说里,史铁生将基督教精神与日常生活经验相结合,从平凡琐事中自然呈现基督教精神体验,把人生的存在问题与基督教信仰相联结,系统地探究生死、信仰、命运、忏悔、性与爱、灵与肉、人生的软弱与孤苦等根本问题,呈现出了存在的真切澄明之处。而且,在这种最终超越价值的叩问中,史铁生始终坚持人文主义色彩的反思、怀疑与批判,将人在信仰过程中的复杂心灵状态描摹得出神入化。史铁生这种表现"过程宗教"的艺术架构,一脱"宣教布道"之窠臼,毫无"理障""事障"之弊;它不断向人的灵魂掘进,语言与思想彼此同一,不再是粗糙的文学布道与心灵施洗。

试将史铁生与北村略作比较。

譬如,关于爱。《圣经》有言:"我们爱,因为神先爱我们";"主为我们舍命,我们从此就知道何为爱"。人要先接受神的爱,才能从迷途返归乐园,享受真爱,并付出真爱。北村的创作充分体现了这一基督教观念。《施洗的河》中的刘浪因神爱的救赎教他爱人而得救,向昔日仇敌马大传福音。《孙权的故事》中的孙权入狱后,读了《圣经》那段耶稣赦免行淫时被捉妇人的记载,瞬间认识到了神对罪人的爱,并降服在这无比的爱中,开始用神所赐的爱去爱别人。同样,《我的十种职业》中的盲姑娘李琳因相信神的爱原谅了出轨的丈夫;《望着你》中的主人公五环在神之圣爱的光照下,获得了与世界和解的能力。"北村2003新爱情小说"整套书系的每一本书里,北村都题写道:

> 我想,爱应该是对一种对象的重要价值的确认。这种确认到一个程度,就称为爱。而且这种价值有惟一性,所以爱是专一的。因此爱是真理。
>
> 爱有不同的深度,那么爱到最深的才是爱,要爱到那么深,只有舍已,别无他途。因此爱是信仰。

> 爱肯定是不求回报的，但爱真的有回应。如果没有回应，不是我们给出的爱并不是爱，就是爱得不够深切，那人（耶稣）爱拉撒路爱得何等深切，拉撒路就要活过来。因此爱是复活。
>
> 爱得真，不但对方得安慰，自己也得安慰，真是奇妙的事。一个深爱着的人是大无畏的。看来人类的主要职业应该是爱，要一刻不停地爱，哪一刻停下来了，那种神圣的同在就要消失，爱里没有惧怕。因此爱是永生。

史铁生认为，人是残缺的，爱不是占有，也不是奉献；爱只是自己的心愿，爱情则是残缺的个体在灵魂深处对与同样孤独的另一半复合的呼唤。他说："爱是软弱的时刻，是求助于他者的心情，不是求助于他者的施予，是求助于他者的参加"；"爱和语言意图一致——让智识走向心魂深处，让深处的孤独与惶然相互沟通，让冷漠的宇宙充满热情，让无限的神秘暴露无限的意义"（《病隙碎笔》）。

在《务虚笔记》里，史铁生指出，"爱"是人的最终极的拯救力量，即使在这个世界"没有爱了"，在另外一个的存在中，人可能"仍然在爱，仍然要爱"。那么，这爱的力量源于何处呢？如果是北村一类基督教精神信仰者，自然明确无误地归之于基督的爱。史铁生则借人物 F 医生之口作了一个比较暧昧的回答："我多年来只有……只有一个心愿，那就是来生，如果……如果真的有来生，不管是在哪儿，不管是在……天堂还是在……还是在地狱，我都要……要找到 N，回答她……回答她一直希望……希望我回答的：在现实之外，爱，仍然是真的……"尽管人的选择充满错误与局限，爱的最终选择权还是隐隐回到了人的手上。史铁生并无意成为基督教思想体制内的写作者，这就是他的特异之处。人文与信仰之间的这种张力的存在，有力扩展了作品的审美内涵。

质言之，史铁生的神性写作是启示性的艺术创造，而不是北村那种归化式的宗教代言；它以犹如生命般若、心魂真如的文字，"继承、预识和朗显”了生命的意义，启示性地提出存在的终极问题。于是，“我们面前终于出现了一位作家，一位真正的创造者，一位颠覆者，他不再从眼前的现实中、从传说中、从过去中寻求某种现成的语言或理想，而是从自己的灵魂中本原地创造出一种语言、一种理想，并用它来衡量或‘说’我们这个千古一贯的现实。在他那里，语言是神圣的、纯净的，我们还从未见过像史铁生的那么纯净的语言。只有这种语言，才配成为神圣的语言，才真正有力地完成世界的颠倒、名与实的颠倒、可能世界与现实世界的颠倒；因为，它已不是人间的语言，而是真正的‘逻各斯’，是彼岸的语言，是衡量此岸世界的尺度”[①]。史铁生创造的这种语言，即王一川说的“中国人的新的生存寻到新的安居处”的“新的原创性语言”；它将“普遍的东西赋予更高意义，使落俗套的东西披上神秘的外衣，使熟知的东西恢复未知的尊严，使有限的东西重归无限”[②]。

海德格尔把“道可道，非常道”别出心裁地译为：“走某条路，但不是随便哪一条路。”这一真理不仅适用于哲学，也适用于艺术。“某条路”是一条作为“无”而不是作为“有”的路，是一条“无”中生“有”——“走”了才“有”，不“走”即“无”的路。信仰叙事或神性写作便是这条人迹罕至的路，行走在这条本来不在的路上，必须葆有赴死以求也不惧退的坚定信念，才能真正从苦难提取幸福，从虚无创造意义。这就像即将抵达生命终点的贝多芬，在最后一部作品——降 B 大调弦乐四重奏 OP.130——的终乐章开头几小节上所题写的：“必须这样？必须这样，必须这样。”

① 邓晓芒著：《史铁生：可能世界的笔记》，《灵魂之旅：90 年代文学的生存境界》，湖北人民出版社 1998 年版，第 151 页。

② 刘小枫著：《诗化哲学》，山东文艺出版社 1986 年版，第 33 页。

第四章　文学与文化

法国思想家于连(Frangois Jullien)在《新世纪对中国文化的挑战》一文里提出:“在世纪转折之际,中国知识界要做的应该是站在中西交汇的高度,用中国概念重新诠释中国思想传统。如果不做这一工作,下一世纪中国思想传统将为西方概念所淹没,成为西方思想的附庸。如果没有人的主动争取,这样一个阶段是不会自动到来的。中国人被动接受西方思想并向西方传播自己的思想经历了一个世纪,这个历史时期现在应该可以结束了。”正如王岳川所言,用中国自己的概念来诠释中国的思想传统,一方面可以避免堕入虚假的普世主义的漩涡,另一方面则是以重新检讨过的中国思想光华来丰富世界思想,从而避免陷入民族主义的陷阱①。那么,怎样才能真正准确地理解西方?中西文化的互补、融合是怎么实现的?如何重新阐释、发现东方,渊远究极,以光大、发皇中国文化与学术呢?

① 参阅王岳川撰:《中西文论互动与文化输出》,载《中外文化与文论》第13辑,四川大学出版社2006年版,第90页。

一、中西文化思维方式

2014 年以来，张江教授提出“强制阐释”论，对 20 世纪以来的西方文论进行了系统的反思，指出其存在“场外征用”“主观预设”“非逻辑证明”和“混乱的认识路径”等若干缺陷，进而批判了学界以西方理论为标准，裁剪中国文学实践与经验的研究方式，倡导“全方位回归中国文学实践”“坚持民族化方向”“外部研究与内部研究的辩证统一”以重建中国文论。张江教授的相关文章先后在《中国社会科学》《文学评论》等刊物发表，引发了文学批评界、理论研究界的热议，问题的讨论不断引向深入，成了当下的学术热点之一。

张江教授“强制阐释”论的核心，在于对当代西方文论有效性问题的考量，其着眼点则是中国文论乃至中国文化如何开辟榛芜的自身建设问题，而不是一味地为批判而批判。如何准确地评估当代西方文论的基本特征及其有效性？这首先涉及中西方思维方式的差异问题，诸多的隔阂与误解往往由此而生。

作为人类内在精神活动的构成与体现方式，文化直接涉及人的存在问题，呈现了人与世界的联系方式；其中，思维方式是文化的一个重要内容，一个民族在创造一种文化的同时，也形成了与之相应的独特的思维方式。与其他文化构成要素比较而言，思维方式具有更大的稳定性和连续性。

在研究中西方思维方式之差异时，许多学者都发现“有”与“无”是两个非常重要的概念[①]。具言之，“有”是西方人认识世界的一个基础，西方人在追求宇宙本体的时候，看重的是有（Being）而不是无，是实体（Substance）而不是虚空。古希腊哲学家巴门尼德第一个提出“有”（Being）这个概念，亚里士多德随后提出“存在”（Substance），“有”和“存在”决定了西方文化发展的方向。后来西方哲学家所提出的一系列概念，如物质方面的原子、微粒、单子、原子事实等，精神方面的理式、理念、逻辑、上帝、先验形式等，都基本上没有越出“有”和“存在”的范畴。在中国古代哲学里，最重要的则是“道”“无”“理”“气”四个最重要的概念；其中，“道”是根本，“无”则是其核心。在古人眼里，大千世界无不在“道”中，世界不过是“道”变动的产物：“道有变动，故曰爻；爻有等，故曰物”[②]。“无”则是“道”的特点和存在方式：“道可道，非常道”；“道之为物，惟恍惟惚。惚兮恍兮，其中有象；恍兮惚兮，其中有物”[③]。“道”虽不可见，却无往不是“道”；“道”之循环往复谓之“气”，“理”则是“道”生成变化所遵循的规律。正是在“有”和“无”这两个概念之间，中西方哲学家给我们描述了两个不同的世界：“一个实体的宇宙，一个气的宇宙；一个实体与虚空的对立，一个则虚实相生。这就是渗透于各个方面的中西文化宇宙模式的根本差异，也是两套完全不同的看待世界的方式。”[④]

在西方人眼里，世界是一个确定的、可认知的“有”和“存在”，人和自然、肉体和精神、物质和意识被清晰地区分开来。西方哲学更强调主体性，主客体之间是反映与被反映、认识与被认识的关系，主要运用的是理

① 参阅黄药眠、童庆炳主编：《中西比较诗学体系》第三章“中西诗学的哲学背景比较”，人民文学出版社 1991 年版，第 62—92 页。

② 黄寿祺、张善文著：《周易译注》，上海古籍出版社 1989 年版，第 602 页。

③ 陈鼓应著：《老子注释》，中华书局 1984 年版，第 53 页、第 148 页。

④ 张法著：《中西美学与文化精神》，北京大学出版社 1994 年版，第 21 页。

性—逻辑的思维方式。即便是中世纪的基督教神学家在证明上帝存在时，所运用的也是亚里士多德的形式逻辑。世界唯其是确定的，才是可认知的，它才被划分为已知、未知，以激发西方人认识世界的极大热情。

在古代中国人那里，世界并没有分裂成已知和未知两个部分，因为物本身并不重要，重要的是它的功能；在“天人合一”的观念里，人和道是不可分割的，人对道的认识不是将它作为一个对象来研究与审视，而是面向自身的自省。只有认识自我、超越自我，不为小我所蔽，才能进入“天人合一”的境界。为此，中国古代哲学的核心是“成人”问题：儒家的目标在成“圣人”，道家意在成“至人”或“真人”，禅宗则意在成“佛”。在中国思想史上，儒家的思维方法是“比类思维”，道家的思维方式是“意会思维”，禅宗的思维方式是“顿悟思维”。总体而论，华夏美学肯定认知与直觉的统一，但又偏重于直觉这一思维传统，这深刻影响了中国古典美学的发展方向①。

因此，西方的思维方式主要体现为一种“逻辑的可能性”，属于“思辨的智慧”；中国的思维方式则更多体现为“现实的可能性”，属于“存在的智慧”。用现代哲学家牟宗三的话说，西方的哲学传统是以逻辑思辨为方式，以形而上学知识论的问题为对象，其所用的人的智力是“抽象的解悟”（Anstract understanding）。具言之，“西方的传统哲学大体是以逻辑思考为其进路，逻辑思考首先表现为逻辑定义。……逻辑定义所把握之一物之体性或本质，并不涵有一物之存在：有一物即有一物之体性，但有一物之体性不必涵有一物之存在”②。因此，“西方的哲学本是由知识为中心而发的，不是‘生命中心’的。……读西方哲学是很难接触生命的学问的。西方哲学的精彩是不在生命领域内，而是在逻辑领域内、知识领域内、概念的思辨方式中”③。与之相异成趣，中国文化传统中，不喜欢讲那

① 参阅韩林德著：《境生象外——华夏审美与艺术特征考察》，生活·读书·新知三联书店1995年版，第99—103页。

② 牟宗三著：《生命的学问》，广西师范大学出版社2005年版，第19页。

③ 牟宗三著：《生命的学问》，广西师范大学出版社2005年版，第31页。

抽象的死硬的理性,而是讲那具体的情理或事理,即“具体的解悟”(Concrete understanding)。“中国文化之智慧,惟在能自生命内部以翻出心性之理性,以安顿原始赤裸之生命,以润泽其才情气,并由之能进而‘以理生气’也”①。

可以说,“现实的可能性”(“具体的解悟”)是潜在的“逻辑的可能性”(“抽象的解悟”),它未经严密的逻辑论证,可能不及后者精确、科学、易普遍推广,但大于后者,更为丰富,更具潜力。现代哲学家徐复观说:“中国的思想家,系出自内外生活的体验,因而具体性多于抽象性。但生活体验经过了反省与提炼而将其说出时,也常会澄汰其冲突矛盾的成分,而显出一种合于逻辑的结构。这也可以说是‘事实真理’与‘理论真理’的一致点、接合点。但这种结构,在中国的思想家中,都是以潜伏的状态而存在。”②可见,中西两种思维方式之间并非完全对立。智慧是可以产生结果的生命过程,知识则是游离于生命过程的结果。凡属于人类智慧的东西,无论古今中西我们都可以学,不应认为中国思维方式好,就排斥西方;或是认为西方思维方式好,就排斥中国。关键在于,学习时必须加入我们自己的智慧,将它们置于具体的历史文化语境之中,加入我们的生命体验,把它们内在的生命重新点化出来,转变成我们自己的智慧。

正是基于中西方思维方式的差异,我们发现,西方的许多文艺理论是由哲学家们提出来的,他们普遍注重对文学艺术思想的系统阐述,注重这些思想与哲学其他问题(如,本体论、认识论问题和伦理学问题等)的相互联系;而中国古代的文学艺术思想大多由文学家、艺术家所记述的创作经验组成,虽然零碎而散乱,却具体而鲜活。张江教授指出西方文论有“场外征用”“主观预设”“非逻辑证明”和“混乱的认识路径”等特征,这些在我们看来是缺陷的东西,在西方人看来则可能是我们所不及的优长。著名科学家爱因斯坦说过:

---

① 牟宗三著:《生命的学问》,广西师范大学出版社2005年版,第29页。

② 徐复观著:《治思想史的方法问题》,见李维武编:《徐复观文集》第2卷,湖北人民出版社2002年版,第3页。

人们总想以最适当的方式来画出一幅简化的和易领悟的世界图像，于是他就试图用他的这种世界体系来代替经验的世界，并来征服它。这就是画家、诗人、思辨哲学家和自然科学家所做的。他们都按自己的方式去做，个人都把世界体系及其构成作为他的感情生活的支点，以便由此找到他在个人经验的狭小范围里所不能找到的宁静和安定。①

这是西方人典型的一种生存智慧。中国人对于外部世界的感知则更偏重于天人相通式的直觉感悟。如林语堂说：

我喜欢春天，可它过于稚嫩；我喜欢夏天，可它过于骄矜。因而我最喜欢秋天，喜欢它金黄的树叶、圆润的格调和斑斓的色彩。它带着感伤，也带着死亡的预兆。秋天的金碧辉煌所展示的不是春天的单纯，也不是夏天的伟力，而是接近高迈之年的老成和良知——明白人生有限因而知足，这种"生也有涯"的感知与精深博大的经验变幻出多种色彩的调和：绿色代表生命和力量，橘黄代表金玉的内容，紫色代表屈从与死亡。月光铺洒其上，秋天便浮现出沉思而苍白的神情；而当夕阳用绚丽的余晖抚摸她面容的时候，她仍然能够呈现出爽悦的欢笑。初秋时分，凉风瑟瑟，摇落枝叉间片片颤动着的树叶，树叶欢快地舞动着飘向大地。你真不知道这种落叶的歌吟是欣喜的欢唱还是离别的泪歌，因为它是新秋精神的歌吟：镇定、智慧、成熟。②

这是中国人特有的感知世界的方式，也是一种生存智慧的体现。在中西这两种生存智慧之间，我们实在很难做出优劣高下的判断。当然，这

① 爱因斯坦著：《探索的动机——在普朗克六十岁生日庆祝会上的讲话》，《爱因斯坦文集》第1卷，许良英等编译，商务印书馆1976年版，第101页。

② 林语堂著：《中国人》，郝志东、沈益洪译，浙江人民出版社1988年版，第308—309页。

么说并不意味着中西方的思维方式及其文化不存在各自的缺陷。

西方理论素以所谓的"科学"著称,但西方学者对此作了清醒的反思和批判。如,法国著名哲学家柏格森指出,用语言符号只能得到相对的知识,凭借理性逻辑仅能获得表面的知识,至于"生命意志"的"绵延"——柏格森称之为"唯一的实在"——是无法由逻辑、符号来寻找的。认清了语言、符号的局限之后,柏格森肯定了直觉、悟性的重要。美国当代哲学家 M · 怀特评述柏格森时说:"理性最多也不过是能够在一座预先构造的科学房屋四周'环行',而直觉则有进入这座生命、感觉和经验大厦的高贵特权。"①德国著名哲学家恩斯特 · 卡西尔对所谓"理性"也作过极为清醒的批判:"当人被一种特殊神明的启示开导之后就会发现:理性本身是世界上最成问题、最含混不清的东西之一。理性不可能向我们指示通向澄明、真理和智慧的道路";"有些事物由于它们的微妙性和无限多样性,使得对之进行逻辑分析的一切尝试都会落空"②。牟宗三也犀利地批评西方理论:"凡以西方那种外在的、观解的思考路数,以及其所派生的一切,来解析中国学问,甚至整个道德宗教的,俱是差谬不相应。……凡是那种外在的、观解的思考路数所决定的学问,对于人性俱无善解。因此,不能知性尽性,即不能开价值之源,树立价值之主体。"③然而,不少中国学人茫然不知西方思维方式的先天性缺陷,盲目崇拜、追随西方理论,"偶尔着研究自己的文化时,常不敢堂堂正正地面对自己所处理的对象,深入到自己所处理的对象,而总是想先在西方文化的屋檐下找一容身之地"④。难道不是这样吗?

在一次学术访谈中,高建平谈到,西方分析美学致力于对艺术批评的概念进行分析,与直接的艺术现象处在一种较为隔膜的、间接的状态。当

① [美]M.怀特编著:《分析的时代——二十世纪的哲学家》,杜任之主译,商务印书馆 1981 年版,第 62 页。

② [德]恩斯特 · 卡西尔著:《人论》,甘阳译,上海译文出版社 1985 年版,第 18 页、第 20 页。

③ 牟宗三著:《生命的学问》,广西师范大学出版社 2005 年版,第 25—26 页。

④ 徐复观著:《中国艺术精神》"自序",广西师范大学出版社 2007 年版,第 3 页。

代美学则在进行一种转向，重新关注社会文化的一些现实问题，比如关于现代艺术中出现的问题，环境中出现的问题等。实际上是美学这个学科本身在现代社会中经历着更新。分析美学帮助人反省自身的经验、思考和激情，中国美学必须经受分析美学的“洗礼”。因为没有这一“洗礼”，学术界在概念使用上，缺乏语言的自觉，美学讨论的学术水平得不到提高，中国美学就不能向上走一格，使美学更像一门学问。为此，高建平试图在中国材料的基础上建构一种与西方思想有着对话性的中国理论，以补充和发展西方已有理论，揭示出西方人由于自身传统而被遮蔽的思想要素①。显而易见，高建平认识到了中国传统美学思维方式的缺陷，而加强美学研究的逻辑分析，并融通中西以彰显中国美学理论的现代价值。

现代使用的“理论”(theory)一词的近亲分别为拉丁文 theoria 和希腊文 theoros，既意指内心的沉思与想法，也表示供观众观看的某种景象。从此逐渐演绎为同实践相对的、作为假设和假说的一种思想体系，其作用是对实践提出解释。再由这个意思进一步演绎出代表指向某种规律(law)的东西。在某种意义上，“理论”其实蕴含有作为一种观念表演的意思。在 17 世纪以来的某些英语语境中，这个词一度甚至与“投机的”(speculative)一词有些暧昧关系。在日常使用中，理论常常可以同“虚假”组合，并同“实用”(practical)的概念相对照②。这表明，理论原本并不具有颐指气使、君临天下的权势。法国思想家埃德加·莫兰强调说：“一个理论不是认识，它只是使认识可能进行的手段；一个理论不是目的地，它只是一个可能的出发点；一个理论不是一个解决方法，它只是提供了处理问题的可能性。换句话说，一个理论只是随着主体的思想活动的充分展开而完成它的认识作用，而获得它的生命。”③

① 刘大先撰：《中外交流中的美学寻求——高建平研究员访谈录》，《文学教育》2007 年第 6 期。

② [英]威廉斯著：《关键词》，刘建基译，生活·读书·新知三联书店 2005 年版，第 486—490 页。

③ [法]埃德加·莫兰著：《复杂思想：自觉的科学》，陈一壮译，北京大学出版社 2001 年版，第 270 页。

从不同的理论视角切入，西方理论家参与到文学艺术的批评，他们一方面对文学艺术作品有着丰满的感性体验，另一方面又表现了某种理性的澄明与超越。如，海德格尔对凡·高的著名油画《一双农鞋》的著名阐释：

从鞋具磨损的内部那黑洞洞的敞口中，凝聚着劳动步履的艰辛。那硬邦邦、沉甸甸的破旧农鞋里，聚集着那寒风料峭中迈动在一望无际的永远单调的田垄上的步履的坚韧和滞缓。鞋皮上粘着湿润而肥沃的泥土。暮色降临，这双鞋底在田野小径上踽踽而行。在这鞋具里，回响着大地无声的召唤，显示着大地对成熟的谷物的宁静的馈赠，表征着大地在冬闲的荒芜田野里朦胧的冬冥。这器具浸透着对面包的稳靠性的无怨无艾的焦虑，以及那战胜了贫困的无言的喜悦，隐含着分娩阵痛时的哆嗦，死亡逼近时的战栗。①

美国艺术史家梅叶·夏皮罗通过考证，认为凡·高所画的鞋子并不是农妇的鞋子，相反，它们是城里人的鞋子，具体地说，就是凡·高自己的鞋子。德里达还告诉我们，凡·高所画的鞋子甚至不是“一双”②。假如这一切都符合事实，那么，我们能不能由于这“一双农鞋”是“假”的，就推导出海德格尔的这一阐释是“无效判断”呢？问题可能没有这么简单，因为，《一双农鞋》是一个艺术作品，并非一件实物。

当文献学证明特洛伊战争中的海伦属于误传幻象、真实历史中的海伦当时在埃及时，德国著名马克思主义哲学家恩斯特·布洛赫（1885—1977）对于“荷马史诗”所蕴含的文学精神经验作了超越实证的诗意阐释：

---

① ［德］海德格尔著：《艺术作品的本源》，《林中路》，孙周兴译，上海译文出版社1997年版，第17页。

② 陆扬主编：《20世纪西方美学经典文本》第2卷，复旦大学出版社2000年版，第414页。

> 这件事情的真正深刻之处在于：特洛伊的或者说幻影的海伦比埃及的海伦更为优越，因为前者在梦中活了十年，并使梦想真正获得了实现。这是不能完全由后来的真正现实所取消的……只有特洛伊的海伦而不是埃及的海伦和军队一道行军，只有她使她的丈夫度过十年苦苦的徒然思念的岁月，使他备尝痛苦与又恨又爱的感情，使他背井离乡地度过许多夜晚，尝尽艰苦的军营生活，急切地盼望胜利。……砝码已经被轻易地互换了一下：在这个迷惑混乱之中，同一个罪恶的、受苦的但主要是有希望的世界连接在一起的、幻想出来的特洛伊的诱人的女妖几乎是唯一的现实，而现实倒几乎变成一个幻影。①

海德格尔对凡·高《一双农鞋》艺术魅力的揭示亦应作如是观。海德格尔说："走近这作品，我们就突然进入了另一个天地，其况味全然不同于我们惯常的存在。"②换句话说，这幅画向每一个观看者敞开了一种本真的生存，它真切表明了农妇劳作的艰辛与生活的勤劳，呈现一个农妇或农民的生活世界。因此，在有形的艺术品之中，实际存在着一种无形的东西，这种东西常常通过我们内在的生命冲动表现为一种精神性的现象，充盈于天地之中，并借助艺术家之手被赋予了生命，最终作为"存在"的"去蔽"显现于艺术作品之中。

可与海德格尔、布洛赫的上述经典阐释相媲美的，是精神分析大师弗洛伊德对列奥纳多·达·芬奇《蒙娜·丽莎》的"蒙娜·丽莎微笑之谜"的阐释：

> 蒙娜·丽莎的微笑中结合着两种不同的因素，这一思想打动了

① ［德］恩斯特·布洛赫著：《希望的原理》第1卷，第201页以下，法兰克福，1959。中译文转引自［英］利·拉贝兹编选：《修正主义》，叶寿曾、裘辉等译，商务印书馆1963年版，第204页。

② ［德］海德格尔著：《艺术作品的本源》，《林中路》，孙周兴译，上海译文出版社1997年版，第19页。

好些批评家。因此,他们在美丽的佛罗伦萨人的表情中发现了那种支配着女性性生活的冲突的最完美的表现——冲突在于节制与诱惑之间,在于最诚挚的温情与最无情的贪婪的情欲(贪婪地要毁灭男人,似乎他们是具有敌意的存在)之间。

弗洛伊德还引用了意大利作家安格罗·孔蒂的话说:

> 这位夫人在庄严的宁静中微笑着;她的征服的本能、邪恶的本能、女性的种种遗传、诱惑和俘获其他人的意志、欺骗的魅力、隐藏着残酷目的的仁慈——所有这些依次隐现于微笑的面纱后面,埋藏在她的微笑的诗中……好的和坏的、残忍的和同情的、优秀的和奸诈的,她笑着……①

《蒙娜·丽莎》画的究竟是谁?按照意大利作家、画家和建筑师乔其奥·瓦萨里(1511—1574)的说法,《蒙娜·丽莎》的原型是佛罗伦萨银行家弗朗西斯科·德尔·吉奥孔达的第二任妻子——丽莎·吉奥孔达;英国艺术史家伊芙琳·维尔奇博士则认为,《蒙娜·丽莎》的原型是当时曼图亚的统治者弗朗西斯科·冈查加的妻子——伊莎贝拉·德斯特,还有人认为是列奥纳多·达·芬奇赞助人朱利亚尼·美第奇的异国情妇——伊莎贝尔·桂兰达,或是一位充满冒险精神的"悍妇"——康丝坦莎·达瓦沃斯。进入新世纪,在米兰州立史料馆,人们发现一份重要档案,其中一份材料与列奥纳多·达·芬奇的终生助手卡普洛蒂有关。材料中有一份绘画清单,在所开列的作品中有一项名称写着"La Jonda"的被划掉,改为"La Gioconda"(意思是"微笑的人"),这个名称是达·芬奇一位已婚模特儿的夫姓,她的本名是丽莎·吉奥蒂尼(Lisa Gheradini)。卡普洛蒂的

① [奥]弗洛伊德著:《弗洛伊德论美文选》,张唤民、陈伟奇译,知识出版社 1987 年版,第 79 页、第 80 页。

清单表明达·芬奇可能把这幅杰作留给了他，而丽莎·吉奥蒂尼就是《蒙娜·丽莎》的原型。米兰的重大发现证实了500年前瓦萨里的说法。至此，《蒙娜·丽莎》画的究竟是谁的问题，已水落石出①。2012年7月17日，意大利考古学家声称找到了疑似丽莎·吉奥蒂尼的遗骨。2014年2月，研究人员对遗骨作的DNA测试表明，她就是《蒙娜·丽莎》的原型丽莎·吉奥蒂尼。

这些关于原型的"考古"式研究，似乎并无助于我们破解《蒙娜·丽莎》的"神秘微笑"。1547年，乔其奥·瓦萨里较早留意到《蒙娜·丽莎》所呈现的笑容非同寻常：

> 在列奥纳多的这幅作品中，有着一种令人心醉的微笑，那样的超逸，那样的圣洁，此微笑难以捉摸，不可思议，生活中没有比此更具活力的微笑了。②

此后500多年来，人们对这"神秘微笑"作了形形色色的解读，大致可分实证主义与审美心理两大派系。

实证主义派的代表人物是美国哈佛大学神经学家玛格丽特·利文斯通教授。她认为人们之所以感觉《蒙娜·丽莎》的微笑扑朔迷离，原因在于一种视觉系统的工作原理。根据视觉系统的工作原理，我们分别通过中央区域和外围区域来看外部世界。中央区域负责最强烈的视觉刺激，使我们具备看到色彩的能力，最适宜辨别细节，却不适宜识别影子；而外围区域获取辅助视觉，专门负责感觉黑白、阴影和运动。当人们凝视一副面容，视觉中心往往集中在眼睛上，精确度较低的外围视觉则集中在嘴上。由于外围视觉对细节比较迟钝，而"乐于接受"来自画面人物颧骨的

---

① 胡跃生著：《细看达·芬奇》，广西师范大学出版社2005年版，第100—103页，第103—106页。

② ［意］乔其奥·瓦萨里著：《著名画家、雕刻家、建筑家传》，刘明毅译，中国人民大学出版社2004年版，第235页。

阴影,使整体趋于模糊,强化了蒙娜·丽莎笑容所涉及的阴影。一旦凝视蒙娜·丽莎的嘴,中心视觉就很难看见阴影,便看不到她的笑容了。利文斯通还对《蒙娜·丽莎》作了扫描,并用电脑对扫描结果进行处理,重现图像但是过滤掉了阴影,图像的每个细节都很清楚,但再看人物时微笑就不易看到了;但若把阴影再次加强,微笑便会再次浮现出来。

实证主义阐释帮助我们理解真、把握真,体现了科学主义的精神。审美心理阐释则启发我们认识美、欣赏美、懂得美。审美心理派代表人物是美国耶鲁大学临床外科教授舍温·纽兰,他说:

> 她在笑什么?她是否知道了我们不知道的事情,她怎么会知道文化的想法?这连我们自己都不知道。达·芬奇听见了一般人听不见的声音。我觉得这个微笑表示着:我知道一些你们从来都不知道的事情,我了解你和这个世界,而你却永远也不得而知。这是达·芬奇传达给全世界的信息,同时也有一种夫子自道。所以,我觉得在这幅肖像画中,达·芬奇描绘的是自己,同时绘就了自己一生的故事。

审美心理派的学者认为,达·芬奇自幼得到的母爱是蒙娜·丽莎的微笑之源,母亲那充满神秘和慈爱的微笑深深铭记在画家童年的记忆里,而丽莎·吉奥蒂尼的微笑则唤醒、激活了画家对母亲的微笑的追忆,画家将记忆中的微笑形诸画笔,并结合到了丽莎·吉奥蒂尼的形象上①。不过,在我看来,弗洛伊德的上述阐释似乎要比舍温·纽兰更有说服力,因为它揭示了《蒙娜·丽莎》所表现的历史特征或心理特征。

法国艺术史家丹纳指出:"文艺复兴是一个绝无仅有的时期,介乎中世纪与现代之间,介乎文化幼稚与文化过度发展之间,介乎赤裸裸的本能世界和成熟的观念世界之间。"②在丹纳看来,意大利文艺复兴运动瓦解

---

① 参阅胡跃生著:《细看达·芬奇》,广西师范大学出版社 2005 年版,第 103—106 页。
② [法]丹纳著:《艺术哲学》,傅雷译,安徽文艺出版社 1991 年版,第 160 页。

了中世纪以来的信仰,造成道德沉沦的“时代病”,表现为:“感官的诱惑太强,幻想的波动太迅速;精神上先构成一个甜蜜的、消魂的、热情汹涌的梦境,至少先编好一个肉感又强又有变化的故事;一有机会,平时积聚的浪潮便一涌而出,把一切由责任和法律筑成的堤岸全部冲倒。”①另一方面,当我们仔细地研究文艺复兴时期的恋爱道德时,又发现一个鲜明的对比:小说家们和喜剧诗人们使我们了解到爱情只是在肉欲享受,但是,在那些最好的抒情诗人和对话体作家的作品上,我们又看到另一种最高贵的、深挚纯洁的感情,人原来与神合一的古代信念得以复活。换言之,生活的两极:一是世俗的肉欲享乐,乃至通奸、凶杀、猥亵;一是优雅的骑士风度、圣母的仁爱和高贵的罗马精神——二者构成了文艺复兴的时代精神气候,正是这种“情感结构”(Structure of feelings)形成了文学艺术作品的二重性。弗洛伊德对《蒙娜·丽莎》的精神分析,由于生动剖示了文艺复兴时期人们的“情感结构”,而令人信服!

文学艺术有着极大的广延性,它绘制了一幅完整的世界版图,有助于我们建立经验的、文化的连续性和统一感。海德格尔、布洛赫、弗洛伊德等人的批评实践,没有对复杂的精神世界作简约化的处理,而是生气灌注,有光泽,有渗透力。在我看来,这些批评既非“场外征用”,亦非“主观预设”,它们有着独立的精神价值,我们不必拘泥于它们是否符合史实或作者意图。清代诗人袁枚早就说过:“作诗者以诗传,说诗者以说传。传者传其说之是,而不必尽合于作者也。……遽谓吾说已定,后之人不可复而发明,是大惑也。”(《程绵庄诗说序》)

① [法]丹纳著:《艺术哲学》,傅雷译,安徽文艺出版社1991年版,第214页。

二、走向中西会通

19 世纪以降,西学东渐,西方文化一直以“科学”的面目作为一种真理话语出现,中国学人多唯其马首是瞻,与西方文化思潮亦步亦趋,过分倚重西方现代学术思想或理论,从中寻得某个思想框架以阐释中国文化现象,毫无抵抗地让“中国问题”成为这些理论的现成例证,致使对本土文化丧失了应有的理论把握力和思想原创力。

在《人生之体验》的“导言”里,唐君毅坦言:愈是现代的人生哲学之著作,愈是让人喜欢不起来。何故?这些著作纲目排列整整齐齐,叠床架屋,除了可助教学或清晰些观念性知识,实无多价值;它们不能与人以启示,透露不出著者心灵深处的消息,且足以窒息读者之精神的呼吸①。

因此,有人主张坚守中国文化立场又不抱残守缺,而是有所通变,以对传统学术的“祖述”与“引申”、师承与创新来抵御西方学术的巨大压力。如,1901 年,文体学家王兆芳在撰写《文章释》一书时,写了一封信给俞樾,谈到自己写作此书的设想:“今者西术与我学争,我若固守专家之师承,而儒道反不振。兆芳以为学通天地人而考道于古圣贤,论道于事物,祖述不摇,引申不已。使我儒道之大,足以括西术之长,而且西术之长,不足抗我儒道之大。若是亦善守师承者乎。”②坚守中国文化立场自然是必要的,但如果研究只是为了保持或恢复原貌,止步于对古籍的整理、校订、注释,“祖述不摇,引申不已”,这种“通变”仍然是有限的。

杨义善意地提醒研究者,“对于西方理论的本质和源流、精华和偏枯,都应该尽可能地进行深入的洞察和深入的把握。不下这番工夫而轻率痛

① 唐君毅著:《人生之体验》“导言”,广西师范大学出版社 2005 年版,第 3 页。

② 王兆芳:《文章释》卷首《遗曲园先生书》,见王水照主编:《历代文话》,复旦大学出版社 2007 年版,第 6256 页。

斥，难免流于虚妄，但经过深入的洞察把握之后，却不能汲取其精华而跳出其窠臼，不能认识其偏颇而破除其缺陷，则难免流于平庸”[①]。那么，我们怎样才能做到准确地理解西方文化，并汲取其精华呢？

第一位享誉全球的演奏家、被世界乐坛誉为“钢琴诗人”的傅聪及其艺术实践，或许能给我们一些有益的启示。

1955 年，傅聪获“第五届萧邦国际钢琴比赛”第三名，以及萧邦《玛祖卡》演奏最优奖。评委、意大利钢琴家阿高斯蒂教授对傅聪说：“只有古老的文明才能给你那么多难得的天赋，萧邦的意境很像中国艺术的意境。”评委一致认为，傅聪的演奏“最赋有萧邦的灵魂”。南斯拉夫报纸也曾以《钢琴诗人》为题赞扬傅聪说，在他的“思想与实践中间，在他对于音乐的深刻理解中间，有一股灵感，达到了诗的境界。”并说他的演奏艺术：“是从中国艺术传统的高度明确性脱胎出来的。他在琴上表达的诗意，不就是中国古诗的特殊面目之一吗？他镂刻细节的手腕，不是使我们想起中国册页上的画吗？”

傅聪获奖后，曾有西方记者问他：“你是不是完全西方化了才懂得许多？”傅聪的回答是：“不！假如是这样的话，就不需要我了，我就不过是你们西方的一个模仿，那就多此一举！……我们中国人……或者也可以说，每一个民族，都可以对另一种文化有所贡献。当然……一定要自己文化的根扎得很深。因为文化这个东西到了高处，在那个顶上，和那个根上都是相通的，这个在世界上还是大同的，原来就是大同的。”

1946 年诺贝尔文学奖获得者德国作家赫尔曼·黑塞(1877—1962)在收音机里听了傅聪演奏的萧邦之后，激动不已，写下了《致一位音乐家》一文，他说：

> 我所听到的不仅是完美的演奏，而是真正的萧邦。……我可以感受到紫罗兰的清香，马略卡岛的甘霖，以及艺术沙龙的气息。乐声

① 杨义撰：《文学研究进入二十一世纪》，载《文学评论》2000 年第 1 期。

> 悠扬,高雅脱俗,音乐中韵律的微妙及活力的充盈,全都表现无遗。这是一个奇迹。
>
> 他像是出自《庄子》或《今古奇观》之中。他的演奏如魅如幻,在“道”的精神引领下,由一只稳健沉着、从容不迫的手所操纵,就如古老中国的画家一般,这些画家在书写及作画时,以毛笔挥洒自如,迹近吾人在极乐时刻所经历的感觉。此时你心有所悟,自觉正进入一个了解宇宙真谛及生命意义的境界。①

艺术到了最高的境界,是不分畛域的。赫尔曼·黑塞与傅聪,一个文学家,一个音乐家,两人从未谋面,却是灵性上的同道中人,彼此心心相印!

傅聪演奏的是纯西化的钢琴音乐,然而,他是用中国人的心灵来演绎、升华西方音乐的。傅聪是怎么把东方的文化“化”进去的呢?傅聪说:“我并不是故意这么做的!一个人的气质,内心的修养,是无形中存在的。作为一个中国人,我身上有了中国人的文化修养,在演绎西方音乐时,就多了一个角度去理解西方音乐,这给了我一种想象力,或者说我很Chinese(中国),很特别,像是总有自己的话要说;然而这不是哗众取宠的东西,不是故意加入的,而是无形中存在的。我绝对没有去故意‘东方化’或‘中国化’。”

傅雷曾写过题为《傅聪的成长》一文,他说:“我和意大利教授一样,认为傅聪这方面的成就大半得力于他对中国古典文化的认识与体会。”接着又说:“的确,中国艺术的最大特色,从诗歌到绘画到戏剧,都讲究乐而不淫,哀而不怨,雍容有度;讲究典雅,自然,反对装腔作势和过火的恶趣,反对无目的地炫耀技巧。而这也是世界一切高级艺术共同的准则。”傅雷坚信:“只有真正了解自己民族的优秀传统精神,具备自己的民族灵魂,才

① [德]赫尔曼·黑塞撰:《致一位音乐家》,金圣华译,载《爱乐》2003年第12期。

能彻底了解别个民族的优秀传统，渗透他们的灵魂。”①1963年11月3日，在致傅聪信中，傅雷写道：“真了解西方的东方人，真了解东方人的西方人，不是没有，只是稀如星凤。对自己的文化遗产彻底消化的人，文化遗产决不会变成包袱，反而养成一种无所不包的胸襟，既明白本民族的长处短处，也明白别的民族的长处短处，进一步会截长补短，吸收新鲜的养料。”②

傅雷是一个在中国最优秀的传统中植根极深的知识分子，他培养儿子傅聪时，既强调传统文化教育，同时又告诫傅聪应无书不读，博览群书：“像你这样的艺术家，应当无书不读，像 Busoni，Hindemith 那样”；“名家的音乐论著，可以帮助我们更准确地了解以往的大师，也可以纠正我们太主观的看法。我觉得艺术家不但需要在本门艺术中勤修苦练，也得博览群书，也得常常作 meditation，防止自己的偏向和钻牛角尖，感情强烈的人不怕别的，就怕不够客观；防止之道在于多多借鉴，从别人的镜子里检验自己的看法和感受。”③

文化滋养了音乐，音乐从文化中得到了巨人的力量。傅聪既是一位钢琴演奏家，又是一个学问家；他带给听众的不仅仅是音乐上的享受，还有一个古老国度的文化精髓，一种人文主义的广度、深度和高度。1982年1月20日，傅聪与华韬对谈时说：

> 你知道吗？我弹萧邦的音乐，就觉得好像自己很自然的在说自己的话。德彪西呢，是我的文化在说话，弹德彪西的时候，觉得感情最放松，德彪西音乐的根是东方的文化，他的美学是东方的，他跟其他作曲家完全不一样。……莫扎特是什么呢？那是我的理想，就是我的理想世界在说话。……舒伯特像陶渊明，舒伯特的境界里有一

① 傅雷著：《傅雷文集·傅雷谈艺术》，江苏文艺出版社2010年版，第318页。
② 傅雷著：《傅雷文集·傅雷家书》（增订本），江苏文艺出版社2010年版，第420页。
③ 傅雷著：《傅雷文集·书信卷》，安徽文艺出版社1998年版，第522页、第610页。

些我觉得就像中国知识分子尤其是文人传统上特有的那种……那种对人生的感慨。……像陶渊明关于生死的那些诗，是对人生的一种有哲学意味的感慨，这也是中国文人的传统，在文化上达到了很高的境界。①

在傅聪眼里，西方作曲家的世界，跟中国传统的最优秀文化人的世界，并没有一点点的隔阂，完全相通。为什么会这样呢？同年5月25日，傅聪在台北太平洋国际商业联谊社举行的记者招待会上说：

我觉得作为一个中国人——不管你作为哪一国人——一定要对本国文化有非常深刻的认识，自己文化的根扎深的话，有了升华，才能更深刻的体会其他民族的文化，这看起来好像很矛盾，其实不矛盾，因为一切文化都有深刻的人民性，是真正的挖掘了这个民族的根、民族的心灵。可是，事实上，所有人类的心灵是相通的，都一样。自古到今，这个世界搞不好，总是为了种族的分别、国家的分别、性别的分别，或者“代沟”——老一代和年轻一代的分别——打得头破血流，却忘了这些分别都是小分别，最大的“同”——都是“人”。②

傅聪自称是音乐的“传道士”，他说：

世界上所有的文明，在根子上，在最高点上都是相通的。只不过是生在不同的土壤，那么发展的过程，可能不一样；可是基本上来讲，人类的智慧，全人类的智慧是通的。……他们的世界跟中国传统的最优秀文化人的世界，并没有一点点的隔阂，完全相通。只不过用的语言不一样，可精神本质是通的，都是全人类所追求的一种最高的

① 傅敏编：《走出家书——与傅聪对谈》，天津社会科学院出版社2005年版，第236—237页。
② 傅敏编：《走出家书——与傅聪对谈》，天津社会科学院出版社2005年版，第198页。

境界。[1]

人性到了某种极致，人心相通，人文相通，且自然呈现。与世界上最优秀的灵魂对话，领受其弥漫、渗透作品的灵气和悟性，傅聪自然创造出了属于自己的形象、语言、思想和境界。

在与王蒙的一次对谈中，被誉为“国际汉学大师”的叶嘉莹提出，西方的东西不是不可以用，但一定要把中国的传统弄清楚了以后，才能够真正理解、接受西方的东西。她打了一个比方，一个有血有肉的活人，不管什么营养他都可以吸收，但是，如果本身是死的、僵化的，任你打什么营养的针，吃什么营养的药，也不会发生什么作用。所以，一定要熟悉自己的传统，有一个鲜活的生命；一定要有本身的自己的我们国家民族的文化的根基，然后才可以用人家的东西并可以吸收人家的养分；如果没有自己的深厚的根基，什么都没有，一无所有，那不过是一具僵尸，是死板的，没有生命的，勉强去跟人家这里偷窃一点，那里摘取一点，只能是牵强附会，这都是盲目的，没有什么好结果的[2]。百余年来，我们热衷于学习西方的新理论，但是对于自己国家的古典文化传统却已经相当陌生，这种陌生造成了要将中西新旧的多元多彩的文化加以选择取舍和融会结合时，存在一个重大的盲点，即无法将这些理论和术语在实践中加以适当的运用[3]。

面对“强势”的西方文化，中国现代学者如果缺少必要的精神支撑，是极易失去自己声音的。鲁迅先生当年力主“以自己为主”“自己裁判”和“自立其则”，以摆脱“被描写”的命运，走出一条中国人自己的学术创造之路；倘若缺乏了自强自力，缺乏了现代思想——包括思想方式、情感方式与心理素质——只“不过敬谨接受”，那只会形成双重“桎梏”，最终窒息了自己。傅雷也提出，借鉴外来艺术的要诀是“保持自我”“融为己

---

① 傅敏编：《走出家书——与傅聪对谈》，天津社会科学院出版社 2005 年版，第 44 页。
② 参阅王蒙著：《王蒙文集·谈话录（下）》，人民文学出版社 2014 年版，第 125 页。
③ 《百年词学的文化反思——叶嘉莹教授访谈》，载《中国社会科学报》2010 年 3 月 18 日第 5 版。

有”。关于前者,他认为,“被外来文化征服而完全抹杀了自己”,是艺术发展到颓唐时代的一种表现。中国优秀的传统文化,对于“数典忘祖”的现代中国人而言,是亟待“补课”的。傅雷与刘抗谈画时说过:“不从古典中‘泡’过来的人空言创新,徒见其不知天高地厚而已(亦是自欺欺人)。”[①]“保持自我”的真义在于,保持“中国人的灵魂,中国人的诗意,中国人的审美特征”[②],“使自己的内生活丰满、扩实,把自己的人格磨练、升华,观察、实现、体会固有的民族之魂以努力于创造”[③]。

叶嘉莹少承家学,大学时期受业师顾随熏炙,国学根基深厚,加上又有鲜活、丰富的诗词创作和研究的体验与发现,故对中国文学及其诗学传统有比较全面、深入的理解与把握。立足于中西文化交汇的高度,叶嘉莹自然地将中国诗词之美感特质及传统的诗学、词学与西方现代理论予以参照、对比,并在整理和分析中作出颇具逻辑思辨性的阐发。如,叶嘉莹文学批评理论的核心——“兴发感动”说,便吸纳了英伽登、伊瑟尔、姚斯等人的现象学、接受美学等西方理论资源,而以之统摄文学的创作、欣赏、批评等全过程,使这一学说成为一个富有新意、有着鲜明理论个性和时代特色的中西融合、体系完整的诗学范畴,有力推动了中国传统文论的现代化进程[④],真正做到了于连所说的“用中国概念重新诠释中国文论思想传统”。叶嘉莹说:“我们重视内心与外物感应的这一点,与西方的现象学也有暗合之处。现象学重视内心主体与外物客体接触后的意识活动。他们所说的主体就是人的意识,我们中国人称之为心。当你的主体意识与外在客体的现象接触的时候,就一定会引起你主体意识之中的一种活动。所谓现象学就是要研究你这个主体投向客体的时候,你的主体意识的活动。你可以感受,你可以感动,可以是回忆,可以是联想,各种活动都包括

① 傅雷著:《傅雷文集·书信卷》,安徽文艺出版社 1998 年版,第 310 页。

② 傅雷著:《傅雷谈美术》,当代世界出版社 2005 年版,第 52 页。

③ 傅雷著:《傅雷文集·艺术卷》,安徽文艺出版社 1998 年版,第 251 页。

④ 可参阅朱巧云著:《跨文化视野中的叶嘉莹诗学研究》,中国社会科学出版社 2008 年版,第 46—96 页。

在其中了。我们中国所重视的心与物，交相感应的作用就正是相当于西方现象学所说的主体意识与客体外物现象相接触的时候产生的活动。这本来是我们所有的人类、凡是有意识的人类一个共同的意识活动。”①叶嘉莹就是这样用现代化的理论反思证明了中国传统诗学、词学理论的价值，使它们在世界文化的大坐标系中找到了应有的位置。这正如现代考古学家李济所言：“中国历史是人类全部历史的最光荣的一面，只有把它放在全人类的背景上面，它的光辉才显得更加鲜明。”②

傅聪杰出的艺术实践以及叶嘉莹成功的学术创造表明，我们之所以与西方文化之间存在隔膜，无法理解、吸收西方文化的精髓，除了中西方思维方式的差异，更重要的恐怕还是自身的民族文化之根扎得不深、扎得不稳。因此，“融合中西艺术观点往往会流于肤浅，cheap，生搬硬套”。傅雷说得好：“唯有真有中国人的灵魂，中国人的诗意，中国人的审美特征的人，再加上几十年的技术训练和思想酝酿，才谈得上融和‘中西’；否则，仅仅是西洋人采用中国题材或加一些中国情调，而非真正中国人的创作；再不然只是一个毫无民族性的一般的洋画家，看不出他国籍，也看不出他民族的传统文化”③。

置身于新媒介社会，随着电子经验逐渐取代传统的自然经验，一切都被能指化、叙事化，我们生活在片断之中、断裂之中，差异之中，并未能拥有一个共同的整体性生活；表面上一片“扰攘”，内里却相当“荒凉”。面对时代变迁不断甩出来的问题，许多自命不凡、傲慢自负和夸夸其谈的“思想者”，大多是些操弄、贩卖西方假观念（Pseudo-concepts）的所谓专家学者；他们总是有意或无意地回避了苦闷、沮丧、挣扎、屈服、无奈的“精神生活”，根本不可能从历史与现实中提取稀薄的、弥足珍贵的某些东西，更不可能积攒起一种令人震颤的、将一切裹挟而去的精神力量。这些专

① 叶嘉莹著：《唐宋词十七讲》，河北教育出版社 1997 年版，第 438 页。
② 转引自岳南著：《千年学案——夏商周断代工程纪实》“扉页题记”，浙江人民出版社 2001 年版。
③ 傅雷著：《傅雷文集·书信卷》，安徽文艺出版社 1998 年版，第 29 页。

家学者不过熟练掌握了某种"精神致幻术",所谓经验的整合、生活的整体性想象,由于淤积了诸多文化阻隔而显得芜杂、浮泛、僵硬、无趣;他们所营造的"仿像世界",那些与时代不相关涉的"高文典册",由于匮乏丰沛而深厚的质地,以及饱满的生命力和温润的底色,无法让人体悟到灵魂经验的内在性、切身性和超越性,而只能是加剧混乱现实的混乱。以是之故,现代中国学术不乏第一流的丰厚而独特的资源,但第一流的、自成体系的理论创造却并不多见。

因此,张江教授提出中国文论建设必须"坚持民族化方向", 一是要回到中国语境,"包括中国特有的历史文化、鲜活的现实经验等;二是要充分吸纳中国传统文论遗产,"对中国传统文论遗产进行价值重估和精神接续";'唯有如此,中国未来的文艺理论所发出的,才是中国的声音"[①]。这是颇有见地的思想。

那么,怎样才能做到"外之既不后于世界之思潮,内之仍弗失固有之血脉,取今复古,别立新宗"[②],也就是在中西之间取得一种平衡,实现真正意义上的中西会通呢?

在中国当代文艺学史上,童庆炳是国内文艺思想自成体系、屈指可数的学术大家之一。数十年来,童庆炳在审美诗学、心理诗学、比较诗学、文体诗学和文化诗学等诸多领域纵横捭阖,卓然自成一学派,并以其深邃的学术思想一直引领着新时期以来中国文学理论潮流和发展。童庆炳指出,在诠释中华文论著作中提出的观念、体系时,必须克服两种倾向:一是"返回原本",它多承乾嘉饾饤考订之余弊,这种致力于古代文论的校勘、训诂一类"文物考古式"的研究,把古代文论当作博物馆的一堆现成东西来对待;这种工作的意义是极有限的,尚未进入真正研究的层次;二是"过度阐释",即将中国古代文论纳入西方文论的逻辑框架,当作佐证西方文论的材料,消解了中国古代文论原有的、精微的民族个性。为此,童庆炳

---

① 张江撰:《当代西方文论若干问题辨识——兼及中国文论重建》,载《中国社会科学》2014 年第 5 期。

② 鲁迅著:《文化偏至论》,《鲁迅全集》第 1 卷,人民文学出版社 2005 年版,第 57 页。

提出了古代文论研究的“三项原则”：

其一，历史优先原则，这就是要尊重历史史实的本来面貌，对它作真实性的把握；研究古代文论，必须置于具体的历史文化语境中来考察，让它们从历史的尘封中苏醒过来，以鲜活的样式呈现在我们的眼前，变成可以被人理解的思想。

其二，“互为主体”的对话原则。西方文论是一个主体，中国古代文论也是一个主体，要取得一个合理的结论，需要两个主体互为参照系进行平等的对话，盲目的本土主义是不足取的。

其三，逻辑自洽原则。中西文论对话是有目的的，不是为对话而对话，而是为了古今贯通、中西汇流，让中国古代文论焕发出青春活力，实现现代转化，自然地加入到中国现代形态的文学理论体系之中。这里的“逻辑”不仅是形式逻辑，更是辩证逻辑；所谓“自洽”，即“自圆其说”，实现古今学理的贯通与融洽①。

童庆炳倡导“中西互证、古今沟通”不是务虚，而是极其务本、身体力行的。童庆炳已出版的《中国古代心理诗学与美学》《文体与文体的创造》《中国古代文论的现代意义》和《〈文心雕龙〉三十说》，是这一研究范式的生动示例；它们对中国古代文论诸多核心的范畴和命题作了系统清理，一个一个问题地解决，可谓是铢积寸累、足踏实地的研究力作。无论是理论还是实践，在我看来，“中西互证、古今沟通”的研究范式都有着非常重要的指导意义。中国古代文论传统博大精深，而传统作为一个民族的“经历物”，是永远不会消失的，它不仅体现在“物”（如文化典籍、出土文物等）的方面，而且凝结于观念和制度之中，并以无意识的状态深藏在人们心里。许多事实表明，中国诸多文化典籍中有很多可贵的东西尚处于“沉睡”状态，以往那种“文物考古式”研究，“因其过于零碎、浅薄，常常流于虚妄。所以这一派人士所作的研究工作，往往是以科学的口号开始，

---

① 童庆炳撰：《中华古代文论研究的现代视野》，载《东方丛刊》2002年第1期。

以不科学、反科学的收获告终”①。牟宗三的批评一针见血:“今之治史者,其头脑皆成无色者,其心灵皆成光板者,无性无情,无仁无义,只印上一些事件之黑点。此之谓科学方法之用于史,其结果是治史者不懂史,成为历史意识文化意识之断灭,成为慧命之斩绝。虽曰纵贯,实是横列。他们把历史事件化、量化、空间化,哪里还有纵贯?”②牟宗三沉痛地指出:“不能通过历史陈迹而直透华族文化生命之源,不得谓能接通华族之慧命。接不通慧命,不得谓为有本之学,其学亦不能大;不得谓为真实之中国人,其为中国人只是偶寄之习气之存在。”③因此,研究那些传世文化典籍或出土文物并没有错,问题的关键是,研究者与研究对象的真正相遇,只在于一种生命的沟通;只有一个精神富裕的人,具有足够生命强度的人,才能通过诉诸切己生命的阐释,使传世文化典籍或出土文物所深深顾念的那个世界焕发出生命,在接续传统文化血脉的前提下,“中西互证、古今沟通”,将一切人类精神财富尽收眼底,开拓万古之心胸,向人性更高层次的自由不断攀升、超越。

正如童庆炳所指出的,文艺理论研究的对象是文学事实、文学经验和文学问题;文艺理论不只是一种对象化的知识性存在,它还对社会、生活、文化、现实等进行反思、判断,其核心归根结底还是人的存在与发展问题。知识、学问是看得见的,境界则看不见,但比看得见的知识、学问更为重要得多。“境界”所涉及的是“人生的意义何在”的问题,以及由此引申的人生应当如何理会当下并超越当下的问题。作为一种人格标示,境界与灵魂一样,都是从皮肉、大脑、心脏里熬出来的东西,岂可预期的简单复制或挪用?为此,每个人都必须在精神上统一、提升自我,由知识到学问到眼光,由人格到风骨到境界,不断超越自己成就新的自我。只有焕发出经由传统文化长期浸润而形成的韵致与光泽,在与西方理论借鉴、参照、对话

① 徐复观著:《“王充思想评论”序》,见黎汉基、李明辉编:《徐复观杂文补编》第1册,“中华研究院中国文哲研究所”2001年版,第476—477页。

② 牟宗三著:《生命的学问》,广西师范大学出版社2005年版,第121—122页。

③ 牟宗三著:《生命的学问》,广西师范大学出版社2005年版,第122页。

乃至对抗的过程中，才能从自己身上生长出整体性把握自己的能力，形成与激荡的现实生活强有力对话的能力，衍生、创造直逼人的内心世界的新文化，释放出生命的质感、力量感，如鲁迅先生所言，“深邃壮大”国人的“精神生活”！

三、超越“实用”之思

张岱年曾指出，孔子的思想最为深刻地塑造了中华民族的文化精神和文化心理[①]。然而，人们对以孔子为代表的儒家诗学思想却有诸多的偏见和误解。

以孔子为源头和中心的儒家思想，在道德领域往往被现代人批评为教条主义或宣传主义（propagandism）、泛道德主义或说教主义（didacticism），在文学艺术领域则常被抨击为“实用理论”（pragmatic theory）。如，美国学者刘若愚说：“实用理论……是基于文学是达到政治、社会、道德，或教育目的的手段这种概念。由于得到儒家的赞许，它在中国传统批评中是最有影响力的。”[②]还说：“孔子的文学概念主要是实用的；即使他也注意到文学的情感效果和审美特质，但这些对他而言，是次于文学的道德和社会功用的。”[③]也就是说，孔子主要把文学艺术看成一种达到教诲读者之目的的“手段”或“工具”。著名美学家李泽厚则认为，儒家思想是一种从商周的巫史文化中解放出来的理性，它执着于人世间的实用探求，往往将有用性作为真理的标准，认定真理在于其功用、效果。所以李泽厚将其称为“实用理性”。在他看来，儒家强调“艺术的人工制作和外在功利”，并且“由于以其狭隘实用的功利框架，经常造成对艺术和审美的束

① 张岱年著：《文化与哲学》，中国人民大学出版社2009年版，第269页。
② ［美］刘若愚著：《中国文学理论》，杜国清译，江苏教育出版社2006年版，第160页。
③ ［美］刘若愚著：《中国文学理论》，杜国清译，江苏教育出版社2006年版，第168页。

缚、损害和破坏”[1]。按照刘若愚、李泽厚等人的观点,人们自然把儒家的文学思想归结为经世致用或实用主义,或者简单化地理解为宣扬儒家伦理道德、为封建王朝服务的“政治工具”说。譬如,对于“文以载道”的见解与论断,就存在着若干非历史主义的或值得进一步探讨的观点。张岱年等人认为,“文以载道”产生负面影响,“使文学在一定程度上沦为政治的附庸,从而削弱了其主体意识和个性自由”[2];章培恒等人则认为,柳宗元、韩愈倡导“文以明道”,“确实是遏制文学生命力的因素。它预示着一个文学,特别是传统的文人文学衰退时代将会到来”[3]。

陆侃如、冯沅君曾经指出,在中国古代哲学家中,只有三个人是真正懂得文学的,一是孔丘,二是朱熹,三是王夫之;他们说话不多,但句句中肯。刘若愚、李泽厚等人在文学理论、美学上均有很高的造诣,他们之所以对孔子的诗学思想有如此“成见”,最重要的是时代意识。刘若愚、李泽厚等人囿于“新批评”或纯粹美、纯文学的狭隘视阈,把文学看成一个独立自存的领域,不满意于传统中将文学置于“道”之下的观念,而以过分简单的方式来处理研究资料。

其实,在儒家思想被定于一尊之前,孔子论诗的精义已超出了“用”的视域之外。刘若愚、李泽厚等人批评儒家美学,将它视为“实用理论”是不准确的;在孔子的诗学思想中,即便有“实用”的观点,其本身也涉及诗学理论中重要的课题,不能因此而贬抑孔子论诗的意见。为此,我们很有必要以历史主义(Historicism)的态度,对孔子的诗学思想进行深层次、多角度、具体化的再释与重估。

《论语·阳货篇》载:

小子何莫学夫《诗》?《诗》可以兴,可以观,可以群,可以怨。迩

① 李泽厚著:《李泽厚十年集·美的历程》,安徽文艺出版社1994年版,第58页。
② 张岱年等主编:《中国文化概论》,北京师范大学出版社1994年版,第175页。
③ 章培恒等主编:《中国文学史》中册,复旦大学出版社1996年版,第15—16页。

之事父，远之事君；多识于鸟兽草木之名。

朱熹《集注》云："学《诗》之法，此章尽之。"[①]何谓"学"？"學"下面是小孩子被"蒙"着，什么也不知道；上面是两只手去其"蒙"，让他开启觉悟。故《白虎通·辟雍篇》云："学之为言觉也，以觉悟所未知也。"（《白虎通·辟雍篇》）"学"之为觉（悟），说明"学"不只是去探索外部的未知领域，获取客观的知识，还要觉悟自身的不足和缺陷，将外在的知识予以"内化"，充实其志气，熏陶其情性。用刘勰的话说，即"百家腾跃，终入环内"（《文心雕龙·宗经》）。"兴""观""群""怨"则是孔子对"学《诗》之法"的具体阐述。

1."可以兴"

《诗》"可以兴"，这个"兴"字，何晏《论语集解》引孔安国《注》云："引譬连类。"皇侃《论语义疏》引江熙云："览古人之志，可起发其志也。"可见，"引譬连类"是指个别、具体的意象的譬喻，通过人们的联想和想象，领悟到与这个譬喻有关的带有普遍性的道理。朱熹注此处之"兴"为"感发意志"，所谓的"感发意志"，就是指诗可以激发、感染人们的情感和意志。可见，"兴"与"仁"有着非常密切的关系。《论语·述而》云："仁远乎哉，我欲仁，斯仁至矣。"可见，"仁" 不是死板的道德条目，而是真实存在于人的生命之中的，一种内在的、道德的自发性，是种种道德行为的根源所在。由于"仁"的存在，"礼"才不至于流为僵固的形式。程明道云："仁者以天地万物为一体，莫非己也。认得为己，何所不至？"与他人、与天地万物相感通而为一体，这是"仁者"实现了"仁"的境界。

显然，我们只有把"引譬连类"与"感发意志"相互联结起来，才能完整地诠释"诗"之"兴"。在"兴"的活动中，只有通过具体的"引譬连类"，诗歌才能借助其形象性、直观性的特点，感染、激发人之意志。在"感发意

① 朱熹著：《四书集注》，岳麓书社2004年版，第202页。

志”的审美活动中,“诗”豁醒、兴起、开启了人之精神的、真实的生命。诗歌不仅是读者阅读、批评、研究的对象,更是开启、体认人之精神的、真实的生命之所必需。因此,要成为“仁”人,必先学诗。清初学者李塨(1659—1733)《论语传注》云:

> 《诗》之为义,有兴而感触,有比而肖似,有赋而直陈,有《风》而曲写人情,有《雅》而正陈道义,有《颂》而形容功德。说(悦)之故言之,言之不足故长言之,长言之不足故嗟叹之。学之而振奋人心,勉进之行,油然兴矣,是“兴于诗”。

在李塨看来,《诗》或“曲写人情”,或“正陈道义”,或“形容功德”,人们“学之而振奋人心”,世界为之敞开,自我得以确认,意义世界由此生成;“勉进之行,油然兴矣”。在此意义上,我们可将“兴”视为“主体的觉醒”①。这种“生命的觉醒”,“是人不容自已的活动,同时完全超越了语言符号或任何媒介所造成的障碍。所以它不是就字句上分析或归纳的结果,而是一种直觉”②。用近人马一浮的话说,“天理发动处,其机不容已”③。

依据“物感”说,诗歌作品真正生命力的获得,在于由“物触”而“感动”的心物共振,即作者的心与外物相交接时产生的一种兴发感动的力量。“兴”之初始涵义正与此相合。在甲骨文里,“兴”字像众手举盘(古代祭祀供享之礼器),据郭沫若的考释,“盘”又有盘旋、盘游之意。陈世骧由此推断,“兴”不仅意味着祭祀的礼仪,还包括祭祀活动中的歌舞表演。因此,群体性的举盘牲、旋游、呼叫构成“兴”之初始涵义的基本内

① 陈昭英著:《儒家美学与经典阐释》,华东师范大学出版社 2008 年版,第 22 页。
② 张亨著:《思文之际——儒道思想的现代诠释》,新星出版社 2006 年版,第 68 页。
③ 马一浮著:《复性书院讲录》,见《〈论语〉大义—〈诗教〉》,山东人民出版社 1998 年版,第 57 页。

容①。因此,著名学者叶嘉莹将“诗可以兴”理解为“兴发感动”的审美活动,她说:

兴发感动之作用,实为诗歌之基本生命力。至于诗人之心理、直觉、意识、联想等,则均可视为心与物产生感发作用时,足以影响诗人之感受的种种因素;而字质、结构、意象、张力等,则均可视为将此种感受予以表达时,足以影响诗歌表达之效果的种种因素。②

叶嘉莹还指出:

一般说来,凡是真正具有感发之生命,而且在感发之本质上具有真正优美之品质的作品,便都有着足以引发读者心灵中某种美好之意念及联想的力量。……凡是具有真正感发之生命,而且在感发之本质上具有美好之品质的诗歌,一般来说,都应该有着对读者可以激励感发起来一种正面伦理价值的力量。③

由此,我们不难理解古人何以如此重视诗歌之吟诵、鉴赏。因为在“吟诵的时候,对于讨究所得的不仅理智地了解,而且亲切地体会,不知不觉之间,内容与理论化为读者自己的东西了,这是最可贵的一种境界”④。可见,“兴”的活动,既是道德活动,也是情感活动,是道德意识与美感意识的融合;“因为是道德活动,故情感是净化了的情感,不是直接诉诸感性的快感;因为是情感活动,故道德是具体实存的生命,不是抽象理智的法

① 参阅陈伯海著:《释“诗可以兴”——论诗性生命的感通作用》,《中国诗学之现代观》,上海古籍出版社2006年版,第124页。

② 叶嘉莹著:《不可以貌求的感发生命》,见《我的诗词道路》,河北教育出版社1997年版,第29页。

③ 叶嘉莹著:《不可以貌求的感发生命》,见《我的诗词道路》,河北教育出版社,1997年版,第37页。

④ 叶圣陶、朱自清著:《精读指导举隅》“前言”,河南教育出版社1988年版,第11页。

则。”①

在《汉英四书》中，英国汉学家理雅各（James Legge）把“诗可以兴”译为“The Odes serve to stimulate the mind”，直译就是“《诗经》足以激发心灵”。这是颇得其中之要义的。

2.“可以观”

人们对于“可以观”之“观”的理解多有歧义。郑玄注为“观风俗之盛衰”，即从《诗》中观察到社会之变迁。朱熹可能从《诗大序》“正得失”及“国史明乎得失之足迹”得到暗示，而注“可以观”为“考见得失”。至于“考见”什么“得失”，则语焉不详。辅广解释朱注说：

> 诗所以形四方之风，言天下之事，有古今治乱之变，人情物理之微；故可以观。所谓考见得失者，合于理则为得，悖于理则为失也。②

对于《诗》“可以观”，刘纲纪认为：“就是要从艺术看一个社会的状态，主要是看表现在艺术中的这个社会的人们的精神情感心理的状态。这是把握住了艺术对社会生活的反映的根本特征的。”③而叶朗理解为：“通过诗歌可以了解社会生活、政治风俗的情况”，“诗歌欣赏活动是一种认识活动”，“从诗中看出诗人之志以及诵诗人之志”④。敏泽认为：“孔子在诗乐的社会功用中所提出的‘观’，就是对这一历史经验的总结和概括，即是通过诗考察政治得失。”⑤我们认为，这些解释都囿于《诗大序》，稍嫌紧狭，未能深入理解、把握到孔子之意旨。

观，即觀，形声字，从见雚（guàn）声。古汉语中，其本义为“仔细看”，

---

① 张亨著：《思文之际——儒道思想的现代诠释》，新星出版社2006年版，第68页。

② 赵顺孙著：《四书纂疏》中《论语纂疏》卷九引。

③ 李泽厚、刘纲纪著：《中国美学史》第1卷，中国社会科学出版社1984年版，第127页。

④ 叶朗著：《中国美学史大纲》，上海人民出版社1985年版，第49页。

⑤ 敏泽著：《中国美学思想史》第1卷，齐鲁书社1987年版，第147页。

或细观，或静观，或久观，等等。《论语·为政》云："视其所以，观其所由，察其所安"。钱穆注云：

> 此章孔子教人以观人之法，必如此多方观察，其人之人格与心地，将无遁形。然学者亦可以此自省，使己之为人，如受透视，亦不至于自欺。①

诗歌引譬连类，托事于物；凡政治风俗，世运升降，人物情态，皆备于此。故学《诗》不但可"观"社会风俗之嬗变，以及他人之心志，更可反观诸己，与我的生命相通相应，从中生发出新的意义和理解，扩延个体之生命而及于政治、社会、风教、民物，生发对于仁礼、道德修养的追求。故《礼记·乐记》详细概括了与《诗》相关的道德修养的几个类型：

> 爱者宜歌《商》，温良而能断者宜歌《齐》。夫歌者直己而陈德也。动己而天地应焉，四时和焉，星辰理焉，万物育焉。……宽而静，柔而正者，宜歌《颂》；广大而静，疏达而信者，宜歌《大雅》；恭俭而好礼者，宜歌《小雅》；正直而静，廉而谦者，宜歌《风》。②

在孔子的心目中，《诗经》宛如一本百科全书，处处示人以道德、修养，处处显示社会、万物的千姿百态，给人以盛、衰、安、危的启发，因此，他由衷地景仰之、诚服之，而曰《诗》"可以观"，即有以示人；而其所以示人者，乃因朝代之兴亡与道德修养、实施仁礼之关系。有仁德者，国是以兴，故《诗》有赞有颂，而使人欣悦之、服膺之；《诗》亦有怨有刺，从而使人警惕之、鉴戒之。于是，从《诗》之"观"可以吸取正、反的教训，仁礼的意义因之昭显，而成为读诗者的自觉修养。孔子从其政治理想出发，言"兴"

---

① 钱穆著：《论语新解》，生活·读书·新知三联书店2005年版，第36页。
② 引自杨天宇著：《礼记译注》下册，上海古籍出版社2010年版，第506页。

者必有“观”,言“观”者必为“兴”,两者各有侧重而又不可相分。

人们在读诗和艺术欣赏的审美活动中,可以通过兴的感发、联想而想象出成“仁”的人生境界气象,这仍是就个体的人格修养之提升而言。《论语·学而》载孔子与弟子交谈时用《诗》中句来譬喻、联系个体人格修养和“仁”的问题:

> 子贡曰:“贫而无谄,富而无骄,何如?”子曰:“可也。未若贫而乐,富而好礼者也。”子贡曰:“《诗》云:‘如切如磋,如琢如磨。’其斯之谓与?”子曰:“赐也,始可与言《诗》已矣!告诸往而知来者。”

孔子赞赏子贡,是因为他能从《诗》中“观”出君子人格修养的过程,正像《诗》中所描述的,要像对待骨、角、象牙、玉石一样,先开料,再糙锉、细刻,然后磨光,这是一个不断提升、无限执著的过程。可见,在孔子看来,在“观”《诗》过程中,可以发现自我的人格状态,及其人生境界与“仁”之标准的差距,以准备向更高的人生境界提升、超越。

显然,《诗》“可以观”,当是指读者可以从《诗》中“观”到某种“意义”,而“意义”是不能视为某种特定的对象的。因此,“观”并不指向任何具体的对象,如,诗人之志、社会生活、风俗习惯或政治得失云云。在这个意义上,我个人比较赞同张亨的理解:

> “观”其实是一种“彻悟”或者“发现”的活动。这种活动是读者的主观心志努力通过诗的语文材料的结果。诗本身固然蕴含着意义或呈现出一个世界,但必须由读者去发现,否则不过是一堆语文材料或符号而已。因此,这发现就类似一种再创造的活动,使读者的经验与诗所呈现的经验互相结合。……诗“可以观”,重点并不在诗的本身而在于读者,读者能从诗里‘彻悟’到某些人生的意义,才是读诗

的重要价值所在。[1]

理雅各把“诗可以观”译为“They may be used for purposes of self-contemplation”，直译就是“《诗经》可以用来自我反思”。应该说，理雅各的这一翻译是极有道理的。

3.“可以群”

对于“群”，孔安国注曰：“群居相切磋。”意思是说，人们在一起可以用《诗》来互相砥砺。焦循《孟子正义补疏》云：“按诗之教，温柔敦厚，学之则轻薄嫉忌之习消，故可以群居相切磋。”这是汉儒相聚探讨《诗》义的写照，也与孔门说诗情景相印证。不过，这种理解不够深入，略为浅显。后来钟嵘以“嘉会寄诗以亲”释“群”，反映了后世诗歌创作用为社交手段的情形，倒是与先秦时期学《诗》以加强人际交往相近些。实际上，《诗》“可以群”之意，本就蕴含在“不学诗，无以言”之中，强调的是《诗》在人际交往中陈说怀抱、沟通情意的作用或功能。

诗是人类共同的心声，感思情意一旦抒发出来，自有其共通性、普遍性。在这个意义上，诗应属“群声”而非“独奏”。孔子讲“诵诗三百，授之以政，不达；使于四方，不能专对。虽多，亦奚以为”，强调的就是学《诗》以合群。《诗》“可以群”，意思就是说，无论是用于礼节应对或交往应酬，学《诗》可以使人对于自己所处的社会拥有归属感、亲和感；其中的关键，在于《诗》自身的情感要素及其感染作用，而具备了一个相互感发即“兴”起情意的基础，使得读者在共同的感受下相互联结了起来。“兴”与“群”构成了互动互补的关系：你以《诗》“兴”我，我也以《诗》“兴”你，于是实现了“群”。朱熹以“和而不流”释“群”[2]，非常恰当。这里的“和”，就是从情感上说的。辅广解释说：

---

① 张亨著：《思文之际——儒道思想的现代诠释》，新星出版社2006年版，第62页。

② 朱熹著：《四书集注》，岳麓书社2004年版，第202页。

> 群居之道虽止于和,和而无节,以至于流,则又失已。诗之言虽发乎情性而温厚和平,然止乎礼义而未尝流失,故可以群。①

透过诗的情感,读者在共同的感受之下相互联结了起来。因此,有学者指出,"'群'意味着人与人之间的和谐,也可延伸出人与天、人与自然、人与社会之间的和谐。'和谐'应是主体有自觉的参与对象世界、与对象世界发展出良好互动的成果";"'群'与'观'的差别便在于'观'是不介入的观察,'群'是积极的参与"②。的确,在"观"的阶段,个体的人格通过《诗》之"兴"而苏醒、反观到与"仁"之人生境界的差距,而产生一种"仁"的心志;而到了"群",则认识到了个体存在的有限性,而力求参与、融入到对象世界之中,达到人与天、人与自然、人与社会之间的和谐,个体的人格由此提升了一层。

继孔子之后,荀子将《诗》"可以群"的思想推广至所有的艺术,《荀子·乐论篇》云:"故乐在宗庙之中,君臣上下同听之,则莫不和敬;闺门之内,父子兄弟同听之,则莫不和亲;乡里族长之中,长少同听之,则莫不和顺。"荀子与孔子一样,都认为文学艺术可以交流、协调人们的社会性情感,而使社会保持和谐。《论语·阳货篇》有云:"汝为《周南》《召南》矣乎? 人而不为《周南》《召南》,其犹正墙面而立也与?"朱熹在《诗集传·序》中指出,《周南》《召南》"亲被文王之化以成德",而"得性情之正","为风诗之正经",它们反映了受周文王德化熏陶的周地之良好古风。在孔子看来,一个人如果学习、接受了其中所弘扬的道德观念与思想感情,便能使自己得以提升到较高的人生境界,而以仁者之心待人接物,实现了"群";而如果一个人不学习《周南》《召南》,则"犹正墙面而立"。朱熹《论语集注》云:"正墙面而立,言即其至近之地,而一物无所见,一步不可

① 赵顺孙著:《四书纂疏》中《论语纂疏》卷9引。
② 陈昭英著:《儒家美学与经典阐释》,华东师范大学出版社2008年版,第22—23页。

行。”著名美学家宗白华在赏析元人画的意境时，曾引用恽南田的一句评语来鉴赏元人画境中的丰富幽深的生命意识：“群必求同，求同必相叫，相叫必于荒天古木，此画中所谓意也。”[①]这里，“群必求同”的“同”是和谐相处，是“四海之内皆兄弟”之意；对美好纯朴往昔的向往，会产生“群必求同”的人生情怀，产生“鱼相往于江湖”的自由和谐的审美境界，进而达到与大自然、与天几近合一的状态，其中透露出来的生命意识与孔子“仁”学精神何其相似。《诗》“可以群”视情感作用为文学艺术实现个人与社会整合之最基本的因素，因此，清初学者王夫之指出：“出其情以相示，可以群矣。”[②]

俄国伟大的文学家列夫·托尔斯泰在《艺术论》第十六章中曾经说：“艺术，任何一种艺术，本身就具有将人们联合起来的特性。任何一种艺术都能够使接受艺术家所表达的情感的人实现是与艺术家用心相连，其次是与所有和他有同感的人用心相连。”[③]基于这种了解，托尔斯泰指出：“艺术使生活在当今的几代人了解前辈和当代最优秀人物通过实践和思索所认识的一切成为可能。如同知识的进化，更正确的、更有用的知识排挤并替代错误的、无用的知识，通过艺术而实现的情感进化也是用更高尚的、对实现人类福祉不太需要的情感代替低俗的、不太高尚的、对实现人类福祉不太需要的情感。这就是艺术的使命。”[④]托尔斯泰认为艺术是借着情感的感染以融合人类，这与孔子《诗》“可以群”的观点无疑是非常接近的，他们都同样认识到了文学艺术的使命。

4.“可以怨”

《说文解字》释，“怨，恚也”。《礼记·礼运》说：“喜、怒、哀、惧、爱、

① 宗白华著：《美学散步》，上海人民出版社1981年，第24页。
② 王夫之著：《四书训义》卷二十一，见《船山全书》第7册，岳麓书社2011年版，第915页。
③ [俄]列夫·托尔斯泰著：《艺术论》，张昕畅等译，中国人民大学出版社2010年版，第141页。
④ [俄]列夫·托尔斯泰著：《艺术论》，张昕畅等译，中国人民大学出版社2010年版，第135页。

恶、欲,七者弗学而能。"可见,"怨"乃人类自然而原始的情感,它来自于客观事物的激发,是人的需要得不到满足的心理反应。个人的愿望与客观现实之间往往不相符合,人生的际遇也不是自我所能控制,由此引起哀伤、怨叹实为难免。

在孔子看来,"怨"与其他情感一样,都是自然和正常的。《论语·宪问篇》载:"'克、伐、怨、欲不行焉,可以为仁矣?'子曰:'可以为难矣,仁则吾不知也。'"孔子认为,控制"克(好胜)、伐(自矜)、怨(忿恨)、欲(贪欲)"是难能可贵的,但这种感性生命之舒放离"仁"还相差甚远。朱熹注此章曰:

> 有是四者而能制之,使不得行,可谓难矣。仁则天理浑然,自无四者之累,"不行"不足以言之也。程子曰:"人而无克、伐、怨、欲,惟仁者能之。有之而能制其情,使不行,斯亦难能也,谓之仁则未也。此圣人开示之深,惜乎宪之不能再问也。"或曰:"四者不行,固不得为仁矣。然亦岂非所谓克己之事,求仁之方乎?"曰:"克去己私以复乎礼,则私欲不留,而天理之本然者得矣。若但制而不行,则是未有拔去病根之意,而容其潜藏隐伏于胸中。岂克己求仁之谓哉?学者察于二者之间,则其所以求仁之功,益亲切而无渗漏矣。"①

在朱熹看来,控制"克、伐、怨、欲"是为了"求仁",这是非常深刻的见解。孟子在和齐人高子辩论时就以"仁"释"怨"(《孟子·告子篇》),认为"怨"由"仁"起,"怨"的程度与"仁"的程度是相应的。

所谓"怨",具体而言,是匡亲之失,不使陷于不义,以此为尽孝、守礼之道;广而言之,谓之"刺政",亦无不可。一个人如果麻木不"仁"、无所关心,自然无需"怨"。只要个体与家庭、社会、国家有着血肉的关联,则对不平之事不可能无"怨"。因此,从作者的视角看,"可以怨"是对不公

① 朱熹著:《四书集注》,岳麓书社2004年版,第169页。

不义社会的批判,是“诗的正义”(poetic justice)的体现。正如有学者所言,政治对文艺的支配是夏商周三代以来就存在的历史现象,儒家由于强烈的历史意识,对此自然不可能忽略,但也并不屈从于这一历史事实,而更重视文艺对政治、社会的积极转化,以为这是文艺作为一个实体所必有的潜能或内在目的;“儒家对文学艺术之批判功能的强调,显示对文学的至高期许,非但不是剥夺文学的独立空间,反而是赋予文学更高更大、足以和政治分庭抗礼的独立性,亦即让文学艺术从其在原始时代服务于宗教政治的工具性地位中解放出来,卓然独立,并反过来影响政治,成为‘反支配政治的大业’”[①]。这种批判的精神在孔子本人那里是非常突出的。孔子对当时的统治者评价很低,其作《春秋》以“贬天子,退诸侯,讨大夫”(《史记·太史公自序》),批判三层统治阶级。孔子没能实现自己的政治抱负,尽管“皇皇如丧家之犬”,被迫以教书为生,但他仍继续批评政治当局,指出现实和理想的差距,以“仁政”的观点奠定未来政治改革者诞生的基础。

个人的经验并不是完全孤立的,可能与他人相似。《诗》中诗人类似的经验可对读者产生一种慰藉的作用,读者可以借此来化解不平衡的情感,将自我投入到一种社会的同情共感之中,实现社会群体的和谐。在这个意义上,可以说《诗》防止或减轻了人深沉的紧张和焦虑。“群”与“怨”,都是以人为本的。“群”是“怨”的基础,“怨”的出现是由于达不到“群”的理想境界,而表现为主体与对象世界的疏离、冲突;“怨”的真正目的是追求“群”,以根本的消除自己为目标。故《礼记·乐记》云:“乐至则无怨,礼至则不争。揖让而治天下者,礼乐之谓也。”可见,“群”与“怨”,都是主体对对象世界采取介入的、参与的立场,是一种实践活动。

钱穆曾这样解释“可以群、可以怨”:“故学于诗,通可以群,穷可以怨……学于诗者可以怨,虽怨而不失其性情之正。”[②]朱熹以“怨而不怒”

① 陈昭英著:《儒家美学与经典阐释》,华东师范大学出版社2008年版,第140页。
② 钱穆著:《论语新解》,生活·读书·新知三联书店2005年版,第451页。

释“怨”[1],当在此意义上予以理解。“怨”与“群”既有着紧密关联,故它在理论上有一个情感的限制,即“怨而不怒,哀而不伤”,做到“言之者无罪,闻之者足以戒”。孔子要求“怨”这种情感应限制在“仁”与“礼”的规范之下,也就是说,只有从“仁”发生而符合于“礼”的情感表现,这才是合理的、正当的。因此,《论语·子罕》云:“夫子循循然善诱人,博我以文,约之以礼。”如此看来,情不深厚者不足云“怨”,意不切挚者不足云“怨”,言辞与情意不相称者亦不足云“怨”。理雅各把《诗》“可以怨”译为“They show how to regulate feelings of resentment”,直译就是“《诗经》显示了如何节制怨愤的感情”。这是符合孔子本意的。

四、“修辞立其诚”

我们生活在两个世界:一个是现实的生活世界,具体而细微,世俗而繁难;一个是符号编织的文化世界,玄想而广阔,雅致而恒久。符号学家卡西尔将人的文化创造活动当作人的生命存在的体现,指出正是这“劳作”规定、划定了“人性”的圆周,语言、神话、宗教、艺术、科学、历史则是这个圆的组成部分和各个扇面。

在文化的诸扇面中,卡西尔对于艺术予以特别的重视,认为艺术所呈现的美与人的心灵直接相联系,使我们看到了灵魂最为深沉和多样化的运动。的确,艺术不是抽绎真理的技术,它处理的是我们生活世界的经验,其目的在弄清楚我们所遭遇的是些什么东西,并让一种更伟大的存在向我们讲话。那些混沌无序、支离破碎的生活经验,一旦被纳入一种切合实际的永恒模式,组合成明确、系统、和谐的图案,艺术便展现了在自然界可能被看到的、在生活中可能被感觉到的、在思考中可能被想到的、向所

① 朱熹著:《四书集注》,岳麓书社2004年版,第202页。

有人敞开的可能性,而呈现出一个我们所期望的、有条理、有意义的世界。

有人说,艺术是“避风港”,让我们逃避难以忍受的现实生活,从理智和情感的挫折中解脱出来;有人说,艺术是“麻醉剂”,使我们感到轻松、愉快、欢乐,摆脱了所有的抑郁、压力、紧张;其实,艺术更像是“智慧”的代名词,它对人类的天性、活动及其命运予以全面考量和评估,提供了人类的总体性知识和生活智慧,极力丰富着人类生活的完整性。这种总体性知识和生活智慧在文学中最为常见,因为文学通过想象力丰富人类生活的完整性,这是无法被分割、被切断或被简化成一系列永远不会消失的范式或者公式的。“文学生活”使我们摆脱了缺乏生命力的人和事,充分汲取生命的精华,通达广阔、深邃的境界。这就是普鲁斯特说的,“真正的生活,文明的、发人深思的、完整实现的生活”。

“好小说就是一个好神话”(纳博科夫语),它镌刻着人类文化、文明的发展轨迹,汇聚了人类生命繁衍的文化信息,以及渗透历史积淀的各种体验和哲理。可以说,每一位小说家都提供了基于个人感知的生活体验,竭力寻求生活世界的整体性,显示生活的多样性和复杂性,持续地激发了我们的现实真切感。“小说比任何一种文学形式,甚或比任何一种文字,都更能胜任愉快地充当起社会用以自我构想的样板。”[①]2009 年,在哈佛大学的诺顿演说中,诺贝尔文学奖获得者、土耳其小说家帕慕克回忆道:

> 我在年轻的时候阅读小说时,有时内心会出现一片宽广、深远而又宁静的景观,有时光线暗淡下去,黑白分明并且相互分离,各种阴影在其中涌动。有时候,我惊诧地感到整个世界沉浸在一种迥然不同的光芒之中。有的时候,余晖普照,含摄一切,整个宇宙化为惟一的情绪和惟一的样式。[②]

---

① [美]乔纳森·卡勒著:《结构主义诗学》,盛宁译,中国社会科学出版社 1991 年版,第 284 页。

② [土]帕慕克著:《天真的和感伤的小说家》,彭发胜译,上海人民出版社 2012 年版,第 5 页。

不论小说家们艺术上如何革命，其叙事活动都是一种给出秩序和意义的活动。我们在阅读小说时，亦步亦趋地跟随小说主人公的思想和行动，通过主人公的眼睛、意识和灵魂观看世界，从主人公的视角观看周围的景观、事件和环境，逐渐进入人物的思想世界，捕捉人物感觉、思绪的细微变化，进而把握总体景观中这些思想和行动的意义。我们总是不断地追问：故事哪些是真实的？哪些纯属想像？现实就是这样的吗？小说叙述和描绘的合乎现实中的事物吗？叙述者想说什么，他意在表达什么呢？小说中每一个新词、每一个物品、人物、交谈、描述、声响、幻想、回忆、事件、场景、语言、文体等构成了怎样的关系之网？它们隐射、指向了什么呢？

人生总是充满了各种艰难与挑战，我们在这个世界上的旅程，其实就是对一种也许存在、也许不存在的隐秘中心或意义的追寻。我们心驰神往地阅读小说，不就是为了获得有关世界的知识，为了建构自我，即从自己身上生长出把握自己的能力，在世界中获得一种居家感吗？“小说的中心像一种光，光源尽管模糊难定，但却可以照亮整座森林——每一棵树、每一条小径、我们经过的开阔地、我们前往的林中空地、多刺的灌木丛以及最难穿越的次生林。只有感到中心的存在，我们才能前行。”①

帕慕克所谓小说的“中心”，实际上是小说家主体精神世界的投影或隐喻性表达，是一个关于生活的洞见，一个深藏不露的神秘节点。托尔斯泰称之为“生活的意义”，即有关我们自己的潜在意义或已然遗失的价值。小说家写小说就是探查现实世界里无法找到的中心所在，寻求生活的整体性，进而反思生命的意义，给人指明方向，引入自由之路。如，《战争与和平》就总是让我们念及人生的脆弱、世界的广袤无垠以及我们在宇宙中的位置，而不止是历史的意义以及个人在历史中的作用。

小说不同于启示话语（宗教），也不同于理性话语（科学），它以艺术

① ［土］帕慕克著：《天真的和感伤的小说家》，彭发胜译，上海人民出版社 2012 年版，第 146 页。

的方法而非新闻主义的态度观察、反映现实，揭示主人公和时代普遍问题之间的多重联系，其每一个句子都会在我们心中激起一种深沉而又真切的感觉，使我们知道存在于这个世界上意味着什么，同时也深知这种感觉本身的属性。用帕慕克的话说，“小说价值的真正尺度必定在于它具备激发读者感觉生活确实如此的力量”①。

在《文学传记》里，柯勒律治告诉我们，他的朋友华兹华斯的目标是：“从习俗的昏沉里唤醒心灵的注意力，将心灵指向我们面前世界的可爱与神奇，赋予日常事物新奇的魅力，激发一种类似超自然的情感。”帕慕克认为，这就是托尔斯泰、陀思妥耶夫斯基、普鲁斯特和托马斯·曼这些伟大的小说家们传授给我们的小说艺术②。

然而，随着我们隐形于伟大的互联网，进入以微博、微信、微电影、微广告等引导人们规划自己生活指向的“微时代”，简约、细小、破碎构成了我们具体行动的空间占有形态，部落性迅捷复制、放大传播则成为个体情绪意志的时间存在方式，“断片”式电子经验正逐渐取代切身性、切己性的生活经验，“意义”的“微化”使我们的灵魂枝枝杈杈。我们不再拥有一个共同的整体性生活，更不用说投入到对当代现实的整体性研究之中。小说家们几乎不再关注并探索“中心”，小说的艺术渐渐被人遗忘。

“一切都瓦解了，/只是一片混乱来到了这个世界里。”（W·B·叶芝）在许多小说里，我们感受到的不是统摄一切的视阈融合，而是事件与物品之间、剧情和景观之间的分离；我们看到的不再是“神全形具”的人物形象、“精严”的叙事结构、清晰的“经验图像”，而是动漫式简化、注水式拉长、断裂的情节和粗糙的思想。许多作品无法提供比生活本身更为强烈的真切感，或是让人们聆听到自己真实的内在声音；小说家没有独立的文学理想，不过是“饶舌的哑巴”。“微时代”的文化症候再次证明：“完整的文化与完整的智慧是完全一致的。生活处于这种状态，与艺术是相

---

① [土]帕慕克著：《天真的和感伤的小说家》，彭发胜译，上海人民出版社2012年版，第26页。

② [土]帕慕克著：《天真的和感伤的小说家》，彭发胜译，上海人民出版社2012年版，第163—164页。

通的。文化紊乱的程度正表明任性的冲动及不理智的习惯支配我们的行动、左右我们的生活到什么程度。”①

帕慕克指出,小说艺术的根本问题,不是主人公的性格创造,而是故事里的世界或宇宙如何在他们的视野里得以呈现;小说不是在小说家表达政治观点时才有政治性,而是在努力理解某个在文化、阶级和性别上不同之人时才具有政治性;这意味着小说家在作出伦理的、文化的或政治的判断时,首先必须怀有一颗同情之心②。同情之心赋予小说家一双看取世界的“湿润”目光,克服了文化、历史、阶级和性别的所有差异,以自己灵魂的一部分设想他人的存在,从烦琐平淡的生活中创造美善之光,从扭曲、污损的生命里看见人类原初的尊严与荣美:一种悠远寥廓、不可目视的人格、风骨、境界,自然漫洇开来……

这种“同情之心”克服、祛除了个体生命的气质之偏与邪暗之塞,在生命中打开一个精神性主体,做到“不将不迎,应而不藏,故能胜物而不伤”(《庄子·应帝王》),这其实是一种人格修养的工夫;它植根于一个最自由、最充沛的自我,“端赖艺术家平素的精神涵养、天机的培植,在活泼泼的心灵飞跃而又凝神寂照的体验中投入地成就”③。在中国古代思想里,这种“同情之心”往往被命名为“诚”,即“修辞立其诚”之“诚”。现代哲学家贺麟指出:“艺术天才无他长,即能保持其诚、发挥其诚而已。艺术家之忠于艺术而不外骛亦是诚。”④可惜,当代作家对“诚”之价值意义已不甚了了,更毋论自觉地执守并践行之。

《周易·乾·文言》有言:“君子进德修业:忠信所以进德也;修辞立其诚,所以居业也。”陈望道的《修辞学发凡》(1932)、宗廷虎等人的《汉语修辞学史》(1990)将“修辞立其诚”作为修辞的原则——“修辞必须立

---

① [美]欧文·埃德曼著:《艺术与人》,任和译,工人出版社1988年版,第19页。
② [土]帕慕克著:《天真的和感伤的小说家》,彭发胜译,上海人民出版社2012年版,第64页。
③ 王德胜编:《中国现代美学名家文丛·宗白华卷》,浙江大学出版社2009年版,第215页。
④ 贺麟著:《儒家思想的新开展》,《中国社会科学院学者文选·贺麟集》,中国社会科学出版社2006年版,第8页。

诚”——予以理解，郭绍虞、罗根泽、刘大杰等人先后撰著的《中国文学批评史》则将“修辞立其诚”视为古代文学批评的重要原则——“立言要重在诚”，把“立诚”当作“立言”的重要条件。

“修辞”与“立诚”之间究竟是什么关系呢？孔颖达《周易正义》卷一对此有较权威的疏解：

> ……德谓德行，业谓功业。……进德则知至将进也，修业则知止存义也。“忠信所以进德”者，复解进德之事，推忠于人，以信待物，人则亲而尊之，其德曰进，是进德也。“修辞立其诚，所以居业”者，辞谓文教，诚谓诚实也。外则修理文教，内则立其诚实，内外相成，则有功业可居，故云居业也。……①

孔颖达注意到，“忠信”“修辞立其诚”分别说明了如何“进德”和“修业”，点明“忠信”之于“进德”又与“修辞立其诚”之于“居业”并举，而“忠”/“信”“修辞”/“立其诚”又分别对待，应各自作两义训解。孔颖达将“修辞”和“立其诚”看作君子的“居所”，安身立命的“家园”；“修辞”和“立其诚”又是一内一外的两件事：“辞谓文教，诚谓诚实也。外则修理文教，内则立其诚实，内外相成，则有功业可居，故云居业也”，这种疏解是比较准确的。

《易经》中的“辞”本指占卜工具上的卦辞、爻辞，有时又推广为一般的语言，可包括口语和书写的文字（“圣人之情见乎辞”）。《论语·述而》有言：“子以四教：文、行、忠、信。”在语义上，“文”（传承下来的典籍）与“修辞”（修饰言辞）、“行”（道德行事）与“立诚”（立其诚实）相关或相近；“修辞”与“立诚”虽内外相成，但彼此之间是一种平行、并列关系，都是君子的“功业”。因此，汉学家理雅各（James Legge）把“修辞立其诚”准确译为：“His attention to his words and establishing his sincerity are the way

① 孔颖达著：《周易正义》，九州出版社2004年版，第48页。

by which he occupies in his sphere."①

正如著名美籍华裔学者周策纵所言,“修辞立其诚”不是一个修辞原则,也不是一个文学批评原则,后人的解释多是因误读而“断章取义”。周策纵将“君子进德修业:忠信所以进德也;修辞立其诚,所以居业也”读解为:“君子要促进德性(行),并且要修营(安居)功业:忠和信是为了促进德性(行);修饰语言文辞和建立他的诚实,是为了安居功业。”②这种读解是切合原文本义的,它提示我们:“修辞”与“立诚”既“不可偏废”,又不可混为一谈,“立诚”自有其独立价值或意义所在。

犹太思想家勒维纳斯说过:“责任或许是语言的本质。”面对时代变迁甩出来的问题,当代作家世故地回避尴尬、复杂的精神处境,一味地凭借熟稔的文学技术元素,批量制造疑窦丛生的“仿像世界”;其人其文,打磨得光滑细洁,一如那汉家陵阙的石兽,无甚可观。蜕变成“精神致幻术”的文学,可能“看上去很美”,但无法让人“安魂”。更可怕的是,读者从一些作品中看到了自己的处境,以为人生、社会不过如其所裸呈的那般残酷、混乱、孤危、绝望:“生活就是这样的啊。”于是,在某个被感动的时刻,以模仿的方式结束自己。这种文学使紧张的生活更紧张,使混乱的社会更混乱,使困惑的现实更困惑,不但没有化解反而加深了现代社会的危机。人们自然不能不质疑其存在的意义:“文学有什么用?”在我看来,这正是偏于“修辞”,忽视“立诚”的后果。

在孔子那里,“诚”还只是一种道德品格。《论语》云:“言忠信,行笃敬”“主忠信”“笃信好学”“举直错诸枉”“刚毅木讷近仁”等,这些美德都与“诚”有直接的关联。到了孟子则将“诚”扩大到“天道”:“诚者,天之道也;思诚者,人之道也。至诚而不动者,未之有也;不诚,未有能动者也。”(《孟子·离娄上》)孟子指出,世界的存在、变化真实无妄,“天道”

---

① James Legge. *The Sacred Books of the East*, *XVI*: *The Yi King*, Oxford: Clarendon Press, 1882; Raymong Van Over edited Mentor Book editionI Ching, New York: New American Library, 1971, p.421.

② 周策纵著:《弃园文萃》,上海文艺出版社 1997 年版,第 429 页。

以其“诚”而化生成物，“人道”效法、复归并与“天道”合为一体。故“尽其心者，知其性也；知其性，则知天矣。存其心，养其性，所以事天也”（《孟子·尽心上》）。在孟子看来，“人道”之“诚”一是要“反身而诚”，即发自内心深处，自觉自愿，真挚无伪；二是要“明乎善”，即知善求善，诚于仁义礼智。“诚身有道，不明乎善，不诚其身矣！”（《孟子·离娄上》）

《大学》有所谓“三纲”，即“在明明德，在亲民，在止于至善”，意思是说要去除内心的欲望，发扬本心，彰显美好的品德，推己及人，普及亲善思想，进而精益求精达到至善之境。与“三纲”相配的则是“八目”：“格物”“致知”“诚意”“正心”“修身”“齐家”“治国”“平天下”，前五者为修身，后三者为济世，济世以修身为本，修身以诚意为要。“所谓诚其意者，毋自欺也。如恶恶臭，如好好色，此之谓自谦。故君子必慎其独也。”“诚其意”就是“诚实”自己的心意，像赤子之心一样通体透亮；“毋自欺”，不一时苟且，昧天良而为之。慎独必由意诚，意诚自可慎独。内无忧虑，外无畏惧，独处独居，自能诚心守仁行义，不行苟且之事，做到“独立不惭影，独寝不愧衾”（刘昼《新论·慎独》）。

到了《中庸》，“诚”不止于真诚、诚实、忠诚、诚信等伦理道德意义，而是被提升到了形而上的高度，展开而为本体论即工夫论的哲学性言说。

作为历代圣贤相互传承的“心法”，《中庸》是“群经之统会枢要”（《中庸指归》）。“中庸”之“中”是上下之间的贯通，“庸”意味着“用”，发而为用，展现在世界之中。合而观之，“中庸”意味着以上下通达为用，是世界的接纳或天下的打开。《中庸》开宗明义提出三个定义性陈述：

天命之所谓性，率性之谓道，修道之谓教。

在中国思想的语境里，“天命”是不使之使，不命之命；用孟子的话说，“莫之为而为者，天也；莫之致而至者，命也”（《孟子·万章上》）。“天命之所谓性”，意味着人本身只是一可能性，人作为人就在于他能够回应、理解、接受和完成自己的天命。遵循此“性”,保持自己之所以为人,就是真正地行走于“道”之上。“率性”就是“尽己之性”,尽人之完成其天命的可能性。为了保证人能始终行于“道”上,就必须有“教”——教养、教育、教导、教化——以维持人之道的始终可行和畅通。人性是天命所赋予并肯认的,天命所赋予的人性界定了“道”;“道”不是别的,只是真正人性的实现;“道”又界定了“教”——“道”之彰显。“命”“性”“道”“教”彼此贯通,构成了“命—性—道—教”这一动态的、生成性文化境域。这种境域性目光意味着前后、左右、上下、远近等之间的相互呼应、层层牵引和彼此照看。

每个人在其本性上都是一个“在世者”,都是被抛在一种现成的世界之中,被赠予了某种现实性。然而,由于其心性通达着“天命”,他又不满足于这种既成的现实性,而总是去寻找现实性中不可能的可能性,不断深化或开启人性的更高的可能性,“里仁”而居。《中庸》反复述说只有在“君子”那里,“中庸”之道才得以真正敞开。可见,“中庸”的经验即为面向“不可能之事”的经验,是在不可能性中开启新的可能性。作为不断“生成”之物,“中庸”颇类似于A·西莱西乌斯所说的“去不能去的地方”“看未看到的地方”“于无声处倾听”;或德里达所言:“去你不能去的地方,走向不可能性,事实上这才是惟一的来或去的方式。”①

《中庸》将“诚”提到了与物之生、成、形、灭相始终的位置:

> 诚者自成也,而道自道也。诚者物之终始,不诚无物。是故君子诚之为贵。

“诚者自成”意味着,“诚”是自己完成的,是自我人格完善的重要部分,它不是外在灌输、投射到人的内心而获得的;“道自道”,大道是自己

① 引自[美]J·D·凯普图撰:《直视不可能性:克尔凯郭尔、德里达以及宗教的再现》,王齐译,载《世界哲学》2006年第3期。

运行的。“诚”贯穿万物始终，是万物运行的自然规律；没有人心感物之诚，没有物自身意志之诚，万物不可能作为现象而存在，故“不诚无物”。感于物性是君子成己、成物的最高工夫，感物之诚是君子最为宝贵的品格。由此，“诚”获得了一种本体论的决定意义，宇宙被理解为“诚”的自然的自我展现，人与物也被认为是“诚”的体现。

《中庸》将“诚”区分为“诚者”与“诚之者”两种情况：

> 诚者，天之道也；诚之者，人之道也。

“天道”为“圣人”之“诚”，其天性圆满，“不勉而中，不思而得，从容中道”，自然合于天道，自然明于人道，此之谓“自诚明，谓之性”；“人道”则为一般人之“诚”，其虽有善性而不能尽，须修道以教之，明善以导之，“由教以入道”。从“学”的角度说，便是“诚之者，择善而固执之者也”。“博学之、审问之、慎思之、明辨之”是“择善”的工夫，“笃行之”则是“固执”的工夫。“择善”须“智”，“固执”须“仁”；“智”是“择善”的德性根据，“仁”是“固执”的德性根据。“智”“仁”内在于性中，非由外烁。作为人之德性最为本真的体现，“诚”是天所赋予的人性之真理和实在。

《中庸》认为，“人道”深深植根于天所赋予的人性之中，又普遍体现于人间的日常事务之中。“修身”弥合了人之“所是”与“能是”之间的间隔。“诚身有道，不明乎善，不诚乎身。”要做到自身之诚，首先要发扬自己善的德行。要得到自身善的德行，就必须反身自诚：

> 自诚明，谓之性；自明诚，谓之教。诚则明矣，明则诚矣。

“诚”是内在的，“明”是天下的事理，“自诚明”是由内在的诚实达到外在的明白事理，所指涉的是“原初的实体”（本体）。由内而外，这合乎自然的本性。反过来，先明了天下万事万物的理，而后使自己更加诚实，走向至诚的境界,即通过对外在的认识提升自己诚实的品德,也就是“明则诚”所指涉的“道德努力”的工夫,这是通过教育实现的。只要做到了真诚,自然的天性和人为的教育便合二为一。作为自我教育一种形式的“明”能够最终导致“诚”,作为人的不可化约的真实存在的“诚”又必然蕴含着“明”,“诚”与“明”不分彼此。这里,“诚明”表明了君子对至诚之心和完美德性的追求。可见,充分实现主体性的不断深化过程,是君子的本质特征。

如果没有“诚”,也就没有什么东西能够生成。“诚”的本性是自我昭明:“诚者,自成也;而道,自道也。”“诚”在广度上“博大深厚”,是深度上“高远明朗”,与地一样“载负万物”,与天一样“覆盖万物”,“不见而章,不动而变,无为而成”,“生生不息”。作为一种人性的终极实在,“诚”是作圣之功,是通达圣人的可能性,也是通达“中庸”的可能性。这正如王夫之所言:“曰‘命’、曰‘性’、曰‘道’、曰‘教’,无不受统于此一‘诚’字。”[①]“自天有命,则知诚以为命矣;命以为性,则性皆其诚矣;率性为道,则道本于诚矣。中为大本,诚之体也;和为达道,诚之用也。”[②]

五、“毕达哥拉斯文体”

述学文体,是一种呈现著者原创性、独创性学术思想的文体;它不仅关涉学术表达形式(语言形式、体例设计与组织结构等),而且关涉学术思想的戛戛独造。学术研究本质上是一门艺术,是一种个性化的事业。作为一种自我表达的方式,述学文体是独特个性、独特人生体验、独特的学术思想的集中呈现。

---

① 王夫之著:《船山全书》第6册,岳麓书社2011年版,第996页。
② 王夫之著:《船山全书》第7册,岳麓书社2011年版,第232页。

著名文艺理论家童庆炳指出:“文体是指一定的话语秩序所形成的文本体式,它折射出作家、批评家独特的精神结构、体验方式、思维方式和其他社会历史、文化精神。……从表层看,文体是作品的语言秩序、语言体式,从里层看,文体负载着社会的文化精神和作家、批评家的个体的人格内涵。”童庆炳的提醒非常重要:“文体作为文学形式问题决不是小问题。”①

无论任何文体,从体裁的规范到语体的创造,再到风格的追求,都体现在“入思”和“道说”即一“进”一“出”两个方面。“思”之生成即“言”之生成,“言”之生成即“思”之生成。“思”与“言”之间是同一的、非此不可的关系。

钱穆先生晚年写过篇妙文《谈诗》,是从《红楼梦》第48回里的香菱学诗开始的。香菱喜欢陆游的两句诗:“重帘不卷留香久,古砚微凹聚墨多。”去问林黛玉,黛玉道:“断不可学这样的诗。你们因不知诗,所以见了这浅近的就爱,一入了这个格局,再学不出来的。”这两句诗究竟坏到什么程度呢?钱穆说:“放翁这两句诗,对得很工整。其实则只是字面上的堆砌,而诗背后没有人。若说它完全没有人,也不尽然,到底该有个人在里面。这个人,在书房里烧了一炉香,帘子不挂起来,香就不出去了。他在那里写字,或作诗。有很好的砚台,磨了墨,还没用。则是此诗背后原是有一人。但这人教什么人来当都可,因此人不见有特殊的意境,与特殊的情趣。无意境,无情趣,也只是一俗人。仅有人买一件古玩,烧一炉香,自己以为很高雅,其实还是俗,因为在这环境中,换进别一个人来,不见有什么不同,这就算作俗。高雅的人则不然,应有他一番特殊的情趣和意境。”②

时下论著几乎都长一副模样:纲目排列整整齐齐,形式逻辑密不透风,规范得不能再规范,理性得不能再理性,男女不分,长幼不明,宛若一

① 童庆炳著:《文体与文体的创造》,云南人民出版社1994年版,第1页、第7页。
② 钱穆撰:《谈诗》,见《中国文学论丛》,九州出版社2011年版,第116页。

人化身千万。究其原因，正是由于文章的背后没有人，没有具体的、有情趣、有意境的人，故替换另一个人来，亦无差异可言。“无意境，无情趣，也只是一俗人”，人俗了，其文也便俗了。他们除了炮制些思想贫乏、气味枯索、因注水而浮肿的论著，将自己的心智能力置于这种“精神致幻术”而不能自拔外，没有思想去唤醒、融化这块土地上为人遗忘的历史和人物，更不可能在负能量严重超标的“垃圾场”里打通一条通往心灵深处的道路，直指人心，照亮一切。

既有的文明正在衰败，语言亦随之衰朽；语言俗不可耐，思想亦愚不可及——这是个可逆的过程。时代考验人，人也考验时代。潮涨潮落，载浮载沉。或惨遭灭顶，或坚忍不拔，如崖岸壁立——关键在于，能否持守问学初心，鼎力变革、重建述学之文体。

表面上看，由于“理论”在文学、历史、哲学、社会学、人类学等诸多话语领域中的“胜利”，以及著者对于“理论”的过于“迷恋”，导致了时下“述学文体”的千人一面；深层地看，则是人们出于本质主义的寻求，“对一般性的渴求”，而沉湎在“科学”的方法之中。

难道不是这样吗？

著者往往不是顺着历史或现实中有关事实的发展，而是顺着理论结构写下来。他们或用齐泽克来读解余华，或用德勒兹来剖析孙甘露，或用萨义德来解释《小团圆》，或运用并未吃透的德里达、波德里亚、拉康等人的学说四处出击。仿佛这些“大师”的理论是百试不爽的“试金石”，诸如此类悬拟、虚构的论著，大面积地“过度引用”西方“理论”，实无多少个人独到见地。

事实上，如前各章所述，维柯、柏格森、恩斯特·卡西尔、伽达默尔、雷蒙·威廉斯等西方学者都深入研究、反思过“理论”，发现“理论”原本并不具有颐指气使、君临天下的“权势”。因此，美国当代文艺批评家乔治·斯坦纳猛烈抨击“理论”：

无论是情感、知识及专业各方面，我都不信任理论。……理论可以从数学或逻辑验证中成立，而它们要求的是关键的实验以验证其真伪，如果实验结果不符，理论就会被取代。但在人文学科、历史研究及社会研究，或是品评文学及艺术，要从“理论”入手，我觉得是虚伪不实的。人文学科既不须实验，也无法验证。我们对人文学科的反应是直觉的叙事。……柯勒律治并没有驳斥约翰逊博士，毕加索并没有比拉斐尔先进。在人文领域里，“理论”不过是失了耐心的直觉。①

斯坦纳将“理论”在诸多话语领域中所取得的“胜利”，视为“自我欺骗”，“无非是因为科学占了上风，人文学科为了背水一战而发展出来的”②。

维特根斯坦是世界历史上一位伟大的哲学家、数理逻辑学家，语言哲学的奠基人，20世纪最有影响力的思想家之一。维特根斯坦当时所处的哲学传统，主要是由逻辑兴趣和科学宗旨引导的，其哲学关怀与这个哲学传统扞格不入。

1911年，维特根斯坦问学于罗素门下。年轻的维特根斯坦经常深感郁闷，到罗素那里，几个小时一言不发，只是踱来踱去。有一次，罗素问他：“你到底在思考什么——逻辑，还是自己的罪孽？”维特根斯坦回答：“Both。”

哲学将人类最隐晦的灵魂与最明晰的逻辑连系在一起，而令维特根斯坦紧张、痛苦不已。在他看来，我们遭遇的哲学问题植根于“对我们语言的逻辑的误解”（《哲学研究》，93）。维特根斯坦回忆说：

我们交谈的时候，罗素会经常高喊：“逻辑的地狱！”这句话充分

---

① [美]乔治·斯坦纳：《斯坦纳回忆录》，李根芳译，浙江大学出版社2012年版，第6页。
② [美]乔治·斯坦纳：《斯坦纳回忆录》，李根芳译，浙江大学出版社2012年版，第6页。

> 表达了我们在思考逻辑问题的时候所有的内心感受。所谓“逻辑的地狱”，指的是逻辑给人们带来的巨大困难，它所具有的坚固的不稳定性。
>
> 我们之所以会产生这样的感受，主要原因应该是这样：每当新的语言现象出现的时候，很可能以前对此类现象的证明完全失去了价值。（我们深切地感受到，语言经常会这样提出一些新的、无法达到实现的要求，让我们之前所作出的全部解释证明的努力付之东流。）①

维特根斯坦指出，出于固有的理智的习惯，即“讲理论的态度”，“哲学家恒常在眼前见到科学的方法，不能抗拒地被引诱着用科学的方式提出和回答问题。这一倾向是形而上学的真正来源，并把哲学家领进了彻底的黑暗。”②

所谓的理论表述、理论概括和道德命令，对维特根斯坦而言，都是危险的、不可靠的。“因果联系对人有一种潜在的诱惑，那就是，它会引导我们说：‘当然，这种结果是必然会出现的。’然而，我们应该想到：它可以这样发生——却并非必然这样发生，它也可以通过许多其他的途径发生。”③后期维特根斯坦明确反对过度概括，因为过度概括与简单两分乃至二元对立密切相连，那种“非此即彼”式的二元对立，都以某种很强的甚至是过度的概括为前提。

在《逻辑哲学论》里，维特根斯坦将哲学理解为沉默的禁地，而不是语言的牢笼；“我们不能思考我们所不能思考的东西；因此我们也不能说我们所不能思考的东西。”④维特根斯坦将哲学、伦理学、美学、神秘的东

① ［英］维特根斯坦：《文化与价值》，许海峰译，江苏凤凰文艺出版社2016年版，第58页

② ［英］维特根斯坦：《棕皮书》，转引自［英］瑞·蒙克：《维特根斯坦：天才之为责任》，王宇光译，浙江大学出版社2011年版，第343页。

③ ［英］维特根斯坦：《文化与价值》，许海峰译，江苏凤凰文艺出版社2016年版，第72页。

④ ［英］维特根斯坦：《逻辑哲学论》，贺绍甲译，商务印书馆1996年版，第85页。

西等,都归入不可说之列。“哲学并非学说,而是活动……哲学的结果不是‘哲学命题’,而是命题变得清楚。”(4.112)

对于所谓的美学理论,维特根斯坦不屑一顾:“可能有人认为美学是一门告诉我们什么是美的科学——这对语词来说甚至有点可笑。我想这种科学大概还能告诉我们哪种咖啡的味道更好。”①维特根斯坦拒绝把艺术理论化,在他看来,“哲学研究(可能尤其体现在数学方面)和美学研究之间,存有奇怪的相似之处。(例如,这件外套哪点不好,为什么是这样,如此等等”②。

钱锺书的锐见亦一针见血:“逻辑不配裁判文艺。”③他说:

> 在考究中国古代美学的过程里,我们的注意力常常给名牌的理论著作垄断去了。不用说,《乐记》、《诗品》、《文心雕龙》、诗文话、画说、曲论以及无数挂出牌子来讨论文艺的书信、序跋等等是研究对象。同时,一个老实人得坦白承认,大量这类文献的探讨并无相应的大量收获。好多是陈言加空话,只能算作者礼节性的表了个态。叶燮论诗文选本,曾慨叹说:“名为‘文选’,实则人选。”一般“名为”文艺评论史也“实质”是“历史文艺界名人发言纪要”,人物个个有名气,言论常常无实质,倒是诗、词、随笔里,小说、戏曲里,乃至谣谚和训诂里,往往无意中三言两语,说出了精辟的见解,益人神智;把它们演绎出来,对文艺理论很有贡献。④

在钱锺书看来,“文人慧悟逾于学士穷研”,“词人体察之精,盖先于学士多多许也”⑤,诗、词、随笔、小说、戏曲等文学作品,蕴含有精辟的见

① Ludwig Wittgenstein, Lectures and Conversations on Aesthetics, Psychology and Religious Belief [1938-1946], Cyril Barrett(ed.), Berkeley: University of California Press, 1996, p.11.

② [英]维特根斯坦:《文化与价值》,许海峰译,江苏凤凰文艺出版社2016年版,第48页。

③ 钱锺书:《七缀集》(修订本),上海古籍出版社1994年版,第45页。

④ 钱锺书:《七缀集》(修订本),上海古籍出版社1994年版,第33页。

⑤ 钱锺书:《管锥编》,中华书局1986年版,第496、918页。

解;出于鲜活的日常生活世界,谣谚将对世界的深刻领会转换成了语言的存在;训诂则是对文字意义的追根究底,我们由文字原意的追溯可寻找到立论的根基所在;而那些以理论著作形式出现的论著,“好多是陈言加空话”,这真是锥心之论!

沉醉于理论之迷思者,是否已然醒悟?

在西方哲学思想史上,有三个伟大的“语言天才”:古代是亚里士多德,古希腊哲学的集大成者,西方哲学语言和概念的构造者;近代是黑格尔,继承了康德“对形而上学学院语言的罗可可式的纤巧的德语化”,把概念语言发展到了极致;现代是海德格尔,致力于开掘词语原始的命名力量,发展出一种反形而上学学院语言的“半诗性的特殊语言”①。

古希腊哲学被亚里士多德构造为“理性的抽象的玄学”,经由中世纪基督教世界的保存和发展,到近代,这种理性主义传统被发扬光大。

笛卡儿的“普遍数理”观把世界视为一个秩序和尺度的“数学的世界”,斯宾诺莎、莱布尼茨等进一步推动了所谓“泛逻辑主义”和“泛数学主义”的进程,他们试图建立一个“人文精神科学的自然系统”,用逻辑来构建人类的全部知识。

康德是一个典型的体系性哲学家,他将一组组相近的概念游戏(如无限、合目的性、普遍性、可能性、整体性等)予以分层处理,并将它们纳入一个宏大的体系结构之中进行先验论证,唯独不见其个人生活和人格,人们完全可以不去了解康德个人的生活经历而照样读他的著作。

1849年,在一则日记里,克尔恺郭尔写道:“天才犹如暴风雨:他们顶风而行;令人生畏;使空气清洁。”

克尔恺郭尔说:“我所写的一切,其论题都仅仅是而且完全是我自己。”克尔恺郭尔的全部思想都和他个人刻骨铭心的人生体验紧密相连,其著作都在不同程度上带有精神自传的性质,从中可聆听到在各种生活境况下内心的独白和生命的呼唤。在他的《非此即彼》《恐惧与颤栗》里,

① [伽]达默尔:《文集》第2卷,图宾根1986年,第361页以下。

不时可见寓言的戏剧性盘绕，抒情私语和哲学教诲的综合，及其逻辑的纠结；它们暗示了试图建立一种文体逻辑结构的计划，这种逻辑结构十分贴切灵活，包含和表达了沉思中的怀疑和复兴的力量。克尔恺郭尔之后，哲学论述的习惯是“开放的”，可以修改的，一如凡高之后的树形。

尼采反对黑格尔将“存在”视作绝对精神自身发展过程中的一个抽象环节，反对强调精神之普遍性的“黑格尔主义”，反对那种完整封闭的思想体系。尼采唾弃了学院哲学语言，寻求一种断片的、诗化的、非形而上学的思想语言；其“存在”之言说与此前荷尔德林的“神圣者”言说，是存在历史“另一个开端”的先行展露。

《查拉图斯特拉如是说》，是尼采的实验性文本，它有着复调的肌理，让哲学写作具有音乐性；其伟大的思想赋格，产生了音乐解决的特效，余音绕梁不去。“这种对音乐的应用，不是为了追求外在的声响或节奏的小技巧，而是作为精神在语言中行动的模式，作为附属的主要语言使作家的意识在根本上具有双语性。”①

雅斯贝尔斯说，克尔恺郭尔和尼采“使我们睁开了眼睛”。

同样以德语为母语，在学术语言的革新上，海德格尔和维特根斯坦用力颇多，共同致力于摆脱形而上学的寂寞运思。

海德格尔对原始性或开端性的“思”与“言”的“重演”，“重获语言和词语的未受损害的命名力量”（《形而上学导论》）。海氏指出，“语言是存在本身的澄明着——遮蔽着的到达”（《路标》），语言是存在本身原始的“显—隐”运作；在对诗人诗作的阐释中，海德格尔借诗意的词语形成和表达自己的思想，对 20 世纪西方的思想语言作出了革命性贡献。

在海德格尔那里，人与语言的关系发生了转换：对象性、工具性的关系被破除了，转变为非对象性的诗意看护，还有非知性逻辑的神秘启悟。“诗”与“思”合一，“思”即是“诗”。“思的诗性本质保存着存在之真理的运作。”（《什么是哲学?》）直到晚年，海德格尔仍不懈运思和追问：“哲学

---

① ［美］乔治·斯坦纳：《语言与沉默》，李小均译，上海人民出版社 2013 年版，第 102 页。

终结之际给思想留下了何种任务?”(《面向思的事情》)“思与言在何种意义上是客观化的,在何种意义上不是客观化的?”(《路标》)……

维特根斯坦的哲学也特别关注语言问题。早期代表作《逻辑哲学论》(1922),探讨的主题是:语言的本质及其与世界的关系,即语言是如何描绘世界的?在后期代表作《哲学研究》(1953)里,维特根斯坦的观点发生转变:语言并没有单一的本质,而是由各种不同种类的“语言游戏”组成的集合;语言的意义不仅反映在说什么,还反映在如何说;语言、心灵、世界三者之间的一致关系,发生在语言之内,而非语言之外;通过描绘语言的运作,产生于“对我们语言逻辑的误解”的哲学问题便不复存在。

后期维特根斯坦的“语用学转向”,即向“日常语言”的回归,其言式改造与海德格尔有着同样的意义。

早期维特根斯坦对康德推崇备至,在后期的诸多论著中,康德则成了一个隐形的身影——维特根斯坦竭力批判的主要对象。康德念兹在兹的先验、预先、先行等系列概念,在维特根斯坦的眼里,都是一组语言游戏,它们组成了一个错误的概念运用组,不过是预先确定的“象征的机器运转”,而不是由事实确定的“实际的机器运转”((《哲学研究》,193)。

维特根斯坦将围绕某一特定概念而起的哲学误解,比作一团“迷雾”(《哲学研究》5),“消除它们的办法……是探寻我们语言的运作的过程”,“哲学是一场反对借语言迷惑我们的理智的战斗”(《哲学研究》,109)。

维特根斯坦认识到:“语言具有一种力量,能够让一切事物看上去没有任何差别。这种力量在字典里面最能够体现出来”①。语言这种“蛊惑我们的智性”的力量,促使我们从不自觉地使用它转向对它持一种反思的态度,而一旦我们采取了这种反思的态度,语言便为我们的理解设置了一系列陷阱,导致哲学研究误入黑暗的幽谷——

> 对每一个人而言,语言都包含着同样一些陷阱,亦即由保持完好

① [英]维特根斯坦:《文化与价值》,许海峰译,江苏凤凰文艺出版社2016年版,第42页。

> 的//可通行的//歧路构成的巨大网络。于是我们看到,一个又一个人行走在同样的道路上,我们早已知道,他会在哪儿转弯,又会在哪儿一直往前走,不理会那个弯儿,如此等等。①
>
> 我们正在与语言搏斗。
>
> 我们陷入了与语言的搏斗之中。②
>
> 语言给所有的人设置了相同的迷宫。这是一个巨大的、小径分叉、迂回曲折的复杂迷宫。……我所做的事就是要在迷宫的所有路口竖起明确的路标,帮助人们躲开危险区域,走上安全地段。③

由"讲理论的态度"而起的那些混乱,不止是错误,它们更是一种误解。由语言引起的问题是深层的问题,它们产生于去反思或欲退出人类生活实践的情境,"当语言像一台发动机在空转,而不是正常工作时"(《哲学研究》,132):

> 由于错误阐释我们语言的形式而产生的问题,具有某种深度。它们是深层次的焦虑;它们的根源就像我们语言的形式一样,深植于我们之中,而其意义,就像我们语言的意义一样重大。(《哲学研究》,111)

那么,哲学如何写作才能最大限度地成为它真正所是的东西呢?

维特根斯坦说:"我们必须犁遍整个语言。"④在为《逻辑哲学论》所写的"说明"中,他写道:它"是严格的哲学的,同时也是文学的"⑤。后来又

---

① "哲学",载于《哲学大事记:1912—1951》,第 183 页。

② [英]维特根斯坦:《文化与价值》,许海峰译,江苏凤凰文艺出版社 2016 年版,第 23 页。

③ [英]维特根斯坦:《文化与价值》,许海峰译,江苏凤凰文艺出版社 2016 年版,第 35 页。

④ Ludwig Wittgengstein,"Remarks on Frazer's Golden Bough",James and Klagge and Alfred Nordmann(eds.),Philosophical Occasions:1912-1951,Indianapolis and Cambridge:Hackett,1993,p.131.

⑤ 转引自 G.H.von Wright,Wittgenstein,Oxford:Blackwell,1982,p.81.

说:“最好是将哲学作为诗歌那样写出来。”[①]在《遗作》1933年、1938年、1940年的条目中,也不断出现了类似的主张,表明了它在后期维特根斯坦思想观念中所处的中心地位。

后期维特根斯坦的写作,往往通过发明想象的例子,揭示日常语言实践的诡异的熟悉。在这意义上,它们确实是诗性的。令维特根斯坦哲学成为诗的,是那些具有“发明”之潜力的布道和谚语;它们通过引人入胜的隐喻,以及儿童一般的简单,变得生机勃勃起来;它们记录着思维过程本身,如同今日所谓“概念艺术”,吸引了观看者的心灵而不是眼睛。如:

> 一个新生的词汇,宛如一颗播种在讨论的园地里的新鲜种子。[②]
>
> 思想也会在没有成熟的时候,从树上掉落下来。[③]
>
> 钢琴演奏乃是人类的一种手指舞蹈。[④]
>
> 你的哲学目标是什么?——给苍蝇指出一条飞出捕蝇瓶的途径。[⑤]

诗的本性与推理式散文之间有怎样的联系呢?在何种意义上,维特根斯坦在像写诗一样写哲学呢?哲学如何以及为何会成为诗呢?

乔治·斯坦纳的观点是:“只要走向表现形式的极限,文学就来到沉默的海岸。……只有赋予语言极度的精确性和透辟,诗人和哲人才能意识到,才能使读者也意识到,其他不能用语词包围的维度。”也就是说,死亡有另一种边界。“死亡的边界,语言哲学和形式逻辑(逻辑是精神的狂想曲,用于打量世界的一种方法)可以接近,但边界上立着维特根斯坦的告诫:不能言说的东西,我们必须将之归于沉默。”《哲学研究》便是一个

---

① [英]维特根斯坦:《文化与价值》,许海峰译,江苏凤凰文艺出版社2016年版,第35页。
② [英]维特根斯坦:《文化与价值》,许海峰译,江苏凤凰文艺出版社2016年版,第5页。
③ [英]维特根斯坦:《文化与价值》,许海峰译,江苏凤凰文艺出版社2016年版,第52页。
④ [英]维特根斯坦:《文化与价值》,许海峰译,江苏凤凰文艺出版社2016年版,第71页。
⑤ 涂纪亮主编:《维特根斯坦全集》第8卷,涂纪亮译,河北教育出版社2003年版,第143页。

生动例子,这是一部精神形式和精神运动之书:“它由格言警句和数字构成,似乎是从另一类型的确定书写中借用的。它使怀疑和严格评估成为自己的句法、风格和对象。维特根斯坦具有诗人的才能,使每个语词看起来是新的,充满有待利用但可能毁灭的活力。《哲学研究》许多地方意象简明、形式独特,读起来简直就像一首诗。像里尔克的《致俄尔浦斯十四行诗》一样,它们差不多同时代出现,都建议我们保持沉默。”①

维特根斯坦的写作方式的确不同凡响,他是用语言来思考的、近乎纯认知的诗人;倘若其思想的形式是一般的论证表达,根本不可能呈现出一种如此个人化的风格,更不可能完成独特自我的刻画,立体展现其人格与心智的高度。

我想起了胡兰成的一句话,“文学是写可珍重的东西”,“今人以为理论文不可是文学,这个观念先要改变”②。

中国思想界的语言传统也大致可分三个阶段:先秦,是中国传统思想语言的成型时期,形成以“儒”“道”为主体的中国传统思想及其道说方式;东汉至唐宋,佛教文化传入,汉语思想语言进一步发展,形成“儒”“道”“释”互动互补的思想文化格局和道说方式;现代,“西学东渐”使中国传统思想语言分崩瓦解,传统思想和言说方式经历一场革命性转变,但迄今尚未形成鲜明的创造性特征,汉语思想的言说空间尚有待拓展和建构③。

作为一种西方哲学思潮,在 20 世纪上半叶的西方世界,“黑格尔主义”基本偃旗息鼓了,虽偶有着各种顽劣的表现。进入现代中国后,“黑格尔主义”蜕变为一种顽固的意识形态倾向和思维定式,充斥着干瘪的概念演绎和空洞的体系构架,蔓延着一种已经失去生命力的畸形的“学院语言”或“经院语言”。现代中国成了“黑格尔主义”最后的、也是最大的一

---

① [美]乔治·斯坦纳:《语言与沉默》,李小均译,上海人民出版社 2013 年版,第 104—105 页。
② 胡兰成:《文学的使命》,《中国文学史话》,中国长安出版社 2013 年版,第 164 页。
③ 参阅孙周兴:《思想的本色》,《读书》1994 年第 1 期。

块地盘,“反黑格尔主义”是当代中国学术思想界的重要主题。①

现代中国学术语言有极浓厚的唯理论或观念论色彩,其枯燥乏味、空洞虚假将语言的负面遮蔽功能发挥到了某种极致。“黑格尔主义”几乎成了我们的“存在—思维—表达”的基本模式。张志扬将这基本模式提炼如下:

A、“历史的必然规律告诉我们……”

B、“只要透过现象看本质,我们就……”

C、“因此,我们要为明天而斗争。”

“我们”是谁呢?没有人,没有活生生的、具体的人;只有“被普遍原则所概括、所抽象的共同体或功能人”,一个没有“此时此地”的人,却获得了公认的“本质”,并仅仅作为这种“本质”而活动着②。

现代中国学术语言的僵化和虚假,标示着思想与生活的真实隔绝状态,以及对于“实事本身”的离异状态。加上著者多趋于怠懒,少见热忱的投入;多为功利裹挟,少有沉潜致思——触目所及,尽是些种种假面的机械复制!

张志扬的“思想—语言”实践,是对“黑格尔主义”的“学院语言”的自觉反叛:“在他的文字里,植根于处身境况的深刻思辨总是与对词语的刻意驱遣相关联,‘思’的严肃总是与‘说’的精微结合在一起。其中有着丰富的思想的辨析,但并不是作悬空的概念推论;论题纯然是学术性的,但每每是从切身境况中发起话题,以鲜活生动的语言来表达厚重的哲思,特别着力于语言空间的构造,以彰显思想的紧张和力度。”③

真正的求知欲不是一种外在的嗜欲,而是灵魂的内在渴求,即一种心智的培育;其中,有集腋成裘的耐心,堆沙成塔的执著,筚路蓝缕的冒险,披沙沥金的毅力,深入虎穴的勇气……

---

① 参阅孙周兴:《思想的本色》,《读书》1994 年第 1 期。

② 张志扬:《渎神的节日》,上海三联书店 1997 年版,第 52—54 页。

③ 孙周兴:《思想的本色》,《读书》1994 年第 1 期。

牟宗三曾提出“外延真理”(extensional truth)和“内容真理”(intensional truth)两个概念:“外延真理”是一种广度的真理,抽象的真理,它“不系属于主体而可以客观地肯断”[①],一成永成,一现永现,如数学真理、自然科学的真理;“内容真理”则是一种强度的真理,具体的真理,它不能脱离主观态度,不能脱离主体性,而是按照不同的强度,在不同的境况中富有弹性地呈现,并非一成永成,一现永现,如儒道佛基督教的真理。[②]

简言之,“外延真理”是“对象化之知”,而“内容真理”是“有我之知”。张志扬的“思想—语言”实践,与克尔恺郭尔、尼采、海德格尔、维特根斯坦等人的“思想—语言”实践一样,都同属于“有我之知”,不是那种没有体悟、从概念到概念的“对象化之知”。

雷·蒙克在《天才的责任》中讲过一则逸闻:罗素批评维特根斯坦,认为他不应该只是说出他的想法,而应该为之提供论证。维特根斯坦回答说,论证会玷污思想的美丽。

维特根斯坦非常清楚:“我们在论证的过程中给出了一个又一个的解释:仿佛每一个解释都至少让我们获得片刻的满足,直到我们又想到另一个排在它之后的解释。……我们必须放弃一切解释,而只以描述取而代之……”(《哲学家研究》,201)解释的做法导致了无穷多的解释,只会使人们沿着错误的方向离真正的理解渐行渐远。

哲学是对人类状况和人类生活最根本、最持久问题的深切反思,进而对人类存在和人类生活达到一种理性的自我理解,它渗透到我们生活的方方面面,是我们现实人生一个不可或缺的要素。哲学力图解答古老的苏格拉底问题:“人应该如何生活?”把哲学事业仅仅降低为论证,全然忽视哲学在人类生活中的使命和价值,确实使哲学失去了它本来就具有的

① 牟宗三:《中国哲学十九讲》,上海古籍出版社 1997 年版,第 20 页。
② 参阅牟宗三:《中国哲学十九讲》,上海古籍出版社 1997 年版,第 28—38 页。

思想魅力。

维特根斯坦认为,真理不是可以被揭开的东西,任何结论都是暂时性的,它只能日复一日地被“重新发现”。“每天清晨到来的时候,你都应该翻起地上那些无用的碎石块,去触摸那些富有生机的、温暖的种子。”[①]也就是说,始终以开放的心态、从尽可能多的角度去观察一个事物,研究、发现的过程比任何结论重要得多。维特根斯坦说:

> 我们的研究既然只是摧毁每一种有趣的东西,亦即,所有那些伟大而重要的东西,那么,它的价值又从何而来呢?(仿佛大厦都已倾倒,只留下碎石乱瓦。)(《哲学研究》,118)

维特根斯坦拒绝用普遍性的词汇,即哲学的“大词”(如自我、本体、心灵、意识、审美等等),因为它们大多脱离具体的语言运用,掩盖了事物细微的差异,将局域性概念上升为全局性概念;而且,它们都是无法证明的,只能进行自我循环论证,建造起一种超级概念,并将超级概念的操演当作某个超级事实或机制的描述,而导致形而上学错误。

康德式的先验分析有着致命弱点,即为每一个概念划定界限,并将概念嵌入到先验体系之中,成为一个零件;这一体系表面上看很周密,却与实际情况存在巨大的鸿沟,一旦该体系中的某个零件出了问题,整个体系便随之崩毁,“只留下碎石乱瓦”。故维特根斯坦坦言:“我本人对于构建一座大厦没有什么兴趣,相反,对这座大厦的根基很有研究的兴趣。”[②]“你那栋以傲慢自负建立起来的大厦该拆掉了。”[③]

的确,那些强烈吸引我们的解释和体系建构,无力解决所要面对的理解问题。维特根斯坦竭力想把我们从某种特定的思想风格中解救出来,彻底摆脱控制着我们哲学想象的那些理智的妖魔:

---

① [英]维特根斯坦:《文化与价值》,许海峰译,江苏凤凰文艺出版社 2016 年版,第 5 页。

② [英]维特根斯坦:《文化与价值》,许海峰译,江苏凤凰文艺出版社 2016 年版,第 14 页。

③ [英]维特根斯坦:《文化与价值》,许海峰译,江苏凤凰文艺出版社 2016 年版,第 108 页。

> 我认为，寻求解释的企图之所以错了，原因之一是，我们只需要以正确的方式将我们知道的东西放归一处，勿需添加任何东西，而我们试图于解释中获取的那种满足会自行到来。①

维特根斯坦拒斥那种僵硬的、形而上学的理论，他更愿意着力于思想之流中的细节和例证。因为，构成我们的世界的那些现象的本质，并不是我们通过"挖掘"发现到的东西，而是在我们就现象作出的那类陈述中所展现出的东西。我们真正需要的是这样的方法："哲学只把每一样东西摆在我们眼前，既不解释也不演绎任何东西。——由于每一样东西都摆在眼前，所以没什么要解释的。"(《哲学研究》，126)

我们真正需要的，不是去解释或理论建构，而只是关注"描述"。维特根斯坦说："哲学既不解释也不演绎任何东西。"(《哲学研究》，126)"我们不会提出任何一种理论。……我们必须抛弃一切说明，而仅仅代之以描述。"(《哲学研究》，109)哲学家的工作在于为一个特定的目的收集提示物"，自己能写下的最好的东西，"只是把一切摆在我们面前，既不解释，也不推论"②。"我书写出的每一句话，每一个段落，都在努力阐明整个事物。为了能够说得清楚明白，我不断尝试对同一个事物进行多次不同的阐述。最终，这些阐述好像是从不同的角度对同一事物的观察。"③"哲学让一切如其所是。"(《哲学研究》，124)

在维特根斯坦眼里，哲学研究在很多方面与建筑学的研究相似，即"更多地偏重于对自身的研究、对于个人思考的研究、对于个人观察事物方法的研究"④。"思想家和制图员非常相似，都是想把生活中事物之间

---

① "关于弗雷泽《金枝》的评论"，载于《哲学大事记：1912—1951》，第30页。
② 涂纪亮主编：《维特根斯坦全集》第8卷，涂纪亮译，河北教育出版社2003年版，第71页。
③ [英]维特根斯坦：《文化与价值》，许海峰译，江苏凤凰文艺出版社2016年版，第108页。
④ [英]维特根斯坦：《文化与价值》，许海峰译，江苏凤凰文艺出版社2016年版，第33页。

的各种联系描绘出来。”①

维特根斯坦坚信，通过注意到明摆在语言的用法中的东西的那些独特结构，我们才能克服哲学的困惑感，达到我们所欲寻求的理解；困难只在于，我们没有做好准备，也极不情愿承担这种“描述”的任务：“事物的最为我们看重的模样由于既简单又熟悉，而被隐匿起来。（我们无法注意到某种东西——因为它总在我们眼前。）”（《哲学研究》，129）

哲学探究事物之所以如此的道理，并尝试贯通这些道理；所谓贯通，是穷理尽性，是物我的贯通，是道理和实际人生之间的贯通，即用道理去解决、克服种种具体的困惑，让各种特殊道理在事中贯通，而获得一个整体的眼光，此之谓“综观”②。

黑格尔《精神现象学》区别了数学的知识与哲学的知识——

图表式的知性是数学性的知识，它“把内容的必然性和概念都掩蔽起来，即把构成具体事物、构成现实、构成它所安排处理的事物的活生生的运动的那种东西掩蔽起来”，“它给予我们的，仅只是内容的目录，内容自身它是不提供的”，“并不深入于事物的内在内容，而永远站立在它所谈论的个别实际存在之上综观全体，这就是说，它根本看不见个别的实际存在。”因此，它是一种僵死的东西，“本身只是存在的宾词，没有存在的内在的生命”③。

科学的认识是哲学的知识，它所要求的，“毋宁是把自己完全交付给认识对象的生命，或者换句话说，毋宁是去观察和陈述对象的内在必然性。科学的认识既然这样深入于它的对象，就忘记了对全体的综观，而对全体的综观只是知识脱离了内容而退回到自己的一种反思而已。但是，科学的认识则是深入于物质内容，随着物质的运动而前进，从而返回于其自身的；不过它的这种返回于自身，不是发生于内容被纳入于自身中之

① ［英］维特根斯坦：《文化与价值》，许海峰译，江苏凤凰文艺出版社 2016 年版，第 23 页。
② 陈嘉映：《说理》，华夏出版社 2011 年版，第 271 页。
③ ［德］黑格尔：《精神现象学》，贺麟译，商务印书馆 1981 年版，第 35 页。

前，相反，内容先把自己简单化为规定性，把自己降低为它自己的实际存在的一个方面，转化为它自己的更高的真理，然后科学认识才返回于其自身。通过了这个过程，单纯的、综观自身的全体本身，才从本来好像已把这个全体的反思淹没了的财富中浮现出来。”①

综观一：不深入内容，站在个别存在之上，如同一个框架，可以将内容纳入于自身中。这是僵死的存在者，掩蔽了活生生的运动。

综观二：“把自己完全交付给认识对象”，“随着物质的运动而前进”；这种运动方式，“内容先把自己简单化为规定性，把自己降低为它自己的实际存在的一个方面，转化为它自己的更高的真理，然后科学认识才返回于其自身”。

作为“有我之知”，维特根斯坦的哲学研究属于第二种“综观”，即“动的观点”“发展的观点”的运用。他说：“我觉得在研究哲学的时候，应该不断地改变姿势，以避免因为某一只脚长时间站立而变得僵硬。”②又说：“通向世界未来的道路并不笔直也不平坦，它曲线前行、方向变换不定。”③这种研究方式决定了其述学文体必然是“断片”式的。

维特根斯坦曾尝试将自己的哲学札记焊接成一个有序的整体，但都没有获得成功，而且苦不堪言：

> 如果我单单是为了愉悦自己才思考一个话题，而不是想写成一部书的话，我的思路就会单单围绕着这个题目跳来跳去。这样的思维方式对我来说，才是唯一的自然的思维方式。强迫放弃天马行空的思考，取而代之按部就班的思维，对于我来说乃是一种折磨。④

当思想“迹化”为文字，“断片”意味着什么呢？

---

① ［德］黑格尔：《精神现象学》，贺麟译，商务印书馆1981年版，第35—36页。
② ［英］维特根斯坦：《文化与价值》，许海峰译，江苏凤凰文艺出版社2016年版，第53—54页。
③ ［英］维特根斯坦：《文化与价值》，许海峰译，江苏凤凰文艺出版社2016年版，第7页。
④ ［英］维特根斯坦：《文化与价值》，许海峰译，江苏凤凰文艺出版社2016年版，第55页。

钱锺书有言:“诗家之于束缚或限制,不与之抵拄,而能与之游戏,庶造高境。”[①]“盖事物一而已,然非止一性一能,遂不限于一功一效。取譬者用心或别,着眼因殊,指同而旨则异;故一事物之象可以孑立应多,守常处变。”[②]

“断片” 挣脱了体系的桎梏,其随物赋形,伸缩自如的开放性,有效消除了“言”与“思”的不协调状态,让思想始终保持动态,既无开始,又无结束,真理就腾跃于活的创造之中,与永远处于变化中的思维相汇合。

断片式思想犹如依山而建的建筑群落,大布局的起落有序,不影响小院落的独立存在。借助宏观的视眼,方知其在整体中的位置;这些断片各自独立,却是细针密缕,卷帘通顺,彼此勾连呼应;这是一种没有体系的体系,比起一般学术论著,更见结构的用心与功力。

无独有偶,钱锺书的述学文体也是“断片”式的。在《读〈拉奥孔〉》一文,钱锺书有段名言:

> 零星琐屑的东西易被忽视和遗忘,就愈需要收拾和爱惜;自发的孤单见解是自觉的周密理论的根苗。……许多严密周全的思想和哲学系统经不起时间的推排销蚀,在整体上都垮塌了,但是它们的一些个别见解还为后世所采取而未失去时效。好比庞大的建筑物已遭破坏,住不得人、也唬不得人了,而构成它的一些木石砖瓦仍然不失为可资利用的好材料。往往整个理论系统剩下来的有价值东西只是一些片段思想。脱离了系统而遗留下来的片段思想和萌发而未构成系统的片段思想,两者同样是零碎的。眼里只有长篇大论,瞧不起片言只语,甚至陶醉于数量,重视废话一吨,轻视微言一克,那是浅薄庸俗的看法——假使不是懒惰粗浮的借口。”[③]

---

① 钱锺书:《管锥编》,中华书局 1986 年版,第 440 页。
② 钱锺书:《管锥编》,中华书局 1986 年版,第 39 页。
③ 钱锺书:《七缀集》(修订本),上海古籍出版社 1994 年版,第 33—34 页。

《汉译第一首英语诗〈人生颂〉及有关二三事》里的一段名言可与之并读：

> 历史上很多——现在就也不少——这种不很合理的事例。更确切地说，很不合学者们的理想和理论的事例。这些都显示休谟所指出的，是这样（is）和应该怎样（ought）两者老合不拢。在历史过程里，事物的发生和发展往往跟我们闹别扭，恶作剧，推翻了我们定下的铁案，涂抹了我们画出的蓝图，给我们的不透风、不漏水的严密理论系统挪上大大小小的窟窿。①

谈到"微言一克"，钱锺书举了一例，即民间七字谚语"先学无情后学戏"，并将它与狄德罗《关于戏剧演员的诡论》一文对读，发现这句中国老话义蕴深厚，其价值不下于狄德罗的文章；三言两语，道出精辟见解，有如禅宗一句，可含华严境界。钱锺书指出，"这种回过头来另眼相看，正是黑格尔一再讲的认识过程的重要转折点：对习惯事物增进了理解，由'识'转而为'知'，从旧相识进而成真相知。"②对于黑格尔的这种"从旧相识进而成真相知"的认识，钱锺书作了一比较长的注解，注明可参阅"《精神现象学》，霍夫迈斯德校订本28页，又《逻辑学》，雷克拉姆《万有丛书》版第1册21页"等书③。我们可联系黑格尔的思想来理解以上两段名言的具体含义。

所谓"许多严密周全的思想和哲学系统经不起时间的推排销蚀，在整体上都垮塌了"，因为它们属于《逻辑学》所描述的第一种思维："由反思发掘出来，并且被反思固定下来，作为外在于质料和内容的主观形式"，因为外在，所以"可以随意拉进科学之内或放在科学之外"，一旦我们真正去考察它们本身，"所出现的，便只能是它们的应有的自为的有限性和非

---

① 钱锺书：《七缀集》（修订本），上海古籍出版社1994年版，第159页。

② 钱锺书：《七缀集》（修订本），上海古籍出版社1994年版，第35页。

③ 钱锺书：《七缀集》（修订本），上海古籍出版社1994年版，第56页。

真理性,以及作为它们的真理的概念”①。这是一种人为的、外在的、不贴切的思维规定。由于它的外在性、人为的构架性,使其不能与时俱进,而采取僵死的外壳,在历史的流变中只能是遭受淘汰的命运。不过,淘汰的是体系的外在的形式,中间的内容仍有自己的存在性;“它们的一些个别见解还为后世所采取而未失去时效”,“仍然不失为可资利用的好材料”,即是对那内容的说明。

此外,还有另一种思维,“乃是概念的规定性”,它是“实体性的统一性的一种形式规定,是作为整体的形式的一个环节,亦即概念本身的一个环节,这个概念本身乃是有了规定的诸概念的基础。这个概念本身是不能以感性来直观或表象的;它只是思维的对象、产物和内容,是自在自为的事情,是‘逻各斯’(Logos),是存在着的东西的理性,是戴着事物之名的真理”。从这种概念的规定性出发,内容成为我们考察的对象,“内容不如说是在自身那里就有着形式,甚至可以说惟有通过形式,它才有生气和实质;而且,那仅仅转化为一个内容的显现的,就是形式本身,因而也就如同转化为一个外在于显现的东西的显现一样”;“随着内容这样被引入逻辑的考察之中,成为对象的,将不是事物,而是事情,是事物的概念”②。

所谓“构成它的一些木石砖瓦仍然不失为可资利用的好材料”,其中“木石砖瓦”所比喻的片断,是内容性的存在,“内容……是在自身那里就有着形式”,意指片断从来都是整体中的片断,“惟有通过形式,它才有生气和实质”,只有在整体中,片断才得以确认,获得其存在性的根基。“随着内容这样被引入逻辑的考察之中”,内容就具有了自己的历史,在历史的变动生成中获得自己的存在。这种随着逻各斯而运动的“具体的概念”,即上述《精神现象学》所谓的第二种综观,即“内容先把自己简单化为规定性”,规定性“把自己完全交付给认识对象的生命”,于是,内容就是形式,形式就是内容。这打破了第一种综观的外在性、框架性、强迫性、

① [德]黑格尔:《逻辑学》,杨一之译,商务印书馆1982年版,第16页。

② [德]黑格尔:《逻辑学》,杨一之译,商务印书馆1982年版,第16—17页。

静止性,总是在变动中生成着自己的根基[1]。

钱锺书说过:“我一贯的兴趣是所谓的现象学。”[2]

基于上述与维特根斯坦相类似的思考,钱锺书不屑于构建那种人为构架、外在性的“体系”,而特别重视随着事物的运动存在着、有生气之物的理性:“研究美学的人也许可分两类。第一类人主要对理论有兴趣,也发生了对美的事物的兴趣;第二类人主要对美的事物有兴趣,也发生了对美的事物的兴趣。我的原始兴趣所在是文学作品。具体作品引起了一些问题,导使我去探讨文艺理论和文艺史。”[3]“我有兴趣的是具体的文艺鉴赏和评判。”此语出自《中国诗与中国画》,不同版本里表述略有变化:《开明书店二十周年纪念文集》(1948)为“我们并不想辩证艺术理论的异同是非,我们要讨论的是最具体的艺术判断”,《旧文四篇》(1979)为“我有兴趣的是具体的文艺鉴赏与评判”,《七缀集》(1984)为“我想探讨的,只是历史上具体的文艺鉴赏和评判”。语气愈发谦和,立场则一贯坚定。

所谓“具体的鉴赏与评判”,意味着某种理论在具体的情境、时间、地点所起的作用,是时机化的艺术;任何具体的现象,背后皆有使其显现的背景(理论),此潜在背景是鉴赏、评判的主导性力量,是一次次具体的判断所构成的历史。在“具体的鉴赏与评判”中,“理”在历史的具体的判断中产生(“理因事著”),积淀成整部作品的潜势力;具体的判断又依据“理”而进行(“事托理成”),事例成为“具体的概念”的一个个驿站。[4]

恢复事物自在自持的存在,用现象学批评家阿·贝甘的说法,就是要恢复事物的“纯洁性”,恢复“惊奇的观照和事物最初在场的完整性”[5]。

---

① 参阅黎兰:《钱锺书的述学文体——以〈管锥编·老子王弼注〉为个案的研究》,三晋出版社2015年版,第231—234页。

② 1983年7月23日,钱锺书给朱晓龙的复信,转引自胡范畴:《钱锺书学术思想研究》,华东师范大学出版社1993年版,第21页。

③ 钱锺书:《写在人生边上的边上》,生活·读书·新知三联书店2002年版,第204页。

④ 参阅黎兰:《钱锺书的述学文体——以〈管锥编·老子王弼注〉为个案的研究》,三晋出版社2015年版,第225页。

⑤ 转引自[法]乔治·布莱:《批评意识》,郭宏安译,百花洲文艺出版社1993年版,第126页。

这是现代艺术和现代思想的一个共同要求。现象学是这一要求的最集中表达。

钱锺书所运用的,实即海德格尔所描述的现象学方法:

> 现象的科学等于说:以这样的方法来把捉它的对象——关于这些对象所要讨论的一切都必须以直接指示的方式加以描述。'描述性的现象学'具有同样的意义,这个用语其实是同语反复……描述性本身就是logos特有的意义。只有从被'描写'的东西(有待依照与现象相遇的方式加以科学规定的东西)的'实是'(Sachheit)出发,才能够把描述性本身确立起来。无论现象概念的形式意义还是其流俗意义,都使我们有道理这样从形式上界定现象学:凡是如存在者就其本身所显现的那样展示存在着,我们都称之为现象学。[①]

后期维特根斯坦与钱锺书的述学文体可谓现象学方法的生动演示。

早期维特根斯坦的《逻辑哲学论》写得"像水晶一样清晰",形式也很特别:每一章有一个总题,然后给出一系列扩充和论证;一句句格言式语句用号码排列,表示各个命题的主从关系;所有词项都像是术语。《逻辑哲学论》的段落以各个层次的阿拉伯字母编号,似乎象征着它是一个严密的逻辑结构,文句的口气也颇为独断。

后期维特根斯坦的《哲学研究》关注两个主要论题,即语言哲学和哲学心理学。维特根斯坦处理这些论题的方式,完全不同于其他哲学家:

首先,形式上没有通常用于指明论题的章节标题,只分为两个部分:第一部分由693条独立标号的评论组成,篇幅由一行到数段参差不齐;第二部分共14节,每一小节由未作编号的分散评论构成,有的半页,有的长达36页。

---

① [德]海德格尔:《存在与时间》,陈嘉映、王合庆译,生活·读书·新知三联书店1987年版,第41页。

其次，这些评论没有给出论证和清晰的结论，涉及广泛的论题（其中许多论题反复出现），却没有对任何论题做出清晰的、最终的陈述；许多评论包含具体事例，有实际的事例，有虚构的事例，而维特根斯坦似乎从未想过以它们作为概括的基础。

维特根斯坦带领我们，返回到了人类语言和经验的熟悉的方面。维特根斯坦说："我们将语词从其形而下学的运用中再次地引导回其日常的运用中来。"[①]维特根斯坦从精密的逻辑思考回到了日常生活。

维特根斯坦往往从思考一个术语或概念的意义转变为提问："这是如何习得的?"或"你是如何教这个的?"[②]我们经常读到要求我们"想象"的开场白，例如，"让我们设想一下语言……"，"假设……"或"想一想……"或"询问一下你们自己……"。这种内心对话的句子结构形式，目的是触发思想的转变而不是演示证明，是展示而不是言语，是提示而不是引导。

维特根斯坦所采用的是"口头讨论的技术"，一个又一个给出具体细节的例子，以切切实实的日常语言来描述与记录。维特根斯坦发展了一种展示哲学观点的新形式——简洁短小、格言式的哲学札记（remarks），其中的思想依照一种自然的序列，从一个对象推进到另一个对象，彼此松散，又相互连接——成功地在其文本的文学形式和哲学内容之间创建了一种和谐，表达了自己多年积淀的思想。

维特根斯坦鄙视闲扯，其心灵明晰、有力、充盈，其言词电光火石一般，极具穿透力。维特根斯坦做哲学的方式是质疑、询问的对话模式，但不是苏格拉底所确定意义上的对话。在维氏看来，苏格拉底的对话者，尽是些没有自己想法的笨蛋；苏格拉底承认自己的无知，不过是谋求纠正其他人的错误信念，让人沿着特定的推理路径以得到一个确定的结论。因此，"人们在阅读苏格拉底对话录的时候，会产生一种感觉，那就是：这简直就是在浪费时间啊，多么可怕的事情！这些对话录什么都没有证明出

---

① ［英］维特根斯坦：《哲学研究》，韩林合译，商务印书馆2013年版，第88页。

② C.J.B.Macmillan, "Love and Logic in 1984", in Emily Robertson (ed.), Philosophy of Education 1984, Normal, IL: Philosophy of Education Society, 1984, p.7.

来,也什么事实都没有澄清,它们的存在到底有什么意义呢?"①

维特根斯坦说:"关于你自己,你根本无法写出比你的自我更加真实深刻的东西。……你从你自己的高度描写自己,没有站在高跷或者楼梯之上,而是光着脚站在地上。"②"几乎我的全部著作都是我对自己的独白,著作里所说到的种种话题都是我对自己的窃窃私语。"③"如果一个人不能做到自我控制和自我把握的话,他是没有办法讲出真理来的。"④"我应该只是起到了一面镜子的作用,我的读者们可以通过这面镜子看到他们思想的特点和存在的缺陷,并且通过我这面镜子,让自己的思想缺陷得到修正。"⑤

维特根斯坦利用想象中的对话者、思想实验、图解、图画、例子、格言或比喻,使读者参与到这样的过程:使自己的疑问、自己的问题、自己的思维过程具体化。维特根斯坦明辨一切,不仅关心论据的提出,还关心论据的并列,以吸引读者进入他自己所感到的最困惑的情境之中;其哲学目的在他所致力于解决的问题中,以"怎么"的形式表明、显现出来;维特根斯坦的哲学风格就是他的方法,他的著作谋求作出示范。⑥ 这种以生动的方式把抽象观念视觉化的能力,无与伦比,让人印象深刻。

特里·伊格尔顿的判断是准确的,《哲学研究》是"一部彻底的对话作品","作者大声地质疑,想象一个对话者,向我们提问,这些问题可能在一个层次上或者可能不在一个层次上……迫使读者自己解除神秘化,用他的审慎的、无畏的风格友好地让我们参与"⑦。

维特根斯坦格言式地写下诸多富有智慧趣味的判断,它们的力量与

① [英]维特根斯坦:《文化与价值》,许海峰译,江苏凤凰文艺出版社 2016 年版,第 27—28 页。
② [英]维特根斯坦:《文化与价值》,许海峰译,江苏凤凰文艺出版社 2016 年版,第 64 页。
③ [英]维特根斯坦:《文化与价值》,许海峰译,江苏凤凰文艺出版社 2016 年版,第 146 页。
④ [英]维特根斯坦:《文化与价值》,许海峰译,江苏凤凰文艺出版社 2016 年版,第 68 页。
⑤ [英]维特根斯坦:《文化与价值》,许海峰译,江苏凤凰文艺出版社 2016 年版,第 47 页。
⑥ 参阅[英]乔伊·帕尔默主编:《教育究竟是什么?》,任钟印、诸惠芳译,北京大学出版社 2008 年版,第 349 页。
⑦ Terry Eagleton,"Introduction to Wittgenstein".Wittgenstein:The Terry Eagleton Script,The Derek Jarman Film,London:British Film Institute,p.9,1993.

其说在于形而上学的诉求，不如说在于让所有事物都如其所是而获得了思想上的安宁平和。钱锺书的《管锥编》亦如是。

《管锥编》由 781 则札记组成，分成十卷，分别评论十部中国古典要籍；每卷第 1 则为总论，是著者对这部书的总体认识，第 2 则以下对该书中具体段落进行相关的考订和评论。

钱锺书“夫子自道”：“端赖贤者于义则引而申之，于例则推而益之。”[①]《管锥编》每则文字大致可分为“义”和“例”两部分。所谓“义”的“引而申之”，即从表面的归纳，到“抉髓究理”，这是“具体的概念”由表及里的轨迹运动，也就是一个个小论点的转换。对“义”之论证，则举若干事例、事实作为论据；钱锺书总是按照概念的流变的秩序或运行的轨迹，把相关的事实例证编排到相应的位置。《管锥编》中随处可见的“增订”文字，绝大多数都是对“例”的“推而益之”。

一般以为，钱锺书的述学文体是札记体，是其读书摘要、心得体会的记录，或读书笔记的延展、充实与发挥；或认为，钱锺书的高明在于博闻强记，以古今中外的一堆例子唬人，到了互联网时代，其价值自然贬值。此论与札记体的立足点是一样的，把《管锥编》视作资料“类编”，不过是“自发的孤单的见解”的典型样本：这些都是严重的误解。

在钱锺书看来，“自发的孤单的见解是自觉的理论的根苗”，“根苗”意味着基因的难得，但其离成长为大树，尚有漫长的距离要跨越；其中关键在于，“一克”的“微言”有没有人来加以“演绎”。可是，多数人“懒惰粗浮”，“浅薄庸俗”，在他们“眼里只有长篇大论，瞧不起片言只语，甚至陶醉于数量，重视废话一吨，轻视微言一克”。

钱锺书《管锥编》对“微言”的演绎，都有“阐释的循环”在后面起作用：发现现象，连类现象，从现象中直观其本质，然后从本质中出发，再回头寻绎现象与现象之间的细微的变化，而这变化本身，即成了概念的运行轨迹。钱锺书感受到、把握了这种流变本身，便形诸笔端，故而一次次“具

① 臧克和：《问学琐记》，牟晓朋等编：《记钱锺书先生》，大连出版社 1995 年版，第 100 页。

体的鉴赏与评判”，是对那流变中的具体概念的把握，使得那不可握住的流变中的规律在一次次的定格中生成，这正如法国思想家埃德加·莫兰所言，“一个理论只是随着主体的思想活动的充分展开而完成它的认识作用，而获得它的生命。”[①]或如钱锺书自己所言，“好比从飞沙、麦浪、波纹里看出了风的姿态”[②]。

后期的维特根斯坦在论理时竭力避免自造术语，几乎只用普通语言写作。在他的文字里，思想以鲜明纯净的方式结晶，交映而发出立体的光辉，让人瞥见语言里精微的层次感，有如曲径通幽而不期然或发现别有洞天，或与其他路径勾连契合；其著述结构貌似松散，实则整饬；层层递进，环环相扣；相互衔接，彼此融贯。

钱锺书认为：“形之浑简完备者，无过于圆。”对于“圆”的理解，必须与“时”偕行，即根据不同的环境、时间、地点才能获得具体的含义（“时义”）；由此，圆成了一种“活的终极、生成中的终极”“活的圆”。用钱锺书的话说，就是“圆活”，即表现了纯粹思想的整全性的“一”。与“时”偕行的“圆”，如何落实为具体的文章做法呢？钱锺书说了“圆之时义大矣哉”之后，接着即说：“推之谈艺，正尔同符。”钱锺书引用了一系列关于行文当“圆”的论述。如，毕达哥拉斯曾说过：“立体中最美者为球，平面中最美者为圈。”帕斯卡说：“其中心无所不在，其外缘不知所在。”德国评论家蒂克称，圆形之无起止是大学问、大艺术。《易经》云“圆而神”，朱子说“无极而太极”，皇侃言“小而圆通，有如明珠”，佛典说“圆通”“圆觉”等等，可见，“圆之时义大矣哉”。最后，钱锺书一言以蔽之：“乃知‘圆’者。词意周妥，完善无缺之谓。”[③]

《管锥编》是一部“未完成”的著作，已论述的十部书还只是初步的纲要，十部书之外还有续辑，它们是“《全唐文》《少陵》《玉溪》《昌黎》《简

---

① ［法］埃德加·莫兰：《复杂思想：自觉的科学》，陈一壮译，北京大学出版社2001年版，第270页。

② 钱锺书：《七缀集》（修订本），上海古籍出版社1994年版，第2页。

③ 参阅钱锺书：《谈艺录》，中华书局1984年版，第111—114页。

斋》《庄子》《礼记》等十部"[①]。

而且,在每一则文字里,"具体的概念"总处于变动之中,"中心"在不断生成之中,可谓"无处不在"之"圆活"的域性存在。无论是"义"的"引而申之",还是"例"的"推而益之",不会因圆融完满而止步,永远没有完成。为此,钱锺书总是不断增订自己的著作[②],其苦心孤诣地追寻那变动不居之"具体的概念",实即围绕"中心"而"盘旋"的证明。这正如《文心雕龙·定势》之"圆者规体,其势也自转。方者矩形,其势也自安。"或如况周颐《蕙风词话》所云:"笔圆下乘,意圆中乘,神圆上乘。能圆见学力,能方见天分。"[③]

散落《管锥编》"一戛即止"的断片里,后面都有潜在的理论背景,有一以贯之的气韵脉动,可谓钱锺书"行所当行止当止,错乱之中有条理"[④]之"圆活"思维的体现。跟维特根斯坦一样,钱锺书的文字也经不起编排,任何企图方便读者的"读本",都会使其气脉受损,文气断裂,使人产生疏凿混沌而混沌死之憾。

维特根斯坦说:"我想表达某种事物,往往最多只能成功地表达一半,甚至没有一半那么多,可能仅仅十分之一而已。……我的作品里面,经常是这样'结结巴巴'地表达。"维特根斯坦喜欢把哲学思考工作比作"潜水"——"人在水中时天生就有上浮的趋势,只有通过努力才能达到水底,越往深处潜,阻力就越大,也越孤独。"[⑤]

《哲学研究》里没有严格定义的术语,一系列思想断片直接面对问题,在看似只能各说各话的事情里,总能发现可深入问题的端绪,却不是

---

① 郑朝宗:《〈管锥编〉作者的自白》,《海滨感旧集》,厦门大学出版社 1988 年版,第 124 页。

② 1978 年 8 月初版的《管锥编》第一、二卷末就有数页"增订",1982 年出版 8 万余字的《管锥编增订》专册,1986 年 6 月《管锥编》校正字句,出了第二版。此后,钱锺书又撰写《管锥编增订》之二。中华书局将两个《增订》合为第 5 册,1991 年 6 月出了第三版。

③ 参阅黎兰:《钱锺书的述学文体——以〈管锥编·老子王弼注〉为个案的研究》,三晋出版社 2015 年版,第 239 页。

④ 钱锺书:《管锥编》,中华书局 1986 年版,第 1194 页。

⑤ [英]维特根斯坦:《文化与价值》,许海峰译,江苏凤凰文艺出版社 2016 年版,第 146 页。

一本容易读懂的书。对于这种“断片”,我们只能慢慢读、慢慢体悟:

> 有的时候,要想理解一个句子的含义,需要用合适的速度去读它。我的句子都需要慢慢地读,才可能被理解被领会。①
>
> 我之所以在文章里使用大量的标点符号,不过是想通过这些标点符号延缓阅读的速度,因为,我喜欢缓慢的阅读方式。②

在哲学研究的竞赛之中,获胜者是跑得最慢的人,或者说,是最后达到终点的人。③

哲学家们彼此问候的话语应该是这个样子:“慢慢来吧!”④

一则轶闻:上世纪 80 年代,《管锥编》出版不久,某青年学者在熟人引介下,一同前往拜访钱锺书;寒暄之后,毕恭毕敬拿出一打印稿,说自己花了两个多月读完了《管锥编》,写了篇评论,敬请斧正云云。不成想钱锺书瞧也未瞧,摆了摆手,用带了无锡口音的普通话连说:“拿回去! 拿回去!”这位青年学者只得悻悻而归。

《管锥编》是一部凝聚了钱锺书 30 年心血、总结一生所学的巨著。这部百余万字的著作是一座庞大复杂的迷宫,迥异于常见的论点突出、纲举目张、逻辑严密的论著;钱锺书通过“断片”式的述学文体,以动的观点代替静的观点,其“中心”在不断生成之中,极不易把握;读者只能与他亦步亦趋,不容丝毫松懈;一旦松懈,或是读得仓促,则可能误读。阅读《管锥编》,须慢慢品读才有可能得其精髓。

罗素把维特根斯坦视作“天才人物的最完满的范例”。按照陈嘉映的说法,维特根斯坦不是一个学者型人物,但他具有极为深厚的文化素养,并以最本真的方式继承了西方哲学爱智慧、爱真理的精神;他对人类

---

① [英]维特根斯坦:《文化与价值》,许海峰译,江苏凤凰文艺出版社 2016 年版,第 14—15 页。
② [英]维特根斯坦:《文化与价值》,许海峰译,江苏凤凰文艺出版社 2016 年版,第 127 页。
③ [英]维特根斯坦:《文化与价值》,许海峰译,江苏凤凰文艺出版社 2016 年版,第 67 页。
④ [英]维特根斯坦:《文化与价值》,许海峰译,江苏凤凰文艺出版社 2016 年版,第 151 页。

生存本质的深刻感知，以及他在理智上的特殊天赋，使他在哲学上达到了其他哲学家难以企及的深度[①]。

维特根斯坦的著作旁征博引，广泛比较，是“万花筒”式的，涉及了文学、数学、伦理学、哲学、美学、社会学、人类学以及绘画、雕塑、建筑、音乐、电影、舞蹈等不同艺术门类。与之相应，目前国际维特根斯坦研究遍及语言哲学、数学哲学、伦理学、政治哲学、宗教、美学、社会学、艺术学等诸多领域。

维特根斯坦著作的魅力，相当程度上在于其独一无二的文学品质，并因此对整个艺术家群体产生了重大影响。维特根斯坦成了诗人、作曲家、剧作家、小说家心目中的哲学家，纽美因（M.A.Numminem）还将其浩瀚的《逻辑哲学论》谱成了组曲（Tractatus Suite）。1989 年，在维也纳举行的维特根斯坦百年诞辰纪念活动，包括了一个大型展览，展示了大量的在不同方面受其影响的艺术作品。

维特根斯坦是一位遗世独立的思想者，他那与众不同、鲜明强烈的声音，根本是无法被模仿的，否则思想便蜕变成行话隐语。他说：“我不想创立一个学派，为什么呢？因为，实际上我不想被人效仿，那样没有什么意义。……我特别不想被那种在普通哲学杂志发表文章的人们效仿。”[②]

钱锺书的《管锥编》依托经史子集的十部书，征引古今中外典籍近万种，引用西方学者、作家千人左右；钱锺书在中西文化互证互校中，对中国文化作了细致入微的梳理和批判。

钱锺书曾在一封给友人的信中说：“弟之方法并非比较文学，而是求打通，以打通拈出新意。”他又在学术活动中多次说过：“打通”分三个层次，即打通古今、打通中西、打通人文各学科。他说：“要自己的作品能够收列在图书馆的书里，就得先把图书馆的书安放在自己的作品里。”[③]“人文科学的各个对象彼此系连，交互映发，不但跨越国界，衔接时代，而且贯

---

① 陈嘉映：《语言哲学》，北京大学出版社 2003 年版，第 138—139 页。
② ［英］维特根斯坦：《文化与价值》，许海峰译，江苏凤凰文艺出版社 2016 年版，第 114 页。
③ 钱锺书：《宋诗选注 · 序》，人民文学出版社 1989 年版，第 19 页。

穿着不同学科。”[①]“博览群书而匠心独运,融化百花以自成一味,皆有来历而别具面目。”[②]又说:“吾辈穷气尽力,欲使小说、诗歌、戏剧与哲学、历史、社会学等为一家。”[③]

《管锥编》思虑深沉,文辞粹美,“思”与“言”已密不可分,如钱锺书引席勒诗所谓艺术高境内容尽化为形式,或如钱锺书引19世纪德国诗人莫里克《赋灯》名篇所谓“物之美者,发光自得”。钱锺书说自己“但开风气不为师”[④],并标明可参观《谈艺录》论“学派之弊”。为此,钱锺书闭门谢客,不事应酬,淡泊名利,对各种宣传、研究始终不予介入,真正做到了“桃李不言,下自成蹊”。

真正的学者都具开阔的胸襟,从不停留、局限于某家某派,而是以平等心态对待不同文化传统,汲取各自有益的营养,予以融会贯通,超越和发展自己。由此上出,学问方可进更新一层的境界,开启一代新风——这是颇为可贵的见识。

倪梁康对现象学有一个总结性评价,完全可以移用来评价维特根斯坦、钱锺书的述学文体:

> 在这个意义上,现象学的研究是工作哲学的研究。它通常是“贴近地面的”,而非“大气磅礴的”;是“大题小作”或“微言大义”,而非“大而化之”或“笼而统之”,更不是动辄“上下五千年、往来中西印”。这里的主宰者不是激情,而是明察;不是虚无缥缈的思辨和构想,而是脚踏实地的分析与描述;不是高高在上的纲领,而是细致入微的分析研究;“不是泛泛地进行论证,而是去接近实事本身”。胡塞尔其所以要求哲学需要“严格(streng)”,海德格尔其所以强调思想需要“审慎(Sorgsamkeit)”和“小心”(vorsichtig)”,意义均在于此。这种

---

① 钱锺书:《七缀集》(修订本),上海古籍出版社1994年版,第133页。

② 钱锺书:《管锥编》,中华书局1986年版,第1251页。

③ 转引自陆文虎:《钱学》,《中国学术通览》,第575页。

④ 臧克和:《问学琐记》,牟晓朋等编:《记钱锺书先生》,大连出版社1995年版,第100页。

“严格”、“审慎”的态度要求我们不是作为真理的缔造者或拥有者去发布纲领、构建体系，而是面对具体问题进行含有实事的描述分析，理解各种人生、社会、世界的现象和本质内涵以及它们之间的奠基关系。感知、想象、图像意识、符号意识、判断、同情、联想、爱、恨、恐惧、良心、正义、道德、欲望、情感、兴趣等等，都是现象学分析的具体课题。借用伽达默尔的话来说，“现象学想要谈论的是现象，即，它试图避免任何一种没有充分根据的理论建构，并试图对以往哲学理论所具有的无可怀疑的统治地位进行批判性的检查。”①

维特根斯坦、钱锺书的述学文体还可借用乔治·斯坦纳的“毕达哥拉斯文体”一说予以概括，乔治·斯坦纳曾如此展望未来的文体：

如果我们完全综合考虑这些因素——使特定的时刻具有特定风格和文体的决心，作家的语言媒介与音乐和数学的近缘性，以及直接从语言产生、我们接近沉默（魔力核心）的弦外之音——一个名字或一个隐喻就会自动浮现，将不同的书籍聚集在一起。只有认识到事物所属的类别，才能完全把握事物之间的关系。因此，在布莱克和克尔恺郭尔开创、一直延续到维特根斯坦的创作领域中，那种看上去断裂的、各具特色的系列，或许逐渐被我们视为新文体的一部分。我将这种新称为“毕达哥拉斯文体”。

不仅仅因为这种新文体中有音乐和数学，有关于沉默和死亡的永恒沉思和哲学，而且因为前苏格拉底派哲学（或者我们从那些一直模糊却具有强力秩序的片断中获得的东西），提醒我们想起文体仍然是具有驱逐亘古混乱的巫术的时代。在那个时代，哲学和矿物学用的是诗歌语言，语词有催人起舞的力量。②

① 倪梁康：《现象学运动的基本意义》，倪梁康主编：《面对实事本身——现象学经典文选》，东方出版社 2000 年版，第 17—18 页。

② ［美］乔治·斯坦纳：《语言与沉默》，李小均译，上海人民出版社 2013 年版，第 105 页。

维特根斯坦、钱锺书接上了“知行合一”的古老传统，以数十年的生命历程去体悟生活世界，并将毕生的修行与修为，通过“断片”形式予以呈现；维特根斯坦、钱锺书都是以“毕达哥拉斯文体”写作的典范，这一文体的“根苗”，在中国先秦、古希腊罗马、希伯来、古印度等“轴心时代”的著述之中，便已赫然可见。

在《人生之体验·导言》里，唐君毅坦言：愈是现代的人生哲学之著作，愈是让人喜欢不起来。为什么呢？这些著作不能与人以启示，透露不出著者心灵深处的消息，且足以窒息读者之精神的呼吸；反之，中国先秦诸子典籍，希伯来之新旧约，印度之吠陀，还有古希腊哲学家“断片”式箴言，其中自有著者的心境与精神、气象与胸襟，并以其天纵之慧，抉发人生价值，示人以正路——

> 那些人，生于混沌凿破未久的时代，洪荒太古之气息，还保留于他们之精神中。他们在天苍苍、野茫茫之时间中，忽然灵光闪动，放出智慧之火花，留下千古名言。他们在才凿破的混沌中，建立精神的根基；他们开始面对宇宙人生，发出声音。在前不见古人、后不见来者之心境下，自然有一种莽莽苍苍的气象，高远博大的胸襟。他们之留下语言文字，都出于心所不容已，自然率真厚重，力引千钧。他们以智慧之光，去开始照耀混沌，如黑夜电光之初在云际闪动，曲折参差，似不遵照逻辑秩序。然雷随电起，隆隆之声，震动全宇，使人梦中惊醒，对天际而肃然，神为之凝，思为之深。①

千祀之后，读者诸君遥念圣哲，诵其诗，读其书，不能不怀想其为人，直接感应其精神气象及著作方式，而景仰企慕，有以自奋，祈望向往，继发其潜德幽光。唯有学贯中西，融会百家，称心而谈，开拓万古之心胸，才能

① 唐君毅：《人生之体验》“导言”，广西师范大学出版社 2005 年版，第 4 页。

做到出才情、出见地、出思想、出断制。

维特根斯坦说得妙极:“缺乏传统的人希望有传统的存在,就如同一个渴望恋爱的人那样,希望有爱的存在。”①这就是我们不时回望传统的缘故罢。

六、从“论证”到“证悟”

述学文体问题绝不是小问题。有什么样的思想,就有什么样的语言;有什么样的语言,就有什么样的思想。语言坏朽了,思想亦愚不可及,更遑论提出“古人之所未及就,后世之所不可无”的创见。鉴于中国学界普遍缺乏述学文体的意识,上一节通过对维特根斯坦、钱锺书的“互文”式研读,构想了未来的述学文体——“毕达哥拉斯文体”。那么,创构“毕达哥拉斯文体”的内在机制是什么呢?

1.“走出语言”

三十多年前,卡尔维诺曾有一个预感:“有时候我似乎觉得,一场瘟疫已传染了人类最独特的天赋——对文字的使用。这是一场祸害语言的瘟疫,它体现于丧失认知能力和直接性;变成某种自动性,往往把一切的表达都简化为最通用、划一和最抽象的陈套,把意义稀释,把表达力的棱角抹去,把文字与新环境碰撞所引发的火花熄掉。”②

卡尔维诺还指出,这场“瘟疫”不仅限于语言或影像,而是存在于世界本身,还祸害了人们的生活和各民族的历史,使历史变得无形、随意、混乱,既无始又无终;这场流行病的可能根源,或是政治、意识形态、官腔、媒

① [英]维特根斯坦:《文化与价值》,许海峰译,江苏凤凰文艺出版社2016年版,第143页。
② [意]卡尔维诺著:《新千年文学备忘录》,黄灿然译,译林出版社2009年版,第58—59页。

体的垄断,或是学校散播庸俗文化的方式。世界愈来愈沉重,愈来愈晦暗,卡尔维诺说:"有些时刻,我真感到整个世界都快变成石头了:一种缓慢的石化,视乎不同的人和不同的地方,进度有所不同,但生活的方方面面都无一幸免。"①在他看来,"文学,也许只有文学,才能创造抗体,去抑制这场语言瘟疫"②。因为,在文学的语言符号里,潜藏着灵可通慧、秀可洗心的意蕴或心象,它们联结着肉体与精神、尘世与神圣。卡尔维诺的工作方法就是消除重量,以轻盈、活泼、游戏的笔触驾驭、呈现、穿透沉重的世界:"有时是消除人的重量,有时是消除天体的重量,有时是消除城市的重量;我尤其努力消除故事结构的重量和语言的重量。"③

为了捕捉表达能力所无法捕捉的东西,作家必须与语言搏斗。维特根斯坦说:"我们必须犁遍整个语言。"④作家将语言拽出惯常的路径,创生一种陌生的语言,一种类似"外语"的语言,一根逃离支配体系的魔线;通过新生的"词语",在"不断放线"的文学畅想中,作家创造了某种视觉和听觉,展现了存在的所有可能性或能量,令隐遁于现实之中的某个深不可测的世界骤然浮现。因此,法国作家普鲁斯特在《与斯特劳斯夫人的通信》的第 47 封信里说,捍卫语言的唯一方式就是攻击它,每个作家都必须创造属于他自己的语言。

正如苏珊·桑塔格所言,"艺术作品是一种展现、记录或者见证,它赋予意识以可感的形式;它的目的是使某物独一无二地呈现"⑤;而艺术作品的研究和评论则是"显示它如何是这样,甚至是它本来就是这样,而不是显示它意味着什么"⑥。

1981 年,著名作家王蒙提出一个重要的观点:正像作家善于感受(感

① [意]卡尔维诺著:《新千年文学备忘录》,黄灿然译,译林出版社 2009 年版,第 2 页。

② [意]卡尔维诺著:《新千年文学备忘录》,黄灿然译,译林出版社 2009 年版,第 59 页。

③ [意]卡尔维诺著:《新千年文学备忘录》,黄灿然译,译林出版社 2009 年版,第 1 页。

④ Ludwig Wittgengstein, "Remarks on Frazer' s Golden Bough", James and Klagge and Alfred Nordmann(eds.), Philosophical Occasions: 1912-1951, Indianapolis and Cambridge: Hackett, 1993, p. 131.

⑤ [美]苏珊·桑塔格著:《反对阐释》,程巍译,上海译文出版社 2011 年版,第 31 页。

⑥ [美]苏珊·桑塔格著:《反对阐释》,程巍译,上海译文出版社 2011 年版,第 15 页。

觉、体验、认识)生活一样,评论家也应善于感受(感觉、体验、认识)作品,同样需要敏锐的知觉、丰富的情感、大胆的想象;创作是创造性的,评论也应该是创造性的;创作是对于生活的探索和发现,评论是对于作品所提供的形象、情绪、语言的一种探索和发现,也是对于作家、读者灵魂的探索;作家需要形象思维,评论家也需要运用自己的形象思维,见作家、读者所未见,感作家、读者所未感;作家有风格,评论家也应该有风格,也要寻找"自己"。[①] 因此,真正意义的文学研究和评论,必然充盈着敏锐的生命体验、真切的审美体验以及"悟稀赏独"的灼见;其语言既有思想的密度,又有情感的浓度。这样,才能发幽洞隐、衡文具眼,点醒、开启人的思想与智慧。

清代诗人袁枚有云:"作诗者以诗传,说诗者以说传。传者传其说之是,而不必尽合于作者也。……遽谓吾说已定,后之人不可复而发明,是大惑也。"(《程绵庄诗说序》)作为一种精神产品,文学研究者的论著与作家创作的作品是等值的;作为文本的话语方式,学者的述学文体与作家的创作文体也是不分轩轾的。

三十七年前,王蒙疾声呼吁必须解放文学评论的文体:"不要一写评论文章就摆出那么一副规范化的架式。评而论之,大而化之,褒之贬之,真实之倾向之固然可以是评论,思而念之,悲而叹之,谐而谑之,联而想之,或借题发挥,小题大做,或别出心裁,别有高见,又何尝不是评论?""或气魄宏大、高瞻远瞩,或旁敲侧击、机智奇警,或广征博引、浮想联翩,或婉约深沉、寓理于情,或纠缠执着、穷其究理,或从容点化、含而不露,或淋漓尽致,或游刃有余。写出来的文章,可以接近于散文,可以接近于杂文,可以接近于笔记、书信,可以接近于诗、散文诗乃至小说、故事……"[②]

现如今,卡尔维诺所预言的"语言瘟疫"正肆虐着中国文学研究和评论界,王蒙当年对于评论文体多样化的呼吁言犹在耳,发人深省!

---

① 参阅王蒙著:《漫话小说创作》,上海文艺出版社 1983 年版,第 254—256 页

② 王蒙著:《漫话小说创作》,上海文艺出版社 1983 年版,第 254、255 页。

文学创作所提供的诸多图景或经验，总是溢出已有的理论谱系或话语体系。而且，如钱锺书所言，“文学如天童舍利，五色无定，随人见性”①。然而，大多数研究者却是从普遍原则到特殊对象，从一般到特殊，即先确认普遍的、一般的原则，再按照某种一般原理和某种程式进行推导，去解析、开掘研究对象的文艺思想、美学思想。不少论著不能说写得不好——它们逻辑井然、密不透风，理性得不能再理性，规范得不能再规范，论点、论据、论证都装配得利利索索——但这个好是没有意义的：这种好跟生命没关系，跟人对世界的理解，跟人对自我的理解没有太大的关系；它们不过是纯粹逻辑分析与修辞的产物，从中辨识不出研究者的个性，感觉不到来自研究者生命深处的呼喊，或是呼吸的气息——这些作者的名字几乎可以全部取消！

学者们总是习惯于用学究行话写作，他们已然忘了，最伟大的真理是最简单的，最伟大的训诫是易于理解的；它们一旦被赘语遮盖，便无法让最需要它们的人了解。许多文学研究者没有对于文字和语言的深切感受，没有对于文字和语言的敏感；在他们笔下，文字和语言就只能成了一种冰冷、僵硬的代码和符号——这是汉语的腐败，而不是汉语的葳蕤。在诸多文学论著里，大多是语言的“空转”，言不及物，一锥子扎不出“血”来。这颇有些类似京剧《三岔口》中的情景，打了半天，热闹固然是热闹，却压根就没有接上火。

日本著名作家大江健三郎坦言：“如果不能透过具体的语言、人物，从文学中读解观察到现实世界、同时代以及未来人性的概念和表现，就失去了文学研究和评论的意义，作者和思维活跃的读者们也不会从中受益。”②在这意义上，诸多同质化、言不及物的论著其实是大可不必写的，写出来或不写差别并不大。

20 世纪西方哲学的“语言学转向”曾统领一切，盛极一时；语言是人

① 钱锺书著：《中国文学小史序论》，《写在人生边上 人生边上的边上 石语》，生活·读书·新知三联书店 2002 年版，第 92 页。

② ［日］大江健三郎著：《小说的方法》，王成译，金城出版社 2012 年版，第 41 页。

的家园或人的根本，几成人们“共识”。然而，“语言瘟疫”的肆虐，当下述学文体的单一、粗鄙，却表明文学研究者陷入了“语言的牢笼”：唯有“走出语言”才能摆脱目前的困局。

人的一切活动都离不开语言，用以“走出语言”的也还是“语言”。卡尔维诺说：“文学是‘应许之地’，在那里语言必须成为它真正应当成为的。”①那文学的语言应当是怎样的呢？

首先，卡尔维诺否定语言工具论：“有些人认为文字是获取世界的实质的方式，那终极、独特和绝对的实质。文字不是表现这实质，而是等同于这实质（因此仅仅把文字视为达到某个目的的手段是错误的）：文字只知道它自身，其他关于世界的知识都是不可能的。”②

其次，卡尔维诺也不赞同激进的语言观：“尚有另一些人，他们把使用文字视作孜孜不倦地探索事物，不是要接近事物的实质，而是要接近事物的无限多样性，触摸事物那永不枯竭的多种多样的表面。一如霍夫曼斯塔尔所言：‘深度隐藏起来。在哪里？在表面。’维特根斯坦则进一步：‘至于隐藏着的事物……我不感兴趣。’”③

卡尔维诺说：“我不会这么激烈。我想，我们总是在寻找某些隐藏的事物，或仅仅是潜在或假想的事物，一旦它们浮出表面，我们就追踪它们。……文字把可见的痕迹与那不可见的事物，那不在场的事物，那被渴望或被害怕的事物联系起来，像一座用于紧急事故的摇摇欲坠的搭桥，架在深渊上。”“因此，在我个人看来，恰如其分地使用语言，可使我们小心翼翼、集中精神、谨小慎微地接近在场或不在场的事物，敬重在场或不在场的事物所无言传达的东西”④

真正的作家不愧是语言的“祭司”。卡尔维诺至少给了我们两点重要启示：其一，语言不是表现思想的工具，语言与思想之间是同一的、非此

---

① ［意］卡尔维诺著：《新千年文学备忘录》，黄灿然译，译林出版社 2009 年版，第 58 页。
② ［意］卡尔维诺著：《新千年文学备忘录》，黄灿然译，译林出版社 2009 年版，第 77 页。
③ ［意］卡尔维诺著：《新千年文学备忘录》，黄灿然译，译林出版社 2009 年版，第 77 页。
④ ［意］卡尔维诺著：《新千年文学备忘录》，黄灿然译，译林出版社 2009 年版，第 78 页。

不可的关系；其二，语言不是世界的根本，“在场或不在场的事物”，才是比语言更为根本的东西。如此对待语言，我们才能“走出语言”，而不至于被语言的牢笼给框死了。

思想家李泽厚从思想史的层面指出，中西哲学传统对语言的态度是不一样的，其间的差异可归结为“太初有言”与“天行健”（即“太初有为”）；前者是《圣经》、希腊哲学的 Logos，后者是中国的《周易》和巫史传统；此即逻辑—理性—语言—“两个世界”，与行动（“天行健”）—生命—情理—“一个世界”的区别。①

文艺理论家童庆炳指出，文学创作是通过语言传达出审美体验和艺术构思，审美体验不同于一般的认识，它“是主体与客体、感性与理性、直觉与思维、本能与理智、意识与无意识的统一，它的发生深入到了人的本能、直觉、无意识这些幽深的心理领域，它与个体的、本原的生命相联，这样具有一般性的性格的语言往往不能与它相匹配，‘言不尽意’的困境就在这种语言与审美体验的疏离与矛盾中产生了”②。面对这一困境，中国古人提出了“超越语言”的思想，即寄意于言外，追求“文外之重旨”“义立文外”“言外之意”，其语言的策略是：将语言的表现功能提到了主要的地位，把语言感觉化、心理化，而突破了其一般化的缺陷，表现了只可意会不可言传的情意，收到了“含不尽之意见于言外”的效果③。

文学研究和评论也必须“恰如其分地使用语言”，才能真正进入文学的世界，使其世界成为可理解的，其中关键便是“走出语言”。

李泽厚关于“走出语言”的思想及其实践可资借鉴。

与童庆炳一样，李泽厚也认识到了创作中的非自觉性，发现许多“无意为佳”“宛如天授”的艺术创造，是多年积累沉淀后的突发性成果，不是语言也不是所谓的方法论所能界定或规范的。

事实也是如此。作家、艺术家每完成一个作品，每每如梦初醒，一种

① 参阅李泽厚著：《论语今读》，生活·读书·新知三联书店 2008 年版，第 142 页。

② 童庆炳著：《中国古代心理诗学与美学》，中华书局 2013 年版，第 86 页。

③ 童庆炳著：《中国古代心理诗学与美学》，中华书局 2013 年版，第 89 页。

惊诧降临自己身上:“这是我写出来的吗?”巴赫的儿子曾在传记里写到,他父亲的即兴演奏多么激动人心,是所有流传于后世的乐谱都不可企及的。英国小说家E.M.福斯特有一次在哈佛音乐研讨会上发表演讲,谈到自己怎么也无法弥补创作与批评之间的鸿沟。他引述了近代诗人戴·刘易斯的话:批评对于一个诗人有时无关紧要,让人觉得不着边际;诗人写了一首诗,然后进入新的体验中,酝酿、完成了下一首诗;当批评家还对他的上一首诗喋喋不休、指手画脚时,对于他已觉得无所谓了。难怪梁实秋不失风趣地说:“凡是靠自己的感受而享受一件艺术品,其结果我叫作‘鉴赏’。凡是根据一个固定标准而判断一件艺术品的价值,其结果我叫作‘批评’。”①

李泽厚指出,中国传统是心理主义、审美主义,康德是所谓的“先验心理学”,而将它们自然联结在一起,一再地提出要“回到康德”;其要旨是从黑格尔的总体、理性、必然,回到个体、感性、偶然;强调恢复美感,反对用概念取代审美;“回到康德”不是回到康德的先验哲学,而是把康德翻过身来,以马克思(工具本体)来作康德(心理本体)的物质基础,此基础又是以物质生存—生活—生命亦即中国传统的“天行健”“太初有为”为核心的——这样,才能突破由逻辑—理性—语言为核心的西方哲学,成为“走出语言”的新世纪的重大转折。②

李泽厚的“回到康德”与苏珊·桑塔格的“反对阐释”可谓异曲同工。苏珊·桑塔格强烈反对把文学作品当作可任意肢解的材料,在文本中抽取可用材料的做法,认为这种“侵犯性的、不虔敬的”的“挖掘”式阐释,“使世界贫瘠,使世界枯竭——为的是另建一个‘意义’的影子世界。阐释是把世界转换成这个世界(‘这个世界’! 倒好像还有另一个世界)”③。苏珊·桑塔格的灼见是:批评家的任务“不是在艺术作品中去发现最大量

① 梁实秋著:《梁实秋文集》第1册,台湾鹭江出版社2002年版,第66页。

② 参阅李泽厚、刘绪源著:《中国哲学如何登场?——李泽厚2011年谈话录》,上海译文出版社2012年版,第6—7页。

③ [美]苏珊·桑塔格著:《反对阐释》,程巍译,上海译文出版社2011年版,第8页。

的内容”,而是“削弱内容,从而使我们能够看到作品本身”①;被削弱了内容的“作品本身”,“是一种体验,不是一个声明或对某个问题的一个回答”②。只有放弃静态归纳、抽象硬套的思维模式,跳出逻辑的藩篱,直接进入解脱的悟性空间,才能真正体悟到真理的终极意义:“如今,透明是艺术——也是批评——中最高、最具解放性的价值。透明是指体验事物自身的那种明晰,或体验事物之本来面目的那种明晰。”③

钱锺书在谈到诗歌创作时,举例说李贺好用“啼”“泣”等字,戏称其“强草木使偿泪债”④,认为这种“挟成见而执情强物”之作,“先入为主,吾心一执,不见物态万殊”,导致“物遂失真”,以致于“春非我春,秋非我秋”⑤。反之,倘主体情感与自然万物互动互通,则“物我情契”:“要须流连光景,即物见我,如我寓物,体异性通。物我之相未泯,而物我之情已契。相未泯,故物仍在我身外,可对而赏观;情已契,故物如同我衷怀,可与之融会。”⑥叙事性作品亦然:“小说、戏剧,巧构形似,必设身处地,入情入理,方尽态逼真,惟妙惟肖。”⑦概言之,破除执心以显物境,物我本真生命性情浑然合一,方能营造出“有我有物,而非我非物”的艺术妙境。

钱锺书由文学创作引申言之:“求学之先,不著成见,则破我矣;治学之际,摄心专揖,则忘我矣”;“除妄得真,寂而忽照,此即神来之候。艺术家之会心,科学家之格物,哲学家之悟道,道家之因虚生白,佛家之因定发慧,莫不由此”⑧。也就是说,具体学问的研究,首先得破一切“执”,化一切“旧套”,克除“情障”“理障”等主观成见,方可悟道、言道;由“破我”到“忘我”,破除重重界障,心无异缘,澄明虚静,主客融合,即心与心之所专

① [美]苏珊·桑塔格著:《反对阐释》,程巍译,上海译文出版社2011年版,第15页。
② [美]苏珊·桑塔格著:《反对阐释》,程巍译,上海译文出版社2011年版,第22页。
③ [美]苏珊·桑塔格著:《反对阐释》,程巍译,上海译文出版社2011年版,第14页。
④ 钱锺书著:《谈艺录》,中华书局1984年版,第52页。
⑤ 钱锺书著:《谈艺录》,中华书局1984年版,第56页。
⑥ 钱锺书著:《谈艺录》,中华书局1984年版,第53页。
⑦ 钱锺书著:《管锥编》,中华书局1986年版,第1189页。
⑧ 钱锺书著:《谈艺录》,中华书局1984年版,第280页。

注的对象融会无间、相互契合，便能全面地把握对象；“及乎求治有得，合人心之同然，发物理之必然；虽由我见，而非徒己见；虽由我获，而非可自私。放诸四海，俟诸百世。”[①]倘若将鲜活的文本生硬套进预设的理论框架，落入了“语言的牢笼”，则不可能有理事无碍的“识见”。

禅宗对事物的判断和感知方式，是拒绝、排斥概念、范畴、逻辑的介入与参与，而直接地把握生命的当下存在；它只是体会人的内心深处的经验，把事物的本体意义视作一种体验。南禅主张“顿悟”，“直指人心，见性成佛”。慧能凭借“涅磐妙心”为大众讲经说法，其教义之一是“不立文字”，即不在思辨推理中去作“知解宗徒”。“不立文字”却仍需要依靠文字（语言），于是，讲经布道之外，有了许多“公案”，故意用概念语言的尖锐矛盾和直接冲突，来破除对任何语言、思辨、概念、推理的执著，以体会、领悟真实的绝对本体，把握“无”的真谛。[②] 北禅则主张“渐悟”，注重“积学”“渐修”即修行的次第，将种种源于自我的意识转化为面对宇宙人生的智慧，从而得到最终的解脱。龚鹏程指出，无论南禅、北禅，都必须要经过重关、初关和牢关这三关；在外止住诸缘、熄灭妄念，进而远离一切境之攀援，心如墙壁，最终达到境智融通、色空无碍，获得大自在。诗人之参诗，就像禅客之参公案，未悟时遍参诸方，悟后一齐放下；“在人境交融中，作者无心以应物，而见物如实相，万法森然，活活泼泼展现于眼前。这，就是参禅或参诗的最后境界。”[③]

禅宗的“悟证”反形式逻辑，代之以心灵逻辑、情感逻辑，它与庄子哲学有许多相通、相似之处，如破对待、空物我、反认知、重解悟、寻超脱等等。不仅庄禅相通，禅宗与儒家精神也大有关系。从先秦孔孟至濂洛关闽以迄清初诸儒，形成了一以贯之的治学传统：自孔子始，孟子主求“放心”，周敦颐主“无欲”，程颢主“识仁”，程颐主涵养须“用敬”、进学在“致

---

① 钱锺书著：《谈艺录》，中华书局 1984 年版，第 281 页。

② 参阅李泽厚著：《新版中国古代思想史论》，天津社会科学院出版社 2008 年版，第 158—161 页。

③ 龚鹏程著：《佛学新解》，北京大学出版社 2009 年版，第 158 页。

知”，张载主“变化气质”，谢良佐主“去矜”，杨时主“体验未发”，朱子主“格物致知”，陆象山主“先立乎其大”，至明代陈献章之“静中养出端倪”，湛若水之“随处体认天理”，王阳明之“致良知”与“知行合一”等等，都主张反躬自省，切实践履，以圣人之心证己之心，做得一分功夫，自有一分效验。在强调直觉、体验、悟证等方面，禅宗与儒道走到了一起。因此，正如李泽厚所言，“随着历史推移，禅最终又回到和消失溶解在儒道之中，禅的产生和归宿都依据于儒道”①。

美国著名学者和思想家丹尼尔·贝尔指出：“西方意识里一直存在着理性与非理性、理智与意志、理智与本能间的冲突，……理性判断一直被认为是思维的高级形式，而且这种理性至上的秩序统治了西方文化将近两千年。”②

与西方传统哲学那种主客体二分模式的、对象性和概念形而上学的思维方式不同，中国古代学术呈现为一种心物交融、物我一体的，直觉性、类比性的“体认认知”，而与西方传统哲学之“认识”或“认知”大异其趣。③ 在述学文体上，中国古代文学批评的话语形态，则是重视情感、直觉、想象、体验、悟证、诗性的“隐喻型文体”（如《文赋》《二十四诗品》《沧浪诗话》《论诗三十首》《人间词话》等等），而与西方文学批评的话语形态，即那种强调逻辑、推理、实证、经验、论证、知性的“演绎型文体”（如亚里士多德《诗学》、康德《判断力批判》、黑格尔《美学》、巴赫金《陀思妥耶夫斯基诗学问题》等等）判然有别。④

马一浮（1883—1967）在乐山主持复性书院时，张某寄来著作《我的儒家观》，用所谓“科学”的方法研究儒学，欲建立大同文化体系。马一浮

① 李泽厚著：《新版中国古代思想史论》，天津社会科学院出版社 2008 年版，第 171 页.

② ［美］丹尼尔·贝尔著：《资本主义文化矛盾》，赵一凡等译，生活·读书·新知三联书店 1989 年版，第 97 页。

③ 参阅李春青撰：《在“体认”与“默会”之间——论中西文论思维方式的差异与趋同》，载《社会科学战线》2017 年第 1 期。

④ 参阅蒋原伦、潘凯雄著：《历史描述与逻辑演绎——文学批评文体论》第二、三章，云南人民出版社 1994 年版。

在复信中指出，张君为学，错在方法：

> 今时科学哲学之方法，大致由于经验推想、观察事相而加以分析，虽其浅深广狭所就各有短长，其同为比量而知则一。或因苦思力索如鼷鼠之食郊牛，或则影响揣摩如猿狙之求水月。其较胜者，理论组织饶有思致可观，然力假安排，不由自得，以视中土圣人“始条理”“终条理”之事，虽霄壤未足以为喻。盖类族辨物必资于玄悟，穷神知化乃根于圣证，非可以袭而取之也。①

在马一浮看来，用西方科学与哲学的“比量”的“推想”方法苦思力索、影响揣摩，只能如鼷鼠之食郊牛，劳而少功，如猿狙之求水月，系风捕影；唯有以“现量”的“圣证”方法为学，方可类族辨物，穷神知化。引申言之，中国传统的“隐喻型文体”体现的是“现量智”，西方传统的“演绎型文体”体现的则是“比量智”。

2.走向“证悟”

作为一代儒宗，马一浮明确抵制20世纪以来以西方哲学的概念框架、问题意识、逻辑分析来整理、阐释中国传统学问的学术主流，其教学与治学方法，体验重于思索，涵养重于察识，践履重于知解，悟证重于论说。在他看来，悟证之知，才是真知，而悟证所得，只能自得，非见闻所及，更非思量能致；只有悟证，才能真正体贴古来圣贤用心，才能化腐朽为神奇。在20世纪中国学术史上，马一浮的为学之道卓尔不群，是作为“另类”的“支流”，而以冯友兰为代表的才是所谓的“主流”。

在构建新理学的哲学体系时，冯友兰提出，哲学方法应包括两种：一是“正的方法”，一是“负的方法”；一个完全的形上学系统，应当始于“正的方法”，而终于“负的方法”。如果不始于“正的方法”，就缺少作为哲学

① 马一浮著：《马一浮集》第1册，浙江古籍出版社2013年版，第418页。

的实质的清晰思想；如果不终于“负的方法”，就不能达到哲学的最后顶点。①

所谓“正的方法”，就是“逻辑分析的方法”或“形式主义的方法”，即用名词、概念对于形上学命题、范畴进行判断、推理而得出结论，从正面阐释形上学，由肯定达于肯定的方法。冯友兰认为，“西方哲学对中国哲学的持久贡献在于它的逻辑分析方法”，逻辑分析方法进入中国以后，“不仅使中国人有一种新的思维方法，还改变了中国人的心态”。冯友兰还将逻辑分析方法比喻为近现代中国人向西方求得的思维“点金术”，“中国学术的时代精神可以说就是用分析方法对中国古代思想重新加以解释”②。

所谓“负的方法”，就是由否定而达于肯定的直觉主义（感悟）的方法，佛家、道家都用这种方法。“负的方法”以体悟的方式直接契合形上学的对象，体悟就是体天道、明人德，而后达到“天地境界”，实现“游心太玄”“与物冥通”“与道同机”。“负的方法致力于消泯差别，告诉人：它的对象不是什么；而正的方法则致力于突出区别，使人知道它的对象是什么。”③

冯友兰在两卷本《中国哲学史》之首篇“子学时代”的第一章“绪论”里，一开始就界定说：“今欲讲中国哲学史，其主要工作之一，即就中国历史上各种学问中，将其可以西洋所谓哲学名之者选出而叙述之。”④冯氏讲得极清楚明白，就是以西方哲学为模子，将中国学问中所谓相关内容套入其中，“选出而叙述之”；“选”材料的标准，就是“可以西洋所谓哲学名之者”。

牟宗三严厉批评了冯友兰以西方哲学为范式的研究路数，指出冯氏在《中国哲学史》的“自序”里自诩其主要观点为正统派，其实根本不足以

---

① 冯友兰著：《三松堂全集》第6卷，河南人民出版社2001年版，第288页。
② 冯友兰著：《中国哲学简史》，赵复三译，新世界出版社2004年版，第287、289页。
③ 冯友兰著：《中国哲学简史》，赵复三译，新世界出版社2004年版，第287页。
④ 冯友兰著：《冯友兰文集》第3卷，长春出版社2017年版，第5页。

言“正统”：首先，冯氏以西方的新实在论的思想解析朱子，并述及陆、王的思想都是错的，他“对于宋明儒者的问题根本不能入，对于佛学尤其外行”。另一个致命缺点，则是以西方哲学之分期方式套在中国哲学上，以为“子学时代”类似西方古希腊时代，“经学时代”类似西方的中世纪；又特别提出并且注重名学，其实先秦名学只是昙花一现，并未发展成严整的逻辑与科学方法，根本就不是中国哲学的重点，不可从此来了解中国之传统思想。“冯氏不但未曾探得骊珠，而且其言十九与中国传统学术不相应”；“以西方哲学为标准，来在中国哲学里选择合乎西方哲学的题材和问题，……是莫大的愚蠢与最大的不敬。”①牟宗三斩钉截铁地说：“凡以西方那种外在的、观解的思考路数，以及其所派生的一切，来解析中国学问，甚至整个道德宗教的，俱是差谬不相应。”②

比较而言，李泽厚对冯友兰的批评相对温和些。他肯定冯氏用西方哲学的框架、概念、思想来整理自家家藏的功劳，“至少把传统那种缺条理、颇模糊、极笼统的思想（不说‘哲学’也罢）梳理得中规中矩，让人知晓”；同时也指出这种整理爬梳也带来了问题和缺陷，即“很难保持中国本来的思维特征，丧失了中国一些不同于西方却是真正原创的东西”，“冯友兰讲的就是‘哲学在中国’，他没有提出和解决‘中国的哲学’这个大问题”③。李泽厚还提出了“理性的神秘”即宇宙为何存在的问题，认为这个问题是人的理性认识所不能解决或解释的；这种“物自体”的不可知，本身不是神秘体验，但由对理性限度的认知而产生出来的情感体验或情怀、心境，却可以产生非常近似于感性的神秘经验。对于“天地境界”——冯友兰整个新理学哲学体系的最终归宿与逻辑终点——李泽厚指出，“冯友兰误把天地境界归结为理性论证的认知，它其实是认识到这

① 牟宗三著：《中国哲学的特质》，上海古籍出版社 2007 年版，第 2—3、6 页。

② 牟宗三著：《生命的学问》，广西师范大学出版社 2005 年版，第 25 页。

③ 李泽厚、刘绪源著：《中国哲学如何登场？——李泽厚 2011 年谈话录》，上海译文出版社 2012 年版，第 90 页。

种不可认识而生发的情感"[①],冯氏将"情感"与"认知"混同起来了。

中国的许多概念不能用西学的词汇来解释,那么,马一浮的"中国哲学"之路就行得通吗?李泽厚借用中国思想史专家陈来的评价,说马氏坚决拒绝西方的名词、概念、模式讲中国的东西,而用传统的一套词汇来谈"六经",只是把宋明理学重复了一遍,走的是"原教旨主义"之路;李泽厚认为,马氏所谓"六艺"即"六经",违背了孔学原意,虽然汉代就有此论,到了现代还说"六艺赅摄一切学术",试图以"六经"概括统摄中外古今和现代科技,"将本来清楚的问题,在佛家神秘迷雾中,议论成了一片空泛的超时空的前现代的抽象混沌",简直不可思议。[②]

真正的发现都是由个体的人去体验,去领悟,去创造的。早在1985年,李泽厚就指出:"中国思维更着重于在特殊、具体的直观领悟中去把握真理",庄玄禅宗"在打断钻牛角尖的逻辑束缚,否定认识和知识的固定化方面,……使人们在某种似乎是逻辑上不可能的地方,注意到有某种重要的真实性和可能性。而所有这些,又与中国从孔学开始重视心理整体(如情感原则),而把思维仅当作推理机器的基本精神,是一脉相通的,即不只是依靠逻辑而是依靠整个心灵的各种功能去认识、发现、把握世界,其中特别重视个体性的独特体验与领悟"[③]。

在个体的创造中,中国偏于"现实的可能性"的"生存智慧",与西方偏于"逻辑的可能性"的"思辨智慧",都是人类的智慧;它们各有优长缺失,彼此可以相互补充,相互融合。中国"素乏幽眇之思"(陈寅恪语),中国之生存智慧的优长,需经由思辨理性的分疏处理,才可能得到真正的发展[④]。但正如陈寅恪在冯氏《中国哲学史》的"审查报告"里所云:"即使

① 李泽厚、刘绪源著:《中国哲学如何登场?——李泽厚2011年谈话录》,上海译文出版社2012年版,第62页。

② 李泽厚、刘绪源著:《中国哲学如何登场?——李泽厚2011年谈话录》,上海译文出版社2012年版,第91—92页。

③ 李泽厚撰:《漫述庄禅》,载《中国社会科学》1985年第1期。

④ 参阅李泽厚、刘绪源著:《中国哲学如何登场?——李泽厚2011年谈话录》,上海译文出版社2012年版,第48页。

能忠实输入北美或东欧之思想，其结局当亦等于玄奘唯识之学，在吾国思想史上既不能居最高之地位，且亦终归于歇绝者。”①玄奘把印度佛学中概念密集、复杂、繁琐的唯识宗带回中土，借助宫廷的力量，只流行了短短几十年，便消失了。中国自创的天台、华严，理论简明得多，传播影响却非常久远。冯友兰始于“正的方法”（逻辑分析）、终于“负的方法”（直觉感悟）的为学之法，水土不服，不足为训。

爱因斯坦说过，创造既不是逻辑的演绎，也不是经验的归纳，而是一种直观的自由想象，想象力是科学研究的实在因素；其中，有灵感，有联想，有顿悟，带有审美的特征。狄拉克、杨振宁也都说过美感的重要，想象（非逻辑）推理中也有美感。科学家有时感受、想象到一点东西，紧紧抓住，然后进行大量的想象推理、概念思索、逻辑论证，做经验性的实验，就取得了成功——这就是“以美启真”。李泽厚说：“‘以美启真’，也就是‘启’一下而已，它会启示你真理的方向，但达到真理的道路，还是要真正的理论思维来把握，并要有经验来证明。”②

据说，杨振宁在中国招收留美博士生时，曾向一个非常年轻、聪明的考生问道：“这些量子力学问题，哪一个你觉得是妙的？”考生茫然不知。杨振宁认为他的发展前途不是最乐观，没有将他录取。杨振宁说：“假如一个人在学了量子力学以后，他不觉得其中有的东西是重要的，有的东西是美妙的，有的东西是值得跟人辩论得面红耳赤而不放手的，那我觉得他对这个东西并没有学进去。他只是学了很多可以参加考试得好分数的知识，这不是真正做学问的精神。”③钱学森酷爱音乐、绘画、摄影等，他多次谈到很多灵感就是从艺术中悟出来的，是形象（直感）思维甚至灵感（顿悟）思维帮助自己解决了许多疑难问题。钱学森一语道破：“科学上的创新光靠严密的逻辑思维不行，创新的思想往往开始于形象思维，从大跨度

---

① 冯友兰著：《冯友兰文集》第 3 卷，长春出版社 2017 年版，第 356 页。

② 参阅李泽厚、刘绪源著：《中国哲学如何登场？——李泽厚 2011 年谈话录》，上海译文出版社 2012 年版，第 45—46 页。

③ 杨振宁著：《杨振宁文集》，华东师范大学出版社 1998 年版，第 408 页。

的联想中得到启迪，然后再用严密的逻辑加以验证。"①自然科学的创造尚且需要审美、鉴赏、判断的能力，需要"以美启真"，更何况是人文社会科学。

刘再复指出，人文社会科学中，有两种真理：一是仰仗逻辑分析的实在性真理，一是非逻辑非分析的启示性真理；前者可以"实证"，后者只能"悟证"。文学蕴含的多半是感性的启示性真理，其无穷意味难以考证、实证甚至是论证；而且，真正的天才的创造，都是从特殊到一般；如，《红楼梦》通过写特殊的贵族之家，呈现出了人类普遍的人性状态、生存状态。审美判断、文学批评也应从特殊到一般，从审美感觉出发，从特殊出发，而不是从某种标准出发，从概念或原则出发。因此，文学的研究方法应是转"负"为"正"的"证悟"，即先直觉、感悟再逻辑辨析，也就是用"悟证"的方法去阅读作品、研究问题，再运用逻辑、辨析、论证的方法发展之。② 在如何"走出语言"的问题上，刘再复与李泽厚走到了一起。

与"走出语言"的思想相呼应，李泽厚特别强调个体融知性于感性之中的"以美启真"，其述学文体别具一格。其《说巫史传统》开篇即云："二十年前（1978 年）我议论写思想史可以有两种方式（历史的或哲学的，'我注六经'式或'六经注我'式）……我今天仍然只能是'六经注我'式的写法：制造概念，提供视角，以省察现象。因之所说多为假说式的断定；史料的编排，逻辑的论证，均颇疏阔。但如果能揭示某种关键，使人获得某种启示，便将是这种话语的理想效果。"③

确实，李泽厚的哲学表达平易、鲜活、精简，他拿出了许多"提纲"或"纲要"，提出了很多哲学观点，却往往没有相应分量的细密论证；他明确反对执著于固定性概念、线性因果、非此即彼的抽象思维，表述中有不少中国元素，如《历史本体论》用了不少诗词，通篇都是散文、随笔式的语

① 钱学森撰：《最后一次系统谈话——谈科技创新人才的培养问题》，见《钱学森文集》第 6 卷，国防科技出版社 2011 年版，第 420 页。

② 参阅刘再复著：《两度人生——刘再复自述》，河南文艺出版社 2016 年版，第 29 页。

③ 李泽厚著：《说巫史传统》，译文出版社 2012 年版，第 5 页。

言。刘再复称李泽厚用的是中医里的“点穴法”，捕住一个精神之核，点到为止，要言不烦；至于细节论证，则留待他人或自己的论文。其实，刘再复用的也同样是“点穴法”，一种类似卡尔维诺“以轻驭重”式的智慧写作。

1995年之后，刘再复的思想与学术路向作了一次反向努力，“从后现代返回古典”。他反思了自己以往因崇尚康德而热衷于建构体系的研究方法，倡导以“悟证”（心会神通之法）取代“实证”（考证与论证），以“心性论”取代“认识论”来研读“四大名著”，自觉打通生命与学术的血脉，把学术与生命衔接起来。“悟证”法“不是把《红楼梦》作为学问对象，而是作为审美对象，特别是作为生命感悟和精神开掘的对象”①；“取出《红楼梦》这一瓢独自饮啜，全生命、全灵魂都受到泽溉”②。在撰写《红楼梦悟》《红楼哲学笔记》共600则“悟语”后，刘再复又撰写了《共悟红楼》《红楼人三十种解读》两部书。

此前，《红楼梦》的研究形态或为“论”（逻辑、分析、论证），或为“辨”（注疏、考证、探佚、辨析），刘再复则开辟了第三条道路，即以“悟”作为阅读、探讨和写作的主要形态：“悟的方式乃是禅的方式，即明心见性、直逼要害、道破文眼的方式，也可以说是抽离概念、范畴的审美方式”③；“悟证”之法，“既不同于知识考证与家世考证，也不同于逻辑论证，虽近乎禅的通过直觉把握本体的方式，但我却在‘悟’中加上证，即不是凭虚而悟，而是阅读而悟，参悟时有对小说文本阅读的基础，悟证过程虽与‘学’不同，却又有‘学’的底蕴与根据”④。刘再复的“红楼四书”追寻每个人物心灵的奥秘，求证其中蕴含的哲学之谜与文化之谜，抵达了人物心灵存在的深渊包括潜意识深渊。刘再复在归纳、判断文本提供信息的基础上“心

---

① 刘再复著：《红楼梦悟·自序（一）》，生活·读书·新知三联书店2006年版，第2页。
② 刘再复著：《红楼梦悟·自序（二）》，生活·读书·新知三联书店2006年版，第2页。
③ 刘再复著：《红楼梦悟·自序（二）》，生活·读书·新知三联书店2006年版，第3页。
④ 刘再复著：《不为点缀而为自救的讲述——“红楼四书”序》，《红楼哲学笔记》，生活·读书·新知三联书店2009年版，第3页。

证意证”，把《红楼梦》研究从历史学、考古学的地盘拉回到文学、美学、心性学的地盘，呈现出了全新的学术意境。2009 年，刘再复出版了《双典批判》，同样用了“证悟”法，对《三国演义》《水浒传》作了批判性解读，发出了内心真实而自由的声音，真正感受到了“那种学术与生命紧密相连的至乐，那种头脑与心灵相融相契的至乐”①。

李泽厚有一个发现：汉文字不是口头语言的复写，不是语言控制文字，而是文字控制语言；中国的实用理性太注重“现实的可能性”，太忽视“逻辑的可能性”，使得中国人的心智和语言长期沉溺在人事经验和现实成败上。理论可以多种多样、百家争鸣，而革命家、政治家、领袖则要求意志集中、行动统一。后者要根据当下的现实形势、利害关系、策略考虑来作出决定，采取行动，这就会对理论进行选择或折中，但经常只容许一种。理论家却可以不计当前利害，从较长远的宏观视角来把握、思索和争辩。为此，李泽厚主张：“理论家应该和实践家分开，哲学家、思想家应该和革命家、政治家分开，这二者不能混为一谈，集于一身。哲学家不能去做什么‘哲学王’，也不应追求成为‘帝王师’，这样，理论才可能独立发展。”譬如，“西方自希腊始对 Being 的寻求，对‘What is’的追问，实际是对某种确定性的寻求，它通过逻辑可能性的充分展开，对万物本源的抽象思辨，一层深似一层地穷天地之奥妙，为现代科技、社会人生打下了坚实基础，使人获得‘超人’的力量”②。

回顾自己的写作史，刘再复说自己经历了从“有目的”到“无目的”的变化：起初写书急于“问世”，或为了立功立德，或为了立言立名；接着，是作为“自救”而写作，只有内在的生命需求特别是心灵需求，而无外在目的，“每部书都像生命的船只，不断地负载着自己前行”；最后，是作为“消失”而写作——

① 刘再复著：《两度人生——刘再复自述》，河南文艺出版社 2016 年版，第 156 页。

② 参阅李泽厚、刘绪源著：《中国哲学如何登场？——李泽厚 2011 年谈话录》，上海译文出版社 2012 年版，第 49—53 页。

林黛玉的《葬花词》,是最感人的伤逝之诗。她写这首诗,就是为了消失,为了给生命的消失留下一声感慨,一份见证,一种纪念。曾有一个生命如花似叶存在过,她也将如花凋残,如叶消失,为了纪念这一存在的消失,她才写作。消失的歌,唱过了,消失的方式,准备好了,那是简朴干净的还原:“质本洁来还洁去”,没有奢望,没有遗嘱,只留下一个曾经发生过的高洁的梦。“为了忘却的记念”(鲁迅语)是痛,“为了消失的纪念”是更深的痛。消失不是目的,不是世俗的有,但它合更高的目的——澄明充盈的无。曹雪芹著写《红楼梦》也是为了消失,为那些已消失的生命留下挽歌,为将消失的生命(他自己)留下挽歌。

天地无言,最美丽的宇宙天体,不仅“无言”而且“无名”;不仅伟大的天体存在“无名”,好些卓越的语言创造也“无名”。譬如《山海经》譬如《易经》,至今又有谁知道这两部“天书”的作者呢?无目的的写作,为艺术而艺术,为学术而学术,守持这种写作态度,是一种大彻大悟,是大智慧。[①] 刘再复的“证悟”让人想起了美国著名批评家哈罗德·布鲁姆说的一句话:“最好的批评文字是一种智慧文学,也就是对生活的参悟。”[②]

有人称,刘再复的写作很像《一千零一夜》里那个萨姗王国宰相的女儿谢赫拉查德,讲述只是拯救生命的前提和延续生命的必要条件,不讲述就没有明天,除此之外别无目的。刘再复对此说极为认同:“不讲述《红楼梦》,生命就没劲,生活就没趣,呼吸就不顺畅,心思就不安宁,讲述完全是为了确认自己、救援自己。”[③]这与文学艺术的创造何其相似!奥地利诗人里尔克在一封信里写道:“请你走向内心。探索那叫你写的缘由,考

① 参阅刘再复著:《两度人生——刘再复自述》,河南文艺出版社 2016 年版,第 174—177 页。

② [美]哈罗德·布鲁姆著:《影响的剖析——文学作为生活方式》,金雯译,译林出版社 2016 年版,第 5 页。

③ 刘再复撰:《不为点缀而为自救的讲述——“红楼四书”序》,见《红楼哲学笔记》,生活·读书·新知三联书店 2009 年版,第 2 页。

察它的根是不是盘在你心的深处；你要坦白承认，万一你写不出来，是不是必得因此而死去。这是最重要的：在你夜深最寂静的时刻问问自己：我必须写吗？你要在自身内挖掘一个深的答复。”[①]刘再复与李泽厚一样，在时光深海里探寻，用类似文学创作的方式从事哲学、文学研究，他们的问题和语言都来自内心的痛楚，来自修正或赞美生活的渴望；他们通过“以美启真”，走向“证悟”，以轻驭重，完成了美的创造，让不可见的成为可见的。

在《影响的焦虑：一种诗歌理论》(1973)一书中，哈罗德·布鲁姆提出了“审美自主性原则”，在他看来，审美完全是一种个人行为，与社会关系无关。在《西方正典》(1994)一书中，哈罗德·布鲁姆认为：“只有审美的力量才能透入经典，而这力量又主要是一种混合力：娴熟的形象语言、原创性、认知能力、知识以及丰富的词汇。”[②]“审美批评使我们回到文学想象的自主性上去，回到孤独的心灵中去，于是读者不再是社会的一员，而是作为深层的自我，作为我们终极的内在性。”[③]阅读经典是一个心灵自我对话的过程，而“心灵的自我对话本质上不是一种社会现实。西方经典的全部意义在于使人善用自己的孤独，这一孤独的最终形式是一个人和自己死亡的相遇。”[④]

倘若我们把艺术(学问)当作政治工具和夤缘求进的阶梯，时刻想着“学成文武艺，货与帝王家”，为了荣华富贵沽名钓誉，不惜卖身卖文卖艺，心地自然变得猥琐、僵硬、黑暗、卑鄙；倘若我们对于文学艺术，不再有爱与虔诚，不再有出神与颤抖一瞬，便不再有关于光明、自由和宁静之力量的遐想；倘若没有了独立人格，没有了超越精神，何来“以美启真”？谈什么美的“创造”？怎么可能作为“消失”而写作呢？又怎么可能有“毕达

---

① [奥]里尔克著：《给一个青年诗人的十封信》，冯至译，生活·读书·新知三联书店1994年版，第3页。

② [美]哈罗德·布鲁姆著：《西方正典》，江宁康译，译林出版社2005年版，第20页。

③ [美]哈罗德·布鲁姆著：《西方正典·序言与开篇》，江宁康译，译林出版社2005年版，第8页。

④ [美]哈罗德·布鲁姆著：《西方正典》，江宁康译，译林出版社2005年版，第21页。

哥拉斯文体”的创构呢?

当代德国“文学教皇”马塞尔·赖希—拉尼茨基有一句箴言:“我们可以不厌其烦地重复:没有对文学的热爱就没有对文学的批评。”[①]是的,就是这样,必须这样!

① [德]马塞尔·赖希—拉尼茨基著:《我的一生》,余匡复译,上海译文出版社2003年版,第323页。

第五章　文学与意义

置身一个充满矛盾的新媒介时代，也是一个孕育无限可能性的时代，“互联网是否会扼杀书籍?”或“书籍是否还会存在?”“文学终结了吗?”对于普通读者而言，文学阅读意味着什么？真正的阅读方式是什么？对于高级读者——批评家而言，理想的文学批评是怎样的？当下文学批评出什么问题了？未来的批评之路走向何方？这些貌似“杞人忧天”的探问是严肃而沉重的，我们不能不予以正视。

一、“艺术终结论”

1983 年，德国艺术史家汉斯 · 贝尔廷(Hans · Belting)出版了《艺术史的终结?》一书；1984 年，美国当代哲学家、美学家和艺术批评家阿瑟 · 丹托(Arthur C · Danto)应贝瑞朗(Berre · Lang)之邀，在其主编的专辑《艺术的死亡》中发表了“艺术之终结”一文；这一书一文，在欧美艺术界曾经引起了一阵不大不小的讨论与回应。五年后,1989 年夏,35 岁的日裔美籍历史学家福山(Francis Fukuyam a)发表了他的成名作"历史之终结",惊动了美国各大平面与电子媒体,震动了整个美国,西方学界逐渐对艺术终结问题展开了热烈的讨论。1995 年春,著名的华盛顿国家艺廊"梅伦艺术讲座"隆重邀请阿瑟·丹托以"当代艺术与历史的藩篱"为题,发表了 11 场演讲,综论西方"艺术史"(自 1400 年到 1960 年)终结的前因后果,并于 1997 年修订结集,以《艺术的终结之后》为书名,正式由普林斯顿大学出版。当艺术终结论从当代欧美文化内部"自发"地、"内源式"生成之后,随着愈演愈烈的"全球化"进程,它迅速"介入"了非西方文化区域,特别波及东亚、南美和北非等地区,成为当代艺术理论研究和文化研究一个热点,成了一个"全球化"的现实话题和学术话题。

人们普遍的看法是,"艺术终结论"的始作俑者是黑格尔。1817 年,黑格尔在海德堡开始了后来被誉为"西方历史上关于艺术本质的最全面的沉思"的美学演讲。在这次演讲中黑格尔提出了一个令西方思想界振聋发聩的观点:艺术已经走向了终结。200 多年后,丹托"艺术终结论"的提出,一方面是基于西方艺术史的发展观念历程而言,另一方面则是从黑格尔那里获得了艺术的终结的灵感。

我们知道,在黑格尔的美学思想体系中,他精心编织了一个理念自我运动、转化而又回复自身的花环;他把世界艺术史看成是一部理念自我循环的历史,它沿着象征主义——古典主义——浪漫主义的轨迹运行,“到了喜剧的发展成熟阶段,我们现在也就达到了美学这门科学研究的终结。……到了这个顶峰,喜剧马上导致一般艺术的解体”①。黑格尔关于“艺术的终结”的惊人论断是:“就它的最高的职能来说,艺术对于我们现代人已是过去的事了。因此,它也已丧失了真正的真实和生命,已不复能维持它从前的在现实中的必需和崇高地位,毋宁说,它已转移到我们的观念世界里去了。”②又说:“我们尽管可以希望艺术还会蒸蒸日上,日趋于完善,但是艺术的形式已不复是心灵的最高需要了。我们尽管觉得希腊神像还很优美,天父、基督和玛利亚在艺术里也表现得很庄严完善,但是这都是徒然的,我们不再屈膝膜拜了。”③那么,是否像有的学者所言的那样,黑格尔“首度签发了艺术的死亡通知书”,“他始终是在思想体系内来扼杀艺术的,绝对理念的逻辑延展必然扬弃艺术而向更高的领域(宗教和哲学)移心”?④ 我们究竟应怎样理解黑格尔的“艺术终结论”呢?

首先,“终结”是否意味着“死亡”? 这是理解“艺术终结论”的重要前提。这一问题产生于黑格尔、丹托等人的悖论式表述方式,而使他们的论断有多种阐释的空间。人们注意到,黑格尔一方面说“我们现时代的一般情况是不利于艺术的”,“艺术对我们现代人已是过去的事了”⑤,“在浪漫型艺术的发展中却形成了终结”⑥;另一方面,黑格尔又说“可以希望艺术还会蒸蒸日上”,“要完成这个艺术之宫,世界史还要经过成千上万年的演进”⑦。类似的,丹托一边又说“艺术随着它本身哲学的出现而终结”⑧,一边说“艺术会有未来,只是我们的艺术没有未来。我们的艺术是

---

① [德]黑格尔著:《美学》第3卷,朱光潜译,商务印书馆1981年,第334页。
② [德]黑格尔著:《美学》第1卷,朱光潜译,商务印书馆1979年版,第15页。
③ [德]黑格尔著:《美学》第1卷,朱光潜译,商务印书馆1979年版,第132页。
④ 刘悦笛撰:《病树前头万木春——评“艺术终结论”和“艺术史终结论”》,载《美术》2002年第10期。
⑤ [德]黑格尔著:《美学》第1卷,朱光潜译,商务印书馆1979年版,第14页、第15页。
⑥ [德]黑格尔著:《美学》第2卷,朱光潜译,商务印书馆1979年版,第341页。
⑦ [德]黑格尔著:《美学》第1卷,朱光潜译,商务印书馆1979年版,第132页、第114页
⑧ [美]阿瑟·丹托著:《艺术的终结》,欧阳英译,江苏人民出版社2005年版,第121页。

已经衰老的生命形式”[①]；“我的声明绝对不是说艺术将要被停止创作了！艺术终结之后还是有大量的艺术被创作了出来”[②]。

有学者仔细考察了黑格尔所用的德文原词“der Ausgang”，认为这个词不仅仅包含了被译为英文之“end”所具有的基本涵义，而且还同时有“入口”“出口”之类的另类内涵；“终结”并非仅仅指对终点之前一切的抛弃，而是指出在“扬弃”之后，步入“终点之后”的新旅程。由此看来，“终结”被误解为“死亡”“终止”之类，大概也有英文对德文的“误读”、中文又对德文词和英文词连起来“误读”的原因。[③] “终结”一词有着“复义”的性质，即它既有“取消”“结束”之义，又与“开始”“再生”相互联系在一起。因此，说“艺术的终结”，其“终点”又往往意味着“起点”，意味着新生命的萌芽。

值得一提的是，美国著名美学家柯蒂斯·L·卡特在仔细考察了黑格尔的相关文本以及艺术终结论者的观点之后，指出“艺术终结论”被突出地描述成“艺术的死亡”，这种对黑格尔的理解主要基于20年代英国学者F·P·B.奥斯梅森将黑格尔美学中一些关键术语译成英文时出现的误译。T·M·诺克斯爵士1975年翻译出版的黑格尔《美学讲演录》英译本纠正了这样有误导性的翻译，支持了那些认为黑格尔并没有预言艺术死亡的观点。卡特指出：“尽管黑格尔的一些表述复杂而且有时具有误导性，但他并不是在对艺术终结的流行理解的意义上提出这一论点的。”事实上，黑格尔从未使用过“艺术的死亡”这种表述。译者忽略了这样一个事实：“扬弃”（aufheben）这个词是黑格尔最令人困惑的术语之一。它字面上的意思是举起某物；但作为一个哲学概念它也可以作“取消”“消解”，或“保留”讲。“浪漫艺术中的消解更接近于现代电影的‘淡出’原则。在现代电影中，‘消解’就是一个镜头或场景的淡出，同时又在下

---

① ［美］阿瑟·丹托著：《艺术的终结》，欧阳英译，江苏人民出版社2005年版，第120页。

② ［美］阿瑟·丹托著：《艺术的终结之后—当代艺术与历史的界限》，王春辰译，江苏人民出版社2007年版，第27—28页。

③ 刘悦笛著：《艺术终结之后—艺术的绵延之思》“序言”，南京出版社2006年版，第4页。

一个镜头或场景中淡入，在这个过程中就跨越了两个镜头或场景。浪漫艺术中类似的‘消解’过程承认，有必要、或者至少是最好承认那些除了艺术所能提供的、另外的可能更完整的真理的形式。艺术、宗教和哲学都仍然是理解真理的可行方式。没有必要说一种方式取代了另一种或者迫使另一种消亡”；“黑格尔的原意不是艺术的死亡，或者艺术的终结。他用辩证法原理来表明艺术对于传达某些真理的局限性；这些真理用哲学具有的理论工具能得到更好的传达”①。柯蒂斯·L·卡特的研究力证了“终结”的“复义”性质，由此可见“艺术终结论”问题的复杂性。

1986年，薛华在《黑格尔与艺术难题——一段问题史》一书中认为，艺术终结意味着艺术自身在内容和形式上发生新的变化、新的转折，意味着成为另一特点的艺术②；朱立元在同年出版的《黑格尔美学论稿》中，同样断定黑格尔从未明确宣布过艺术终将衰亡，相反，他倒是明确肯定过艺术发展的永无止境，对于艺术的未来满怀信心③。朱国华认为，黑格尔的艺术终结论可分解成两个命题：其一，艺术是否“仍然是对我们的历史性此在来说决定性的真理的一种基本的和必然的发生方式”？这实际上首先讨论的是艺术与真理的关系，艺术的认识论问题。其二，艺术是否会消亡？这里实际上谈论的焦点是艺术的发展、艺术的功能、艺术的实践论问题。这里，朱国华指出了黑格尔“艺术”观念中渗透着的辩证思想：一方面，艺术作为“一般”，它是一种与人类共存的精神与情感需求，不会终结。另一方面，艺术作为“特殊”，它是一种与社会历史实践相结合的有着具体价值功能及形态样式的精神载体，它的确又会随着时代的变迁，技术的更新，新媒介的运用等因素而变化甚至消失，这种“艺术”是可能消亡的（比如古希腊神话）④。刘旭光比较研究了黑格尔与海德格尔的艺术终结论，指出黑格尔艺术终结论的本质在于：终结的不是艺术，而是艺术

---

① ［美］柯蒂斯·L·卡特撰：《黑格尔和丹托论艺术的终结》，载《文学评论》2008年第5期。

② 薛华著：《黑格尔与艺术难题——一段问题史》，中国社会科学出版社1986年版，第42页。

③ 朱立元著：《黑格尔美学论稿》，复旦大学出版社1986年版，第302页。

④ 朱国华著：《艺术终结后的艺术》，载《文艺争鸣》1999年第4期。

作为人类的最高趣旨与绝对需要的崇高地位，是艺术作为真理最高表现形式的终结。海德格尔准确地把握了这一点，但并不同意黑格尔对艺术的判词。以真理说为突破，海德格尔重新为艺术确立了地位，指出伟大艺术是我们历史性此在的本源，从而为艺术的复兴准备了条件①。

陆扬认为，黑格尔的“艺术终结论”言人人殊，但它肯定不是把艺术史看作艺术作品的编年史，而毋宁说是视艺术本身为历史发展进程中的一个阶段，假如说历史体现的是绝对精神的进化，那么艺术本身不过是精神之一个特定阶段的历史产物；黑格尔判定艺术作为一个时代的心灵和文化的象征，其合法性局限于艺术品的感性特征尚未成为精神发展的阻碍之前。黑格尔的思想可以说预言了荷兰画家蒙特利安的新造型主义，后者可以显示当社会本身的停滞颓败和艺术本身的常青不衰构成的矛盾时，艺术表征时代的历史使命转变为形式的破旧立新，势在必行②。

周计武则认为，黑格尔在这里不是对某个特定时期作判断，不是强调某种艺术范式或外在机制的转换或消亡，而是对整体的艺术下判词：“艺术对于我们现代人已是过去的事了”；我们可以从三个层面来理解：1.艺术的哲学化。艺术被哲学的“观念世界”所代替，成为纯粹“思”的事件。2.艺术的理想时代已经过去了。3.“过去”了的艺术没有终止或消亡，而依然是一种心灵的需要和显现的模式，但已经丧失了“真正的真实和生命”③。应该说，这一理解比较贴近黑格尔的本意。黑格尔所谓“艺术的终结”，用美国哲学家丹托的话说，“并不是说艺术已停止或死亡，而是说艺术通过转向它物——即哲学，而已经趋向终结”④。也就是说，黑格尔的艺术终结论所谈论的，不是关于艺术的生产，而是关于艺术与我们（人

---

① 刘旭光撰：《终结，还是复活——对黑格尔与海德格尔之艺术终结论的比较研究》，《学术月刊》2005 年第 5 期。

② 陆扬撰：《艺术终结论的三阶段反思》，载《艺术百家》2007 年第 4 期。

③ 周计武撰：《现代性语境中的“艺术的终结”——黑格尔的诊断》，载《文艺理论研究》2004 年第 6 期。

④ Danto, A · C., *Encounters&Reflections Art in the Historical Present*, New York: Farrar Straus Girous, 1990, p.342.

类)的关系;艺术的使命业已完成,不再像早期那样是我们的生活的必需品而具有崇高的地位,它完全疏离于人们的日常生活和宗教生活;艺术已经转换为观念,人们只是从哲学上、思辨性上来对艺术加以认识;当艺术走到这一步时,就是艺术的终结。同样,周计武认为,丹托实际上是在叙事的意义上使用"终结"一词,意在宣称某种故事的结束,其所谓艺术的终结"不是指艺术本身停止或死亡了,而是指艺术史的某种叙事内在地终结了"①。

刘悦笛则对丹托"艺术终结论"进行哲学的反思,试图揭示"艺术终结"观念背后所隐含的思想意蕴。在他看来,"艺术的终结"主要是指艺术"终结"在哲学里面,即哲学"剥夺"(disenfranchisement)了艺术;或者说,艺术被"哲学化"(philosophization)了;具言之,从哲学的视角来看,现实中的"艺术"可能"终结"于"观念",或回归到"身体",或是回复"自然",一言以蔽之,"艺术与生活同一"。当然,未来艺术的这些走向只是猜想而已,可以确定的是,艺术总是某种"过去的事物",其"终结"是必然的。人类的终结之处,就是历史的终结之处,也可能是艺术的终结之处。② 沈语冰则深入剖析和批判了丹托的艺术哲学观。丹托宣称:"当人们已经懂得什么是艺术以及什么是艺术的意义的时候,艺术的历史舞台也就完结了。艺术家已经为哲学铺了路,而任务最终必须被转移到哲学家手中的时刻也已经来到。"③按照丹托的意思,这里的"终结"是指没有意义,而不是死亡;丹托坚持,黑格尔认为在"终结"这个词的叙事意义上,艺术已经走向终结;也就是说,艺术已经成为它在其中扮演某个角色的更大范围的叙事的一个尾声而已。沈语冰指出,黑格尔关于艺术让位于哲学的观点是错误的,因为他将艺术之于真理、道德的关系理解为线性发展的关系,而没有意识到艺术与其真理内容、宗教或伦理关怀之间,还

① 周计武撰:《艺术的终结——阿瑟·丹托的诊断》,载《学习与探索》2006年第3期。

② 刘悦笛撰:《哲学如何剥夺艺术——当代"艺术终结论"的哲学反思》,载《哲学研究》2006年第2期。

③ Arthur Danto. The Philosophical Disenfranchisement of Art, New York: 1986, p.111.

可以发生同时共在的关系；丹托延续了黑格尔的这一错误，其“贡献”不过是“发现”了为黑格尔所预言的那个艺术终结时刻的到来；此外，丹托又宣称：“说历史完结了等于说，已经不再有艺术品会掉出其外的历史的范围了。一切皆可。一切皆得为艺术。”①。这里，丹托固执地断言一切艺术的无差别性，乃是源于他哲学与信仰上的虚无主义②

柯蒂斯·L·卡特指出，在寻求将艺术的历史与当代艺术的发展联结起来的努力中，丹托受到了黑格尔《美学讲演录》的影响极大。而如前所述，“艺术的死亡”这一表达最初是指对黑格尔的一个误导性翻译。在《赋予的意义》(1994)一书中的《艺术终结之后的艺术》一文中，丹托否认了他早前跟“艺术的死亡”这一概念间的关联，解释说他的意图是把艺术终结作为一个哲学问题来关注。柯蒂斯·L·卡特认为：“丹托对艺术终结的研究主要针对下述相关的问题：艺术的历史、怎样区分艺术与非艺术以及艺术与哲学的关系。他把艺术的历史理解为对特定时期相关发展的一个叙事，并集中关注摹仿的进化，或者说以艺术的形象表现世界”；“丹托以他对黑格尔美学的理解为基础，提出了将艺术的终结当成一种特殊的历史现象的解决办法”；“丹托面临的主要问题有两重：第一，如何在后历史的激进多元化时代区分艺术与非艺术；第二，如何建立一种能够解释所有过去、现在与将来的艺术的艺术哲学理论”；“丹托艺术终结论的主要问题在于它基于一种反直觉的历史理论，这对于研究哲学和艺术的读者以及其他读者来说可能会导向混乱。把艺术的历史局限于某个特殊的时期似乎有些随意，因为艺术一直是几乎所有已知文明的一部分，而且在我们的时代以充满生机的步伐持续下去。为了迎合一种更有条理的对艺术和美学的说明而求助于一种忽视上述事实的美学理论或艺术哲学，并不足以取消人们在这方面的关注”。③ 对于国内不少响应艺术终结论的

---

① Arthur Danto, *After the End of Art*, Princeton: 1997, p.114.

② 沈语冰撰：《哲学对艺术的剥夺：阿瑟·丹托的艺术批评观》，载《世界美术》2003年第3、4期。

③ [美]柯蒂斯·L·卡特撰：《黑格尔和丹托论艺术的终结》，载《文学评论》2008年第5期。

学者来说,柯蒂斯·L·卡特的研究是值得重视和反省的。我们只有充分理解“艺术终结论”之本意,才不至于断章取义而误读、误解“艺术终结论”的理论意义。

“艺术终结论”不仅涉及上述对于“der Ausgang”一词的理解,还涉及对于“艺术”的理解。

我们知道,当代的“艺术”观念主要是与这一术语的英语指称相关联的。“艺术”这个概念原是法国人和德国人在18世纪开始建立起来的艺术概念,它是启蒙现代性的产物,是欧洲近代文化的结晶,它具有鲜明的精英艺术的色彩。20世纪七八十年代以降,由于美国艺术在全球范围内的扩散性影响,英语中的“艺术”不仅支配了其他文化和语言框架内的“艺术”的指称,而且还支配了视觉艺术。由于“图像转向”,视觉艺术成为艺术中占有优势的、处于支配地位的形式,而成了文化的核心构成——“艺术”的概念随之发生了重大的变化,变得以视觉艺术为主体,而诸如文学、音乐或者表演艺术则成了当代艺术的配角。黑格尔、卢卡契、英伽登、阿多诺、海德格尔等人所持的关于艺术的比较宽泛的、整体性的观念,转换为当代的艺术观念;而根据比尔兹利、丹托、迪基等美学家的理论,艺术之所以为艺术,与艺术家的意图、理论家的评论、艺术体制的认同有着密切的关系。

丹托指出,“艺术”这个术语是近代的观念的产物。我们今天视为艺术的东西,在远古、在历史中都不被看作“艺术”的,是逐渐被历史中存在的人建构起来加以认识的。由此形成了近代艺术史学的建立和发展,成为一门通过观念来建构艺术的历史的认识学科。而被意识与观念激活了的历史中的人则被观念推动着,创造、创作着艺术。这样建构中的艺术史可分为三个历史的宏大叙事模式,在第一阶段,从瓦萨里开始追求的是准确再现的进步历史;到了现代主义的第二个阶段是追求艺术的纯粹性,追求艺术自身媒介的纯粹性;而到了后历史阶段,也就是当代艺术的后现代主义阶段,则艺术作为视觉形象的表现载体越来越趋于观念化、哲学化时，艺术史走向了作为观念诉求历史的终端，即意味着艺术史叙事的终结。这样的终结是艺术自我意识的解放，是历史进入后历史时期的一种最佳理想状态，艺术成为生活中的艺术，与人的自然生存有机结合，而不是疏离于人的生活和生存，这就是多元主义的艺术理想国①

美国耶鲁大学哲学系教授、艺术史专家卡斯腾·哈瑞斯(Karsten Harries)提出，艺术必须面对自身在现代社会中的意义问题。传统艺术主张艺术家首先必须创造美的对象，艺术是对美的追求，而现代艺术则是对趣味的追求，已经失去人文主义价值；现代艺术抹杀意义存在的本质并导致艺术的自我解构。人们不再指望艺术引导人类过意义生活，它不再是追求真理的优先工具；现代艺术已转化为私人事务的娱乐源泉，它不但挑战艺术与世界的距离，而且认为艺术只有检测艺术界限并背弃传统才有意义。我们生活在思想被弄成真理优先管理者的时代，在此生存境遇下，现代艺术的切己任务乃是真正领会统治科学技术的正当性与现实性的界限，而正当地反对我们的现代世界形态②。

一般认为，现代性是西方启蒙学者有关未来社会的理论设计，其思维和知识表现形态为理性；按照马克斯·韦伯的经典阐述，现代性是科学精神、民主政治和艺术自由三位一体。卡林内斯库的《现代性的五副面孔》区分了启蒙现代性与审美现代性，认为科学精神和民主政治、艺术自由构成了西方现代性的正题和反题。其中正题是启蒙运动所标榜的理性至上、科学万能、平等自由等思想原则与进步发展、功利主义、乐观主义精神，为主权国家、民主政治、工业化、科学化、市场化等社会现代化进程提供理论基础和思想武器，它们被人们称为启蒙现代性、历史现代性或社会现代性。随着社会现代化进程的深入，出现了理性桎梏、物欲横流、道德沦丧、生态危机等种种现代问题，而催生了对于启蒙精神与信条的反思和批判；这种反思和批判有两个支点：一是社会科学对启蒙精神与信条予以

① [美]阿瑟·丹托著：《艺术的终结之后——当代艺术与历史的界限》“译后记”，王春辰译，江苏人民出版社2007年版，第243—244页。

② [美]卡斯腾·哈瑞斯撰：《艺术终结了吗?》，载《江海学刊》2007年第4期。

否定,一是人文科学恪守审美与艺术的自主和自律。它们形成现代性的反题,或称审美现代性、文学现代性、文化现代性。在某种意义上,现代性成了“危机和困惑”的代名词。“艺术的终结”便在此背景中展开。

周计武发现,在19世纪,“艺术的终结”问题的提出和现代美学体系的完善几乎是同步的,即黑格尔得出的结论是:艺术终结于现代美学(艺术哲学)体系完成的那一刻,或者说,艺术哲学的自觉导致了感性艺术的解体。要解释这一现象,需要一种总体性的现代性视角。黑格尔的现代性规划既是规范性的,也是描述性的。因此,他一方面“试图理解现代性,把现代性批判地合法化为历史精神的胜利、人性的自我创造的自由”,而反对任何给定的权威(如习俗、传统、制度等),坚持自在自为的理性的自由;另一方面,它又坚持“理性的自由必须是彻底地可达到的自由”,能够在现实中被哲学把握的自由。[①] 这种理性的自由精神与现代性的时间意识一起,被黑格尔作为历史的成就,贯穿在他的美学理论和哲学体系之中,成为一个批判性的规范概念。

周计武指出,这一方面使黑格尔的体系成为精神自我创造、自我否定、自我提升的运动过程,具有辩证法的活力;另一方面,它又把现代的理性、自由等价值观念作为永恒的标尺,来衡量一切历史现象,在一定程度上压抑、贬低了感性和艺术的意义。因此,黑格尔的宏大历史叙事,归根结底是一种康德意义上的“启蒙叙事”。经过启蒙运动、法国大革命和“狂飙突进”运动的黑格尔,其思想和价值观是多重思想合力的结果,尤其是激进的启蒙理性思想和浪漫主义表现理论间冲突的产物。用查尔斯·泰勒的话说:“将最完满的理性的自律性与最伟大的表现的统一性二者予以结合起来的野心,也是黑格尔在哲学上一切努力的重心所在。在这方面,他与同时代的浪漫主义者一致。”[②]不同的是,黑格尔不是在艺术

---

① Maker.W..ed..“*Introduction*”,*Hegel and Aesthetics*,New York:State University of New York Press. 2000).pp.viii-xi.

② [美]查尔斯·泰勒著:《黑格尔与现代社会》,橡文瑞译,台北联经出版事业公司1990年版,第18—19页。

中寻求精神与自然、社会的和解，而是借助精神的辩证法在理性中实现现实的和解。黑格尔的几个矛盾命题，都是一个现代性的问题。如，诗与哲学的冲突，实际上是追求秩序、一致、明晰和理性的启蒙现代性与强调破坏、变化、含混与感性的审美现代性的冲突。"一种现代性的价值立场，一种整合的乌托邦信念，是黑格尔强调理性的重要性，提出'艺术的终结'问题的最终原因"①。

黑格尔所谓"艺术的终结"，是与他对所处时代的诊断相关联的。在《精神现象学》的"序言"中，黑格尔指出，现代性意识是与传统的"决裂"，它把旧的一切"葬入于过去"，它是一个"质的飞跃"，一个"新时期的降生和过渡"；它是"彻底变革"的产物，精神劳作的"成就"。② 黑格尔指出，我们正由"诗"的时代转向"散文"时代，无限反思的自我意识、理性主义、内在主体性是这个阶段的重要原则。现代世界是一个"反思的世界"，一切未经反思的东西，都必须接受理性的批判。"这是使人类感到光荣的一种伟大的固执。这种固执是现代的特征。此外，还是新教特有的原则。"这不可避免地带来了意识的分裂（有限与无限、理性与感性、灵魂与肉体、个人与他人、个人与世界等），带来了形式化的普遍制度与主体性自由的矛盾。理性主义则是一种把世界无限地区分和对象化的知性思维方式，它把世界和主体抽象地对立起来；人与人、人与世界的关系，变成纯粹的利用和手段的关系，精神的生命消失在冰冷的理性和法权社会之中，不存在独立自主的整体和自由，毫无居家的感觉。面对启蒙理性的"对象化"的世界和功利主义的王国，产生了"一种不幸的苦恼的所谓优美灵魂"，它渴望人与自然、社会的伦理上的和谐，但又把一切外在的制度、理念和形式看作对主观自由的束缚和生命力的压抑。于是，它便脱离日常生活的语境，转向最深的内在的本质和主观的良心，以便"获得另一种生活情境，一种可以弥补损失的孤独"；这种良心是在自身内的自我确定的自由，

① 周计武撰：《现代性语境中的"艺术的终结"——黑格尔的诊断》，载《文艺理论研究》2004 年第6 期。

② ［德］黑格尔著：《精神现象学》上卷，贺麟、王玖兴译，商务印书馆 1997 年版，第 7 页。

它缺乏外化的力量，无力转化为存在，即精神的形式。无限分裂的精神渗透到艺术家的头脑之中，就成为浪漫主义创作的“反讽”。持此态度的人把一切真实的、伦理的、自在自为的客观的东西都看作虚幻的泡影，而宁愿生活在自我幽闭的孤独之中；同时，又有一种对形而上的、精神性实体的渴望，一种“在家生出的乡愁”体验。因此，在偏重理智的生活情境中，“艺术的作品缺乏当初由于神灵与英雄的毁灭的悲剧而产生出自身确信的精神力量了”①；如果把“反讽”的态度作为艺术表现的基调，结果不外三种：“第一是形象平滑呆板，其次是内容意义空泛，因为它们的实体性被证明是虚幻的；第三就是以上所说的那种精神上的饥渴病和心情上的未经解决的矛盾。”②基于上述原因，黑格尔认为，现代“偏重理智”的文化精神是“不利于艺术的”。在黑格尔看来，艺术的中心就是理想的独立自足的人物性格，现代技术现实中的每个人都被“一般常规的机械方式”的生活支配着，受到了欲望、利益的支配和形式化制度的束缚，人变得那么渺小、孤独、不自由，怎么能够企望艺术中出现有勇气和力量掌握现实的充实的性格呢？这种“偏重理智的世界和生活情境”，在马克思·韦伯那里被称为“工具理性”，海德格尔则称之为“计算—表象思维”。在海德格尔看来，这种技术理性严重损害了艺术的形象与意义、感性与理性的统一，使艺术失去了生命。因此，作为“最高的真理样式”，艺术在现在或未来中终结了（不可能了）。鉴于此，黑格尔感叹道：“命运把那些古代的艺术品给予我们，却没有把那些艺术品在其中开花结果的当时伦理生活的春天和夏天一并给予我们，而给予我们的只是对这种现实性的朦胧的回忆。”③

伍茂国也把“艺术终结论”置于现代性的背景中来探讨，他指出，黑格尔的艺术解体论实际上是在康德建立的启蒙现代性话语背景中，在自

---

① ［德］黑格尔著：《精神现象学》下卷，贺麟、王玖兴译，商务印书馆1979年版，第229—231页。

② ［德］黑格尔著：《美学》第1卷，朱光潜译，商务印书馆1979年版，第85页。

③ ［德］黑格尔著：《精神现象学》下卷，贺麟、王玖兴译，商务印书馆1979年版，第229页。

己的哲学、美学体系中做出的。在黑格尔看来,近代艺术基本趣味已然成为哲学之思凌驾于艺术之诗之上,人们对艺术的哲学言说代替了艺术本身,艺术便自行消解。在现代主义艺术出现之后,这不幸而言中。丹托从艺术本体论角度对黑格尔的艺术终结命题进行了全面的思考,他梳理了西方艺术的基本历史,发现艺术运动从艺术的运动变成了艺术观念的运动,艺术最后剩下的只有理论,艺术史的终结标志就在于此,在于对自身纯粹思辨中烟消云散,而其感官形式则变得无足轻重。伍茂国认为,在特定语境下,艺术终结的言说归根结底只是艺术曾有的功能、地位和理论言说形态的结束,只是某一种艺术类型的消失,而非整体艺术的消失;作为审美现代性的一部分,艺术天然具有对抗启蒙现代性构建的工具理性的内在动力,艺术的价值在于其人文关怀,即满足人的审美需要,批判理性的张扬和对人的存在价值和意义的终极追问[①]。

在《艺术终结与现代性的终结》[②]一文,刘悦笛指出,"艺术的终结"包括五种样态:"艺术"终结、"艺术史"终结、"艺术家"之死、"审美经验"的终结和"艺术理论"的终结。他认为,作为审美经验("美的艺术")的艺术概念,随着19世纪和20世纪现代性计划的持续而获得巨大的生长,被现代的趋势所滋养,通过被割裂的自律指向了一种特殊的发展。在此,艺术已经成为了一种特殊的自律文化领域和体制,具有其自身特定的目的"专业和逻辑"。事实证明,在欧美现代性(时间性的)"之前"(空间性的)之外,都没有凸现出现代意义上的"艺术"问题。这正如美学家理查德·沃尔海姆所言,审美经验也像艺术一样,"是被现代性所创造出来的概念,在其艺术体制之前或之外都是不能被意识到的"[③];"只要后现代推翻了(已被美学建构起来的)自律的非功利的形式主义的现代意识形态,那么,它

① 参阅伍茂国撰:《现代性视野都中的"艺术终结"》,载《江南大学学报》(人文社会科学版)2006年第2期。

② 刘悦笛撰:《艺术终结与现代性的终结》,载《艺术百家》2007年第4期。

③ Richard Shusterman.*Performing Live.Aesthetic Alternatives for the Ends of Art*,New York.Cornell University Press2000,pp.3-4.

就导致整个的审美之维(而不仅仅是艺术)的终结”[①],从而导致了“美学理论”自身的终结。

张秀娟则把“艺术终结论”置于后现代性的背景中来探讨,指出黑格尔的断言在后现代的文化语境可以理解为,艺术转化为哲学,这种哲学“暗含了一种不同哲学的终结,它不是个别训练而是通过我们的呼吸,通过公共领域和这个实体,扩散到社会生活的所有领域。这种终结不是意味着无而是通过每一件事来实现”[②]。它只是沿着黑格尔的逻辑线索开始了新一轮的平衡——物质与精神的平衡,更确切地说,艺术又回到了起点,回到了什么都是艺术,什么又都不是艺术的混沌时代。在这个意义上,我们可以说,黑格尔的“艺术终结”说在后现代的视野中有了延伸的空间,它可以理解为一种实现;“艺术终结”并不意味着艺术完全消失,而是让艺术走进了一种用来布置和装饰已经实现的哲学阶段的日常生活。

上述学者从现代性、后现代性视域对“艺术的终结”的研究和探讨,深化了我们对于“艺术终结论”的认识。宏观地看,“艺术的终结”与整个“历史的终结”间接相关;微观地看,艺术的终结则是与“现代性历史的终结”直接相关的。正如有学者所诊断的,“艺术的终结”不仅仅是现代艺术的危机,更是现代性的危机;这种危机有利于我们更好地反思“传统与现代”“先锋与媚俗”“自我与他者”等二元对立的文化逻辑[③]。

德里达、J·希利斯·米勒在他们的论著中,都特别注意到了技术手段之于艺术发展的关系,如,J·希利斯·米勒说:“印刷技术使文学、情书、哲学、精神分析,以及民族国家的概念成为可能。新的电信时代正在产生新的形式来取代这一切。这些新的媒体——电影、电视、因特网不只是原封不动地传播意识形态或者真实内容的被动的母体,它们都会以自

① Richard Shusterman.*Performing Live.Aesthetic Alternatives for the Ends of Art*,New York:Cornell University Press2000,p.4.

② [美]弗雷德里克·詹姆逊著:《文化转向》,胡亚敏等译,中国社会科学出版社2000年版,第2页。

③ 周计武撰:《艺术的终结——一种现代性危机》,载《文艺研究》2007年第7期。

己的方式打造被‘发送’的对象，把其内容改造成该媒体特有的表达方式。”[①]德里达、J·希利斯·米勒由技术与文学的敌对关系得出“文学终结”的结论，没有看到二者之间更为内在的关系。其实，早在他们之前，关于艺术与技术进步的关系问题，马克思曾在艺术生产理论里作过精辟的论述：“艺术的繁盛时期决不是同社会的一般发展成比例的，因而也决不是同仿佛是社会骨骼的物质一般发展成比例的。”马克思还提出了“资本主义生产与某些精神生产部门如艺术和诗歌相敌对”的命题。在这些著名的论题中，我们看到了物质生活的线性史与精神生产的非线性发展的复杂关系。

彭锋指出，“艺术终结”的根源是18世纪以来确立的“审美自律”，“为艺术而艺术”导致艺术只与自身相关，现代艺术的创新意味着对以往艺术的颠覆。艺术，在尼采、海德格尔和本雅明那里，既是反抗之路，也是救赎之路，艺术是针对现代性的栖身之所。但是，今天，它变成了另一个意义上的栖身之所。在技术的逼迫下，今天的艺术不断花样翻新、绝对的自由任性，不断地制造新的神话，出现了许多令人烦恼的艺术行为——如，下流的言行、正面的裸体、鲜血、排泄物、残害肢体、制造危险、用刀片割裂自身、生吃人肉，等等；这些前卫艺术不再是艺术家孤注一掷的自我尝试，而是时尚和喧嚣的满足性的表演舞台——这种片面追求“创新”使艺术走向了反面：艺术的唯一目的，就是在讨论、评论艺术本身。艺术已从内部耗尽了自己，便不可避免地走向了“艺术的终结”：“当画家将一块空白画布当作美术作品展览的时候，当作家将打字机自动敲出的符号当作小说发表的时候，当钢琴大师将静默的4分33秒作为作品演奏的时候，现代艺术的实验已经走到了终点，并在一种新的意义上意味着艺术的终结”；“艺术不再指他那精神高度集中的创作阶段的灵光一闪，而成了涉及社会各个方面的充满铜臭和讨价还价的商业运作。艺术家在他极端

① J·希利斯·米勒撰：《全球化时代文学研究还会继续存在吗?》，载《文学评论》2001年第1期。

自由的同时陷入了极端的不自由,艺术被操控在资本那看不见的大手之中,通过艺术,社会权力渗透到了被统治者的身体和感觉之中”①。因此,要摆脱艺术终结的命运,首先要将艺术从自律中解放出来,重新恢复它的各种社会功能,尤其是对现代文明的批判功能。朱国华从权力角度论证了艺术作为一种表征,已经历史性丧失了其作为符号权力的垄断地位;他指出,在商业逻辑宰割下的消费社会,资本的典型运作逻辑是将自己转化为艺术生产场内部的结构要素,由此攫取制定艺术场域合法定义的符号权力;由于资本意志君临一切,社会运作规则由对于使用价值的尊崇转为交换价值的崇拜,艺术生产变成了商品生产,让艺术沦落为纯粹的商品,艺术历史性地丧失了作为符号权力的垄断地位,而不可避免地走向了终结②

毛崇杰指出,科学技术与审美艺术在人类进步的线性历史上,有如同一条大道上两股路上跑的车,它们相互影响,相互作用,但有各自不同的起伏和节奏,时而并进,时而碰撞,却不会并辙,也不会背驰。在他看来,麦克卢汉的“内爆”说是一种对新媒体的夸张说法,鲍德里亚的“超真实”为工具理性批判之反讽,惟虚拟真实与客观真实的“原则同格”则为谬说。无论在任何意义下,商品所代表的都是物的虚拟,即反映人们社会关系的神秘性,一种与“天物”相分裂的“神性”力量。人们在对虚拟物当作神来崇拜之中失去了自身尊严、品格和价值。思想者与创作家的根本使命是彻底改变这种结构。理论阐释可能把艺术对科技的批判转化为对体制的批判,批判理性的最后任务是把对法兰克福以来到鲍德里亚的对“工具理性”的批判转移到历史理性上来。艺术的固有形态正消失在“超真实”之虚拟与“直接性”中。我们已经不认识艺术了,它的可能性再生也不会是保存在陈列馆中的东西之复制,正如人类整个历史正面临着的千

① 彭锋撰:《艺术的皇帝新衣》,载《现代艺术与设计》2005年第2期;载《艺术的终结与重生》,《文艺研究》2007年第7期。

② 参阅朱国华撰:《艺术终结后的艺术》,载《文艺争鸣》1999年第4期;《文学与权力——文学合法性的批判性考察》,华东师范大学出版社2006年版。

年剧变。永远同在的艺术已经不是那个艺术，正如我们已经不是那个我们，尽管山水也许还是那个山水，宇宙肯定还是那个宇宙。“科技腾飞与艺术终结”这个永不衰竭的命题表达了新千年人类命运中大喜大悲之悖论。①

刘谭明则从读图时代的视角展开了思考，在他看来，在数字化时代里，电子媒介凭借高科技的优势所打造的图像符号的文化霸权，深刻影响了我们的生活和艺术；技术和艺术的联姻，生活与艺术的距离被抹平，由“读纸时代”向“读图时代”转移，现代的新型艺术形式形成了对于传统经典艺术、高雅艺术形式的冲击和挤压。传统的艺术被消解了，艺术观念被解构了，那么，艺术是否真的快要终结了呢？实际上，作为人类两种不同的把握世界的方式，科技和艺术之间并非单纯对立、排斥的关系，它们还存在着同一性和互补性，并不存在不可逾越的鸿沟，数字化的时代有可能就是科学和艺术重逢的时候。我们应该运用历史辩证法的观念看待艺术的发展，正视和思考其存在的问题；只要有人存在于世，艺术就不会终结②。

祁林明确指出，“艺术终结”的含义绝不是简单意义上的终止或消亡，艺术曾是人类把握世界的一种“知识型”，“艺术终结”指的是主体用艺术把握客体的思维方式的终结，其本质是艺术发展进程与历史进步指向的脱节。历史的进程是主体精神不断对象化的过程，历史的进程导致艺术终结是黑格尔思想自我演绎的必然结果，丹托延续了黑格尔的这一命题。作为现代性概念，技术被认为是推动历史进步的重要力量，也是推动艺术史前进的力量。如果技术进步所造就的艺术作品能够和历史进步相一致，那这种艺术品就有自己内在的生命力。反之，如果新技术造就的艺术品和历史进步无关，甚至是反历史潮流，则这种技术就会导致“艺术

① 毛崇杰撰：《科技腾飞与艺术终结——关于高新科技与艺术的几个问题》，载《文艺研究》2002 年第 6 期。

② 刘谭明撰：《数字化时代的文学艺术——对“艺术终结”论的思考》，载《中南大学学报》（社会科学版）2005 年第 5 期。

终结”。实际的情况是，大量的现代仿拟技术取消了艺术品与现实生活之间的距离，导致了幻觉和想象力的萎缩；随着“韵味的消失”“幻觉的死亡”，艺术除了不断地花样翻新无法对现实世界形成感召，历史的发展不再依赖艺术，艺术作为一种“知识型”便终结了①。

的确，随着现代科学技术，如数码技术、多媒体技术和网络技术的迅猛发展，在现代社会中，科学技术与文化的交融、渗透日益广泛和趋于深入。一方面，日新月异的科技介入使文化创造和文化产品的科技含量空前加大；另一方面，技术理性在现代社会统治地位的确立，则使曾高居“象牙塔”中的文学艺术面临着日益严峻的挑战。“视觉文化”的兴起，成了当今文化生活中一个极其重要的事件。这是一种在电子传媒推动下立足于视觉因素，以“形象”或是“影像”主导人们审美心理结构的崭新文化形态，它似乎将已有的文字的传统阐释功能和表现功能排斥殆尽，使文学沦陷到了“边缘化”的位置。与以高贵、优雅、严肃、庄重为内核的纯文学的沦落同步的，是以狂欢、平面、虚浮、感性至上为特征的大众审美趣味的高扬——图像、影像、视觉文化已然成为当今文化生活中的“关键词”。

无论是“机械复制”时代，还是“电子媒介”时代，我们都同样看到，技术逻辑使艺术作品降为文化用品，成为一种消费的符号；艺术的精神消弭于冷酷的消费逻辑中，“而从属于代替作品的格式”，即文化工业提供的同质化模式。在同一化模式下，不再有差异和冲突，不再有本真的存在体验。“人们内心深处的反应，对他们自己来说都感到已经完全物化了，他们感到自己特有的观念是极为抽象的，他们感到个人特有的，只不过是洁白发光的牙齿以及汗流浃背卖命劳动和呕心沥血强振精神的自由”②。现代人成了“那些能看见却听不见的人”（齐美尔语），他们相互盯视，却一言不发。由于经验的贫乏与贬值、人群的冷漠与麻木，我们变得贫乏了。当“电视新闻强调灾难和人类悲剧时，引起的不是净化和理解，而是

① 祁林撰：《技术进步与艺术终结》，载《艺术百家》2007 年第 4 期。

② ［德］霍克海默、阿多诺著：《启蒙辩证法》，洪佩郁等译，重庆出版社 1990 年版，第 117 页、第 157 页。

滥情和怜悯，即很快就被耗尽的感情和一种假冒身临其境的虚假仪式。由于这种方式不可避免的是一种过头的戏剧化方式，观众反应很快不是变得矫揉造作，就是厌倦透顶”①。

显然，隐藏在“艺术终结论”背后的，是西方现代人对于自己的处境与遭遇的生命追问。丹尼尔·贝尔就指出，对于从印刷文化到视觉文化的变革的根源，“与其说是作为大众传播媒介的电影和电视，不如说是人们在十九世纪中叶开始经历的那种地理和社会的流动以及应运而生的一种新美学。乡村和住宅的封闭空间开始让位于旅游，让位于速度的刺激，让位于散步场所、海滨与广场的快乐，以及在雷诺阿、马奈、修拉和其他印象主义和后印象主义画家作品中出色地描绘过的日常生活类似经验”②。

二、文学“终结”了吗？

与“艺术终结论”相连带的是“文学终结论”。由“文学终结论”又衍生出了“文学性的蔓延”、“审美的日常生活化”“文学的危机”等一系列话题。

新媒介对文学命运的影响，引发了人们的高度重视，“文学终结论”随之而起。法国后结构主义者雅克·德里达借《明信片》中主人公的惊人之口说出了下面这段话：

> 所谓的文学的整整一个时代，即便不是全部的话，都不能活过电传的特定技术制度（在这方面政治制度是次要的）。哲学或精神分

① ［美］丹尼尔·贝尔著：《资本主义文化矛盾》，赵一凡、蒲隆、任晓晋译，上海三联书店 1989 年版，第 157 页。

② ［美］丹尼尔·贝尔著：《资本主义文化矛盾》，赵一凡、蒲隆、任晓晋译，上海三联书店 1989 年版，第 156 页。

> 析学也不能。爱情信件也不能。……在这里重又看到了上星期六与我们一起喝咖啡的那个美国学生，那个寻找（比较文学）论文主题的学生。我建议她写20世纪（及其后）文学中的电话，如从普鲁斯特作品中的电话女士或美国的电话接线员这个人物开始，然后就最先进的电传对仍然残存的文学所发生的影响提出问题。我对她谈到微型处理器和电脑终端机，她似乎有点厌烦。她告诉我她仍然热爱文学（我回答说，我也是，mais si，mais si）。真想知道她对此作何理解。

他预言："在特定的电信王国中，整个的所谓文学的时代将不复存在。哲学、精神分析学都在劫难逃，甚至情书也不能幸免……"。美国加州大学学者J·希利斯·米勒回顾了印刷术出现以来各种发明对艺术的影响，指出了现代电信、电影、电视特别是互联网给人的生存带来的巨大变化，他说："这些变化包括政治、国籍或者公民身份、文化、个人、身份认同和财产等各方面的转变……新的电子社会或者说网上社区的出现和发展，可能出现的将会是导致感知经验变异的全新的人类感受。"J·希利斯·米勒指出，随着电子时代的到来，新的技术正创造着新的生活方式和感知方式："越来越多的人正在花越来越多的时间看电视或看电影。现在甚至出现了从看电视或看电影转向电脑屏幕的迅速变化。"文学在旧式意义上的作用日益萎缩，这必然会影响到文学和文学研究。J·希利斯·米勒分析了电讯媒介、因特网对文学、对全球化、对民族国家权力、政治施为行为的影响与渗透，他的核心观点是："新的电信时代正在通过改变文学的存在前提和共生因素而把它引向终结"；"文学只是符号体系中一种成分的称谓，不管它是以什么样的媒介或者模式出现，任何形式下的大学院所共同的、有组织的、讲究实效的、有益的研究都不能把这种媒介或者模式理性化"。最后得出一个令人忧虑的结论："文学研究的时代已经过去了，再也不会出现这样一个时代——为了文学自身的目的。撇开理论或政治方面的考虑而去单纯研究文学……文学研究从来就没有正当时的时候，不论过去现在还是将来。”[①]显然,J·希利斯·米勒的这一论断不过是对其精神宗师、解构主义大师雅克·德里达相关论点的进一步阐述而已。这篇论文在我国引起了普遍关注并引发了激烈讨论,比较文学界和文艺理论界的学者都不同程度地介入了这一问题的论争,“文学终结论”便“从一种来自西方的学术资讯延伸为对于当代中国文学局势的学理判断,并且成为学术前沿话题”。

“文学终结论”所凸显的是文学在当今时代所遭受的冷遇,即从中心走向边缘,其生存空间日趋缩减。余虹从后现代总体文学状况的角度切入“文学终结论”,指出后现代条件下的文学边缘化有两大内涵:1、在艺术分类学眼界中的文学终结指的是文学失去了它在艺术大家族中的霸主地位,它已由艺术的中心沦落到边缘,其霸主地位由影视艺术所取代。2、在文化分类学眼界中的文学终结指的是文学不再处于文化的中心,科学上升为后现代的文化霸主后文学已无足轻重。在此意义上,“文学的终结”是某种现实的真实写照。不过,余虹同时指出,作为分类学意义上的艺术文化门类,“文学”的终结(边缘化)是否掩盖着无处不在的“文学性”统治?他着重描述了后现代条件下“文学性”在思想学术、消费社会、媒体信息、公共表演等领域中确立的统治及其表现,提出重建文学研究的对象是克服社会转型期文学研究危机的关键。他认为,“文学性”不能作一种本质主义的理解,而应置于消费社会的语境下作出审时度势的全新判断;由于文学性在后现代的公然招摇和对社会生活各个层面的渗透与支配,又由于作为门类艺术的文学的边缘化,后现代文学研究的重点当然应该转向跨学科门类的文学性研究。后现代转折从根本上改变了总体文学的状况,它将“文学”置于边缘又将“文学性”置于中心,面对这一巨变,文学研究的对象要完成两个重心的转向:1、从“文学”研究转向“文学性”研究,在此要注意区分作为形式主义研究对象的文学性和撒播并渗透在后

① J·希利斯·米勒撰:《全球化时代文学研究还会继续存在吗?》,载《文学评论》2001年第1期。

现代生存之方方面面的文学性，后者才是后现代文学研究的重心；2、从脱离后现代处境的文学研究转向后现代处境中的文学研究，尤其是对边缘化的文学之不可替代性的研究[①]。“文学性”蔓延问题，引发出了“日常生活审美化”“文艺学边界”问题的一系列论争，限于篇幅，在此暂不涉及。

对于文学被说成是“终结”了，让位于图像的说法，童庆炳撰文表示质疑，认为这是一种“媒介决定论”或“技术决定论”，“文学终结论”的观点过于极端和武断，因为，文学和文学批评存在的理由在于人类情感表现的需要，以及对文学的美的追求，而不在于媒体的变化；此外，文学边缘化并不意味着文学退出了历史舞台，只是与先前作为“时代晴雨表”的主导地位相比，不再那么显赫而已——这实际是文学的一种常态，我们根本就没有什么理由把这理解为文学的终结。童庆炳进一步指出，文学有属于自己的独特的审美场域，这一独特的审美场域的奥秘在于文学语言之中，“文学语言所构成的丰富的整体体验，不是其他的媒介可以轻易翻译的”；文学语言所传达的“味外之旨、韵外之致，那种丰富性和多重一样，那种独特的审美场域，依靠图像是永远无法接近的”[②]。李衍柱认为，“世界图像”的产生、形成和发展，不是世界悲剧的来临，而是人类文化进步的一个重要标志，它使各民族的文学艺术成为人类共同的财富，为作家、艺术家提供了更多的“自由时间”，也有益于提高读者（观众）的审美素质和鉴赏水平；“世界图像”的创制和普及，并未改变文学存在的根本前提，即需要文学和创造文学的主体——人；“文学的发生、发展和它未来的历史使命，始终同语言共生共存，语言与审美意识的产生和存在，是文学之所以产生和存在的重要前提”[③]。

---

① 余虹撰：《文学的终结与文学性蔓延——兼谈后现代文学研究的任务》，载《文艺研究》2002年第6期。

② 童庆炳撰：《全球化时代的文学和文学批评会消失吗？——与米勒先生对话》，载《文艺报》2001年9月25日；《文学独特审美场域和文学人口——和文学终结论者对话》，载《文艺争鸣》2005年第3期。

③ 李衍柱撰：《文学理论：面对信息时代的幽灵——兼与J·希利斯·米勒先生商榷》，载《文学评论》2002年第1期。

金惠敏认为，由于“中国化”和“国际化”间的“语境差异”，我国的文论界误读、误解和误批了《全球化时代文学研究还会继续存在吗?》一文；为此，他撰写了《趋零距离与文学的当前危机——“第二媒介时代”的文学和文学研究》一文，试图重新解读希利斯·米勒提出的理论命题。该文指出，人们没有充分注意到希利斯·米勒情感态度及其理论见解的悖论性，对于希利斯·米勒何以断言文学和文学研究走向终结的理论和根据的把握也不够深入，电信技术高度发展所带来的图像网络文化的冲击不过是表层原因。为什么发达的电信技术必然会带来文学和文学研究的危机呢？金惠敏以“距离”说为线索，试图探寻出“文学终结论”的深层根源，以解析希利斯·米勒悖论式理论命题的复杂意味，而不动声色地将“文学终结论”置换成了“文学危机论”。在他看来，文学是以“距离”为必要前提条件的，电信技术的发达，造成了人与对象之间的“趋零距离”，这才构成了对于文学和文学研究的威胁，带来了文学的危机[①]。金惠敏把“文学终结论”的理论命题还原到了国际理论语境，还原于希利斯·米勒和德里达自身的理论思路，其阐释富有理论张力和启示意义。

赖大仁也解读了希利斯·米勒的文学研究“终结论”。他认为，米勒看到了当今文学和文学研究所发生的根本性转向，即传统意义上的以语言为媒介的文学，正转变为一种越来越成为混合体的新形态，而传统的文学研究(为了文学自身的目的而展开的)研究，在全球化时代已不可避免地走向衰落，正转向混合型的文化研究。[②] 对于传统意义上的文学而言，它在本质上更依赖于距离；这里的“距离”可作两种理解：一是物理性的、时空意义上的距离，这种距离在很大程度上是从语言媒介的传达方式中产生的；二是表现在文学的内在精神的层面，即人的心灵对于生存现实的想象性超越：文学的世界是一个超离于我们生存的此岸世界之外的一个

---

① 金惠敏撰:《趋零距离与文学的当前危机——“第二媒介时代”的文学和文学研究》，载《文学评论》2004 年第 2 期。

② 赖大仁撰:《文学研究:终结还是再生？——米勒文学研究“终结论”解读》，载《学习与探索》2005 年第 3 期。

彼岸世界,正是这种距离的存在,才使文学成了我们的精神家园。“我们只有对文学的语言‘陌生化’距离与精神审美的想象超越性距离统一起来,才能形成对‘文学即距离’命题的完整理解。”正是这两种意义上的“距离”的消失,才使当前的文学存在着危机,不仅是“文学性”的危机,更是“文学质”即文学精神的危机,这实际反映了人现实生存的片面性与精神匮乏。为此,赖大仁激烈抨击了文学的图像化,把它当作当代社会生活存在的问题在文学上的彰显,视之为文学危机的根源①。不过,他同时又指出,文学及其文学研究是否走向终结,未必由某些现实条件(如电信技术)所决定,重要的是有对文学与人的生存之永恒依存关系的深刻理解,有建立在这一基础之上的坚定信念,以及与时俱进、顺时变通的开放性态度。这样就有可能使文学和文学研究绝处逢生,获得新的生机和开辟新的前景②。

金惠敏、赖大仁的观点引发了论争。管怀国认为,文学“危机论”是一个伪命题,其产生的原因,主要是因为当前文学的发展与变化,“对他们头脑中固有的、传统的、以文字阅读为主要接受方式和主要审美方式的文学的‘标准形态’形成了冲击。”事实上,文学形态的变化是伴随着生活与时代的变化的,建立在电信技术之上的文学在品质上不一定低于语码文学;“在技术面前的悲观主义是没有必要的,(危机论者)如果不是杞人忧天,也许正反映了对自己所熟悉的言说方式有可能沦为边缘化的一种恐惧。”③

单小曦指出,以上观点的论争都聚焦到了一个前提性问题:如何认识电子传媒时代文学存在的现实状况?当务之急,是对当下电子传媒时代的文学存在现实进行具体而切实的研究。他认为,随着电子传媒成了当

① 赖大仁撰:《文学“终结论”与“距离说”——兼谈当前文学的危机》,载《学术月刊》2005年第5期。

② 赖大仁撰:《文学研究:终结还是再生?——米勒文学研究“终结论”解读》,载《学习与探索》2005年第3期。

③ 管怀国撰:《文学“终结论”是一个伪命题——与赖大仁教授等商榷》,载《学术月刊》2006年第6期。

代社会权力场中的强势行动者，当代东西方社会中的权力关系和权力结构发生了分化和重组现象，这深深地影响到了文学场的存在结构和文学的实际存在状况，即西方 19 世纪中期以来形成的以“纯文学”或自主性文学观念为指导原则的精英文学生产支配大众文学生产的统一文学场走向了裂变，统一的文学场裂变之后，形成了精英文学、大众文学、网络文学等文学生产次场按照各自的生产原则和不同的价值观念各行其是、既斗争又联合、既相互独立又相互渗透的多元并存格局。基于这种文学场的裂变，今天并不存在着一种包罗各种类型、意义笼统、价值取向相同的文学，“文学终结了”“文学边缘化了”诸说都是脱离现实、缺乏具体分析的理论言述。今天的文学主题不是什么上升和下降的问题，而是在新的时代文化语境中走向转型、分化、重组，寻找新的文化定位和确认新的文化身份的问题。①

汤拥华的《文学终结论：文学理论的救赎与反思》一文以朱国华教授《文学与权力——文学合法性的批判性考察》一书为基本材料，对“文学终结论”的三个向度进行了探讨。文章认为，文学终结论所反映的与其说是文学的危机，不如说是以现代性为核心的文学理论的危机，它本身正是文学理论重建合法性的一种努力。当代文学研究的主要问题，不是如何救治文学边缘化，而是如何实现和维护文学理论自身的价值。②

我们知道，19 世纪中叶，西方的经济模式开始由商品的生产和销售为中心，渐渐转向了以信息的开发、储存、检索和发送为主导的知识经济。媒介是这场信息革命的主导力量。马歇尔·麦克卢汉指出，一切媒介都是人的感觉器官的延伸，它不仅是传统意义上的载体，更是符号、意义的生产者，它通过改变人的感知模式而改变世界：“在机械时代，我们完成了身体在空间范围内的延伸。今天，经过了一个世纪的电力技术（electric

① 单小曦：《电子传媒时代的文学场裂变——现代传媒语境中的文学存在方式》，《文艺争鸣》2006 年第 4 期。

② 汤拥华：《文学终结论：文学理论的救赎与反思》，《文艺争鸣》2008 年第 4 期。

technology)发展之后,我们的中枢神经系统又得到了延伸,以至于能拥抱全球。”①显然,媒介文化可以分为两个时期:以摄影术和电影为代表的“机械复制”时代和电子媒介时代。

我们所处的是一个高度数字化、信息化的时代。正如麦克卢汉所言,媒介是人的本质力量的对象化,是人的感性生活的总和;技术使人的一种感官延伸时,随着新技术的内化,文化的新型转换也就迅速发生。马克·波斯特指出:“信息方式促进了语言的彻底重构,这种重构把主体构建在理性自律个体的模式之外。这种人所熟知的现代主体被信息方式置换成一个多重的撒播的和去中心化的主体,并被不断质询为一种不稳定的身份。在文化层面上,这种不稳定性既带来危险又提出挑战。”②今天的人们往往将其所处的时代称之为“现代”向“后现代”的转向,其实质就是由理性向审美的转向。依据德国美学家威尔什的说法,这是一种全面的审美化进程。在这一进程中,一切都是可以虚拟的符号,都服从审美化;换言之,就是将生活本身虚拟化为艺术形式,或者根据审美原则来重新构造现实。现实在根本上就是被构造的、被虚拟的,艺术相应地也在发生变化,突破了传统的美的艺术的范围,开始进入广大的现实生活领域,即所谓的“大众时代”——一个能指优势的时代。对于这种审美化转向,很多思想家是持忧虑态度的,他们看到了审美化对人的感性的操控,即大众时代的审美攻势,针对的是大众的平均化的审美趣味(通过社会调查、民意测验、计算机数据处理之后得到的),并没有真正考虑作为大众的个体的审美要求;大众不过是被规范、定位,甚至彻底迷失自身的真实要求,其审美感悟力不但没有得到强化,反而变得麻木迟钝。而正如伊格尔顿所指出的,这种审美意味着内化的压抑把社会权利更深地植入被统治者的身体之中,成为政治控制权力得以运作的极为有效的模式;这种控制权已经

① [美]马歇尔·麦克卢汉著:《理解媒介:论人的延伸》,周宪、许钧编,商务印书馆2000年版,第20页。

② [美]马克·波斯特著:《第二媒介》,范静哗译,南京大学出版社2000年版,第83页。

逐渐落入了资本的看不见的手中，审美业已丧失了对现实的批判性。因此，哈贝马斯主张用交往理性而不是审美主义来取代现代的主体中心理性[①]。可见，大众文化不过是一种媚俗的审美文化，是一种以美的名义绞杀个体审美感悟力的文化。因此，从来没有一个时代像今天这样让艺术家们无所适从，他们无论是尽情地粉饰还是无情地批判这个时代，都意味着玩脑筋急转弯式的实验艺术的终结[②]。丹托自己后来解释说，《艺术的终结》一文的诞生是"对艺术界的颓废现象的回应"[③]，也就不难理解了。

正如斯洛文尼亚美学家阿列西·艾尔雅维奇指出的，"艺术的终结"是一个诱人的说法，如果说艺术果真终结了，那也是发生在第一世界中的现象，在第二世界和第三世界，艺术仍然具有继续生存的空间，因为这些国家并没有被现代行政管理体制完全征服[④]。事实上，在西方思想家鼓吹艺术终结的同时，中国当代艺术却正在经历空前的繁荣兴旺。彭锋指出，在克服艺术终结的恐慌中，中国传统艺术有自己独特的优势。中国艺术不强调忠实地模仿自然，而是强调忠实地捕捉和记录人对自然的生命感受。由于重视在场经验，强调艺术所体现生存经验的唯一性，中国艺术家并不担心所有的创造的可能性都已经被前辈艺术家所穷尽。多元的艺术观念、混杂的社会形态和独特的艺术传统，是中国当代艺术拒绝"终结"，并在现代文明中获得新生的重要因素[⑤]。

周小仪则研究了批评理论之兴衰与全球化资本主义的发展问题。他深刻指出，西方现代主义文学的贵族精英主义和唯美主义对资本主义的反抗无疾而终，而批评理论不再构成对资本主义体制的有效反抗，并被资本主义体制所同化。这正如伊格尔顿所敏锐指出的，西方批评理论的衰

---

① 参阅周小仪著：《唯美主义与消费文化》，北京大学出版社 2002 年版，第 238—239 页。

② 彭锋著：《美学的意蕴》，中国人民大学出版社 2000 年版，第 179—180 页。

③ Arthur C · Danto, *The Philosophical Disenfranchisement of* Art, New York: Columbia University Press 1986, p.81.

④ [斯]阿列西·艾尔雅维奇撰：《当代生活与艺术之死：第二、第三和第一世界》，载《学术月刊》2006 年第 3 期。

⑤ 彭锋撰：《艺术的终结与重生》，载《文艺研究》2007 年第 7 期。

亡不仅是由于一系列理论大师的死亡，更多的是它本身无法付诸实践，因此最终也无法回应现实的问题。批评理论在西方走向没落的时候，在大洋彼岸的中国可能命运完全不同。批评理论对中国还没有失去意义，它仍将流行，并显示生命的活力，因为它仍然为我们的生活提供解释。①

曾经一度认同“艺术终结论”的朱国华，近年来也作了一些反思。在《认识与智识：跨语境视阈下的艺术终结论》一文里，他指出，讨论艺术终结如果是可能的，那么就预设了艺术的历史以及推动历史的动力。但是如果忽视美学范畴的历史具体性，采用某种以文化资本概念包装起来的多元决定论来论证艺术终结的必然性，很可能落入到西方的叙事圈套中，并丧失对于中国艺术实践的阐释有效性。他认为，如果考虑到问题的宏观性和整体性，一般的文化社会学分析手段有其局限，因而建议参照布罗代尔的大历史观，结合于连的相关论述，对构建中西艺术观的“先验”条件进行批判性考察。从这样的视角来看，西方人的认识冲动使西方的历史成为可能，因为认识内部包含着一种反思性张力，并推动着艺术的历史发展；但是中国人重智慧，而智慧是没有历史的，因而讨论中国的艺术终结是可疑的。从传统上来看，中国艺术强调形式维度的通变，并不强调美学革命。文章指出，一个多世纪以来中国经历了巨变，中国知识界的智性结构仍然处在形成过程中，因此用认识—智识二元对立视角来把握中国文化实践有简单化之嫌，但是，预言中国艺术必将走向终结，目前还为时过早。②

这让人想起了徐复观先生的精辟论断：“艺术是反映时代、社会的。但艺术的反映，常采取两种不同的方向。一种是顺承的反映，会发生推动、助成的作用，因而它的意义，常决定于被反映的现实的意义。……中国的山水画，则是在长期专制政治的压迫，及一般士大夫的利欲熏心的现实之下，想超越向自然中去，以获得精神的自由，保持精神的纯洁，恢复生

① 周小仪撰：《批评理论之兴衰与全球化资本主义》，载《外国文学》2007年第1期。
② 朱国华撰：《认识与智识：跨语境视阈下的艺术终结论》，载《文艺研究》2008年第3期。

命的疲困,而成立的;这是反省性的反映。顺承性的反映,对现实有如火上加油。反省性的反映,则有如在炎暑中喝下一杯清凉的饮料。人类是需要火上加油性质的艺术呢?还是需要炎暑中的清凉饮料性质的艺术呢?”①

“艺术终结论”的提出并非空穴来风。西方当代文化在大众媒介的挤压下转向了边缘,加上受到基督教神学“末世论”的影响,上述许多的西方理论家从自己的情境出发,提出了“历史的终结”“意识形态的终结”“艺术的终结”“文学的终结”“文学理论死了”等诸多命题。在西方情境中,这或有其“片面的深刻”。但是,西方的文化或文学现实并不能概括全球,西方的“今天”不一定就是其他地区的“未来”。对于西方思维的“死结”,我们不能不假思索地照搬照抄。更何况,正如海德格尔所指出的:“我们太容易在消极意义上把某物的终结了解为单纯的中止,理解为没有继续发展,甚或理解为颓败和无能”②。事实上,危机往往还意味着一个发展的契机。在这样一个“糟糕的审美时代”(丹托语),在陷入黑夜的贫乏时代,作为生命意绪的传达和呈现,艺术何为?诗人何为?……根据艺术自律和他律的二重性,西方学者有两种不同的观点。第一种,以尼采、齐美尔、阿多诺、海德格尔等人为代表,他们强调艺术的独立自主性和本体性功能;第二种以马尔库塞、本雅明等人为代表,他们主要受马克思的“异化”理论、卢卡奇的“物化”思想和葛兰西的“文化霸权”观影响,强调艺术的政治化功能。无论是乌托邦式的赎救,还是文化上的感性革命,在对于现代文明和技术理性的批判上,批判精神是他们共同的倾向——这是现代知识分子最为宝贵的品格,也是我们在思索“文学终结论”时所要汲取之物。

而且,颇有意味的是,无论是“艺术终结论”还是“文学终结论”,论者几乎无一例外地把艺术或文学的命运交付给了时代。这委实是令人惊讶

① 徐复观著:《中国艺术精神》“自叙”,春风文艺出版社 1987 年版,第 7 页。

② [德]海德格尔著:《哲学的终结和思的任务》,孙周兴编:《海德格尔选集》,上海三联书店 1996 年版,第 1243 页。

的事实。因为文学艺术实际上是个人主义的专区,是人类赖以生存、社会得以进步的不可或缺的精神润滑剂。用 1987 年诺贝尔文学奖得主美国作家约瑟夫·布罗茨基的话说:“如果艺术传授什么(首先对艺术家而言),那就是人格的私人性。艺术,作为私人事业最古老、最具字面意义的形式,在一个人心中,有意无意地培育一种独特性、个人性、分离性的意识,使他从一个社会动物,转变为独立自主的‘我’。……审美选择是高度个人化的事务,审美经验总是私人经验。每一新的美学真实,使人的经验更为私人化,而这种私人性时常以文学(或其他)品位的面貌出现,能够自身成为一种抵抗奴役的形式,即使不能作为保证。……文学的价值之一,正在于它帮助个人,使其存在的时代更特殊,使其区别于前人和同辈,避免同义反复——那被尊称为‘历史牺牲’的命运。”①新康德主义思想家齐美尔指出,随着文化的现代发展,个体性这一文艺复兴的最重要成果正在被经济、科技和知识成果所压抑,金钱和效率这类非个人性的东西成为社会生活的支配性因素:“历史的发展已经达到真实的创造性文化成就与个体发展分道扬镳的时代。”②在这样一个时代,正是文学艺术有可能担当起将沉沦的个体从物化的文化氛围中解放出来的重任。1900 年,他写下了一段著名的话:“每一天,来自物质文化的财富不断增长,然而,个体的心灵却只有通过使自己不断地远离物质文化来丰富自身发展的形式和内容。”③唯美主义作家王尔德说过:“艺术是迄今为止世界所知道的最强烈的个人主义形式,我倾向于说是世人已知的惟一个人主义方式”;“个人主义是一种扰乱性和分裂性的力量。它的巨大价值就在这里。因为它要扰乱的是类型的单一,习俗的奴役,习惯的专制和由人到机器的降级”④。因此,他宣称:“一件艺术品是一种独一无二的性情的独一无二的

---

① Joseph Brodsky:*Nobel Lecture*,Translated from the Russian text by Barry Rubin,译文转引自当代文化研究网:http://www.cul-studies.com。

② [德]齐美尔著:《桥与门》,涯鸿、宇声译,生活·读书·新知三联书店 1991 年版,第 94 页。

③ 转引自周宪著:《20 世纪西方美学》,南京大学出版社 1999 年版,第 39 页。

④ 转引自张介明著:《唯美叙事:王尔德新论》,上海社会科学出版社 2005 年版,第 210 页。

结果。它的美来自于它的作者实现了自我这一事实。”[①]文学艺术是经过个人的心灵和情感的发酵最后通往一个个独立的读者，培育出一个个独立自主的人格，再作用于社会和大众的。文学终结论者的讨论只是局限于公众领域，没有看到文学自律的根据地在于具有反叛意识的个人，它处在群体文化所遮蔽的边区；正是这个滋养“个体的心灵”的自律性领域，与整体性物质文化和日常意识形态构成了互补乃至对立关系。

阿诺德·豪泽尔说得好：“热爱艺术不是一种责任，也不算一种美德，但它是一种力量和成功的考验”；“了解流行的美学价值至多只能说明一个人有着良好的教育，发现并肯定新的美学价值的能力才是一个真正的鉴赏家的本事”；“真正的艺术必定会卷入生命和人类存在的意义之类的问题的探讨，这些艺术使我们面对着‘改变我们的生活方式’的要求”[②]。“只有把艺术看成是一种尝试，一种通过人的视觉捕捉和传达出的形状、色彩和运动来理解我们存在的意义的最基本的尝试时，艺术才有意义。”[③]因此，“艺术终结论”或“文学终结论”问题的研究，实际上是一场关于艺术与历史、艺术史与人类现实世界的讨论，更是涉及人的存在的问题，其中体现了人对世界相关的精神方式。西方的艺术终结论为我们提供了一种批判的思想资源，“终结论”问题时刻提醒着我们人类自身存在的危机，关涉到人类自身的建构和创造。只要我们努力克服时代的重负，建立起人的真正尊严，绝不放弃通过艺术或文学的方式来建立对现实世界的精神联系，就不能轻言艺术或文学的死亡。

总之，从全球范围而言，无论就何种视角而言，“艺术的终结”都是一个多少有些夸大其词的“修辞性事件”。艾尔雅维奇说得好：“艺术从根本上说，不是媒介事件和现象，而是一个同每个个体、我们每个人有关的

---

① 赵武平编：《王尔德全集》第4卷，中国文学出版社2000年版，第302页。

② [匈]阿诺德·豪塞尔著：《艺术史的哲学》，陈超南、刘天华译，中国社会科学出版社1992年版，第151页、第156页、第273页。

③ [美]阿恩海姆著：《走向艺术心理学》，丁宁等译，黄河文艺出版社1990年版，第174页。

东西——不管它是不是商品,情形都是如此。”[①]尽管艺术的历史角色及其独一无二的重要性——起着社会、国家和宗教意义上的少数人的一种表现手段的作用,或如英伽登所言:艺术提供了我们在日常的工具化和消费导向的社会中所无法获取的小——似乎都荡然无存了,但是,艺术并没有死亡,也没有终结。作为人类内在精神活动的构成与体现方式,艺术是与人类的诞生及发展不断演进变化着;它为人类而存在,也必然维护着人类自身的发展。只要人类存在没有终结,艺术就不会终结。艺术始终是开放的,艺术不能终结就像哲学或者人类历史不能终结一样。套用莎士比亚十四行诗第 18 首的两句诗结束本文:只要一天有人类,或人有眼睛/艺术必将长存,并赐予我们生命。

因为,“石在,火种是不会绝的!”

三、文学阅读的意义

有人第一次到你家,发现你那极为可观的藏书。在书架上:有你多年来求之不得的书,有你出于强烈愿望冒着小雨买回的书,有你从不同图书馆里借来的书,有你向别人借到的书,有与你现在的工作相关的书,有你早已计划要看的书,有你现在不需要但某天可能会看的书,有你希望放在手边随时查阅的书,有大家都读过你也应当读过的书,有你谎称读过现在下决心一读的书,有你早已看过现在想重读的书,有你可以不看的书,有你不用看就知道内容的书,有你没读过并且肯定不会读的书——它们就静静地待在书架上,皱着眉头凝视一个个到访的客人,投来“威吓”一般的眼神……

① [斯]阿列西·艾尔雅维奇撰:《当代生活与艺术之死:第二、第三和第一世界》,载《学术月刊》2006 年第 3 期。

来人忍不住会问:“你全都读过吗?我是说,从第一个字读到最后一个字……”对于这个问题,可能有好几种不同的答案:第一种:“不。我写作时才可能读。”第二种:“我一本都没读过。不然我留着它们干吗。”第三种:“怎么可能呢,借你十辈子的时间,也不可能全部读完。”第四种:“比这还多,我所读过的,比这还多得多。”第五种:“只读了一点,其他的以后再说吧。”……

这种种回答大多让提问者感到失望,乃至沮丧。难道不是这样吗?你和这些书的“约会”,基本上是在以后,很久以后,甚至在来生……扑哧,你笑了,随口说了句:“书非借不能读也。”那你为什么收藏这么多的书呢?艾柯说得好:“这是一种知识的保证。”藏书就类似于酒徒的酒窖,没必要把里面的美酒全喝了。只要兴致好,就不时下酒窖喝干其中年份最佳的那几瓶醇香的酒。同样,书也许该这么办,把它放在一旁,等它慢慢“成熟”,总有一天会下决心看的——至少,我是这样想也是这样做的。嗯,这你是知道的。

你慢悠悠地走过这十几个书架,用目光迅速浏览了上面陈列的图书,喃喃自语:这年头,读书人和爱书人不多了,原本具有超凡感召力的书籍,基本上都从人们的视线里消失了……是啊,作为永恒知识的遗存,作为智慧思想的开启,书籍正被互联网、电影、电视、手机、平板电脑、电子游戏机和数码相机等新媒体所挤压,正逐渐丧失文化旗帜的功能,不再拥有了往日的荣光。即便是在高度专业化的大学,各种理论泛滥,文学被无限地政治化,唯独缺席的是真正的文学阅读。文学系毕业的学生除了满口的外来术语、延伸术语,除了爱说些招眼的、形而上学式的极端大话,除了看过由小说改编的影视,顶多知道些中外“文学名著”的书名。而所谓的文学教授,个体感情已被压缩成了理性的硬块,个性的棱角早被锉去磨平,文学感悟的大门紧闭着,更不用说以智慧觉照自己——至于培养出怎样的学生,也就不言而喻了。

在雨果的笔下,巴黎圣母院副主教克洛德·弗罗洛右手指着一本摊开的拉丁文《保罗书信集注》,左手指着黄昏时分的圣母院,满怀忧伤地说:“这一个将要扼杀那一个,书将要扼杀建筑。”他预言,印刷术比建筑更为可靠地记载着我们人类的记忆、经验、思想与情感,它终究要消灭教堂与建筑术。近二百年过去了,教堂与建筑术尽管仍然存活着,但却萎缩了、退化了。如今,新媒介技术又对印刷术发起了挑战,互联网、广播电视、文化产业、移动通讯的兴盛,将人类制造成为“拥挤的人群”,网络媒介和电视画面上流动的图像与文字成为最时尚的休闲。历史总是以其片面性开辟自己的前进道路。希利斯·米勒说:“印刷的书还会在长时间内维持其文化力量,但它统治的时代显然正在结束。新媒体正在日益取代它。这不是世界末日,而只是一个由新媒体统治的新世界的开始。”①

对于绝大多数人来说,阅读即使现在没有灭亡,也快走到尽头了。布鲁姆无限悲伤地宣称:“我们正在经历一个文字文化的显著衰退期”,“我们正处在一个阅读史上最糟糕的时刻,各家图书馆也难逃此劫”②。而在H·G·威尔斯的小说《昏睡百年》中,一个叫格雷厄姆的人从昏睡中惊醒,时为2200年,他发现书籍已经成了人们的废弃品,它们被影像所取代,在电视屏幕上播放,还被视为任何人都会写的粗鄙语言。周边的世界不仅没有书籍,而且拥挤得让人喘不过气来,到处都是混乱吵闹的密集人群。格雷尔姆在重压之下精神崩溃,哭着求别人把他带到小屋里单独待着……这里,有一个重要的细节:为什么书籍被视为任何人都会写的“粗鄙语言”,而成了人们的“废弃品”? 现代出版业很发达,一年大概出版几万种书籍,报纸每天印刷几十万或者几百万份,但是哪一个纸片能留存下来呢? 很难。而像《论语》这样一本书,也就一万余字,两千多年过去了,却一直流传至今! 面对由新媒体“统治”的新世界,在我看来,额手相庆或痛心疾首都并不重要,问题的关键是必须重新思考真正意义的写作和

① [美]希利斯·米勒著:《文学死了吗?》,秦立彦译,广西师范大学出版社2007年版,第17—18页。

② [美]哈罗德·布鲁姆著:《西方正典——伟大作家和不朽作品》“中文版序言”,江宁康译,译林出版社2005年版,第3页。

阅读方式。

柏拉图在《斐德若》里讲到，埃及有个古老的白鹭神叫忒伍特（Theut）发明了文字，当时的埃及王塔穆斯提醒他，有了这个发明，人们将信赖书写，不再练习记忆，“仅凭记号外在地记忆，而不再靠自身内在地回忆”；换言之，书写使人“在灵魂里善忘”（《斐德若》，275a）。在柏拉图的笔下，苏格拉底将书写分成两种：一是“农作的田间”，一是“阿多尼斯的园子”。阿多尼斯是个美少年，未成年就在狩猎时被野猪咬死。古希腊妇女们在每年仲夏时节举办阿多尼斯节，把种子埋在装着泥土的篮子、贝壳或瓦罐里，这样开出的花儿特别容易凋谢。如果说“农作的田间”是严肃的劳作或专业写作，意味着精湛的技艺，一生悬命的事业；那么，“阿多尼斯的园子”则是闲暇为之的业余写作，意味着外行的粗率，容易凋谢。“农作的田间”是真正的书写，它最终指向内部世界、指向精神存在，是智者“用知识写在习者灵魂中，它有能力卫护自己，而且懂得对谁该说、对谁该缄默”（《斐德若》，276a）；这种写在灵魂深处的文字，自然播下了不死的种子。书写有别，阅读也就有了等次。

此外，苏格拉底告诉我们，一本书并不总是适合所有的人：“一旦写成，每篇东西就以相同的方式到处传，传到懂它的人那里，也同样传到根本不适合懂它的人那里，文章并不知道自己的话该对谁说、不该对谁说。”（《斐德若》，275e）在多数情况下，“没经过教，学生们就听说了许多东西，于是，他们就会对许多自己其实根本不懂的事情发表意见，结果很难相处，因为他们得到的仅是智慧的外观，而非智慧本身”（275b）。按照苏格拉底的说法，真正的书写最终是指向内部世界的，是指向人的精神存在的。然而，在未加过滤、真伪难辨、不断增殖的信息面前，人们的“身外之物与内在的东西闹了别扭”（279c）。因此，真正的阅读是必须教才能掌握的，没有正确方法的阅读只能让人抓住智慧的外观而沾沾自喜。于是，在某个夏日的正午，苏格拉底拦住了天真的斐德若，在雅典城外伊利索斯河畔的梧桐树下，向少年斐德若传授书写的秘密，耐心地揭穿智术师吕西阿斯的欺骗本质。

几千年过去了，无论如何，我们还是不能避开苏格拉底的预言。多数人“凭借记号外在的记忆”，少数人倾心于“内在的回忆”，苏格拉底预言里的两极，如今正一一得到了验证。我们看到，在互联网碎片化、虚拟的语言盛宴中，“阿多尼斯的园子”处处绽放，“农作的田间”日渐萎缩、荒芜。与此同时，两种界限分明的阅读方式也被人们所混淆，人人都在谈论自己没有读过却几乎无所不知的书，大多数书则仿佛进入了漫长的睡眠状态。现代的“阅读危机”，使人类再次面临苏格拉底当年的忧虑。显而易见，所谓的“阅读危机”，一方面在于人们不读书，另一方面则在于不正确地读书。

法国电影界泰斗卡里埃尔的看法是正确的：阅读的关键，“不在于不惜任何代价地看或不惜任何代价地读，而在于懂得如何实践这一行为，并从中汲取基本而持久的养分”；“一本伟大的书永远活着，和我们一起成长和衰老，但从不会死去。时间滋养、修改它；那些无意义的书则从历史的一边掠过，就此消失。”①也就是说，阅读是一种个体的活动，是阅读主体通过阅读建构起一个属于自我的意义世界；借用伽达默尔的话说，是读者视域与文本视域的一种融合，是读者视域在文本的召引下不断前行、延伸、扩展的一个无限运动过程。

阅读需要理解，即进入和认同；而我们所能理解的，都是与自我有关的东西。在某种意义上，我们对书籍的兴趣，也就是对自我的兴趣。在接触、阅读一本书时，我们不是暂时地被移入文本的世界，而是我们就在其中；彼此相遇，彼此对话，一个意义世界由此生成。在阅读过程中，自我视野不断打破又不断形成，不断修正又不断扩充，不断更新又不断提升：这比从书中获取某种知识重要得多。我们认识了外部世界，更是与自我遭遇，认识了自己。

---

① ［法］卡里埃尔、［意］艾柯著：《别想摆脱书：艾柯、卡里埃尔对话录》，吴雅凌译，广西师范大学出版社2010年版，第240页、第136页。

马克思说过:“一个种的全部特性,种的类特性就在于生命活动的性质,而人的类特性就是自由的自觉活动。”[①]人是有限的、时间性的存在,时间不仅是人的生命尺度,还是人的发展空间。不确定性是人的生存的本性所在,“给不确定者以确定”(柏拉图语),则是生命永不停息的根据和生成的根据。但丁说过,在任何行动中,人的第一个意图都是揭开自己的面貌。我们每个人就是靠几次遇见自我来维持生存的,理解自我是人生永恒的需要。

自我,是一个关系性的概念,而非自主性的概念,它通过向世界呈现自己而成为自己,即获得自己的现实性。自我,又是一个聚合着各种可能性的开放结构,它接通了未来之境,是每个人倾向于成为的、可能成为的、不得不成为的存在。如果说自我是生命的具体呈现,它使人从自然存在中超拔出来,那么,自由个性则是自我的最高成果。全面性、自主性、能动性和创造性,是自由个性的内涵。人的自我实现,是在选择中得以完成的,它集中表现为对生命存在方式的选择,以及对人的最高价值的践履。

卡里埃尔说:“一本伟大的书的权威性、通俗性和现实性就在于此:我们打开书,它向我们讲述我们自己。因为我们从这一刻起真正地活着,因为我们的记忆获得补充,与书相系”;“有时是具体发现,有时却是个人发现,人人都可以实现的珍贵发现,只需在夜里拿出一本早已被遗忘的书”[②]。真正意义上的阅读,首先是“六经注我”,即自我的开启、理解和建构。在这方面,文学有着不可取代的价值,它让人进入一个通过其他方式无法得知的“可能世界”。像猎取食物般“浏览”的现代阅读者,对此已然一无所知。

人们一般喜欢阅读实用性的书籍,在他们看来,包罗万象、无所不及的文学毫无用处,它不能从政治上改善人生(这是政治家的职责),不能从技术上改善人生(这是工程师的职责),不能从医学上改善人生(这是

---

① 《马克思恩格斯全集》第42卷,人民出版社2007年版,第96页。

② [法]卡里埃尔、[意]艾柯著:《别想摆脱书:艾柯、卡里埃尔对话录》,吴雅凌译,广西师范大学出版社2010年版,第137页、第139页。

医生的职责）……文学可能不是生计甚至生存所必需，但文学的“无用”不等于“无为”。迥异于上述经世致用的书，文学呈现了形式的魅力和完美的幻象，是作家的内心独白和自我表现。如什克洛夫斯基所言，文学“只是烛照道路，但并不筑造道路”。作为人类自由天性的一种实现方式，文学搁置了各种历史或现实问题，在暗淡的曙光中审视存在。文学给人的力量，是缓慢、绵密、恒久的渗透；它让我们感受到他人的存在，认识到存在的诸多可能性，体味到生命的神秘及其价值。由此，我们沉重的肉身获得一种心灵的轻盈和洁净——这种“无用之用”是更大的“用”。因此，阅读文学所得到的精神享受和自由感，是其他东西无法替代的。一个社会一旦不再重视文学，这几乎是致命地自绝于创造并保持了人类文明精华的推动力。对于文学的这种超功利性，人们可能不以为然，而渐渐丧失阅读文学的热情，但我并不因此悲观：当他们行走在人生边上，肺在呼吸而大脑却透不过气来时，自然就会意识到阅读文学的重要性所在。

黑格尔一语中的：“艺术对于人的目的在使他在对象里寻回自我。”[①]人类之所以需要充满诗性的文学，是为了更好地理解世界——仅仅向我展现的，只是与我的具体存在有关的东西，进而认识自己，超越自己。理解文学作品的意义，就是结合我们自身的境况，将它组合进每个人的自我理解之中，通过另一种自我的可能与自我对话。明清之际的文学评点家金圣叹说，《西厢记》“盖皆我自欲写，而于古人无与”；又说：“圣叹批《西厢记》是圣叹文字，不是《西厢记》文字。”因为其“所撰古人名色，皆是我一人心头口头吞之不能，吐之不可，搔无极，醉梦恐漏，而至是终竟不得已，忽忽然巧借古人之事，以自传道其胸中若干日月以来七曲八曲之委折乎！”

一切真正的文学，都是人类自我意识最适当的表现形式。在伟大的文学作品里，存在着一条我们自己与无限之间的通途。生命的渴望，命运的无常，莫名的恐惧、焦虑和迷惘，都在其中一一展现，生命律动的洪钟不

① 转引自朱光潜著：《西方美学史》下卷，人民文学出版社1979年版，第600页。

时嗡然作响;倾听存在吐纳的各种声音,我们超越了世间悠悠万事的困扰,分明感受到了一种快乐中掺杂沮丧之缠绕的“愉悦”。

“愉悦”是文学阅读中极其重要的审美反应。意大利小说家卡尔维诺提出,阅读如同做爱,能让读者“爽”(Jouissance);他说:“性交与阅读最相似的地方莫过于它们内部都有自己的时间与空间,有别于可计量的时间与空间。”(《寒冬夜行人》)换言之,阅读和做爱都是通过节奏、运动、反复来追求高潮的过程——卡尔维诺强调的是阅读的“愉悦”。在《阅读的至乐》一书中,剑桥大学资深批评家克默德则将“愉悦”引入了文学经典讨论的范畴。他认为,一部作品能成为经典,首先必须具有美学价值,为此,它必须达到两点要求:其一是作品最终将带给读者愉悦的感觉;其二是作品一定要有新意。

在西方文学批评史上,有诸多关于“愉悦”的讨论。如,亚里士多德《诗学》认为,“愉悦”形成的原因可以是艺术唤起了悲悯和恐惧感并使之得到净化,也可以是由于作品的技巧、着色、音调、节奏等形式因素令人喜爱。柏拉图在《斐里布》(论至善或快乐)中提到,痛苦是机体内部无序的结果,使无序状态复原也就得到了愉悦;柏拉图还提到,对痛苦焦虑的恐惧本身是痛苦的,从恐惧中得到缓解或解脱的期待则是愉悦的。17 世纪英国经验论派的趣味理论认为,人具有一种特殊的趣味能力——艾迪生称之为“想象”,赫奇称之为“内在感官”,休谟称之为“人心的特殊结构”——当它对被观赏对象的某些特性起反应时,便产生了审美愉悦。康德认为,当对象的形式适应于人的心意能力,使主观心意能力可以自由、和谐的活动,因而具有“主观的合目的性”,这就形成了审美愉悦。桑塔亚纳指出,当人的感觉因素联合起来投射到物上并产生出事物的形式和本质概念时,这种感知过程本身就是愉快的。弗洛伊德认为,遵循快乐原则的本我在无法得到满足时产生了紧张感,在艺术创造和欣赏过程中,这种紧张感得以释放、缓解,使艺术家和欣赏者感到愉快。D·E·伯莱因提出“唤起变化”说,按照他的看法,唤起是和观赏者的认知冲动、探索行为相联系的,由于情感和认知互相联系,观赏者的认知活动导致了审美的愉快……

无论如何,美国学者罗伯特·奥尔特总结说:"文学给人愉悦,部分是因为它吸引我们更敏锐地去识破语言的智谋,或更深刻地去认识我们是谁,我们的世界是怎样的;这种洞察力可能是令人沮丧的,也可能是令人愉悦的,或两者都是。当然,还有其他方法来审视它们的深奥之处。不管文学的主题、心境和形式是什么,文学给人愉悦还因为在见证纯粹词语魔力的运用和对想象的建筑家式把握的时候,我们也经历着喜悦与欢愉。……当然,阅读的愉悦不纯粹是美学的,也不纯粹是文本形式特征的结果,它经常被作品里表达的价值所影响。"①

人们还发现,阅读的愉悦并不像观看电视广告,吃一块巧克力或喝雪利酒那么容易得到。"当你在阅读时,你的五觉都用了:眼睛从书页上辨视文字,耳朵听着朗读的内容,鼻子闻着纸张、黏胶、墨水、硬纸板或皮革等熟悉的气味,你的手触摸着或粗糙或柔软的纸页、平滑或坚硬的封面;甚至味觉,有时,读者会用舌头舔着手指。"②而且,"读书的特别之处在于,书籍这种媒介与电影和电视相比,具有不完美的缺陷。电影和电视所传递的图像几乎是完美的,看起来和它们要表现的东西没什么两样。印刷文字则不然。它们只是纸上的黑色标记,必须经过熟练读者的破译才能具有相应的意义。虽然熟练读者瞬间就能完成破译工作,但是把印刷文字翻译成脑海中的意象是一套令人惊讶的复杂程序。这一过程所需要的想象能力跟其他脑力活动所要求的任何能力都不同。如果阅读消亡的话,这种能力就会消失——其后果将不堪设想。因为阅读和文明是共同发展的,谁也不知道二者是否能够离开彼此独立存活下去。很显然,阅读所要求的想象力,同个人判断力以及与其他人共鸣的能力有着心理学上的联系。……电视影像的光束直射入你的大脑,你被动接受,并不需要输

---

① [英]弗兰克·克默德等著:《愉悦与变革:经典的美学》"引言",张广奎译,凤凰出版传媒集团、译林出版社2009年版,第12页。

② [加]阿尔维托·曼古埃尔著:《阅读史》,吴昌杰译,商务印书馆2002年版,第302页。

出什么。这就意味着，与读者占大多数的国家相比较，电视观众占大多数的国家基本上是不用大脑的。”①

观看一则广告就基本“不用大脑”。如，人们熟知的亨利奥香槟酒广告：“香槟一瓶，玫瑰一支。玫瑰变得红艳、含苞欲放、镜头拉近、玫瑰变大、显得肿胀；心脏的搏击声夸张地充满了大厅，加速，变得兴奋、发狂；瓶塞开始被慢慢地、不容置否地从瓶颈中拔出来，变大，贴近镜头，上面的黄铜丝绊一一蜕去；心脏撞击、撞击，玫瑰膨胀，还有瓶塞——啊！突然心跳停止，瓶塞蹦出，香槟的泡沫沿着瓶颈缓缓流下，玫瑰变得苍白并自行闭上花瓣，紧张气氛渐渐弱化。”②这是一则蕴含色情欲望的广告，它运用非理性感觉的手段即一连串的符号，象征浪漫、激情、欲望的满足，将人的幸福感同性欲的满足联结起来，最后以香槟酒来保证这一幸福感，准确无误地指向理性目的：最大化地攫取商业利润。

与这种对物欲、肉欲的无节制追求和催眠式满足不同，文学阅读的愉悦是一种情感评价，它让我们过着一种“内心生活”，洞察自身历史发展的历程，内在感受世界的生活形式，其精神向度是向“上”而不是向“下”的。1771 年 10 月 4 日，在法兰克福的莎士比亚命名日纪念会上，歌德在演讲中谈到自己读莎士比亚作品时的感受：“我初次读到他的著作的第一页后，就使我一生都属于他了；当我读完他的第一个剧本时，我好像一个生来盲目的人，由于神手一指而突然就是天光。我认识到，我极其强烈地感到我的生存得到了无限度的扩展。”③阅读莎士比亚伟大的作品，使歌德深深陶醉于内在性灵的充盈与发现。

---

① ［英］约翰·凯里著：《为什么读书？——一篇挑起争端的引言》，《阅读的至乐：20 世纪最令人快乐的书》，骆守怡译，凤凰出版传媒集团、译林出版社 2009 年版，第 2—3 页。

② ［法］让·波德里亚著：《消费社会》，刘成富、全志钢译，南京大学出版社 2000 年版，第 161 页。

③ 杨周翰编选：《莎士比亚评论汇编》上册，中国社会科学出版社 1981 年，第 289 页。

四、"用背脊读书"

英国学者特伦斯·霍克斯指出:"诗歌话语把话语的活动提到比'标准'语言更高的程度。它的目的不只是实践的,或认识的,只关注传递信息或详细描述外在的知识。诗歌语言的自我意识、自我认识是非常强烈的。"①且让我们聆听安琪的《风过喜马拉雅》:

想象一下,风过喜马拉雅,多高的风?/多强的风?想象一下翻不过喜玛拉雅的风/它的沮丧,或自得/它不奢求它所不能/它就在喜玛拉雅中部,或山脚下,游荡/一朵一朵嗅着未被冰雪覆盖的小花

居然有这种风不思上进,说它累了/说它有众多的兄弟都翻不过喜玛拉雅/至于那些翻过的风/它们最后,还是要掉到山脚下

它们将被最高处的冰雪冻死一部分/磕伤一部分/当它们掉到山脚下,它们疲惫,憔悴/一点也不像山脚下的风光鲜/亮堂

我遇到那么多的风,它们说,瞧瞧这个笨人/做梦都想翻过喜玛拉雅。②

在安琪诗歌的精神气质中,有一种类似于"巫"的东西,好似大自然之力所产生的一种神灵附体的状态。文学理论家、批评家孙绍振先生说:"读安琪的诗,像在做梦。"③是的,安琪创造了一种属于她自己的语式,一种独特的组句方式:一个句子往往由若干个放得开、看起来很松、很破碎

---

① [英]特伦斯·霍克斯著:《结构主义和符号学》,瞿铁鹏译,上海译文出版社 1987 年版,第 62—63 页。

② 安琪:《极地之境》,长江文艺出版社 2013 年版,第 157 页。

③ 见安琪:《奔跑的栅栏》"序",作家出版社 1997 年版,第 3 页。

的成分组成，貌似不规则，但让你感到自然、精炼、生动，一气呵成，绝少牵强扭曲之感。而且，安琪对诗歌节奏有非常强的控制能力，可谓收放自如。有时在一连串长句子之后，突然隔行就来一个短句或短语，造成一种令人震撼的效果，同时又不失其温润的质地。

《风过喜马拉雅》是一首卓越的诗篇，其语言艺术的形式高度，与思想体验的深度，得到了较为完美的统一。在一个世俗的时代，诗人顺从自己的本性，走向远方，去追寻、创造自己的诗意人生，孜孜于不可名状之物的寻索。诗中的"风"是一种隐喻，隐喻追求人生目标的各种人物。"喜玛拉雅"的意象，则让人联想到"苏格拉底的麦穗"。当年，苏格拉底把弟子们带到一片麦田，让弟子们到麦田里选摘出最大的麦穗，但只能往前走，不能回头，而且只能摘一支麦穗。显然，"苏格拉底的麦穗"是一种隐喻。在短暂、偶在的人生之途，何谓"最大的麦穗"？我们能遇到并将它识别、择取出来吗？"喜玛拉雅"似乎与"苏格拉底的麦穗"一样，都是遥不可及，高不可攀，或可遇不可求的。兴许一个有所追求、有所寄寓的人生，便是"最大的麦穗"？在自我寻觅、选择和坚持中，诗人细腻地区分、沉思着各种自觉行为，以及它们所企及的不同人生胜境：或踌躇满志，或知足常乐，或壮志不已。诗人以精妙的语言为媒介，通过抑扬顿挫的节奏，不断控制着读者的阅读过程，让读者反复领悟人生、精神的深邃与丰富。

诗评家邱景华对《风过喜马拉雅》作了精细而敏锐的文本分析：第一节，艳羡翻过喜玛拉雅的风（"多高"，"多强"），否定翻不过喜玛拉雅的风（"沮丧"——这是一般人的看法和见识）。第二节，肯定翻不过喜玛拉雅的风（"不奢求它所不能"的"自得"，自得其乐地"游荡"，表现了一种人生智慧）；接着，再一次否定翻不过喜玛拉雅的风（"不思上进"，满足现状的从众心态）。第三节，否定翻过喜玛拉雅的风（"疲惫"，"憔悴"），实际则肯定了翻不过喜玛拉雅的风（"光鲜""亮堂"）。第四节，否定了第三节的内容：即便是"笨人"，明知翻不过"喜玛拉雅"，还是连做梦都想翻越。

这里,“笨人”是诗人自我体认之后的自我解嘲,是饱览风景、历尽艰辛之后的自谦,更是对自我内在精神强力的认可。全诗通过不断否定的句式,构成了一种圆形的内在结构,激发内在思路的不断循环,从而引导读者不断阅读文本,并用自己的人生经验,参与文本的阐释。①

真正的诗歌总是揭示了生命所具有的某种特征。诚如邱景华所分析的,《风过喜马拉雅》抒写了人生追求可能抵达的三种境界:其一,少数能达到人生最高目标者;其二,多数只能实现一部分目标,知足常乐者;其三,把最高目标作为人生信仰,虽不能至,心向往之,奋斗不已的“笨人”。诗人对于人生的索解充满了人性的深度,表现出一个成熟的人生视野,以及宽容而博大的胸怀。因此,我从中读出了一份执著,也读出了一种淡定,而想起了哲学家弗兰克说的话:“人通常只注意到‘短暂性’所余下的残株败梗,却忽略了过往所带来的丰盈谷仓。而事实上,没有一样东西可以被毁灭,也没有一样东西可以被废除。存在过了就是一种最确实的存在。”②

在我看来,《风过喜马拉雅》这种不断开放的文本,显现了一个自我发现的过程,敞开了个体存在的各种可能性,而指引着我们参悟人生和宇宙的奥义——它让我们重温了体悟人生的重要时刻,使一时的风光霁月不致消隐得觅不着一点踪迹;它又似乎确证了“新批评”主将燕卜荪的一个诗学结论:所有的好诗都是“含混”的,“含混”就是让诗歌富有诗意的决定性因素;或是证实了燕卜荪理论的一个推论:读者欣赏诗歌的过程,实际上是他们内心形成诗歌的过程。

总之,《风过喜马拉雅》所呈现的,是安琪真切的生命体验,是生命价值超越的心灵之声,可称之为诗人的精神自画像。阅读这样的诗篇,我们的生活体验突破了狭窄的生活范围,变得无限广阔,而产生一种强烈、恒

① 邱景华撰:《精神的自画像——读安琪诗作〈风过喜马拉雅〉》,载《诗探索》(理论卷)2013年第3辑。

② [德]维克多·弗兰克英吉利:《活出意义来》,赵可式等译,生活·读书·新知三联书店1991年版,第103页。

久的愉悦——相信这首诗会不断点燃读者阅读好诗的快乐！

黑格尔称，小说是一种“关于世界的散文形式”，其中不无平淡、普通、日常、琐碎之意，更重要的是突出小说与生活世界的精神联系，表明其抵达经验的切身性，而非与普通人的疏离。表面上看，小说创造的心灵世界，有时似乎充当了社会用以自我构想的样板，感觉如同中国青花瓷上白底蓝色柳树图案一般。但是，就像布鲁姆所揭示的那样，它们无论是“忠实于我们普通的存在”，带有“存在的真相的印象主义目光”，还是“投身于幻景”，表现对“假定的现实以外的东西的饥渴”，都增进了人与人之间的理解和认同。

法国哲学家巴什拉说：“读一本小说，我们就进入了另一个生活，这生活使我们感到痛苦，感到希望及同情，但是我们却仍然带有这样复杂的印象：我们的苦恼仍然是受我们的自由所统辖，它不是根本性的。于是任何一卷使人苦恼的书都能提供一种减轻痛苦的技巧。一卷使人苦恼的书为苦恼的人提供了一种苦恼的顺势疗法，而这种疗法尤其是在经过沉思的阅读中起作用，尤其是在文学趣味所重视的阅读中生效。”①在伟大小说作品的时间、空间、人物等关系的层序渐进，因果分明的自然转化之中，我们可以体验到阅读无与伦比的愉悦，领悟到契合我们心灵的、丰沛的意义世界。

罗曼·罗兰的《约翰·克利斯朵夫》就是这样一部伟大的小说。雨果在《既然我把我的唇……》一诗写道：“现在我可以向急逝的韶光讲了：/消逝吧，不断地消逝！我将青春永葆！/你和你那些憔悴的花儿一齐消逝吧，/我心灵里有朵花儿谁也不能把它摘掉。”其实，在每个人的心中，都有这么一朵采摘不去的“花儿”，即对于实现自我本质的追求。用小说中克利斯朵夫的话说，“主要是做一个人”，“要做个够得上称为人的人”。为了“成为自己本身的主人——自由的人”②，从诞生、成长、发展，直至抵

---

① ［法］加斯东·巴什拉著：《梦想的诗学》，刘自强译，生活·读书·新知三联书店 1996 年版，第 34—35 页。

② 《马克思恩格斯全集》第 1 卷，人民出版社 2007 年版，第 443 页。

达生命的彼岸，克利斯朵夫不断地认识自我、研究自我、战胜自我，不断地认识生活、理解生活、投入并创造生活。奔走在生命的荒原之上，克利斯朵夫不甘沉沦，左冲右突，遍体鳞伤，仍苦苦追寻，勇猛精进。几经波折，克利斯朵夫在结识了奥里维之后，终于穿透时代表面的喧哗，发现了一个全新的质朴的法兰西：

> 在法国思想的高峰上，一般通体光明的心灵在幻想；克利斯朵夫从山顶上向脚下的山坡瞧去，只看见一群群英勇的人为着一种活泼泼的信仰——不管是哪种信仰——在那里奋斗，永远想攀登高峰：他们向着愚昧、疾病、贫穷，发动神圣的战争，一片真诚地致力于发明，征服光明与天空；那是科学对自然的大规模的战斗；——在山坡上比较低一些的地方，一群默默的，意志坚强的男男女女，善良而谦卑的心灵，千辛万苦才爬到半山腰，因为不能再往上，只能抱残守缺，过着平凡的生活，暗中还是非常热烈地拥抱着牺牲精神；——山脚下，在险峻的羊肠小径中，多少偏执狂的人，多少盲目的才能，为了一些抽象的思想拼命扯做一团，不知道在环绕他们的石壁之上还别有天地；本能再往下去是一带卑湿的池沼和在污泥中打滚的牲畜了。可是沿着山坡，东一处西一处地开着些艺术的鲜花，音乐发出杨梅似的清香，诗人唱着如流水如鸣禽的歌曲。①

非常有趣的是，安琪《风过喜马拉雅》一诗所呈示"心象"，竟穿越了庞大芜杂的时空，从黑字白纸间跃出颤然欲语，与这段文字的"文意"相互交响、编织、映照，交相引发，秘响旁通：基于雷蒙·威廉姆斯所言社会的"感觉结构"，在指涉人们可能抵达的若干人生境界上，二者何其相似乃尔！在罗曼·罗兰的笔下，有这么几类音乐家：其一，缺乏自由，善于扯

① ［法］罗曼·罗兰著：《约翰·克利斯朵夫》第3册，傅雷译，人民文学出版社1987年版，第139—140页。

谎,偏执攀比,作品几乎都是“做”出来的“御用乐师”,他们位于艺术高峰的“山脚下”;其二,意志坚定,默默耕耘,但心有余而力不足的音乐家,他们位于艺术高峰的“山坡”;其三,历经数次脱胎换骨,清静恬适,返濮归真的音乐大师——如莫扎特、贝多芬等,他们位于艺术高峰的“巅顶”。在《约翰·克利斯朵夫》卷七初版序中,罗曼·罗兰写道:

> 我觉得约翰·克利斯朵夫的生命像一条河;……那条河在某些地段似乎睡着了,只映出周围的田野跟天色。但它照旧在那里流动,变化;有时这种表面上的静止隐藏着一道湍急的激流,猛烈的气势要以后遇到阻碍时才会显出来。……等到这条河积累了长时期的力量,把两岸的思想吸收了以后,它将继续它的行程——向江洋大海进发,向我们大家归宿的地方进发。①

克利斯朵夫的姓氏“克拉夫特”(Kraft),有着明确的德语含义:“力”。这“力”是生命本质的象征,是克利斯朵夫的灵魂。创造彰显了人的无限性与主体性,唯有创造的生灵才是生灵。音乐便是克利斯朵夫创造的中心,是他存在价值的一种确认。正是音乐使克利斯朵夫生命的每一阶段都富有意义,包括他的少年得志,他的莽撞、苦闷的青年,他的激情迸发的壮年,他的精神纯净的暮年……当然,抵达各自不同艺境的人生,也都是富有意义的——罗曼·罗兰明确说过:“每个生命的方式是自然界一种力的方式。”

最让人无法忘怀的,还有小说的一个“小人物”,他就是克利斯朵夫的舅舅高脱弗烈特。这是一个其貌不扬、为人谦让的云游小贩,他对克利斯朵夫的精神历程产生了深远的影响。高脱弗烈特经常带着小克利斯朵夫去散步,给他唱一些动听的小调,和他谈论星辰、云彩,“教他辨别泥土、

---

① [法]罗曼·罗兰著:《约翰·克利斯朵夫》第3册,傅雷译,人民文学出版社1987年版,第103页。

空气和水的气息，辨别在黑暗中飞舞蠕动、跳跃浮动的万物的歌声、叫声、响声，告诉他晴雨的先兆，夜间的交响乐中数不清的乐器”。在高脱弗烈特的引导之下，小克利斯朵夫在大自然中听到了“上帝的音乐”。出生音乐之家的小克利斯朵夫，在父亲的严格训练下，很快成了远近闻名的音乐“神童”。高脱弗烈特对他说：“你想编些歌，为的要做个大人物；你想做个大人物，为的要编些歌。你倒像一条狗追着自己的尾巴打圈儿。”

时光流逝，克利斯朵夫长大了。祖父、父亲先后辞世，青年克利斯朵夫饱经世俗的冷眼，爱情、事业都失败了。在所有生活的大门向他关闭之后，他万念俱灰，借酒浇愁，自甘沉沦，滑向了父亲走过的危险之路。有天晚上，当他摇摇晃晃地从酒店出来时，遇到了舅舅高脱弗烈特。舅舅盯着他，坚持叫他“曼希沃”（他父亲的名字），克利斯朵夫被激醒了。清晨，舅舅把他带到了曼希沃的墓地，他倾诉道：“舅舅，怎么办呢？我有志愿，我奋斗，可是过了一年，仍旧跟以前一样。不！连守住原位也办不到！我退步了。我没有出息，没有出息！我把自己的生命蹉跎了，许的愿都没做到！……”高脱弗烈特慈悲地对他说：“孩子，这还不是最后一次呢。人是不能要怎么就怎么的。志愿和生活根本是两件事。别难过了。最要紧是不要灰心，继续抱住志愿，继续活下去。其余的就不由我们作主了。”高脱弗烈特开导他说：

> 你得对着这新来的日子抱着虔敬的心。别想什么一年十年以后的事。你得想到今天。……先过了今天再说。对每一天都得抱着虔诚的态度。得爱它，尊敬它，尤其不能污辱它，妨害它的发荣滋长。便是像今天这样灰暗愁闷的日子，你也得爱。你不用焦心。你先看着。现在是冬天，一切都睡着。将来大地会醒过来的。你只要跟大地一样，像它那样的有耐性就是了。你得虔诚，你得等待。如果你是好的，一切都会顺当的。如果你不行，如果你是弱者，如果你不成功，你还是应当快乐。因为那表示你不能再进一步。干吗你要抱更多的

希望呢？干吗为了你做不到的事悲伤呢？一个人应当做他能做的事……(Als ich kann)竭尽所能。[1]

“噢！那太少了，”克利斯朵夫皱着眉头说。高脱弗烈特很亲热地笑了：“你说太少，可是大家就没做到这一点。你骄傲，你要做英雄，所以你只会做出些傻事……英雄！我可不大弄得清什么叫做英雄，可是照我想，英雄就是做他能做的事，而平常人就做不到这一点。”“啊，”克利斯朵夫叹了口气，“那末生活还有什么意思呢？简直是多余的了。可是有些人说‘愿即是能！’……”高脱弗烈特又温和地笑了起来：“真的吗？那末，孩子，他们一定是些说谎大家。要不然他们根本没有多大志愿……”舅舅拖着疲乏的步子走下了山冈，克利斯朵夫望着舅舅的背影，反复念着：“竭尽所能(Als ich kann)。”他笑着想：“对……竭尽所能……能够做到这一步也不错。”他向着城中回头走。小说描写道：

冰冻的雪在脚下格格的响。冬天尖利的寒风，在山岗上把赤裸的枯枝吹得发抖。他的脸也被吹得通红，皮肤热辣辣的，血流得很快。山岗底下，红色的屋顶迎着寒冷而明亮的阳光微笑。空气凛冽。冰冻的土地精神抖擞的好似非常快乐。克利斯朵夫的心也和它一样。他想：

“我也会醒过来的。”

他眼中还含着泪。他用手背抹掉了，望着沉在水雾中间的旭日，笑了出来，大有雪意的云被狂风吹着，在城上飘过。他对乌云耸了耸鼻子表示满不在乎。冰冷的风在那里吹啸……

“吹吧，吹吧！随你把我怎么办吧！把我带走吧！……我知道我

---

① ［法］罗曼·罗兰著：《约翰·克利斯朵夫》第1册，傅雷译，人民文学出版社1987年版，第389—390页。

要到哪儿去。”[①]

高脱弗烈特唤醒了克利斯朵夫身上潜在的原动力和生命力，使他走出了失败的颓丧，失恋的迷茫和价值观的困惑。不久，舅舅悄无声息地去世了，但他还不时出现在克利斯朵夫的心理意识里。克利斯朵夫与莫苔斯塔去舅舅的墓地祭扫，回忆起舅舅的好处，想到他给别人带去的安详和宁静，对生命的意义又有所顿悟。实际上，贯穿克利斯朵夫整个人生旅程的，就是对舅舅坚忍、谦抑、向善人生观念的理解和思悟。

晚年克利斯朵夫隐居在瑞士的一个山村，他的作品由早年的风雷激荡，转向了和谐恬静，并获得了极大成功，誉满欧洲——连原来处处和他作对的人也都捧他了。静观人世扰攘，回首自强不息的一生，这位音乐大师进入到了“清明高远”的境界：一切对立归于统一，一切矛盾归于和谐；整个宇宙和人类社会是在时间上无始无终，在空间上无边无际，本质上趋于和谐的实体。弥留之际，克利斯朵夫轻轻哼着自己创作的音乐：“我曾经奋斗，曾经痛苦，曾经流浪，曾经创造。让我在你的怀抱中歇一歇吧。有一天，我将为新的战斗而再生！”克利斯朵夫接近死亡时，脑子里出现的最后幻象是：他背着一个孩子，这孩子用小手抓着巨人额上的一绺头发，一直说：“向前走，向前走……”克利斯朵夫对孩子说：“咱们到了！唉，你多重啊！孩子，你究竟是谁呢？”这个孩子说：“我是即将来到的日子。”

《约翰·克利斯朵夫》史诗般展现了一个平凡而伟大生命波澜壮阔的一生，是千万生灵的一面“镜子”。这让人想起了小说卷首的题词：“献给各国的受苦、奋斗、而必战必胜的自由灵魂！”1915年，瑞典文学院授予罗曼·罗兰诺贝尔文学奖，以表彰“他文学作品中的高尚理想和他在描绘各种不同类型人物时所具有的同情和对真理的热爱”。

可笑的是，有人说，《约翰·克利斯朵夫》是在为贝多芬作传，这种

---

① ［法］罗曼·罗兰著：《约翰·克利斯朵夫》第1册，傅雷译，人民文学出版社1987年版，第390—391页。

“胶柱鼓瑟”式的解读完全辱没了小说艺术。还有人说，克利斯朵夫是个人奋斗和资产阶级人道主义的典型，是个人精神反抗的“悲剧性英雄”，甚至认为小说客观上提出了改造社会的问题——对于这种墨守成规的“政治批评”，我们大可置之不理。

文学的“无用之用”是一种大用，它通过自我意识的生成而让人成为真正意义上的人。心灵的自我对话是文学阅读最为根本的特质所在。在自我理解的阅读过程中，我们超越了时空的藩篱，将幻想溶于生活，又将现实化为梦境，使沉重、浑浊的肉身变得轻盈、洁净，充分体会到生活是有趣的，生命是美好的，人生是有价值的——这是一种难以言传的愉悦！因此，我比较赞同布鲁姆的观点：“审美只是个人的而非社会的关切”，“个体的极大自我是理解审美价值的唯一方法和全部标准”①。

向伟大作品致敬的方式就是阅读，我们由此走向生命，走向了人生的深处。我记得很清楚，初读《约翰·克利斯朵夫》是在1989年，第二次阅读则是在1993年。在我生活陷入极度困顿，精神近乎崩溃的不同时刻，萦绕我耳畔的是一句朴素至极的话语：“竭尽所能，这就够了！”在阅读这部伟大的作品时，我感觉自己和克利斯朵夫一道品尝生活的酸甜苦辣，经历种种奇特的生活情境和遭遇，反复思考现实的、可能的存在向度；于是，心里自然产生一种“自拔与更新”的力量，以抵御、抗衡各种匪夷所思之力量的袭扰，而对生命有更深入的领悟，对生活有更多一份热爱。

毫不夸张地说，在已然流逝的那些日子里，《约翰·克利斯朵夫》是一个指示迷途的灯塔，它成了我人生考验中的良伴和向导，引导我泅渡人生激流，重新找到生命的理想，找到生活的坐标。我深信：凡向往生命自由者，都会视克利斯朵夫为同道，都会在克利斯朵夫身上找到自我的影子，并汲取其奋斗不息的精神力量。古教堂门前圣者克利斯朵夫像下之拉丁文铭文云：“当你见到克利斯朵夫的面容之日，是你将死而不死于恶

---

① [美]哈罗德·布鲁姆著：《西方正典——伟大作家和不朽作品》“中文版序言”，江宁康译，译林出版社2005年版，第12页、第16页。

死之日。”

法国著名的传记作家安德烈·莫洛亚在《艺术与生活》里，通过一场书店主人同顾客间的一次对话，形象地向我们呈现了这一幕：一位顾客来到书店，表示自己“想找这样一本书，它同时既是消遣，又是教科书；它帮助我飞快地度过阴雨的星期天，同时阅读它又不是荒废时间”。书店主人的直接反映便是“您要的是一部小说”①。事实证明，“正是从小说中，我们才能找到赋予自己存在的意义的普遍公式。在我们的生命里，我们总在找一个与我们的来源有关的故事，让我们知道自己如何出生，又为何活着。”②由此，我们不难理解海德格尔何以将艺术比作一条通往意义圣地的“林中路”。

那么，怎样才能领略到文学阅读的愉悦呢？俄裔美籍小说家纳博科夫提出：“心灵，脑筋，敏感的脊椎骨，这些才是看书时候真正用得着的东西。”又说：“虽然读书时用的是头脑，可真正领略艺术带来的欣悦的部位却在两块肩胛骨之间。可以相当肯定地说，那背脊的微微震颤是人类发展纯艺术、纯科学的过程中所达到的最高的情感宣泄形式。让我们崇拜自己的脊椎和脊椎的兴奋吧。让我们为自己是脊椎动物而感到骄傲吧，因为我们本来就是头部燃着圣火的脊椎动物。人脑只是脊柱的延续，就像烛心穿过整根蜡烛一样。要是消受不了那种震颤，欣赏不了文学，还是趁早罢休，回过来看我们的滑稽新闻、录相和每周的畅销书吧。”③

在纳博科夫看来，用“脊椎骨”去领略作品美带来的快感，就是重视阅读活动中的审美体验，即依赖于身体内部的“化学反应”，对美进行非逻辑演绎的直觉把握。面对伟大的文学作品，一个优秀的、成熟的、思维活跃的读者，两只眼左右移动，一行接一行，一页接一页，自由穿梭于不同

① [法]安德烈·莫洛亚著：《艺术与生活》，郑冰梅译，上海三联书店 1989 年版，第 189 页。

② [意]安贝尔·艾柯著：《悠悠小说林》，俞冰夏译，生活·读书·新知三联书店 2005 年版，第 149 页。

③ [美]纳博科夫著：《文学讲稿》，申慧辉等译，生活·读书·新知三联书店 1991 年版，第 23 页、第 98 页。

的时间空间；当他看书看到两遍、三遍、四遍时，就能将全书一览无遗，然后动用自己所有的感官、天分、记忆、想象和情感，细细品味文本的各个细部，细致解析文本的结构和风格，便真正接触、领会了其中最有兴味的内容。纳博科夫说，只要"在读者作者双方心灵之间形成一种艺术上的和谐平衡关系"，就可以"尽情享受，无妨声泪俱下，感情激越地享受伟大作品的真谛所在"①。苏珊·桑塔格的建议是正确的，我们应摈弃干枯的理性主义阐释，学会去更多地看，更多地听，更多地感觉。

当"界面"代替"纸面"，"图说"代替"言说"，文学似乎日暮途穷了。然而，媒介学家麦克卢汉说，诗歌小说在大众传媒的洪流里边，就像一些几乎被淹没的孤立小岛，但谁又知道它们最终不是我们温暖的一小块绿洲呢？

你还犹豫什么呢？

——用背脊读书吧！

五、"菲洛克忒忒斯的神弓"

法国著名文学批评家蒂博代指出，"没有对批评的批评就没有批评"，没有批评的批评，批评本身就会停止或者死亡。

按照韦勒克的考证，在希腊文中，"批评"的词意为"判断者"，与文本和词义的阐释相关。在古希腊，如亚里士多德所言，"批评乃是一个有文化的公民的日常活动"。到了中世纪，"文法家""批评家"和"语言学家"是可以互换的词，指的都是弘扬文化的人。17 世纪，"批评"的涵义有所扩大，囊括了传统所称的"诗学"或"修辞学"的文学理论。20 世纪以降，

---

① ［美］纳博科夫著：《文学讲稿》，申慧辉等译，生活·读书·新知三联书店 1991 年版，第 24 页。

“批评”则成了整个世界观甚至哲学体系一类的东西。无论如何，鉴别、判断、分析和阐释，即“辨彰清浊，掎摭利病”（钟嵘语），始终是“批评”的应有之义。

文学批评，主要是解释和评论文学作品，即解说文学作品，纠正读者的鉴赏情趣，促进对文学的欣赏和理解。明代袁无涯刻本《水浒传》卷首云：“书尚评点，以能通作者之意，开览者之心也。……今于一部之旨趣，一回之警策，一句一字之精神，无不拈出……如按曲谱而中节，针铜人而中穴，笔头有舌有眼，使人可见可闻，斯评点所最可贵者。[①]”T·S·艾略特也说：“批评活动只有在艺术家的劳动中，与艺术家的创作相结合才能获得它最高的、真正的实现。”然而，“我们大部分批评家的工作是在制造混乱；是在调和、掩盖、降低、拼凑、粉饰，调配安适的止痛剂”[②]。

文学批评是作品和读者之间的纽带，文学批评家则应是架设在作者和读者之间的桥梁的设计师和建筑者。批评家的这种角色和作用，让人想起了古希腊神话里菲洛克忒忒斯的故事。戏剧家索福克勒斯根据神话故事，曾创作了悲剧《菲洛克忒忒斯》，其剧情是：

赫拉克勒斯在临死前把百发百中的神弓和毒箭传给了儿子菲洛克忒忒斯。特洛伊战争爆发后，作为希腊有名的神射手，菲洛克忒忒斯义无反顾地参加了战斗。在去特洛伊的路途中，菲洛克忒忒斯在一个岛上发现了一个被废弃的神坛。因为冒犯了神灵，他被一只毒蛇咬伤，伤口感染造成一只脚残疾，脚患处发出的恶臭使他成了令人生厌的累赘。跟菲洛克忒忒斯一道的，还有阿喀琉斯的儿子涅俄普托勒摩斯和奥德修斯，他们把菲洛克忒忒斯遗弃在一个叫作雷姆诺斯的荒岛上，偷偷离去。

特洛伊屡攻不克，胜负难决的时刻，预言家卡尔卡斯透露天机：只要菲洛克忒忒斯还没有带来赫拉克勒斯的神箭，希腊人就无法攻克特洛伊

---

① 袁无涯刻本《出像评点忠义水浒全传》“发凡”，引自《水浒传会评本》，北京大学出版社 1981 年版，第 31 页。

② ［英］T·S·艾略特著：《艾略特诗学文集》，王恩衷编译，国际文化出版公司 1989 年版，第 68 页、第 63 页。

城。万般无奈之下,奥德修斯派涅俄普托勒摩斯返回雷姆诺斯岛,试图从菲洛克忒忒斯手中骗取神箭。

涅俄普托勒摩斯没有莽撞行事,他非常理解和同情菲洛克忒忒斯的处境。涅俄普托勒摩斯和颜悦色地劝说菲洛克忒忒斯与自己一道前往战场,与此同时,已成神祇的赫拉克勒斯也劝说儿子,最终说服菲洛克忒忒斯相信到了特洛伊前线其脚疾方可痊愈。到了特洛伊城下,菲洛克忒忒斯果然治好了毒伤,和涅俄普托勒摩斯并肩作战,披荆斩棘。菲洛克忒忒斯用神箭射杀了帕里斯,为希腊军最终攻克特洛伊立下了汗马功劳。

埃德蒙·威尔逊(Edmund Wilson)是美国20世纪最重要的文学和社会批评家之一,曾被韦勒克誉为"一代文豪,一位首席社会批评家"。威尔逊著作等身,重要的有《阿克瑟尔的城堡》《三重思想家》《创伤与神弓》《承认的冲击》《爱国者之血:美国内战文学研究》《死海古卷》《俄国之窗》《向易洛魁人致歉》等。这些独特、庞杂而丰富的论著,记录了威尔逊对美国文化各个层面的思考,而在美国文学史、文化史上树立了一个"标高"。威尔逊在中年时读到索福克勒斯的这部悲剧,从涅俄普托勒摩斯这个调解人身上得到灵感,体悟到了文学批评家的角色和所担当的职责。

在威尔逊眼中,菲洛克忒忒斯与艺术家无异:有着超人技艺,具备特殊气质和天赋,芸芸众生需要这个技艺而崇敬他,却又无法理解其身体或精神的痛苦。菲洛克忒忒斯手中的神弓,代表了艺术家的天赋和抱负,而发挥其天赋实现抱负的过程是艰苦的:冒犯神灵遭毒蛇咬,体现了艺术家的先知先觉,及其与所生存时代的冲突。菲洛克忒忒斯那令人嫌弃的脚疾,象征着艺术家不为人理解的敏感和痛苦,正是它使艺术家和普通大众之间产生隔阂,成了艺术家实现理想的障碍。荒凉的雷姆诺斯岛,则形象表现了艺术家自我流放的姿态。

奥德修斯是个讲实用的人,既粗鄙又精明,满脑子只想着怎样骗取菲洛克忒忒斯手中的神弓,或是干脆直接绑架过来,不管他的脚有无伤病。

只有涅俄普托勒摩斯明白应该怎么做,他对菲洛克忒忒斯的理解与同情阻止了欺骗的行为,并清醒地认识到:锐不可当的神弓离开了菲洛克忒忒斯便毫无用处。这里,涅俄普托勒摩斯充当的是说服者的角色,他冒着事业失败的危险,与菲洛克忒忒斯惺惺相惜,最终化解其固执,并治愈其脚疾。

菲洛克忒忒斯(艺术家)和神弓(天赋)是实现最终理想的必要条件,如果没有涅俄普托勒摩斯的调解和努力,艺术家不可能重新回归群体,施展其天赋以实现梦想。正如菲洛克忒忒斯代表着原型艺术家一样,涅俄普托勒摩斯成了原型批评家角色的恰当意象。至于试图巧取豪夺神弓,置菲洛克忒忒斯个人情感于不顾的奥德修斯,则代表了艺术和艺术批评中的功利主义,它对艺术的自私"利用"势必忽视、漠视乃至扼杀艺术的个性创造——这绝非批评家所应具有的操守。

威尔逊运用菲洛克忒忒斯的神话诠释了批评家在文本、作家和读者之间的关系和相互作用,并重新界定了批评家的职责和文学批评的作用①。那么,批评家应该怎样充当好涅俄普托勒摩斯的角色呢?

首先,批评家是艺术家的同情者,必须破译造成艺术家痛苦的根源,从而结束他们心灵的囚禁状态,使他们走近、回归到社会群体。作为文学个体和社会群体之间的纽带,文学批评家就得要有同情心和文学想象力,才能和艺术家站在同一个层面上来考察和理解作品,因为批评的起点或源头正是对艺术的热爱和虔敬。这样,才能从作品呈现的内容中发现艺术家所未说出的,从"无"中看出"有",从"有"中察觉"无",达到批评家和艺术家之间惺惺相惜的默契。

其次,批评家充当的是中介调停人的角色,调解艺术家个体和社会群体之间的矛盾,搭建艺术家和读者之间的沟通平台,将一般读者所排斥和不解的,超乎人们视野和智识范围的晦涩艰深的艺术作品,成功引领到普通读者的视野和关注之中。作为艺术家和读者之间的中介,批评家的任

① 参阅邵珊、季海宏著:《埃德蒙·威尔逊》,译林出版社2013年版,第46—49页。

务是实现二者的彼此沟通，而不是拉大或间离他们之间的距离。

基督教初期最伟大的使徒之一——保罗说“如今常存的有信，有望，有爱；这三样，其中最大的是爱”，并将“爱”视为“最妙的道”（《新约·歌林多全书》第 13 章）。正是靠着这种爱的话语，保罗才折服了当时哲学化的希腊人。同样，一个批评家只有像涅俄普托勒摩斯一样，有足够的爱心和信心，才能对文学世界有细致、深入的感受与理解，才能识别优劣，分辨一流与二流。否则，便如威尔逊所言，“我们就谈不上写文学批评了，我们所写的不过是通过文本所反映出的社会和政治历史，或者是过去时代中的心理案例史，或者如果仅从最简单和学术的形式理解历史批评的话，不过是给那些已出版的书籍写编年史……①”

T·S·艾略特指出，现代批评发展到了这样一种程度，即必须根据不同学科的一个或几个来考虑文学问题，与十九世纪相比，严肃的批评现在是为不同的、范围更小的对象而写作。他说：“现代批评的弱点是否正是不明确批评的目的所在？它能带来什么样的利益，以及谁能得到它所带来的利益？它的丰富性和多样性本身或许遮蔽了它的最终目的。”②对于那种发源于批评介入学术，以及学术介入批评的解释根源的批评（如传记批评），T·S·艾略特是持批评态度的，因为这种批评把解释当作理解，而解释只是理解的必要的准备而已：有时，解释使我们的注意力完全偏离了作品本身，而不是把我们引向理解；有时，就是不经过解释，我们也能理解某些作品。

的确，每一代人都有自己独特的鉴赏情趣，每一代人也都做出了自己的文学批评，并以自己的方式来利用文学。然而，文学批评在变化之中总有不变的存在，就像雨果笔下的巴黎圣母院，三百多年过去了，“尽管外面是千变万化，可是它的内心还是古典的”。T·S·艾略特提醒我们说，批

① Edmund Wilson, *The Triple Thinkers; Twelve Essays on Literary Subjects*, Farrar, Straus and Giror, 1976, p.267. 转引自邵珊、季海宏著：《埃德蒙·威尔逊》，译林出版社 293 年版，第 66 页。

② ［英］T·S·艾略特著：《艾略特诗学文集》，王恩衷编译，国际文化出版公司 1989 年版，第 288 页。

评是存在限度的,“如果沿着某一方向突破这些限度,文学批评就不再具有文学性;而沿着另外一个方向突破它们,文学批评也就不再成其为批评”①。

现代世界在科学和良知、知识和信仰、占有和存在之间徘徊不定,左右摇摆;理想似已沦为一堆陈词滥调,信仰则蜕变为市民周末的仪式与老妇手中的香柱。赫胥黎形象地说,或许有一天,我们睡在软绵绵的大床上,而心灵却被压在底下,就像莎士比亚《奥塞罗》中的女主角德斯底蒙被“勒杀”一样。正如人们所感慨的,历史仿佛得了产后抑郁症,现在是只有生活,没有历史了;历史“终结”了,人类的龙种激昂了两个世纪,跳蚤的子孙却只管打理微博和微信,“按揭”各自的一生……

时光流逝,难道留下的仅是一角残梦?不!“世界在人身上分崩离析,唯有诗人才将它加以统一”(里尔克语)。1921年10月19日,卡夫卡在日记里写道:“无论什么人,只要你在活着的时候应付不了生活,就应该用一只手挡开点笼罩着你的命运的绝望……但同时,你可以用另一只手草草记下你在废墟中看到的一切,因为你和别人看到的不同,而且更多;总之,你在自己的有生之年已经死了,但你却是真正的获救者。”

文学既不是生活的“描红”或“佐料”,也不是生活的“安乐椅”或“按摩榻”,其生命在于质疑、冒险和拯救。奥威尔说得好,文学世界不是在“别处”的理想彼岸,而是与我们息息相关的人性和生活的“气息”,是“为了将来或者过去,为了一个思想自由、人与人之间各不相同并不再孤独的时代——为了一个有真理存在、历史不能被改写的时代”(《一九八四》)。

为此,作家既要忠于自己对世界的内心感悟,遵从自己作为一个个体对人生对社会的理解,又要挑战所处时代的陈规陋习,抵制各种空心的文化(如情色文化、美容文化、时尚文化等),通过创造“真实的谎言”,提升对社会现象的思考质量,重新确立价值的支撑点,赋予人的生命和生活以

---

① [英]T·S·艾略特著:《艾略特诗学文集》,王恩衷编译,国际文化出版公司1989年版,第286页。

价值和意义。简言之，优秀作家的领域是一个无限广阔的“可能世界”，他将古今中外一切人类的精神财富尽收眼底，引领人们向人性更高层次的自由不断攀升。

萨特宣告：“一切文学作品都是一种呼吁，写作就是向读者呼吁，请求他把我通过语言方式所作的揭示化作客观存在。”（《什么是文学》）艺术亦然。英国小说家 E·M·福斯特在小说《霍华德山庄》第五章描写了一场贝多芬第五交响曲的演奏会，写到当贝多芬的音乐以最后震撼的音响压倒一切时，一个激动的女主角伸出了手好像要去抓住音乐一样。贝多芬那充满辉煌乐段的胜利的终曲，对她而言，已不仅仅是从听觉联系到视觉，而是激动的躯体产生了从听觉向触觉的沟通，将空灵的音乐变成了可触摸的坚实的物体。这就是艺术神奇的力量。

面对文学所提供的图景，批评家不能不沉思：文学抒情、叙事、修辞及文类背后隐藏着怎样的统一观念？文学与外部世界存在哪些具体的历史关联？文学想象力的内在情结、文学叙事的驱动力源自何处？文学的演进、发展提出了什么命题？在既定的文化结构中，文学有何特定的坐标、意义和价值？它形塑了一个怎样的主体？其存在多大程度上决定了未来世界的面貌？……所有这些问题的核心是：应该怎么生活？什么是有价值的生活。自由表达个人与世界的对话，揭示困境，打破神话，批评家和作家在这些方面是一致的。

伟大的作品是深刻的感觉创造出来的，而深刻的感觉的形成则有赖于一个时代的整体氛围。在这方面，文学批评负有不可推卸的责任。作家通过文学语言所表达的是非私人的，是对人类具有相当普遍意义的精神感悟；文学语言不是通常意义上的语言，即一般的物质媒介，而是本身就具有精神性的富于魅力的表达。一个完整的文学界是由作家和批评家构成的，文学批评是文学活动的反思性部分，它解说作品中的人生启示，提升作家的艺术敏感度——没有反思的文学活动是残缺的。

与中国当代文学之贫困密切相关的，是与之“对应”或“对称”的文学批评的严重匮乏。换言之,当代批评家的精神能量水平和优秀作家或作品的能量水平不相应,彼此难以保持共振,因此,文学批评既跟不上文学创作的步伐,也提不出多少中肯的意见或看法。

有批评家曾这样描述自己的工作:首先是"资料见底",即穷搜冥索,搜集、整理、甄别、归纳所有材料;其次是借助一定的理论把材料重新装置、分配、知识化;最后是在材料和理论的合理配置中提出自己的一些观点和看法。显然,史料、逻辑、理论优先,其次才是评论者的主体意识。

这是职业批评最为典型的套路,它注重的是判断、分档、解释,对几千年的文学追根溯源,寻找线索,在历史比较中给一个作家、一部作品恰当的定位。职业批评家总是将作品看作某种观念的实现,而运用一整套批评术语和批评方法,建构一个观念的、联系的、智力的世界。至于鲜活的文学作品及其所展示的可能世界,对于职业批评家来说,不过是一种媒介或材料。

由于不是用经验而是用"思想"去理解作品,批评家仅是一个知识论意义上的研究者,而不是文学世界的一个介入者、行动者。没有了审美经验,真正的文学发现和艺术感悟影踪全无。文章格式规范得不能再规范,注释和参考文献也一大堆,各种舶来的概念、术语搬运自如,问题却岿然不动。实际上,批评作品犹如与人相交,用的不仅是"智",更是"心"。没有"日进前而不御,遥闻声而相思"的慧心,没有"作者得于心,览者会以意"的契合,职业批评自然难以做到惬心贵当。

司空见惯的"批评"谈论起文学作品(无论传统的还是先锋的),就像是谈论起政治社会运动,描述到文学史就像在描写政治社会运动史,对所谓社会性的传统和变革大发宏论,或是微不足道的感受的评论。至于那种"为王前驱""奉旨申斥"的文学批评则更是等而下之了,它对最为根本的文学自身的意义,基本上是"隔靴搔痒"或不予涉及。

赵汀阳称这些文学批评为典型的"文人式"评论。作为极具中国特色的身份,"文人"有时亦称"知识分子",其实只意味着一种趣味。"文人"与任何一个行业的人都格格不入，他可能也做些艺术、哲学、历史之类的研究，却不成为艺术家、文学家、哲学家或历史学家；他总是特别有感觉，对什么都想说几句，尽管往往不伦不类。

真正的文学家、艺术家、哲学家不是文人，而是文化行业的实践者，即爱默生《美国学者》中说的"世界的眼睛"，一个完整的人，一个思想着的人，一个行动的人。只有行动着的人才可能从历史走向未来。正如当代希腊诗人埃利蒂斯所言："诗歌是一个充满革命力量的纯洁源泉。我的使命就是要将这些力量引入一个我们理智所不能接受的世界，并且通过更迭、不断的变形，使这个世界与我的梦产生和谐……从理想主义出发，我将步入一个迄今未被触摸的世界。"①

理解来自介入，批评则来自对理解的分析。赵汀阳指出："解释是观看一个作品时的一个积极活动，但解释总是以一种现象学理解为前提的，在现象学理解中，艺术品已经完整地呈现，也就是说，一个艺术品所试图展示的可能世界已经展现，观众接受的是一种艺术世界而决不是一些原材料。"严格意义上的文学批评，应是"存在论"水平的理解所进行的理论活动，它介入到一个文学的可能世界，就像我们介入到现实世界中去经验现实世界一样；批评家介入到文学世界经验着它的存在，自然消弭了理论与作品之间的隔阂。赵汀阳还指出，鉴别文学批评有一个简单标准：如果一个评论是描述性的，那么它是对作品的报道；如果是解释性的，那么它是文学批评的辅助性评论；如果是分析性的，那么，它是学术性的文学批评②。

伫立在插满各种路标的十字路口，伟大的文学批评家往往是一个思想家，他"朝抵抗力最大的路径走"（朱光潜语），内心淡定、从容，能顷刻洞悉现实生活中正在发生的深刻变化，锐利地揭示文学作品中虚假、陈旧、落后的观念，鼓励、激活、凸显其中在真实性上有所突破的隐秘观念，

---

① ［希］埃利蒂斯著：《光明的对称》，《理所当然》，刘瑞洪译，译林出版社2008年版，第130页。

② 参阅赵汀阳著：《谁去批评画面》，见刘小枫等著：《流亡与栖居》，北京燕山出版社1995年版，第98—104页。

做到既理解文本的深层意义，又理解自我和历史的道路，将作家以精金碎玉般语言构建的可能世界"化作客观存在"，营造出一个丹纳所言的"时代精神"，有效推动社会结构的变革和文明的发展。

在《学问的生命与生命的学问》一书中，傅伟勋说："无论如何，文学（以及古典音乐）直至今日始终是我透过'学问的生命'层次的真正嗜好，为了文学（与音乐）的自家享受，我可以不出门、不远游、不交际，也不会感到孤寂无聊。"显然，傅伟勋在文学与音乐中找到了贴近自己灵魂的方式，或者说，文学（音乐）已成了驻足心灵深处的"绦虫"，而气定神闲地"开启世界"。心蕴优雅，自然瞬绽光华，锻造出了"生命的学问"。

清代文学批评家袁枚《程绵庄诗说序》云："作诗者以诗传，说诗者以说传。传者传其说之是，而不必尽合于作者也。"将批评家擢升至与作家同等的地位，这一"石破天惊"之论绝非空穴来风。

中国评点派的杰出代表，如李贽、金圣叹、张竹坡、毛宗岗、脂砚斋等，没有单纯地在伟大文学家身后亦步亦趋，追踪他们光辉的足迹，搜集、整理他们的遗产，而是穿越语言的重重屏障，"将自己眼光直射千百年上，与当日古人提笔一刹那倾精神融成水乳"（金圣叹《杜诗解》），积极介入到作品所展示的可能世界，将其深层意义一一呈现。这些评点家富有创造精神，都是李渔所言"浅处见才"的"文章高手"；他们的评点杰作"晰毛辨发，穷幽晰微，无复有遗议于其间"，"能令千古才人心死"（《闲情偶寄》）。经过评点家的截读、节读、删改、廓清眉目、订正文字、指点筋节甚至"腰斩"之后，《水浒传》《金瓶梅》《三国演义》《红楼梦》等巨著以"评点本"流行于世，历久不衰，常读常新——小说评点不啻是批评分析，更是一种美学创造。批评家俨然成了作家，这是中国文学批评史上的奇迹！

遗憾的是，这种用心灵阅读、给文字带来生命的文学批评家已经不多了。原因很简单，大部分批评家手中并没有"菲洛克忒忒斯的神弓"。伏尔泰说："长期以来我们有九位缪斯。健康的批评是第十位缪斯。"可如今批评这位缪斯衰老了，成了神庙门前一个年老色衰的看门人，备受九位姐姐的嘲笑和奚落。

新时期以来,学界强调作家艺术家的主体意识和主体性作用。无疑,这是中国文学艺术界的一大觉醒,一大进步。但是,有些论著往往离开了作为艺术活动主体的作家艺术家的人格品位,抽象谈论主体的意识及其作用,以为只要突出了它,就能有真正完美的艺术产生。殊不知,“从根本的意义上说,人的、艺术的主体性都不是、也不能成为最终的归属点,它必须超越自我,向着永恒的超验价值敞开,然而,中国现时代的文艺却从根本上缺乏这一根本性的精神质素和灵魂呼唤”①;由于没有更进一步打破自我从而确立存在的真理和超验的价值,精神的进程也就中断,自我主义趋于空虚、阴冷、浮躁和低劣,充满了兽性和放纵的疯狂。

20 世纪 80 年代末、90 年代初,知识和思想开始退出公共领域,中国“知识分子的安身立命之处不再是庙堂或广场,而是有自己的岗位,即自己的专业领域”②,知识本来所具有的超越性被切断了,不再向社会提供现实意义。无论是作家还是批评家,大都没有了自己的思想、趣味和语言。随着文学批评转向学院范围之后,当代文学批评逐渐演变成为各种方法论和可用科学方法予以验证的公式。

当知识分子走向职业化、学院化,蜕变为专家、学者和职业工作者之后,“社会良知”或“公共关怀”渐行渐远,文学批评成了无关痛痒的“学问”或纯粹的知识生产。个人化、私人化、时尚化的批评话语,通过“语言狂欢”的表演制造各种热门话题,以运用眼睛远大于通过心灵所得的“真实”投合大众趣味。

于是,“经典通胀”的“伪批评”铺天盖地,如同铺天盖地而来的雾霾;它们制造各种荣景假象,掩饰尖锐的现实问题,漠视人之为人的尊严与价值。在幻象丛生的文化地形图上,文学批评面影模糊、暧昧,由于从不揭示现代人的精神本质,从不出示自身对生存和艺术的切己体验,从不朗现

---

① 高全喜著:《论艺术的真诚》,见刘小枫等著:《流亡与栖居》,北京燕山出版社 1995 年版,第 63 页。

② 许纪霖编:《公共性与公共知识分子》,江苏人民出版社 2003 年版,第 34 页。

作用于人之灵魂的意义图像,人们不禁感叹:“批评家已死。”

对于中国当代文学批评而言,首先应当“治疗”的是对象化、实用化的职业批评。在职业批评家眼里,只有“禾”与“莠”在一个田地齐生共长的景致。这种“不置可否”的批评,不是用经验而是用理论去理解作品,根本没有审美经验可言;它基本上是失效的,既不能“通作者之意”,亦不能“开览者之心”。这种粗劣的、小里小气的文学批评,通常充当了“抬轿子”的角色,与上述“文人式”评论无异。

毋庸讳言,由于缺乏一种活跃的知识分子生活,当下职业批评大行其道,比比皆是。除了生产过剩的、正确的“废话”,它基本上无助于精神切实的生长。职业批评貌似专业性参与、理论性反馈,实际上不过是“以学究之陋解诗”(王夫之语),给作品贴上毫无实质意义的理论标签,使批评沦为智力操作游戏。由于说不到点子上,说不到作家的痛处,不懂作家写作中的难处何在,这种批评往往不利于文学的创造。阎连科说:“我读批评家的论文,最渴望的是从那些论文中让我领悟我的小说在今后写作中有哪些可能性;我写小说时,每次面对他们指导的那种可能性去实践,却都表现出了无能或无力,仿佛每次努力都是走错了门。”①

英国当代诗人戴·刘易斯说,从外界而来的批评总是有些令人生畏,因为它让人觉得不着边际:作家写完一部作品,然后进入新的体验之中,准备写下一部作品;当批评家仍对他的上一部作品喋喋不休时,作家的感觉是茫然不知所对。一部作品的完成,它的创造者仿佛如梦初醒一般,有一种突然而来的惊诧:“这么精妙的作品会是我写出来的吗?”

文学创作从来不源于理论思考,并超前于理论思考,其最本质的东西就是这种“清风自来”的新鲜感,而这恰恰是一般批评家所未能进入的境界:他们往往把或许也曾感受到的这种得之不易的新鲜感置之脑后,其所看重的只是文学史的知识和材料而已。创作与批评之间就是这样存在着巨大的无形鸿沟。

---

① 阎连科撰:《作家与批评家》,载《当代作家评论》2009年第1期。

1947年,美国哈佛大学召开了一次国际性的音乐学术研讨会,特意邀请E·M·福斯特与会,并作了题为《批评存在的理由》的演讲。E·M·福斯特探讨了音乐批评对于作曲家和普通听众的作用,指出音乐的评论能刺激我们的感官,使它变得更为敏锐,从而发现被我们所忽略了的音乐中的美。此外,它还可以纠正我们听音乐时流于肤浅,或满足于停留在仅见其华丽的表面,从理论上澄清、强化我们的感受。

E·M·福斯特引述了戴·刘易斯的观点后,语重心长地说:自己怎么努力也无法弥补创作与批评之间所存在的鸿沟,如果一定要的话,那就是爱心,对艺术的爱心;爱心,是走向音乐历程的最不可少的精神支柱。的确,艺术的赏识见解不必完全一致,但都需要共同的追求之心,即所谓嘤嘤其鸣,求其友声。对于艺术人们应怀有必要的崇敬和热爱,这是最为重要的。

在E·M·福斯特看来,通过音乐批评,爱心得到了净化和提炼,被赋予了更加充分的价值。难道不是这样吗?好的音乐评论,素朴而真诚,它将以音乐之心感受到的传递给别人,让别人受到启发,养成纯正的艺术趣味,进而做到拥有创造性的理解能力。

艺术是精神性的,它不是供人换取功名利禄的“职业”。传闻郎朗五岁就立志要当世界级钢琴大师,傅聪认为这并不足取。在他看来,学琴的出发点并非要成为世界级大师。走向音乐的是爱心,形成独特的音乐感受力的也是爱心。傅聪说:“假如学琴的人不具备对音乐那种‘没有它就不能活’的爱,最好还是不要学音乐。学艺术一定要出自对精神境界的追求,有‘大爱之心’,要愿意一辈子不计成败地献身。……假如有这样一个出发点,即使孩子不能成为一个专业的音乐家,可是他有一个精神世界让他神游,这也是一种莫大的幸福。”①

同样,文学批评也不是一门“职业”,而是一项满怀“爱心”与“理解”的工作。只有对自己、对他人内心最深处从未受到触动的思想进行拷问

---

① 转引自鲲西著:《听音小札》,广西师范大学出版社2005年版,第118—119页。

和追索，批评才能达到与作品的“神交”。我骨子里特别不喜欢那些情感冷淡、硬化、僵化，尽显揶揄、挖苦、讥讽之能事的批评文字。伏尔泰曾调侃说，有些人成为职业批评家，正像人们为了检查送往市场的猪是否有病而设立专门检查猪舌头的人一样；在文学的猪舌头检查者眼里，没有一个健康的作家。这些文学的“猪舌检查者”，以艺术真理的占有者自居，“谁红跟谁急”，党同伐异，唯见戾气而已。其实，这种苛求“完美”的批评不过是琐屑的表现，除了向读者灌输一堆陈旧或僵硬的观念，并没能真正培养、提升读者的鉴赏力。

金圣叹的批评一针见血：“若果知得金针，何妨与我略度？”（《读第六才子书法》）倘若这些批评家手中果有“金针”，何不多“栽花”，少“种刺”？或者说，在剪除“恶草”的同时，多浇灌些“佳花”呢？冷漠，是文学艺术最大的敌人。跟菲洛克忒忒斯神话里的奥德修斯一样，这些批评家压根儿就没有认识到：对于艺术，爱和理解才是超乎一切所应拥有的心。

如果一个批评家没有了对艺术的真挚同情和情感投入，那么艺术作品所饱含的情感又怎么能被传达出来呢？批评文字怎么能调动人们内心的情感，给人以美的启迪呢？这正如在菲洛克忒忒斯的神话里，如果涅俄普托勒摩斯对菲洛克忒忒斯没有情感的投入，他又如何能够赢得菲洛克忒忒斯的信任，而完成他的光荣使命呢？威尔逊说：“若不深入了解，进入作家的世界，掌握他基本的直觉，在他感性的活动中发觉他言论的奥秘冲动等情怀，人们将无法树立一种有价值的评论，而那种有价值的评论乃是集合剖析与友谊而汇聚成一种透视的努力。以诚实的代价而获得智慧是件奇妙的锻炼工夫。”①

维特根斯坦对流俗评论的讥讽切中时弊：假设一首曲子有毛病，仅仅指出它不好听，这是观众式的评论；如果指出它在什么地方有毛病，可能作什么样的修改，这则是专家式批评。维特根斯坦把反思和分析看作是

① [美]埃德蒙·威尔逊著：《到芬兰车站》“推荐序”，刘森尧译，广西师范大学出版社2014年版，第3页。

一种“治疗”,这十分准确生动。理想的批评是一种内行的批评,它“进驻到文学的内部,犹如一位制造胸像的雕塑家把他的精神,即手的指导——灵魂——置于他正在制作的头像里,置于他的模特的有生命力的身体深处”①。

对于同时代人的批评,尤其需要一种活跃的、敏锐的、精深的鉴赏力,T·S·艾略特说:“我最为感激的批评家是这样的批评家,他们能让我去看我过去从未看到过的东西,或者只是用被偏见蒙蔽着的眼睛去看的西,他们让我直接面对这种东西,然后让我独自一人去进一步处理它。在这之后,我必须依靠我自己的感受力、智力以及发现智慧的能力。”②这是一个伟大诗人的肺腑之言。它提示我们:真正的文学反思,能揭示一个作品存在的问题,能理解作品所展现的可能世界及其构造方式的美学意义和思想价值,并深入阐明这一作品对文学本身发展的影响。

伟大的批评家往往一无依傍,完全出自对文学的敏感而发掘、培育出一批作家。如,别林斯基就敏锐发掘了普希金、克雷洛夫、格里鲍耶多夫、果戈理、赫尔岑、冈察洛夫、屠格涅夫、涅克拉索夫和陀思妥耶夫斯基等作家,对他们的作品予以热情的评论,及时地总结其经验和成就,对俄国文学的发展起到了至关重要的指导性作用。渐行渐远,已经很难找到了。

威尔逊批评家既具备专业素养,又有独立思想和现实情怀。他禀有钱锺书所谓的“衡文具眼,迈辈流之上,得风会之先”;“识英雄于风尘草泽之中,相骐骥于牝牡骊黄以外,而能于艺事之全体大用,高瞩周览,症结所在,谈言微中,俟诸后世,其论不刊”③的远见卓识;不仅能够进入自己所喜爱作家的内心深处,而且以极具前瞻性的慧眼,使人们意识到这些作家的重要性,大大缩小了高雅文学和普通读者之间的距离。

---

① [法]蒂博代著:《六说文学批评》,赵坚译,生活·读书·新知三联书店 2002 年版,第 108 页。

② [英]T·S·艾略特著:《艾略特诗学文集》,王恩衷编译,国际文化出版公司 1989 年版,第 300 页。

③ 钱锺书著:《管锥编》第 4 册,中华书局 1979 年版,第 1446 页。

当年T·S·艾略特的《荒原》刚在《日晷》上发表，尚未出版带有注释的单行本，威尔逊就写了美国第一篇关于《荒原》的评论，给予高度评价。当美国人对于欧洲的现代主义文学和作家，如叶芝、瓦莱里、普鲁斯特、乔伊斯、斯泰因、兰波等，还在争论或根本不予理会时，威尔逊就对《追忆似水年华》《尤利西斯》等做了精妙、清晰的分析。无数有名或无名的作家因为威尔逊的评论而声誉鹊起，经他提携的海明威、菲茨杰拉德、T·S·艾略特、乔伊斯等人更是成为20世纪的文学巨星。这有力印证了钱锺书的灼见："谈艺之特识先觉，策勋初非一途。或于艺事之弘纲要指，未免人云亦云，而能于历世或并世所视为碌碌众伍之作者中，悟稀赏独，拔某家而出之；一经标举，物议佥同，别好创见浸成通尚定论。"①

文学批评一定是源于批评家内心之爱的激情，一定是批评家在作品里找到了某种贴心贴肉的东西，一定是"恋人絮语"般的有效沟通、交流。以是之故，优秀的批评家总会发现一个自己难以绕开的作家。如，果戈理之于别林斯基，波德莱尔之于本雅明，荷尔德林之于海德格尔，鲁迅之于竹内好，陀思妥耶夫斯基之于巴赫金，村上春树之于小森阳一……这些作家的文字韵韵入肌，别具兴味，扣住了批评家血肉中最为敏感的神经，又向外迸发出了颇具深度的理论思考。

我们所需要的，正是这种能与创作相对称、相媲美，与作家展开富于张力的对话，掷地有声、特具穿透力的批评家。重读埃德蒙·威尔逊，或可"治疗"文学批评之弊并昭示其未来。

谁是埃德蒙·威尔逊？什么"城堡"？还有什么"车站"？……估计很多文学教授尤其是年轻一代的学者已不甚了了。

威尔逊曾是纵横美国文坛半个世纪的头号批评家，但他从不自命为文学批评家。他远离理论和学院，称自己是作家和新闻记者，或者说是"文学记者"。威尔逊先后在《名利场》《新共和》《纽约客》《纽约书评》和《党派评论》等著名杂志做专栏作家。他既关注文学问题，也关心社会问

① 钱锺书著：《管锥编》第4册，中华书局1979年版，第1446页。

题，广泛涉及文学、政治、历史、哲学等各个学科，还出版过小说、诗歌，甚至考古报告。

凭借深厚的积淀和睿智，威尔逊的文章透彻、优雅，总是给读者以文学的审美享受。由于始终保持批判性思维，其评论又常发挥着社会良心的作用。诗人夏皮罗（Karl Shapiro）说："威尔逊的评论成就在于他把文学与人类生存的图景结合为一，从抽象分析家手中盗取文学之火。他可能是现代评论家里唯一可以无私、博学而又勤恳地把我们这一代的科学、社会、美学与创作灵感带回大众的注视之中的人。"①在《威尔辽画像》一文，利昂·埃代尔（Leon Edel）则盛赞他"以真挚的人道精神和杰出的新闻文体，丰富了美国的政治、文化与社会生活，超越时代和地理局限向世界发言"②。以是之故，威尔逊在美国知识界至今仍然是一个令人敬畏的存在。

福楼拜在一封信中说道：一个创造性的艺术家不仅具有丰富的想象力，他还需集思想家、批评家和社会诊断医师为一身，才具备对付某个特定时代的问题的能力。威尔逊借用福楼拜"三维思想家"的理念，表达了自己对艺术家和批评家的诠释。在他看来，艺术家仅有"艺术"这一维度是不够的，他的精神世界还应该是多维度的，包括对社会意识形态、历史、哲学、心理等多方面的观照。

威尔逊提出，批评家仅仅是批评家也是不够的，他应该首先是艺术家，善于创作诗歌、小说、戏剧，才能真正对艺术创作者及其作品产生真挚的同情，才能把作品中最真实的信息传递给读者。威尔逊认为，文学批评"是观察人类意念与想象如何被环境塑造的一种历史"③。为此，批评家不仅需要敏锐的历史意识和科学的研究能力，更需要丰富的想象力，使批

---

① [美]埃德蒙·威尔逊著：《阿克瑟尔的城堡》"代译序"，黄念欣译，江苏教育出版社2006年版，第5页。

② 转引自赵一凡撰：《埃德蒙·威尔逊的俄国之恋》，载《读书》1987年第4期。

③ Edmund Wilson, *Axel's Castle: A Study in the Imaginative Literature of* 1870 - 1930. Charles Scribner's Sons, 1969, head page.

评活动成为艺术的再创造,并向文化和文明递进。

威尔逊对文学批评家的要求应该成为一种共识。T·S·艾略特自道:“诗人具有除诗之外的其他兴趣——否则他们的诗将非常空乏:他们之所以是诗人,只是因为他们的主要兴趣在于精化他们的经验和他们的思想(而体验和思考意味着具有除诗之外的种种兴趣)——在于把他们的经验和思想转化为诗。”批评家的工作,主要是帮助读者欣赏和理解,应该具有与诗人同样广阔的兴趣面或完备的知识结构,“因为文学批评家并不仅仅是一个只了解他批评的作家所必须遵循的规则的技巧专家:批评家必须是一个全面的人,一个有信仰有原则的人,还必须具有生活知识和生活经验”①。

如果一个文学批评家除了“文学”之外,不对任何别的东西怀有兴趣,那么,他的文学只会是一个纯粹的抽象物,而不可能告诉我们多少东西。在知识高度专业化的现代社会中,以“三维思想家”的理念衡量今日之批评家,很不令人乐观。这造成了我们的批评与当代作家的创作极“不对称”。

威尔逊坚信艺术能给混乱的生活和人们盲目的冲动以意义和方向,坚信人文精神是文学批评之根本,是文学批评的生命所在。在《三重思想家》里,威尔逊将以往的人文传统归结为:“相信人之为人已经获得的高贵与美丽,崇敬作为这一进程之记录的文学。”因此,批评本身不是目的,不断超越文学,触及文化,接通与生活的联系,发现生命的意义,解答生活中的困惑,并重塑生活才是文学批评的宗旨,推动整个美国的进步则是其终极目的。

威尔逊说:“在我看来,我们所有的知识活动,不管它发生在哪一个领域,都是试图给我们的经验以意义,也就是说,使生活更为可行;因为只有明白了事物才能使我们更易生存,运筹帷幄。”对他而言,“语言和文学代

---

① [英]T·S·艾略特英吉利:《艾略特诗学文集》,王恩衷编译,国际文化出版公司1989年版,第299页。

表着人类从未间断的获取思想的斗争过程，这些思想一旦付诸行动就会渐进地构成文明的进步”。因此，批评家一方面“要阐明那些伟大的艺术家和思想家的作品”①，另一方面，还必须超越文学的范围而上升到文化批评的层面，完成公众服务，指导公众意识的使命。这里，威尔逊启示我们：回归生活、回归现实是文学及其批评的归宿和崇高责任。

威尔逊坚持认为，文学批评是对一个民族文明发展轨迹的综合把握，这种综合是指文学批评的诗性、社会性和公共性的统一。只有这样，文学批评才能保持长久的生命力，才能富有成效地完成诠释文本、触动公众和服务社会的使命。因此，威尔逊总是巨细靡遗地“通读”作家的作品，以自己真诚、犀利的批评，追寻、呼应着美国文学史上的每一次脉动——发掘、整理和研究美国的文学传统，贯穿了威尔逊的所有批评著作。

譬如，《承认的冲击》将美国文学开创以来的经典作品置于创作者之间“互评”的语境，把文学作品还原为历史实践，历历在目地呈现了美国文明创建以来所面临的各种文化问题和困惑。又如，《爱国者之血》则以文学的手法描绘出了美国内战的大量史料（包括传记、报道、言谈、小说、人物等），诗性地表现了历史的存在，并将历史中具体的经验和教训提升为对整个人类和人性的普遍认识②。

在《埃德蒙·威尔逊在牛津》一文里，以赛亚·伯林称威尔逊是约翰逊、圣佩夫、别林斯基、马修·阿诺德传统的最后一位重要评论家，“他的目标和实践是为了在一个更大的社会和文化框架中考察文学作品——这个框架包含着对作者人格、目标、社会和个人根源，周围的道德、知识和政治环境，以及作者眼界的性质等方面的专注、犀利、直截了当、发人深思的观点——也是为了将作者、作品及其复杂的背景呈现为一个错综的整体。”③

威尔逊的魅力正来自他对文学和生活的理解、热爱和洞察，这成为支

① 参阅邵珊、季海宏著：《埃德蒙·威尔逊》，译林出版社2013年版，第29页、第32页。

② 参阅邵珊、季海宏著：《埃德蒙·威尔逊》，译林出版社2013年版，第14页。

③ ［英］以赛亚·伯林著：《个人印象》，林振义、王洁译，译林出版社2013年版，第176页。

持他终生从事批评的坚韧的精神力量。他说:“无论在历史、哲学还是诗歌上,人类每一次心智的胜利都给我们一种深深的满足:我们的混乱之痛被治愈了,那些难以理解的事件给我们的重负也被解脱了。”(《文学的历史解释》)①威尔逊的文学批评所传达的正是这种“解脱”所带来的快乐。从威尔逊身上,我们仿佛呼吸到了20世纪美国绵长浓厚的人文气息。

1955年,美国文学艺术学会授予威尔逊罕见的随笔与批评金奖时,批评家范·维克·布鲁克斯称威尔逊是仅有的几个可以称得上是“作家的批评家”,他代表了“一种行将消失的类型,一个文学界的自由人”②。

作为“作家的批评家”,威尔逊的文学批评即蒂博代所称道的:“醉心于某一作家的批评,像画家构思一幅肖像画一样地建设这位作家形象的批评,要想进行有效的工作,只有把自己置身于作家的时间经历之中,跟踪他自己对自己的循序渐进的创造,并用一条线索把他所完成的不同的形象与他的生活、作品、影响和作用的不同时期联系在一起。批评只有努力同一种创造运动的延续过程相吻合才能进行真正的建设。”③

比起内心既聋且哑的职业批评,“作家的批评”首先是一种理解和同情的行为,自然要中肯、高明得多。蒂博代认为,其中“贮存着批评的灵魂,一种在职业不可避免的自然规律中经常遭遇死亡或麻木的危险的灵魂”;他说:“批评真正的高级职能不在于从事这种职业本身,而在于放弃那些毫无价值的作品,在于不仅要理解杰作,而且要理解这些杰作里面自由的创造冲动所包含的年轻和新生的东西,这是比理解杰作本身更难的。”④

T·S·艾略特指出,在作家的创作过程中,实际上有大部分的工

---

① Dabney, Lewis M., *Edmund Wilson.A Lifein Literature*, New York: Farrar Straus and Girous, 2005, p. 115.

② Sherman Paud, *Edmund Wilson: A Study of Literature Vocation in Our Time*, Vniversity of Illinois Press, 1965, p.1.

③ [法]蒂博代著:《六说文学批评》,赵坚译,生活·读书·新知三联书店2002年版,第194页。

④ [法]蒂博代著:《六说文学批评》,赵坚译,生活·读书·新知三联书店2002年版,第127页、第126—127页。

作——如提炼、综合、组织、剔除、修饰、检验等——既是创作又是批评的活动；特别是那些受过训练、有技巧的作家，由于具备丰富的创作实践经验，熟谙个中甘苦，他们对自己创作所做的批评，侧重于与创作之间的会合，更能直接切中艺术的本质[1]。

大作家如狄德罗、歌德、莎士比亚、夏多布里昂、雨果、波德莱尔、T·S·艾略特、纳博科夫、海明威、米兰·昆德拉等都是一流的批评家，在批评上可以和最有名的文学教授相媲美。中国当代作家，如王蒙、王安忆、莫言、格非、阎连科等，也在谈话录、回忆录、书信集或专题论文里，留下了许多不逊色于职业批评家的批评文字。

如果说职业批评将读者引出文本、进入文本之外的世界，作家的批评则竭力将读者导入文本之内。即便是“操千曲而后晓声，观千剑而后识器”的职业批评家，如布鲁克斯面对作品发出这样的感叹：“我们不知道不同诗人写诗的方法；我们以为某处是经过呕心沥血的结果，其实这个地方很可能是和该诗其它部分同样自然流露。”[2]而有着切身创作体验和丰富实践积累的作家，则能准确号脉出“呕心沥血的结果”与“自然流露的部分”，能发现职业批评家忽略或无法觉察的东西。譬如，纳博科夫能把《荒凉山庄》起始第一段所描绘的大雾、泥淖，从语言上与威风凛凛的大法官、大律师的名字联系起来，把文本中俯拾皆是的双关语、俏皮话、文字游戏等一一发掘出来，巧妙而传神地让读者体悟到贯穿全书的乌烟瘴气的昏暗氛围[3]。

威尔逊也以其“文学记者”的敏锐、简洁、优美的笔触，对当下的文学图景作了准确的判断和深刻的阐释。他非常执著地以文学性作为衡量作品的尺度，同时也追求文学批评所蕴含的文学性。威尔逊将“清晰、流畅

---

① ［英］T·S·艾略特著：《艾略特诗学文集》，王恩衷编译，国际文化出版公司1989年版，第67页。

② ［美］布鲁克斯著：《赤体婴儿和雄伟的外衣》，见冯黎明等编：《当代西方文艺批评主潮》，湖南人民出版社1987年版，第90页。

③ ［美］纳博科夫著：《文学讲稿》，申慧辉等译，生活·读书·新知三联书店1991年版，第97—184页。

和说服力”看作文学批评写作的最高境界，因为只有这样才能将渗透在文学批评中的价值观向更广泛的公众辐射。以赛亚·伯林说，他写的每一个句子都充满真正的思想和感觉，令人难以忘怀。“他把自己的血写进了自己的书。”

譬如，威尔逊这样描述早期象征主义诗人科比埃尔：

> 他是一位船长之子，父亲也曾写过不少航海故事。他在良好的教育环境中成长，但后来成为逃犯。他在巴黎终日沉睡，夜晚就流连于咖啡馆或者埋头写诗，然后在晨曦中向从巴黎车站或酒店出来的妓女问好。……他既忧郁而又满脑子狂想，满口怨言与低俗笑话，常常穿着囚犯的衣服以自娱，还为了抗议农村合唱团的扰人歌声而向窗外开枪。有一次他到访罗马，身穿晚礼服，头戴主教帽子，额上画着一双眼睛，牵着一头系着丝带的猪招摇过市。①

这种文学批评的文学叙述，把历史人物拉近到我们面前，赋予其立体的生命形象，激发了我们去进一步认识象征主义诗歌及其诗人。以艺术的方式来评论艺术问题，让我们再次想起俄国形式主义者什克洛夫斯基的忠告：“诗是需要分析的，但要像诗人那样来分析，不要失去诗的气息。”②

又如，威尔逊从整体上把握并在细节上解剖了《追忆似水年华》后，在结语部分这样评述普鲁斯特：

> 普鲁斯特可能是最后一位研究资本主义文化的历史学家，其作品中的爱情、社会、知性、外交、文学和艺术皆令人心碎。而这位有着忧愁而动人的声线、哲学家的头脑、萨拉森人的钩鼻、不合身的礼服

① [美]埃德蒙·威尔逊著：《阿克瑟尔的城堡》，黄念欣译，江苏教育出版社2006年版，第71—72页。

② [苏]维·什克洛夫斯基著：《散文理论》，刘宗次译，百花洲文艺出版社1994年版，第91页。

和仿似苍蝇复眼一样看透一切的大眼睛的细小男子，主导着场景，扮演着大宅里最后的主人的角色。①

威尔逊以文学性的语言和俯瞰世界的目光，并联结作家的生存及精神状态，准确捕捉了作品的灵魂与精髓。我们从中看到了威尔逊的文学作品对普鲁斯特生命与个性的珍视、同情与体察，品味到了作品所提供的历史与文化的省思，以及批评家渗透其中的巨大热情和爱。这是灵魂对灵魂的接近，精神对精神的拥抱，“作家的批评家”的精神特质呼之欲出。透过这些高屋建瓴的文字，我们洞悉了作品和艺术家本身，而这不正是文学批评的初衷吗？再返观我们那些侃侃而谈，却没有任何灵魂质地和精神气息的批评，真是令人无地自容、羞愧难当。

威尔逊以自己文学的一生勾勒出了美国文明的轨迹，阅读威尔逊的文学批评的过程就是了解美国文化的过程。因此，有人形象地把他比作“最后一个文艺复兴时代的战士”②。小说家菲茨杰拉德称他为“我们这一代人的文学良心”；《纽约时报》则评价说：“如果美国文明存在的话，是威尔逊先生把它展现给我们的，而他自己又是其中一个重要的部分。”③这是对一个伟大批评家最高的认可和赞誉，也是我们对未来中国文学批评家的期望所在！

六、“明天将出现什么样的词”

挟文化体制改革之风、新媒介革命之潮、文化全球化之波，中国未来

---

① [美]埃德蒙·威尔逊著：《阿克瑟尔的城堡》，黄念欣译，江苏教育出版社2006年版，第135页。

② Lewis M.Dabney, *Edmund Wilson: A Life in Literature*, Farrar, Straus and Giroux, 2005, flap.

③ Ibid, p.519.

的文学载体从书籍、报刊这些传统的纸媒扩展到了光盘、网络、手机、电子书、平板电脑等新媒介,被改编成了影视、动漫、网游,成为视听文化的内容或"脚本"。随着实体出版、无线阅读、流行音乐、报刊、影视、动漫、广告、平面设计、电视、电台、游戏、旅游等相关产业的携手共进,作家、策划人、出版人、文字编辑、销售商的串联重组,一大批实力雄厚的大型出版集团已然形成,共同打造出一个中国制造的创意产业的文化产业链。

于是,文学由原来的"事业"变身为"产业",从上层建筑蜕变为经济基础,艺术价值转化为商业价值,成为国民经济的又一个增长点,成为"大国崛起"、"跨越式发展"以及提升国家"文化软实力"的标志。文学界红红火火,热闹非凡,作家、创作团队、文学杂志、学术刊物都被型塑为具有生产力、可衍生各种产品的商业品牌,这些品牌经验具有波德里亚说的"符号价值",承载着消费者对品牌的体验(experience)①,它们经由"文化商人"在资本市场中公然交易,"符号经济"欣欣向荣。

随着文学生产机制完成转型,"作者"或"作家"的地位和身份发生了重大变化,他们不再继续拥有从前那种绝对优势的精神地位:写作已然"祛魅"为公共性事件的"手艺活",而不再是神性的或天才的事业;人人都可以参与其中,都可能成为一个"作家",一个与他人平等的"主体间性"中的"主体"。在"文化产业"的盛宴背后,至少有300万以上的签约写手,可能超过了中国职业军人的总数。他们以每天三至五万字的速度书写,是名副其实的"码字匠",当中真正具备文学写作能力者寥寥无几;文学作品"异化"为没有思想、艺术深度的"单纯的文字样式",语言、文字成了货真价实的"工具"或"符号"。钱锺书先生曾说:"假如你吃了个鸡蛋觉得不错,何必认识那下蛋的鸡呢?"

然而,由于图书出版的门槛越来越低,中国每年出版的图书品种、总量都位居世界第一。在"信息过剩"的时代,读者无法区别哪个是最好的,这时"母鸡"是最重要的。一旦读者喜欢上了一只"母鸡",就会主动

---

① Scott Lash and Celia Lury, *Global Culture Industry*, Cambridge: Polity, 2007, pp.5-7.

去“吃”这只“母鸡”下的所有的“蛋”。因此,推销这只“母鸡”比推销单个的“鸡蛋”更为节约成本,更为有利可图。这只“母鸡”就是“作者”,他是集作家、文化策划家、文化商人、娱乐明星、企业家、富豪、流行偶像于一身的“明星作家”,是一个被生产出来的诚如加拿大学者维尼克(Andrew Wernick)所说的“推销性符号”。这一“推销性符号”不仅可以推销本人的产品,还可以通过背书、代言的形式推销其它的产品①。这类“明星作家”往往是形形色色“创作团队”的“带头大哥”,传统意义上的“作者”存活于美国社会学家贝克(Howard Becker)所谓的一个复数的“艺术界”(art worlds)——一个由所有参与文学生产、保存、推销、分配、批评和买卖的人组成的人际网络,“网络中的人们以他们对行事惯例的共识为基础开展合作,生产出让这个艺术界得以闻名的艺术作品”②。“艺术界”的成员们严格遵循资本的逻辑“集体创作”,“以文为刃”,“斗技飙文”,反复讨论、敲打、磨合选题、创意、情节、语言、结构,以高速书写、出版、销售的模式制造一个又一个样板——“格式化”的文化产品③。

在媒介文化和全球化的双重夹击下,畅销书作者及其作品转化成了高利润的创意产业,现代出版业以“营销”为中心,“出书”变成“做书”,营销策略、经济效益的意义远大于文学艺术的独创性及其思想的创榛辟莽。

一个现成的实例——

2006年,中国“青春文学”标志性人物之一郭敬明创立国内最早的创作团队——上海柯艾文化传播有限公司;2010年,柯艾更名为“上海最世文化发展有限公司”。迄今为止,旗下签约作家53人,签约插画师24人,签约设计师、摄影师十余人。最世号称拥有“最先锋的创意,最新锐的理

---

① Andrew Wernick, "Authorship and the Supplement of Promotion", in Maurice Biriotti and Nicola Miller eds., *What is an Author?*, Manchester: Manchester University Press, 1993, pp.92-96.

② 转引自[英]维多利亚·D.亚历山大著:《艺术社会学》,章浩、沈扬译,江苏美术出版社2009年版,第86页。

③ 参阅杨玲撰:《权力、资本和集群:当代文化场中的明星作家——以郭敬明和最世作者群为例》,载陶东风、周宪主编:《文化研究》第12辑,社会科学文献出版社2012年版,第20—21页。

念,最顶级的阅读享受,最优质的作家,最富进取的团队”[1],其目标是“打造国内第一家用娱乐经济公司的模式来代理青年文艺创作者的优秀经济公司”,为作者提供企划、编辑、推广、海外版权等全方位的专业服务。据称,最世拥有阵容强大的作者资源:“绝对实力销量数百万的作家”(郭敬明、落落、笛安、安东尼等)“极具市场辨识度的畅销作家”(恒殊、消失宾妮、卢丽莉、王小立、萧凯茵等)“新生代里实力拔群的热门作家”(李枫、陈晨、自由鸟、肖以默、爱礼丝、蒲宫音等)“崭露头角潜力无限的锐利新人”(猫某人、张喵喵、林汐、陈龙、雷文科、简宇、林培源等)“锋芒初露蓄势待发的未来之星”(玻璃洋葱、知名不具、余慧迪、李茜、孙梦洁、王羽、末日等)“国内顶尖插画家”(年年、陌一飞、王浣、小皇、阮筠庭等)、“国内最具销量漫画家”(千靥、林莹、丁东、申琳、夏俊、席滢、张晶、曾雅芳等)、“最有潜力的新人画手”(舞小仙、云籽、花寻、Bin、meiyou 等)……截至2011 年 3 月,最世公司已出版 75 本文字类单行本、17 本漫画单行本、6 本画集/绘本、4 个书系(含 33 本单行本)[2]。与最世签约的作家,其作品销量基本都在 10 万册以上。以“80 后”女作家笛安为例,她在加入最世前,作品的销量不到 2 万册,加入最世后,她的长篇小说《西决》创下了 70 万册的销售纪录,续集《东霓》的初版首印量即达 50 万册[3]。作为“当代中国最成功的作家”,郭敬明集作家、商人、企业家、富豪、娱乐明星和流行偶像于一身。他出版书籍、主编文学刊物、举办文学大赛、挖掘培养文学新人。郭敬明在作家富豪榜上长期占据显赫位置,版税收入只占他个人收入的 20%,其余大部分都来自最世公司的赢利。郭敬明自己就说,最世作家群所创造的经济价值,“可能是十个郭敬明都赶不上的”[4]。这简直就是文化产业化时代,文学艺术“实绩”的一个缩影。

在商业操作推动下,传统的文学作品还被匹配以准文本(paratext,又

---

① 《I AM ZUI》,载《最小说》2010 年第 7 期。

② “上海最世文化发展有限公司”,百度百科,http://baike.baidu.com/view/4005121.htm#5

③ 《CASTOR NEWS》,载《最小说》2010 年第 2 期。

④ 彭洁云撰:《郭敬明:今年作家富豪榜第一还是我》,《理财周报》2009 年 12 月 7 日。

译作“类文本”或“副文本”)。法国叙事学家热奈特指出,一部文学作品由“多少被赋予意义的有一定长度的语言陈述序列”组成,它还需要准文本的“装饰”和“陪伴”;这些准文本的类型,如热奈特所列出的,包括标题、署名、插页、题献、卷首引语、序言、注释、公共外文本(出版社的新书预告、媒体访谈等)和私人外文本(如书信或日记)等。这些准文本虽然是“印刷文本的边缘”,却“控制着我们对文本的整个阅读”,试图促进对于文本的接受与解读①。于是,出现在我们眼前的文本,页面变得越来越疏朗,除了低俗而充满快感的文字外,往往还有超量的唯美写真、摄影图片、四格漫画;封面设计精致,装帧讲究;针对“馆藏式消费”的“限量珍藏版”,更是给人以美轮美奂、品味高雅、趣味盎然的视觉效果。这些都大大强化了文学文本的物质性,刺激、持续着消费者对于文本的阅读快感。

文学的这种社会性商业行为,不再是一种出于强烈的个人信念、艺术理想的个体行为。许多文学生产者胸中没有大沟壑、大山脉、大气象,更没有大苦闷、大悲悯、大抱负、大感悟,却一味地往自己格式化的“产品”里累加事件和字数,一上手就是数百万字的“鸿篇巨制”。殊不知万里长城之所以这样长,是它背后有着壮阔的江山社稷!那些“注水”的“产品”长是长了,却没有一种波澜壮阔的浩瀚景象,更没有强悍、广博的思想力度。

事实上,这些“快产”“高产”的文学“母鸡”们往往昙花一现,所下的“蛋”不过是量大质劣的文学“变体”——“类文学读物”,长篇小说应有的尊严丧失殆尽,传统文学的经典性无迹可寻。正如文化批评家朱大可所言,这在 21 世纪伊始便初见端倪:文学向它的“世仇”——算术献媚,甚至拿算术的尺度当作自己的尺度,用数量、数字及其算法(简单的线性加法)来衡量文学的核心价值;长篇小说“字数井喷”,每年出版 1000 部以上,每部百万字以上,这种惊人数字足以挑战全球小说的数字总和;人数、

① Gérard Genette, *Paratexts: Thresholds of Interpretation*, trans. Jane E. Lewin, Cambridge University Press, 1997, pp.1-2.

作品数、字数和营销数，成为评估“纯文学”和“类文学读物”的四种算术指标，它们不断增长，向极限的峰值爬升，大肆牟取名声和市场的数字红利。据说德国作家写作一部长篇小说通常为四年左右，而中国作家的写作周期只有四个月！这种聒噪书写的“文学大跃进”，使“文学”产品泛滥成灾，使中国成为高速生产文字垃圾的超级工厂；它诱发了人们对文学繁荣的天真幻想，实际最终制造了极深的幻灭感，验证了这个时代精神的极度荒芜①。

传统的“读者”则成了文学产业链条末端的“消费者”，他们是“价值链条真正的价值源泉”，其文化消费能力和审美取向，从根本上决定了文学产业的发展②。根据图书出版业人士分析，主要有三个畅销书阅读群体，它们分别是 13—17 岁的中学生，18—22 岁的大学生，以及 22—45 岁的成年人；大约 50%的畅销书是由中学生在阅读③。诚如苏轼所言：“真人之心，如珠在渊；众人之心，如泡在水。”(《东坡志林·引导语》)绝大多数人的思想、情感、体验都基本处于同一个精神刻度上，只有心灵的慌乱和庸俗的喜乐。出版集团针对这些消费者平均化的审美趣味——通过社会调查、民意测验、计算机数据处理之后得出的“共识”——“集体创作”，“量身定做”，大批量制造消费者所“喜闻乐见”的产品，并因市场的竞争力而大获成功。这种文学产品“发出的唯一信息是：‘呈现的东西都是好的，好的东西才呈现出来。’原则上它所要求的态度是被动的接受，实际上它已通过表象的垄断，通过无需应答的炫示实现了”④。

在文学产业的灿烂光环背后，文学背弃了自己的本性，发展在价值上比较平庸的东西，成了一个没有灵魂和内胆的庞大容器。所谓的“类文学读物”，并没有真正考虑作为消费者的个体的审美要求，消费者不过是被规范、定位，甚至彻底迷失自身的真实要求，其审美感悟力不但没有得到

① 朱大可撰：《文学：语文与算术的世纪之战》，载《文艺争鸣》2012 年第 5 期。
② 厉无畏主编：《创意产业导论》，学林出版社 2006 年版，第 198 页。
③ 向勇主编：《北大文化产业前沿报告》，群言出版社 2004 年版，第 127—129 页。
④ [法]居伊·德波著：《景观社会》，王昭凤译，南京大学出版社 2007 年版，第 5 页。

强化,反而变得麻木迟钝。当被剥夺了自我实现的可能性和创造的可能性,消费者不过是一个生活于表层“感官机能”的纯粹接受者而已。那些包括“类文学读物”在内的文化产品,它们提供的百分之九十的信息都是消耗性的,它们造成一种假象,似乎你占有了它,其实,恰恰是它们占有了你。

对此,在《图像的威力》一书中,法国思想家勒内·于格有一个极其生动的描述:

> 尽管当代舞台上占首要地位的是脑力劳动,但我们已不是思维健全的人,内心生活不再从文学作品中吸取源泉。感官的冲击带着我们的鼻子,支配着我们的行动。现代生活通过感觉、视觉和听觉向我们涌来。汽车司机高速行驶,路牌一闪而过无法辨认,他服从的是红灯、绿灯;空闲者坐在椅子里,想放松一下,于是扭动开关,然而无线电激烈的音响冲进沉静的内心,摇晃的电视图像在微暗中闪现……令人痒痒的听觉音响和视觉形象包围和淹没了我们这一代人。①

生存的被动性,以及思想的停滞,使人类的命运向着一种不可测度的深渊急剧下坠,一种平庸化的文化趋势迅疾支配着整个社会。文学艺术不再被证明为一种高级活动,甚至也不再是一种人们也许会体面地全身心投入的精神活动,而在现代社会丧失了原有的影响力。沉溺于感性、庸俗、个别的事物之中,诸多“消费者”已然忘却还有神圣之物存在,而与以尘土和水自足自娱的“蠕虫”无异。美国媒体学家凯尔纳的忧虑业已成为事实:“或许未来的人都会惊讶过去的人们曾经连续不断地看了那么多的电视,看了如此多的糟糕的电影,听了那么多的平庸的音乐,阅读了那种垃圾杂志和书籍,而且日复一日,年复一年”,甚至“未来社会将回过头

---

① [法]勒内·于格著:《图像的威力》,钱凤根译,四川美术出版社1988年版,第21页。

来把我们的媒体文化时代看作是一种令人惊讶的文化野蛮主义的时代”①。

根据M·H·艾布拉姆斯的观点，“世界”又称“自然”，它是由“人物和行动、思想和情感、物质和事件或者超越感觉的本质所构成”②。文学不是简单地表现或反映经验的世界图像，而是建筑在历史与现实的生活实践之上，以语词创造、发现一个新世界，一个元世界，一个超现实。

可是，未来文学的产业化混淆了精神与商品的属性，复制、因袭的流行造成精神的平均化，已有的精神秩序板结、僵化或被瓦解。日常生活原本是历史的底部，这里潜伏着某些被隐蔽的、被压抑的、被忽视的、被歪曲的东西，充满了各种斗争和角逐，各种繁复的细节随时可能汇聚成某种巨大的能量，猝不及防地撞击、改变社会发展的方向。可是，在我们的作家眼里，日常生活似乎是黏稠、杂乱、凡俗、琐碎、喧闹的世界，是一片毫无“价值”的沼泽地；他们对于具体的文化景象缺乏犀利的洞察力，更不可能从日常生活内部种种无形的潮汐中察觉各种意味深长的动向，或是发现历史演进的拐点。他们的文学产品不再关注精神话题，不再描绘日常生活的某种气氛、场景、表象、感受、细节，也不再表述出特定历史时刻的真理。至于对“中国经验”或“中国模式”作出及时有效的呼应，则暂付阙如。科幻、悬疑、冒险、商战、潜伏、权谋、暴力、情色——这些都是吸引消费者眼球的“看点”，以及“类文学读物”最为叫好的“卖点”。身处一种精神上的浑然状态，一切都是为了卖，卖掉就是成功。“卖掉一切”成为最响亮的广告语，在强大的物质文化之“有”的面前，文学的“无”显得如此的乏力。

作为时代的精神气质，“媚俗”的激增是文化平民化的结果，它使一切包括文学艺术在内的文化形式“削高就低”，成为“大众化”的文化产

① 转引自丁宁撰：《重新认识艺术教育》，载《浙江社会科学》2002年第6期。

② ［美］M·H·艾布拉姆斯著：《镜与灯：浪漫主义文论及批评传统》，郦稚牛等译，北京大学出版社1989年版，第5页。

品,而有声有色地填满消费者的剩余时间,至于其“化大众”的使命则被剥夺了。这种以消费者为中心的“媚俗”,决定了消费是一种淘空了内容的形式消费,艺术的内容与形式被割裂了,表层影像与深层意蕴之间筑起了栅栏。借助文化原型符号之助,文学生产者娴熟地运用历史的噱头,按照娱乐的规则对历史作匪夷所思的想象,文学产品因之不断“增殖”,文学符号经济日趋繁荣。“文化批判公众之间的交往一直都是以阅读为基础的,人们是在家庭私人领域与外界隔绝的空间进行阅读的。相反,文化消费公众的业余活动在同一个社会环境中展开,无需通过讨论继续下去:随着获取信息的私人形式的消失,关于这些获取物的公共交往也消失了。”[①]由于缺乏精神上的抗体,“什么东西有价值”已被“值多少钱”的问题所取代,不负责任的犬儒主义一时盛行,道德、伦理的底线不复存在,诸多文学产品思想肤浅,单质复制,不过是投合好玩、销售量、版税收入之间构成的市场关系,捣腾出浅薄乏味的热闹社会景观,制造出“没有理论后缀的笑声”。因此,一颦一笑之后,一切如故,丝毫无助于体验和探索人们所置身的复杂历史与现实。人们的指责与赞誉并存,所谓“作家”的“推销性符号”的价值不断加固,其产品的声名、销量在一片争议声中持续飙升。在文化的“沙化”时期,我们的文学生活品质一落千丈。

法国社会学家布尔迪厄将文学生产场划分为“限制性生产”和“大规模生产”两个子领域:前者是自律的,独立于一切经济要求,不对普通公共众的趣味让步;后者是他律的,受制于市场,追求市场效应和商业成功。“大规模生产”不需要批评家,销量是一部作品好坏最为直观的指标;文学批评主要为“限制性生产”服务,为作家和作品赋予象征资本。尽管从长远看,象征资本可以在特定条件下转化为经济资本,这两个场域是对立的关系,彼此都试图让他人接受自己认可的对于文学的定义。在布尔迪厄看来,艺术与金钱的对立构成了绝大部分艺术判断的“生成性原则”

---

① [德]哈贝马斯著:《公共领域的结构转型》,曹卫东译,学林出版社 1999 年版,第 190 页。

(generative principle)①。不过,随着文学产业化的完成,这两个场域之间互渗与融合,象征资本与经济资本彼此媾和,取长补短,互利互惠;文学批评被同化到商品结构之中,丧失了独立的美学品格,"义无反顾"地加入一部由金钱发动的机器轰鸣之中。当越来越多的东西可用金钱来支付,可用金钱来获取,人们便已然忘却:经济活动的对象还有不能单纯用金钱来体现的方面。金钱是"低俗"的,因为它是一切的等价物,任何东西的等价物。金钱将最高的东西拉到最低的水平上,与其他东西毫无差异,造成了一种夷平的"悲剧",进而型构了一种"物化了的世界观","直接存在的一切全都转化为一个表象"②。

此外,"文学产业化"把文学当成一种产品甚至一个产业来经营,这其实还是一种"知识规划"。"知识规划"的内结构是权力和制度,在它的控制下,衍生了一系列追逐权位与虚名的"劳作":如国家项目、教育部项目、各省市级项目的申请、考核、评估、评价,又如博士点、硕士点、一级学科、研究基地、研究中心等"象征资本"的竞争、猎取,还有学术论文、论著的发表出版、评奖和量化评估等。社会学家孙立平指出:"近些年来,一种在市场经济基础上重建总体性权力的趋势已经清晰可见:以权力重组市场因素,以权力配置社会资源;以权力扩张占领社会领域,包括在社会建设名义下强化权力……压制正当的舆论监督。其背后的思路和逻辑是,权力要强大到足以全面掌控日益复杂的经济社会生活;而其前景,则是在市场经济条件下重蹈总体性社会与总体性权力的覆辙。"③

的确,在中国经验内部,政府与市场、知识与权力、商业逻辑与文化精神、权力控制与资本运作不再是泾渭分明的两个区域,而是错综交叠在一起。压抑体系往往以极其隐蔽或诡异的面目出现,催生出与现存秩序和

---

① Pierre Bourdieu, *The Rules of Art*: *Genesis and Structure of the Literary Field*, trans. Susan Emanuel, Stanford: Stanford University Press, 1996, pp.217-218, p.142, p.162.

② [法]居伊·德波著:《景观社会》,王昭凤译,南京大学出版社 2007 年版,第 3 页。

③ 孙立平撰:《清华大学社会发展论坛:走向社会重建之路》,载《战略与管理》2010 年第 9、10 期合编本。

生活本身毫无干涉的高文典册。这些依据某种特定“知识规划”或以经济、社会及政治等场域的逻辑为原则，或是由某种特定的“集体性”知识生产机器生产的所谓的“知识”，缺乏思想、灵气、悟性和境界，极易将我们引领到一个“反智”的时代。这不能不让人为之警惕乃至惊怵。

无论如何，我还是坚信，尽管现代媒介在相当程度上影响着文学艺术，从根本上说，文学艺术不是媒介事件和现象，而是一个同每个个体、我们每个人有关的东西。是的，我们正生活在一个象征形式的广泛流通起着根本的、越来越大的作用的世界之中，技术与商业逻辑使艺术作品降为轻软滑溜的“文化用品”，成为一种消费的符号；艺术的精神消弭于冷酷的资本运作之中，“而从属于代替作品的格式”，即文化工业提供的同质化模式。在现代文化传媒化的生活模式中，不再有差异和冲突，不再有本真的存在体验。“人们内心深处的反应，对他们自己来说都感到已经完全物化了，他们感到自己特有的观念是极为抽象的，他们感到个人特有的，只不过是洁白发光的牙齿以及汗流浃背卖命劳动和呕心沥血强振精神的自由。”[①]在这样一个时代，正需要文学艺术担当起将沉沦的个体从物化的文化氛围中解放出来，以克服时代不可承受之重负，重新建立生命之于现实世界的精神联系的伟业。

正如伊格尔顿所指出的，价值是一个及物项，它意味着任何被某些人在特定的情境中根据特殊标准、为了给定目的而赋值的东西。而且，一个事物的本质是由它的功用而定的：它作什么用，它就是什么。真正的文学艺术必然会卷入生命和人类存在的意义一类问题的探讨，使人们正视“改变我们的生活方式”的要求，做着“绝地反击”式的各种努力。意大利小说家卡尔维诺说过：我对文学的未来的信心，包含在这样一个认识中，即有些东西是只有文学通过它独特的方式才能给予我们的。

作为“词语的特定使用方式”（J·希利斯·米勒语），文学是人类赖

---

① ［德］霍克海默、阿多诺著：《启蒙辩证法》，洪佩郁、蔺月峰译，重庆出版社 1990 年版，第 117、第 157 页。

以生存、社会得以进步之不可或缺的精神润滑剂。只有把文学艺术看成是一种尝试，当作一种通过人的视觉捕捉、传达出的语词、形状、色彩和运动来理解我们存在的意义的最基本尝试，并从中找到赋予自己存在的意义的普遍公式时，文学艺术才是有意义的①。1987 年诺贝尔文学奖得主美国作家约瑟夫・布罗茨基说：

> 如果艺术传授什么（首先对艺术家而言），那就是人格的私人性。艺术，作为私人事业最古老、最具字面意义的形式，在一个人心中，有意无意地培育一种独特性、个人性、分离性的意识，使他从一个社会动物，转变为独立自主的“我”。……审美选择是高度个人化的事务，审美经验总是私人经验。每一新的美学真实，使人的经验更为私人化，而这种私人性时常以文学（或其它）品位的面貌出现，能够自身成为一种抵抗奴役的形式，即使不能作为保证。……文学的价值之一，正在于它帮助个人，使其存在的时代更特殊，使其区别于前人和同辈，避免同义反复——那被尊称为“历史牺牲”的命运。②

当代小说家王安忆说得更明确，“小说不是现实”，它是个人的“心灵世界”，它向我们表明这个世界有着“另一种规律、原则、起源和归宿”，而“扩展了我们的存在，延伸了真实世界的背景和前景”③。是的，历史必须保持反抗的基因，否则历史辩证法将彻底丧失动力。

在物质主义气息弥漫的时代，个体性正在被经济、科技和知识成果所压抑，金钱和效率这类非个人性的东西成为社会生活的支配性因素。当历史的发展已达到真实的创造性文化成就与个体发展分道扬镳之际，个

---

① ［美］阿恩海姆著：《走向艺术心理学》，丁宁、陶东风等译，黄河文艺出版社 1990 年版，第 174 页。

② Joseph Brodsky：*Nobel Lecture*，Translated from the Russian text by Barry Rubin，译文转引自当代文化研究网：http://www.cul-studies.com。

③ 参阅王安忆著：《心灵世界——王安忆小说讲稿》，复旦大学出版社 1997 年版，第 1—21 页。

体的心灵只有通过使自己不断地远离物质文化来丰富自身发展的形式和内容,我们只有借助于文学艺术"反向"努力的力量,才有可能颠覆消费意识形态的极权王国,将沉沦的个体从物化的文化氛围中解放出来。作为人类自由天性的一种实现方式,文学艺术是滋养"个体的心灵"的自律性领域,是人们实现精神自由的独特方式。

在某种意义上说,文学艺术提供了一种可能性生活,或者说是对可能生活的观念性实现、过程性开启;文学艺术与整体性物质文化和意识形态构成了互补乃至对立的关系,总是否定或怀疑现成的某种情势与事物,超越世间悠悠万事的缠绕,延伸真实世界的背景和前景,激发起一种创造的强烈欲望,而使人类成为自身,使我们成为"生命的唯一主人",将人生当作一个优美的艺术品予以创造,从此"过上另一种生活"。因此,可以说,如果一个社会不再重视文学艺术,这无异于致命地自绝于曾经创造并保持了人类文明精华的推动力。

真正的文学创作首先是生命写作、灵魂写作、孤独写作和独创性写作。那么,"明天将出现什么样的词"呢?在我看来,这将有待于我们对文学产业化的深刻分析与批判,有待于我们对时代生活的整体性把握,以及文学的自主创新与独立建构。

我想起了当代诗人安琪的代表诗作《明天将出现什么样的词》①:

明天将出现什么样的词
明天将出现什么样的爱人
明天爱人经过的时候,天空
将出现什么样的云彩,和忸怩
明天,那适合的一个词将由我的嘴
说出。明天我说出那个词
明天的爱人将变得阴暗

① 安琪撰:《明天将出现什么样的词》,载《诗刊》1997年第1期。

但这正好是我指望的
明天我把爱人藏在我的阴暗里
不让多余的人看到
明天我的爱人穿上我的身体
我们一起说出。但你听到的
只是你拉长的耳朵

这首诗提出了每一个“语词建筑师”必然要面对的问题：“明天将出现什么样的词?”诗人把时间、精力、勤奋全部投入文学抱负之中，在其心目中诗歌是有生命的，“语词”就是自己的“爱人”。每一个“语词”都是一个星球，与它的“邂逅”无法预测、更无法规划。诗人只用自己的心灵和想象去追寻，精诚贯注，始终一念。每一次写作都是自己的生命形式，都是一次不事张扬的言述行为。在历尽艰辛之后或不经意之间，突然获得一种超强的魔力，抵达语词的黄金之地，探测非物质性的情感形式，面对这个世界发出自己独有的声响。“明天，那适合的一个词将由我的嘴说出。”在黎明到来之前，说出合适的词，道出事物本相，觅得自我生命的奥义，迎接一个个令人惊叹不已的瞬间。“明天的爱人将变得阴暗”，“明天”不见得就灿烂，“爱人”也不一定是明亮的，诗歌更不是单一唯美的存在。从“云彩”一样的爱人到“被我藏在阴暗里”的爱人，再到不让“多余的人”看到“我们”，直至“明天我的爱人穿上我的身体”，语词开启生命的冲动，生命触动语词的灵感。诗人沉浸在语词的狂欢中，一起发动，一起奔涌，“一起说出”——这是诗人与语词的秘密“盟约”，是诗人与“爱人”的“私语”，它拒绝“多余的人”(不懂诗歌/文学的人)的“觊觎”或“亵渎”，是你“拉长耳朵”也听不到的。

希腊现代诗人扬尼斯·里索斯在《简单的意义》里指出：每一个词都是一扇门，通向一次会晤，一次经常取消的会晤。语词是作家唯一的、准确的生命之光，作家的任务就是找到这唯一的“出口”与“落脚点”。法国哲学家吉尔·德勒兹说得好:“每部作品都是一次旅行,一个行程,但它唯有借助内心的道路或路线,才能穿越外部的这条或那条道路。这些内心的道路、路线组成了作品,构成了它的风景,或它的交响乐。”①

文学不能为了迎合这个煽情的时代而牺牲自己应有的尊严。莫言一语中的:“伟大的长篇小说,没有必要像宠物一样遍地打滚,也没有必要像鬣狗一样结群吠叫。它应该是鲸鱼,在深海里,孤独地遨游着,响亮而沉重地呼吸着,波浪翻滚地交配着,血水浩荡地生产着,与成群结队的鲨鱼,保持着足够的距离。”②2012 年 10 月 21 日,莫言在获诺奖后裎露了诗意心迹:“我做不了鲸鱼,但会力避自己成为鲨鱼。鲨鱼体态优雅,牙齿锋利,善于进攻;鲸鱼躯体笨重,和平安详,按照自己的方向缓慢地前进,即便被鲨鱼咬掉一块肉也不停止前进、也不纠缠打斗。虽然我永远做不成鲸鱼,但会牢记着鲸鱼的精神。”③

丹麦著名文史学家格奥尔格·勃兰兑斯说过:“离眼睛太近或太远的东西我们都看不真切。”④前面所述只是中国文学的“可能面相”,其真实面貌则尚无法最终确定:毕竟一切都还“在路上”。对于伟大的作家而言,每一次的写作都是一次不事张扬的秘密行动。在此,衷心祈愿中国的作家始终是真正意义上独立的精神个体,祈愿他们的每一个“词语”都是第一个第一次说出,从而有效疏离精神平均化的偌大时代背景,顽强地保持众人皆醉我独醒的孤傲、自由、草根风格和先锋性:这样的文学才真正让人倾心不已——或许,这就是文学不会终结或死亡的依据所在!

---

① [法]吉尔·德勒兹著:《批评与临床·前言》,刘云虹、曹丹红译,南京大学出版社 2012 年版,第 3 页。

② 莫言撰:《捍卫长篇小说的尊严》,载《当代作家评论》2006 年第 1 期。

③ 这是莫言获诺奖后写下的文字,手迹见 http://blog.sina.com.cn/s/blog_4cd081e90102e0g4.html

④ [丹]勃兰总斯著:《十九世纪文学主流》第 1 分册“引言”,张道真译,人民文学出版社 1997 年版,第 1 页。

后　记

若干年前，到外地参加学术会议，与几位老友相聚。

席间，友人问："老兄近来可有升迁？"这朋友是一个高校的学科负责人，还是院级领导干部。我反问道："为什么一定要做官呢？做学问不好吗？"这位仁兄也忒聪明，没有正面回答，而是问了我一个问题："您做学问能超过王国维吗？能超过陈寅恪吗？能超过钱锺书吗？……"我想也未想，也问了他一个问题："您做官能超过曾国藩吗？能超过张之洞吗？能超过李鸿章吗？……"

语毕，彼此莞尔而笑。

我的意思是很明确的：做学问是我的喜好，我不会因为自己的学问可能难以抵达前人之境界而放弃自己的追求，即弃学从政。福克纳说过，文学是"世界上最孤寂的职业"。二十余年前，读到金圣叹的一句话："从吾所好，则不著书，其又何以为活也？"当时自己为之怦然心动，仿佛瞥见了什么似的，热泪盈眶。因为从那一刻起，我明白了自己是什么人，应该走什么路。我坚信罗曼·罗兰所言："一棵树不会太关心它结的果实,它只是在它生命液汁的欢乐流溢中自然生长。只要它的种子是好的,它的根扎在沃土中,它必将结好的果实。”

如果还有人问我这样一个问题:“做官好呢? 还是做学问好?”最好的答复,我想是孔子答宰我:于女(汝)安乎? 曰:安。女(汝)安则为之。时至今日,我心依旧。

记叙此事,权作后记。

2018 年 7 月 9 日

图书在版编目(CIP)数据

文学瞽论/吴子林著.—合肥:黄山书社,2017.8
(中国文学理论与批评丛书/吴子林主编)
ISBN 978-7-5461-6682-7

Ⅰ.①文… Ⅱ.①吴… Ⅲ.①文艺理论-研究-中国
Ⅳ.①I0

中国版本图书馆 CIP 数据核字(2017)第 192380 号

文 学 瞽 论
WEN XUE GU LUN

吴子林 著

策　　划　汤吟菲　朱莉莉
责任编辑　朱莉莉
责任印制　李　磊
装帧设计　观止堂_未氓
出版发行　时代出版传媒股份有限公司(http://www.press-mart.com)
　　　　　黄山书社(http://www.hspress.cn)
地址邮编　安徽省合肥市蜀山区翡翠路 1118 号出版传媒广场 7 层 230071
印　　刷　安徽新华印刷股份有限公司
版　　次　2019 年 10 月第 1 版
印　　次　2019 年 10 月第 1 次印刷
开　　本　700mm×1000mm　1/16
字　　数　465 千
印　　张　23.25
书　　号　ISBN 978-7-5461-6682-7
定　　价　69.80 元

服务热线　0551-63533706
销售热线　0551-63533761
官方直营书店(https://hsss.tmall.com)